本卷主编◎郭 力

1945—1949年

东北解放区文学大系

散文卷③

总主编◎丛 坤

黑龙江大学出版社
哈尔滨

图书在版编目（CIP）数据

1945—1949年东北解放区文学大系．散文卷 / 丛坤
总主编；郭力分册主编． -- 哈尔滨：黑龙江大学出版
社，2021.10
　ISBN 978-7-5686-0467-3

　Ⅰ．①1… Ⅱ．①丛… ②郭… Ⅲ．①解放区文学－作
品综合集－东北地区－1945-1949②散文集－中国－
1945-1949 Ⅳ．① I218.3

中国版本图书馆CIP数据核字（2021）第099994号

1945—1949年东北解放区文学大系　散文卷
1945—1949 NIAN DONGBEI JIEFANGQU WENXUE DAXI SANWENJUAN
郭　力　主编

责任编辑	魏翕然　魏　玲　刘　岩　宋丽丽　范丽丽　高楠楠　张永生
出版发行	黑龙江大学出版社
地　　址	哈尔滨市南岗区学府三道街36号
印　　刷	哈尔滨市石桥印务有限公司
开　　本	720毫米×1000毫米　1/16
印　　张	151.25
字　　数	1694千
版　　次	2021年10月第1版
印　　次	2021年10月第1次印刷
书　　号	ISBN 978-7-5686-0467-3
定　　价	488.00元（全五册）

本书如有印装错误请与本社联系更换。

《1945—1949 年东北解放区文学大系》

学术顾问 (按姓名笔画排序)

冯毓云　　刘中树　　张中良　　张毓茂

编委会 (按姓名笔画排序)

主任：于文秀

成员：叶　红　　丛　坤　　刘冬梅　　那晓波

孙建伟　　李　雪　　杨春风　　宋喜坤

张　磊　　陈才训　　金　钢　　赵儒军

侯　敏　　郭　力　　戚增媚　　彭小川

蓝　天

出版说明

　　1945 年到 1949 年的东北解放区，社会风云变幻，文学繁荣发展。当时的文学创作者们以激昂向上的笔触，再现了波澜壮阔的解放战争和轰轰烈烈的土地改革，讴歌了人民军队可歌可泣的英雄事迹，描绘了劳动人民翻身后的喜悦心情，书写了时代的大主题。为了再现这段文学风貌，我们编辑出版了《1945—1949 年东北解放区文学大系》。

　　这套丛书大体以体裁分编，计小说卷（长篇、中篇、短篇）、散文卷、戏剧卷、诗歌卷、翻译文学卷、评论卷及史料卷七种，所收录作品以新文学为主。此阶段作品浩如烟海，而部分文字资料因时间久远或受当时技术所限出现严重缺损，考虑到丛书篇幅有限，故仅收入代表性较强的作品。对于因原始资料不全、不清晰而无法完整呈现，或受条件所限未收集到权威版本的篇目，则整理为存目，列于丛书卷末，以备读者参考。

　　丛书编辑过程中，多数篇目由原始版本辑录，首次收入文集，也有些篇目参照了此前出版的多种文集。原始文献若有个别字迹不清确不可考的，丛书中以□代替。

　　丛书收录作品以 1945 年 8 月至 1949 年 10 月为时间节点，个别作品的完成时间略有延伸。大部分作品结尾标注了写作时间，以及初次发表或结集出版的版本信息。作品编排大体以作者姓名笔画为序（特殊情况除外，如集体创作作品列于卷末）。

就筛选标准而言，所收主要为东北作家创作的主题作品，也有非东北籍作家创作的有关东北解放区的作品。除此之外，还有此时期公开发表的反映抗日战争题材的作品，以及在东北出版的反映其他解放区的、革命主题特色鲜明的作品。需要指出的是，在本丛书的史料卷中，还有一部分作品创作于新中国成立之后，但反映了解放战争时期东北解放区的文学发展面貌，或记述了一些典型事件、代表性人物，亦具珍贵的史料价值，为完整呈现当时的文学风貌，这部分作品亦收入丛书，以"节选"的方式呈现。

需要特别说明的是，此时期的个别作家受时代限制，思想表现出了一定的历史局限性，体现在文学创作方面可能表现为不同程度的瑕疵，这一群体的作品，只要总体导向是正面的、积极的，从保证史料全面性、完整性的角度考虑，我们也将其予以收录。个别作家在解放战争时期是积极追求进步的，但随着社会环境的变化，却出现思想动摇甚至走向错误道路，对于其作品，本丛书只选取其有代表性的、取向积极的篇目，对于其他时期该作家的不当言论、思想，我们不予认同。此外，在当时复杂的政治环境下，还有一些作品中的个别表述可能存在一些偏差，但只要其主题思想是积极进步的，则丛书亦予以收录。

丛书旨在突出东北解放区文学原貌，侧重文献整理，故此在编辑过程中，重点对作品中会影响读者理解的明显讹误进行了订正，对于字词、标点符号以及句法等，尊重原文的使用习惯，不予调改，以突出其史料价值。此外，由于此时期文学作品肩负宣传进步思想的重任,而读者对象大多文化程度较低,创作者亦水平不一,因此创作主旨以通俗易懂为要,一些篇目语言风格通俗、浅白,甚至个别篇目、细节存在一些俚语表达,为遵从原貌,丛书仅对不雅字、词、句加以处理,其余不予调改。本书选文除作者原注外,亦保留原文在初次出版时的编者注,供读者参考。

《1945—1949 年东北解放区文学大系》

散 文 卷 ③

· 5 ·

· 7 ·

总　序

张福贵

　　从古至今,东北在中国历史与文化进程中,特别是近代以来都是决定中国社会政治发展走向的重要因素。当然,这种作用不单纯是东北自生的,更是多种因素叠加和交汇的结果。东北文化既是文化空间概念,同时更是历史时间概念,是不同空间、区域的多种历史文化的积累,是一种时空统一的文化复合体。值得注意的是,除了抗战时期的特殊因缘使"东北作家群"名噪一时外,作为东北历史文化和现实社会表征的东北文学特别是东北解放区文学,在相当长的时间里却未得到应有的关注。黑龙江大学出版社在对过去为数不多的东北文学史料进行整理的基础上出版的东北文艺史料集成——《1945—1949年东北解放区文学大系》,因而可以说是特别值得关注的。

　　《1945—1949年东北解放区文学大系》内容丰富,除了包括小说卷、诗歌卷、散文卷、戏剧卷之外,还包括评论卷、史料卷和翻译文学卷。这是一个前所未有的大工程,也是一件大善事。正如"总导言"中所说的那样,丛书注重发掘新资料,通过回归文学现场,复现了东北解放区文学的整体面貌。东北解放区文学处于东北现代

文学快速繁荣发展的历史时期,在土改文学、工业文学、战争文学等方面代表了20世纪40年代解放区文学的成就,是对《在延安文艺座谈会上的讲话》所确立的文艺观念的全面实践。对东北解放区文学的系统研究有利于更全面地总结解放区文学的成就,有利于把握延安文艺传统与东北解放区文学的内在联系,以及解放区文学对新中国文学制度、观念、创作等方面的影响。以"历史视角""时代视角"对东北解放区文学,尤其是解放战争时期的土改题材、工业题材的小说和戏剧进行分析,可以勾勒出政治意识形态对东北解放区文学运动、文学社团、文学形态、文学制度、文学风格、文学论争等产生的影响,有利于把握东北解放区文学的历史价值、认识价值、审美价值与当代意义,同时对于挖掘东北地区的文化历史和建设东北文化亦具有现实意义。东北解放区文学是基于延安文艺传统而创作的,对东北解放区文艺运动、文艺理论的全面审视具有重要的历史价值和理论意义。此外,对东北解放区文学进行深入研究,探寻人民文艺理论的历史源头,对于当代文艺创作、审美观念的引导亦具有一定的启示作用。但是,受地域因素、资料整理程度、研究者文化背景等条件的制约,东北解放区文学在中国当代文学史上的特殊地位与价值一直以来并未引起研究者的足够重视。

东北解放区文学无论是在中国大文学史中还是在东北文学和文化发展的历史中,都是具有特殊意义的存在。

虽然现代东北文学在新文学运动初期晚于也弱于关内文学的发展,但是1931年九一八事变发生,新起的东北文学及东北作家被国难推到了文坛中心,萧红、萧军等青年作家更是直接受到鲁迅的关注和扶持,迅速成为前沿作家。这一批流落到上海等都市的青年作家由此被称为"东北作家群",他们奠定了东北文学在中国大文学史上的特殊地位。然而，正像全面抗战进入相持阶段之后，中国文坛也变得相对平静、舒缓一样，除了萧红、萧军等人外，东北文学和东北作家也逐渐失去了文坛的关注。应当承认，一些东北作家的文学成就和文坛名声之间并不完全相符，是时代造就了他们，提高了他们的文学史地位。然而，另一方面，我们对其中有些作家及作品的价值却又是认识不足的。对此，我自己也有一个认识转化的过程：过去单纯依据多数东北作家的创作进行判断，感觉某些艺术价值之外的因素在评价中发生了作用，其地位可能有些"虚高"；但是，对于20世纪的中国文学史来说，艺术之外的价值判断就是艺术判断本身，或者说，社会判断、政治判断就是中国文学史评价的根本性尺度。因为在中国作家或者说在知识分子的群体意识之中，政治的责任感和社会的使命感几乎是与生俱来的，而中国20世纪风云激荡的社会现实又为这种责任感和使命感提供了最好的生长环境。"悲愤出诗人"，"文章憎命达"，文学创作是与政治、思想、伦理等融为一体的，脱离了这一切，文艺也就失去了时代与大众。所以说，无论是具体的作品分析，还是文学史研究，没有了这些"外在因素"，也就偏离了其本质。"东北作家群"是时代的产物，也是时代文艺的产物，20世纪中国文学史中应该有他们浓墨重彩的一笔。作为后人，对历史做出评价往往是轻而易举的，但是这"轻而易举"往往会导致曲解甚至歪曲了历史，委屈了历史人物。"东北作家群"的价值和意义不是单一的，因为对中国现代文学史的评价从来就不是一种艺术史、学术史的评价，而是一种思想史和政治史的评价。正如鲁迅当年为萧军的成名作《八月的乡村》所作的序中所写的那样，"这《八月的乡村》，即是很好的一部，虽然有些近乎短篇的连续，结构和描写人物的手段，也不能比法捷耶夫的《毁灭》，然而严肃,紧张,作者的心血和失去的天空,土地,受难的人民,以至失去的茂草,高粱,蝈蝈,蚊子,搅成一团,鲜红地在读者眼前展开,显示着中国的一份和全部,现在和未来,死路与活路。凡有人心的读者,是看得完的,而且有所得的"。《八月的乡村》不仅是中国现代第一部抗日题材的长篇小说,也是世界反法西斯战争题材的第一部长篇小说,其意义和价值是特殊的、特有的,不可单单以艺术审美的标准来看待这部作品。"东北作家群"的存在及其创作的意义,不只是为20世纪30年代的中国文坛增添了特有的地域文化内容和东北文学特有的审美风格,更在于最早向全国和世界传达出中华民族抗敌御辱的英勇壮举,最早发出反法西斯的声音。此外,在抗战大历史观视域下,"东北作家群"的创作为十四年抗战史提供了真实的证据。特别是东北解放区的早期文学直书十四年历史的特殊性,这是十分可贵的和独特的。于毅夫的散文《青年们补上十四年这一课》,深刻而沉重地描写了十四年殖民统治下东北人的精神状态和文化演变:

这许多现象,说明了东北在十四年殖民统治的过程中,文化生活上是起了很大的变化。翻开伪满的《满语国民读本》一看,真是"协和语"连篇,如亚细亚竟写成アジヤ,俄罗斯竟写成ロシヤ,有的人一直到现在还把多少元写成多少円,这都是伪满"协和语"的残余,说明殖民统治残余的文化还在活着,还没有死去,这在今天不能不说是一件遗憾的事!仔细想来,这也难怪,因为日本的魔手,掌握了东北十四年,今天一旦解放,希望不着一点痕迹,这是完全做不到的,要从历史上来看,它切断了东北历史十四年,这十四年的历史是很黯淡地被抹掉了,十四年来也的确是一个大变化,在这期间多少国家兴起了,多少国家衰落了,多少血泪的斗争、多少波浪的起伏,都被日本鬼子的魔手所遮断! 我回到家乡接触到成千成百的青年,几乎都不大明了这十四年来的历史真相,有的连中国内部有多少省都不知道,连云南、贵州在哪里都不晓得。

难能可贵的是,作者较早地认识到在经历了十四年的奴化教育之后,对东北人民进行民族和民主意识的启蒙是至关重要的。"不过历史是不能停滞的,殖民统治残余的文化必须要肃清,法西斯毒化思想也必须要肃清,既然是日本鬼子切断了东北历史十四年,既然法西斯分子要篡改这一段历史,那我们就应该设法补足这十四年的历史!""要做到这点,我想青年们今天的迫切要求,不是如何加紧去学习英文、代数、几何、物理、化学,读死书本事,争分数之短长,准备到社会上去找一个饭碗,而是如何加紧去学习新文化,如何加紧学习社会科学,如何去改造自己的思想,如何进一步地去改造这遭受法西斯思想威胁的半封建的半殖民地的社会!""因此我向青年们提议要加强你们对于新文化的学习,加强对于社会科学的学习,特别是政治的学习,不要把自己圈在课堂里,圈在死书本子上。""新青年要掌握着新文化,新思想,才能创造起新中国新东北!"(《东北日报》1946 年 10 月 13 日)

在一批最前沿的左翼作家流亡关内之后,东北文学经过了一段艰难而相对平静的发展阶段。在表面繁华而内在凶险的沦陷区文艺界,中国作家用各种文艺手段或明或暗地与侵略者进行抗争,并为此付出了血的代价。这种状况直到 1945 年光复之后才发生根本

性转变,东北文艺创作者们一方面回顾过去的苦难,另一方面表现出对新生活的憧憬,这正是后来东北解放区文艺的心理基础,而日渐激烈的解放战争又为东北文艺的走向和解放区文艺的诞生提供了具体的现实基础。这与以萧军、罗烽、舒群、白朗、塞克、金人等人为代表的东北籍作家的返乡,以及在东北沦陷区留守的左翼作家关沫南、陈隄、山丁、李季风、王光逖等人的坚持,是分不开的。当然,随我党十几万军政人员一同出关的延安等地的众多文艺家,在东北文艺的创设中更是起到了引领和带头作用。这其中已经成名的有刘白羽、周立波、丁玲、草明、严文井、张庚、吴伯箫、华山、陆地、公木、方青、任钧、雷加、马加、陈学昭、西虹、颜一烟、林蓝、柳青、师田手、李克昇、蔡天心等。

东北解放区文艺的创作直接继承了延安文艺特别是毛泽东《在延安文艺座谈会上的讲话》精神。在党的直接领导下,东北解放区先后创办了《东北日报》《中苏日报》《东北民报》《关东日报》《辽南日报》《西满日报》《大连日报》《松江日报》《合江日报》《吉林日报》《胜利报》等,这些报纸多为党的机关报,其文艺副刊发表了大量的文艺作品、理论文章及文艺动态。这些报纸副刊对于东北解放区文学的引导与建构起到了重要的作用。与此同时,《东北文学》《东北文化》《东北文艺》《文学战线》《人民戏剧》《白山》《戏剧与音乐》等文学杂志,以及东北书店、大众书店、光华书店等出版机构相继创办,这些文艺刊物和书店对解放区文艺的发展也起到了很大的推动作用。

革命的逻辑和阶级的理论是东北解放区文艺创作的普遍主题。这是一种革命的启蒙,与左翼文艺一脉相承,只不过东北的社会现实为这种主题提供了更为广泛而坚实的生活基础。抗战胜利后,为了开辟和巩固东北解放区,使之成为解放全中国的军事和经济基地,我党进军东北,抢占了战略制高点。可是,在东北,人民军队所处的环境与山东等老解放区完全不同,殖民统治因素加之国民党的宣传,使得我们的政治优势在最初未能完全发挥出来。正如李衍白在散文《黎明升起——巨大变化的东北一年间》中所写的那样:"群众在犹豫中,岁月在艰苦里,这就是我们在东北土地上刚刚开始播种,还没有发芽开花时的现实遭遇。"随着革命形势的发展,革命军队传统的政治思想工作优势又体现了出来。我党在部队中开展了以"谁养活了谁"为主题的"诉苦运动",这颠覆了中国东北乡村社会的封建伦理,提高了官兵的阶级觉悟,极大地增强了部队的战斗力。

这种革命的逻辑在土改题材的作品中表现得最为突出。方青的短篇小说《擦黑》讲述了这个朴素的道理:

"……像赵三爷那号人,把咱穷人的血喝干了,咱们才不得不去找口水喝饮饮嗓;他们喝干了咱们的血没有一点过,咱们找口水喝饮饮嗓子就犯了罪?旧社会就是这么不公平!他们还满口的仁义道德,呸!雇一个扛活的,一年就剥削好几十石粮食,还总是有理!穷人的孩子偷他个瓜吃,就叫犯罪,绑起来揍半天,这叫什么他妈的道德?咱们要讲新道德,咱们贫雇农的道德;就是用新道德来看咱们贫雇农;像上边说的那些犯了点毛病的,都不要紧,脸上有点黑,一擦就干净了,只要坦白出来,都是穷哥儿们好兄弟。一句话:只要是姓穷的就有理,穷就是理!金牌子上的灰一擦净,还是金牌子。家务事怎么都

好办!"李政委讲的话刚一落音,大伙高兴地乱吵吵起来:"都亲哥儿兄弟么!"

除此之外,还有在"你给地主害死爹,我给地主害死娘……"的事实教育下,认识到了彼此都是阶级弟兄,大家都是穷苦人的"无敌三勇士",他们从此"火线上生死抱团结"。(刘白羽《无敌三勇士》)

土地改革是东北解放区文艺最引人关注的问题。东北解放区文学作品中有许多极具写实性的"穷人翻身"故事,如周立波的《暴风骤雨》、马加的《江山村十日》、白朗的《孙宾和群力屯》、井岩盾的《瞎月工伸冤记》、李尔重的《第七班》、西虹的《英雄的父亲》等文艺经典作品。

方青的《土地还家》描述的就是这一历史巨变给贫苦农民带来的心理和生活的变化:

二十年了,郭长发又重新用自己的手来耕作自己的土地了。这是老人留下的命根,叫它长出粮食来养活后代的儿孙;可是二十年的光景,它被野狼吞了去,自己没有吃过它一颗粮食——他想到是旧社会把他的地抢走了。

现在呢?他又踏在这块地上铲草了。他感到自己已经离开家二十年,如今又回到母亲的怀里,亲切地叫着:"娘!我回来了。"——于是他又感到是:这是新社会把我的地要回来的。他这样想着,不由得拉长了声音跟儿子说:

"柱儿！想不到啊，盼了二十年，那时候你才三岁。多亏共产党……记住！可别忘了本啊!"

他直起腰来，两手拉着锄把，又沉重地重复着这句话：

"柱儿！记住，可别忘了本啊!"

佚名的《永北前线担架队速写》则写了老乡们在一天的时间里就组织起了八百余人的担架大队，作者经过和担架队员们的交谈，感受到了新解放区人民的觉悟。大队长问担架队员们："你们这次出来抬担架，怕不怕?"大伙回答："不怕!"大队长又问："为什么不怕?"大伙答："不怕，这是为了自己。"担架队员们相信唯有民主联军存在，他们才能活着。他们说："胜利是我们的，土地才是我们的。""赶走国民党反动派，保卫我们的土地和民主。"这与《白毛女》"旧社会使人变成鬼，新社会使鬼变成人"和《王贵与李香香》"要是不革命，穷人翻不了身，要是不革命，咱俩结不了婚"的主题是一样的。淮海战役的胜利是山东人民用手推车推出来的，而东北解放区的建立和辽沈战役的胜利又何尝不是如此！

战争书写是东北解放区文艺中最主要的内容，革命理想主义、革命集体主义和革命英雄主义精神，是东北文艺的思想主题，也是东北文艺的审美风尚。这种简单明了的思想、昂扬向上的精神本身就具有一种审美特质，它奠定了新中国文艺的审美基调。就东北解放区文艺而言，无论是描写抗日战争还是描写解放战争的作品，都普遍具有鲜明而朴素的阶级意识、粗犷而豪迈的革命情怀。

蔡天心的诗歌《仇恨的火焰》，描写了在觉醒的阶级意识支配下东北民主联军官兵的战斗情怀：

仇恨燃烧着，

像火一样烧灼着广阔的土地。

听啊——

大凌河在狂呼，

辽河在咆哮，

松花江在怒吼，

在许多城市和乡村里，

哪儿出现反动派的鬼影，

哪儿就堆成愤怒的山，

哪儿有敌人的迹蹄，

哪儿就燃起仇恨的火焰……

……

我们要

用剪刀剪断敌人的咽喉，

用斧头砍下他们的头颅，

用长矛刺穿他们的胸脯，

用棍棒打折他们的脚胫，

用地雷炸弹毁灭他们，

用从他们手里夺过来的武器，

打垮他们，

然后用铁镐把他们埋掉！

我们要用生命，用鲜血，

保卫这自由解放的土地，

不让反动派停留！

"赶走敌人啊，
赶快消灭它！"
让这充满着力量和胜利的声音，
随同捷报传播开去，
让千百万颗愤怒的心，
燃起
仇恨的火焰！

这种激情在东北解放区的散文、报告文学和战地通讯中表现得最为明显，如丁洪的《九勇士追缴榴弹炮》、马寒冰的《雪山和冰桥》、王向立的《插进敌人的心腹》、王焰的《钢铁英雄王德新》等。这些作品内容真实，情感深沉厚重，延续了抗战时期散文书写浪漫主义与现实主义相结合的审美特征。这些既有写实性又有抒情性的东北解放区散文作品在战争中凝聚人心，彰显力量，具有极大的宣传、鼓舞作用。

最为难得的是，面对东北发达的近代工业景观，作家们更多地描写了工人们的斗争和生活，这些作品成为东北文艺中最为独特而珍贵的展示，而且直接影响了新中国工业题材文学的创作。战争期间，沈阳、长春、大连等地的工业设施惨遭破坏。光复之后，为了保护工厂和恢复生产，工人们表现出了忘我的精神和高超的技术。这使得从未见过现代工业景象的文艺家们感动和激动，他们纷纷用笔来描写现代工业生产和城市新生活，从而给中国现代文学带来了前所未有的新气象。大连大众书店于 1948 年 8 月出版的

《"工农园地"选集》，就收录了城市工人拥护并融入新生活的历史片段，如袁玉湖《锉股的"火车头"》，郓景明、孙聚先《熔化炉的话》等。此外还有李衍白《工人的旗帜赵占魁》，草明《工人艺术里的爱和恨》，张望《老工友许万明》等。李衍白在散文《黎明升起——巨大变化的东北一年间》中，描写了东北现代工业的风貌和工人们的热情：

今日的城市也正在改变着一年以前的面貌，先看一看今天的哈尔滨，代表它新气象的是全部工业齿轮的旋转，是市中心区黑夜中的灯光如昼，是穿插在四条线路的廿五台电车和六条线路上卅台公共汽车，是一万五千吨自来水不停地输送给工厂、商店和住宅。这些数目字不仅超过了去年今日（蒋记大员们劫掠后所造成的混乱情况），而且有些超过了伪满。在紧张的战争中加速地恢复这些企业，同样不是依靠别的，而仅仅是由于工人的觉悟。你想一想，一个工人为了修理一个发电的锅炉，但又不能停止送电，于是就奋不顾身钻进可以熔化生铁、数百度的锅炉高热中，他穿着棉衣，外面的人用水龙朝他身上喷冷水，就这样工作一会热不住了跑出来，再钻进去，来回好多次，最后，完成了任务。我们有好多这种感人的事例。

我们在这些描写工友的散文里，看到了解放区新生活带给城市工人的希望。他们积极上工，传授技术，加班加点，争着当劳动英雄。这在中国同时期其他地域的文学作品中是极少见的。

　　质朴单一的写实手法是东北文艺的普遍表现方式,这种质朴不单是一种审美风格,更是一种直面大众的话语策略。这一传统与近代"政治小说"、五四新文学、左翼文学和抗战文艺等都是一脉相承的。文艺作为一种宣传和斗争的工具,自然要承担起团结和争取最广大人民群众的历史任务。因此,质朴单一的写实手法、通俗易懂甚至有些粗俗的语言风格,成为东北解放区文艺的普遍表现形式。

　　鲁柏的诗歌《夸地照》用简朴的形式表达了翻身农民淳朴的感情:

　　　　一张地照领回家,
　　　　全家老少笑哈哈;
　　　　团团围住抢着看,
　　　　你一言我一语来把地照夸:

　　　　长方形,四个角,
　　　　宽有八寸长两拃;
　　　　雪白的纸上写黑字,
　　　　红穗绿叶把边插。

　　　　上边印着毛主席像,
　　　　四季农忙下边画;
　　　　地照本是政委会发,
　　　　鲜红的官印左边"卡"。

　　　　里面写着名和姓,

地亩多少填分明，

拿到地照心托底，

努力生产多收成。

这首诗歌不仅使用了农民的口语，而且用东北农村方言来直观地描摹地照的具体形状和细节，表达了翻身农民朴素的情感。这种描写和表现方式与中国古代民歌传统有直接的联系。

井岩盾的小说《瞎月工伸冤记》以一个雇农自述的方式讲述自己的悲苦经历和内心感受。当工作队员问他是否受地主老赵家的气，他说："大伙吃他的肉也不解渴啊，都叫他给熊苦啦。"于是在工作队的启发和支持下，他"找大伙宣传去了"："张大哥，李大兄弟啊，咱们都是祖祖辈辈受人欺负的人呀！这回来了八路军啦，八路军给咱们穷人做主呀！有话只管说呀！有八路军，咱们啥都不用怕呀！"这是东北解放区贫苦农民普遍具有的经历和感受，而这种质朴无华的语言也是地道的东北农民的日常语言，具有天然的亲和力。

邓家华的小说《打死我也不写信》从情节到语言都相当质朴，甚至有些幼稚，但是那种情感是真挚的。"我"被敌人抓去，遭到严酷的鞭打，"当时我痛得忍不住，皮肤里渗透出一条一条青的红的紫的血痕，可是打死我也不写信的，他们看到我昏过去了，也就走了。等我清醒过来时，浑身疼痛，我拼死命地弄坏了门逃了出来，可是不巧得很，又碰到了伪军，又把我抓起来了，他们还是逼迫我写信，我坚决地说：'死了心吧！就是死了，我父亲会帮我报仇的。'救星来了，在繁星的晚上，忽然西面枪声不停地响着，新四军老部队来攻击了，伪军们都吓得屁滚尿流地逃走了，啊！新四军救出我了，我很快地到了家里，见了爸爸妈妈，心里真是高兴得流泪了"。

李纳的散文《深得民心》记叙了长春一个米面商人对民主联军和共产党的淳朴情感："他已经将红旗展开，举到我的眼前，我看到七个大字：'中国共产党万岁！'""'中国共产党万岁！'他重复着这七个字，从眼镜里透露出兴奋的眼睛。这脸，比先前更可爱更慈祥了：'我喜欢这七个字，所以我选择了它。'""大会开始了，人们都向着会场移动，老先生也站起来要走，临走时他问我在什么地方工作，我告诉了他，他高兴地说：'好，都是民主联军。深得民心，深得民心。'"抛开其内容不论，作品文字风格的朴素也显露出解放区文艺在艺术层面幼稚和不甚精致的弱点，而这弱点又可能是许多新生艺术的共有问题。也许，正因为幼稚，它才有更广阔的发展空间。

形式的多样性特别是短小化是东北解放区文艺创作的普遍特点，短篇小说、墙头诗、快板诗、散文、战地通讯、说唱文学等成为最常见的艺术形式。战争的环境、急剧变化的生活和读者的接受水平与习惯等，决定了人们需要并且适应这种短平快的表达方式，而这也是延安文艺和抗战文艺形式的延续。天意的《县长也要路条》描写了两个一丝不苟的儿童团员在放哨时不放过民主政府的县长，硬是把他和警卫员带到乡长那里查证的故事。其篇幅短小，不到400字，但是内容蕴意深刻，语言风趣自然，简直就是一篇微型小说。

小区区的短诗《一心一意要当兵》，将人物的关系、思想、表情和语言都生动形象地表现出来，极具说服力和感染力：

葫芦屯有个小莲青，

一心一意要当兵——

他爹说：

"你去吧。"

他娘说：

"你等一等！……"

他老婆说：

"哪能行？！……"

忸忸怩怩来扯腿；

哭哭啼啼不放松：

"你去当兵啥时还？

为老为少撇家中！"

小莲青，

脸一红：

"小青他娘，

你醒醒：

八路同志千千万，

哪个不是老百姓？！

我去当兵打蒋贼，

咱们才能享太平。"

　　当然，东北解放区文艺中也有许多保留了浓郁的文人气息的作品，这些作品与五四新文学的"纯文艺"审美风格有明显的承续性。例如大宇的诗歌《琴音》：

　　一个琴师

把琴音遗失在幽谷里

滑落在幽谷的谷缝里了

琴音栽培了心原上的一棵草儿

琴音赞咏了艺术的生命

一支灿烂的强烈的光焰

我就永住在这琴音里了

就仿佛身陷于一片梦的缘边

仿佛浴着一片无际的云海

无垠的生旅无限的生涯

何处呀

我摸索到何处呀

琴音丢在幽谷里

滑落在幽谷的谷缝里了

十分明显,这不是东北解放区文艺创作的主流。

《1945—1949年东北解放区文学大系》的编者耗费了大量精力来做这样一项浩大的地域性文学工程,这不只是对东北文艺的巨大贡献,更是对新中国文艺的巨大贡献。在此之后,东北文艺研究将迈上一个新台阶。

总导言

丛 坤

从 1945 年抗战胜利到 1949 年新中国成立这个时期,对于东北而言是极为特殊的。抗战胜利后,中共中央发布了《建立巩固的东北根据地》的指示,迅速成立了以彭真为书记的东北局,抽调了四分之一的中央委员、两万名党政干部、十三万主力部队赶赴东北,与国民党反动派展开激烈的斗争。在广大人民群众的支持下,中国共产党及其领导的军队从最初的战略防御转为战略反攻。1948 年 11 月,辽沈战役胜利,全东北获得解放。在解放战争时期,在中国共产党的领导下,东北人民反奸除霸,建立民主政府,消灭土匪,进行土地改革,在政治上、经济上翻身做了主人。东北的政治、经济、文化、教育等各个领域都发生了翻天覆地的变化,尤其是在文学创作方面,东北地区取得了不可低估的成就,文学创作出现了前所未有的发展和繁荣的局面。

"东北作家群"的回归、党中央选派的文化宣传干部的到来、文学新人的成长使得解放战争时期东北地区的创作队伍不断壮大。在东北沦陷后从东北去往关内的进步作家中,除萧红病逝于香港、姜椿芳在上海从事党的地下工作外,塞克(即陈凝秋)、舒群、萧军、罗烽、白朗、金人等都积极响应党的号召,陆续返回东北。1945年9月至11月,党中央从陕甘宁边区和各个解放区抽调一大批优秀的文化工作者到东北解放区。据不完全统计,这一时期来到东北解放区的文化工作者有刘白羽、陈沂、周立波、草明、严文井、张庚、吴伯箫、华山、西虹、陆地、李之华、胡零、颜一烟、公木、林蓝、江帆、李纳、魏东明、夏葵、常工、方青、任钧、李则蓝、煌颖、侯唯动、李熏风、雷加、马加、袁犀、蔡天心、鲁琪、李北开等。① 中共中央东北局宣传部与东北文艺协会在"土地还家"口号的基础上,提出了"文艺还家"的口号,号召广大文艺工作者在与农民同吃、同住、同劳动的同时,领导农民群众参加土地改革运动,帮助农民成立夜校、学习文化、办黑板报、成立文艺宣传队,提高他们的写作能力与文艺欣赏能力,在农民、工人等基层劳动者中培养了一大批"文学新人"。创作队伍的空前壮大为东北解放区文学的繁荣奠定了坚实的基础。

东北解放区文学的繁荣也与当时出版事业的空前繁荣密不可分。东北局宣传部将建立思想宣传阵地(即报刊、出版机构)、改造思想、建构意识形态话语权确定为首要任务。进入东北不久,东北局于1945年11月在沈阳创办了机关报《东北日报》(1946年5月28日由沈阳迁至哈尔滨,1948年12月12日搬回沈阳)。该报面向东北全境的党政军发行,是东北解放区发行量最大的报纸。之后,东北解放区创办、发行的报纸近百种。据《黑龙江省志·报

---

① 彭放:《黑龙江文学通史(第二卷)》,北方文艺出版社2002年版,第354页。

业志》的统计,当时黑龙江地区(5 省 1 市)的每个省市不仅有党政机关报,而且有人民团体和大行业的专业报纸,有些县也出版油印小报。仅哈尔滨出版的大报就有《哈尔滨日报》《哈尔滨公报》《哈尔滨工商日报》《大众白话报》《午报》《自卫报》《北光日报》《新民日报》《民主新报》《学生导报》《文化报》等。这一时期的报纸,无论设没设副刊,都或多或少地发表过文学作品。

东北局还出资创办了东北书店、光华书店、大连大众书店、辽东建国书店、兆麟书店、吉东书店、辽西书店等众多的图书出版机构。其中,东北书店是东北解放区规模最大、贡献最大的书店,在东北全境建有 201 个分店,发行网点遍布东北全境。除出版、发行图书外,东北书店还创办了《知识》《东北文学》《东北画报》《东北教育》等期刊。这些出版机构大量出版政治读物、教材和文学书籍,促进了东北解放区出版业的发展。仅以东北书店为例,从 1946 年到 1948 年,东北书店总共出版图书杂志 760 种、各类图书 1 520 余万册。[①] 东北解放区纸张和印刷质量上乘的大量出版物不仅发行于东北各地,还随着东北野战军入关和南下,成为陆续解放的北平、天津、武汉等地人民群众急需的读物。历史上一向"文风不盛"的东北第一次有大量的出版物输送到关内文化发达之地,这成为一时之盛事。

此外,东北解放区先后创办的文学类期刊的数量是惊人的。如 1945 年至 1947 年创办的文学期刊有《热风》(半月刊)、《文学》(月刊)、《文艺》(周刊)、《文艺工作》(旬刊)、《文艺导报》(月

---

① 逢增玉:《东北解放区文学制度生成及其对当代文学制度的预制》,载《文学评论》2017 年第 4 期。

刊)、《东北文艺》(月刊)。1947年以后创刊的大型专业期刊有《部队文艺》、《文学战线》(周立波主编)、《人民戏剧》(张庚、塞克主编),综合性期刊有《东北文化》(吴伯箫主编)、《知识》(舒群主编)等。其中,《东北文化》与《东北文艺》的影响最为突出。《东北文化》的主要任务是协同东北文化界,从政治上、思想上启发广大的东北青年和文化工作者,提高他们的自觉性,激发他们的革命热情、积极性和创造性,使他们在东北人民解放的伟大事业中发挥应有的作用。《东北文艺》是纯文艺性的刊物,刊载小说、戏剧、散文、诗歌、漫画、速写、报告文学、杂文、书刊评价,以及文学理论、有关文艺运动史的论著等。《东北文艺》聚集了一大批优秀的作者,如周立波、赵树理、罗烽、公木、萧军、塞克、舒群、白朗、严文井、刘白羽、西虹、范政、宋之的、金人、马加、雷加等。在他们的影响下,《东北文艺》还不断提携文学新人,这成为该刊的传统。从创刊到终结,《东北文艺》在新中国成立前后产生了很大的影响,20世纪50年代成长起来的许多作家、诗人是从这里起步的。可以说,《东北文艺》在解放战争和革命胜利后对新中国文学新人的培养起到了重要的作用。报纸、文学期刊、综合性期刊和出版机构的大量涌现,为东北解放区文学的发展创造了良好的条件。

与此同时,为了更好地团结广大文艺工作者,东北局于1946年在黑龙江佳木斯成立了东北文化工作委员会,成员有张闻天、吕骥、张庚、塞克等。此后,若干文艺与文化团体陆续成立,其中最有影响的是1946年10月19日由全国文协的老会员萧军、舒群、罗烽、金人、白朗、草明6人在哈尔滨发起筹备的"中华全国文艺协会东北总分会"。这个文艺团体表面上是由文人自由结社,实际上主体是来自延安、具有干部身份的文化人,其中不少人是党员或东北文艺界的领导干部。"中华全国文艺协会东北总分会"对东北解放区文学的发展起到了不可忽视的作用。此外,中苏文化协会、鲁迅文艺研究会等文艺社团相继成立。1948 年 3 月,中共东北局宣传部首次召开了由文学、戏剧、音乐、美术、电影等部门的 150 余名文艺工作者参加的文艺工作者会议。会议对抗战胜利以来的东北解放区文艺工作进行了总结,并制订了随后一段时间的文艺工作计划。此外,中共中央东北局宣传部内部成立了文艺工作委员会,吕骥、舒群、刘白羽、张庚、罗烽、何世德、严文井、袁牧之、朱丹、王曼硕、华君武、白华、向隅、田方、沙蒙、吴印咸任委员,负责指导东北解放区的文艺工作。

1946 年秋,已迁至哈尔滨的原延安鲁迅艺术学院,按照东北局的指示北撤至佳木斯,并入东北大学,更名为鲁艺文学院。同年 12 月,东北局又决定让鲁艺脱离东北大学,组建东北鲁艺文工团。1948 年秋冬之际,随着沈阳的解放,东北鲁艺文工团在经历了三年多艰苦卓绝的转战与工作后进入沈阳,随后正式复名为鲁迅艺术学院,恢复了延安鲁迅艺术学院的学校建制。文艺团体的纷纷建立为东北解放区文学创作队伍的培养提供了组织保证。

为了纪念解放东北这段革命岁月,为了展现东北解放区文学的勃兴与繁荣,我们编辑出版了《1945—1949 年东北解放区文学大系》,分别从小说、散文、戏剧、诗歌、翻译文学、评论、史料等体裁角度进行整理、收录。

一

抗战胜利后的东北解放区文学是延安文艺的延伸与发展,东北解放区四年所发生的巨大变化,都生动、形象地展现在东北解放

区的小说创作中。东北解放区小说充分展示了当时的社会生活，塑造了形形色色的人物形象，给人们留下了时代的缩影与历史的印迹。

东北解放区小说创作大体可以分为两个阶段。第一个阶段是从1945年日本投降到1946年中共东北局通过"七七"决议，第二个阶段是从1946年通过"七七"决议到1949年新中国成立。在当时的局势下，中国共产党要最广泛地发动群众，进入东北的文艺工作者便肩负了与武装部队同样重要的"文化部队"的任务。他们用文学作品教育、引导群众，积极参与了粉碎旧的国家机器和意识形态的过程。在党的文艺方针政策的指引下，东北解放区的作家们广泛深入到农村土地改革、前方战斗生活和工厂建设之中，亲身体验群众生活。这使得东北解放区的小说能够迅速地反映生产、生活、军事等各个领域的变化与东北人民精神世界的变化。

从1931年日本发动九一八事变到1945年日本投降，十四年的沦陷历史构成了东北文学不可磨灭的创痛记忆。对沦陷时期东北社会生活的回忆，是这一时期小说的一个重要题材。而抗战题材小说则是对异族侵略者铁蹄下民生困难的真实记录，也是对战争年代民族精神的热情颂扬。但娣的《血族》、陆地的《生死斗争》、范政的《夏红秋》、骆宾基的《混沌——姜步畏家史》等都是这方面的代表作品。

土改斗争是东北解放区小说三大题材的重中之重。在那场深刻改变了中国农村政治、经济关系的运动中，东北解放区作家将强烈的政治使命感与巨大的创作热情相融合，创作出了大量的优秀作品，周立波的《暴风骤雨》、马加的《江山村十日》、安危的《土地底儿女们》等至今仍被读者反复阅读。

　　小说创作需要一个孕育的过程,相对来说,中长篇小说需要更长的时间来构思和写作,而短篇小说则完成得较快。在复杂、激烈的土改运动中,东北解放区作家们努力笔耕,迅速创作出大量的短篇小说。在这些小说中,我们可以看到东北农民在土改运动中的精神变化,农民经历了几千年的封建压迫,他们身上的枷锁不仅是物质上的,更是精神上的,从奴隶到主人的蜕变需要一个心灵的搏击历程。

　　反映前线战争是东北解放区小说的另一个重要题材,这些小说真实地体现了军民的鱼水情谊。西虹的《英雄的父亲》、纪云龙的《伤兵的母亲》等都是当时影响较大的作品。1947年至1948年是解放战争中我党从防御转为反攻的时期,随着战事的推进,中国人民解放军(1948年1月1日,东北民主联军改称为东北人民解放军,同年11月13日改称为中国人民解放军)的队伍急剧壮大,部队官兵的成分因而趋于复杂化。为此,部队采用诉苦的办法对广大指战员进行阶级教育,提高他们的政治觉悟和思想觉悟。诉苦教育消除了战士之间的隔阂,为解放战争的胜利打下了坚实的思想基础。刘白羽的短篇小说集《战火纷飞》、李尔重的中篇小说《第七班》等反映了这一主题。

　　除上述三大题材外,解放战争时期东北涌现出来的工业题材小说,亦可视为中国现代工业题材小说的发端,这也从一个方面证明了东北解放区小说的文学史价值和文化价值。

　　东北解放区的工业在新中国发展史上占有非常重要的地位。在这一方面,影响最大的是女作家草明的中篇小说《原动力》。这篇小说虽然存在粗糙和简单等不足之处,但作为新中国成立前描写工业生产和工人思想的作品,是值得关注和肯定的。此外,李纳

的《出路》、鲁琪的《炉》、韶华的《荣誉》、张德裕的《红花还得绿叶扶》等作品也广受好评。这些小说充分展现了东北解放区工业蓬勃发展的景象,展现了工业生产对人的改造,也开创了新中国工业文学的先河。

东北解放区的相当一批小说,强调小说的政治价值,强调创作为工农兵服务,大多通俗易懂,而缺乏对心理深度和史诗境界的发掘。然而,东北解放区小说明朗新鲜,创造性地继承了延安文艺精神,反映了东北解放区的历史巨变和社会变革中诸多的社会问题,为新中国成立后的十七年文学开辟了道路。

二

散文卷在本丛书中占有重要的分量,真实地记录了解放战争中东北解放区人民的巨大贡献,独特的作品体例亦标示出其在新中国散文创作史中的独特地位。

解放战争时期东北战区的胜利,不仅是军事史上的奇迹,更是人民意志创造历史的丰碑。许多作者都以醒目而直接的题目记录了解放军普通战士勇敢战斗、不畏牺牲的英雄事迹,以真挚的情感,突出了普通战士大无畏的战斗精神和取得战斗胜利的信心。这些作品表现了同一个主题:解放军是人民的军队,中国共产党是全心全意为人民服务的。这也是新中国强大的根基体现。

散文卷中还有一部分作品,叙述了悲壮的抗联斗争的事迹,如纪云龙的《伟大民族英雄杨靖宇事略》、菽沉的《老杨——人民口中的杨靖宇将军》、陈堤的《悼念李兆麟将军》等。英勇不屈的民族气节是抗联英雄所具的崇高品质,也是抗联精神最真实的写照。而东北书店于 1948 年 6 月出版的《集中营》,以革命者的亲身经历叙述了大义凛然、为真理献身的革命志士的事迹,让后人真正理解了"头可断血可流,革命意志不能丢"的气节,"永不叛党"是英烈们用鲜血和生命刻写在党章之中的。

从1946年到1948年,尽管国民党军队在东北重要城市盘踞并负隅顽抗,但是东北农村却发生了翻天覆地的变化。中国共产党在根据地开展土改运动,领导农民推翻了地方统治势力,领导农民斗地主、分田地,农民欢欣鼓舞,迎来了新生活。强大的后方农村根据地为部队供给提供了保障,同时,许多年轻的子弟为了保护胜利果实自愿参加了解放军,这改变了国共双方在东北的兵力布局。《永北前线担架队速写》等作品反映了这一主题。

此外,解放区散文作家的笔下还洋溢着新生活的喜悦,如严文井的《乡间两月见闻》。除了乡村,对于那些在战后重新回到人民手中的城市,我党也开始接管,并进行初步的恢复性建设。在作家们的笔下,新生活带来了新气象。大连大众书店于1948年8月出版的《"工农园地"选集》,就收录了描写城市工人拥护和融入新生活的散文。在这些描写工厂、工友的散文里,我们可以看到解放区的新生活给城市工人带来了希望。

这些散文作品大多短小精悍,有迅速性、敏捷性和战斗性等特点,具有独特的艺术特征。这与当时许多作家的出身密切相关。如刘白羽、草明、白朗、华山、西虹等作家对战争环境和百姓生活有着敏锐的观察力和真实的体验,他们的作品使得东北解放区1945年至1949年的散文创作呈现出独特的风格,表现出纪实性和文学性相结合的特点。此外,由众多从延安来到东北的文艺干部组成的随军记者,以大量的新闻报道反击了国民党的舆论污蔑,记录了解放军战士不畏艰险、顽强抗敌的英雄事迹,同时表现了后方人民

在解放区土改过程中翻身解放、分得土地的喜悦心情。

散文作家记录这些真人真事的报道在东北解放战争中起到了巨大的宣传作用,成为鼓舞人心的强大的精神力量。东北解放区散文也因为内容真实、情感真实而呈现出历久弥新的生命力,往往给读者带来身临其境的感受,也让人忽略了作品本身的艺术特质。实际上,这些散文正是在真实的基础上,以生动与丰富的细节给读者留下了深刻的印象,在真实性的基础上呈现出文学性。华山的《松花江畔的南国情书》就是代表作品之一。

细节的生动亦使东北解放区散文具有鲜明的文学性。东北解放区散文将我军战士的大无畏精神写得非常真实、感人。在展示解放区新生活、新风尚方面,许多拥军爱民的片段写得细腻、真实。

东北解放区散文在主题内容上具有很高的价值,大量的散文颂扬了东北人民解放军的集体主义精神和英雄主义精神,表现了我军指战员的英勇气概,体现了战士们浩气长存的革命豪情。因此,东北解放区散文具有较高的文学价值,其明朗的表现方式恰恰是后来共和国文学明确表达和高度肯定的。题材广泛、内容真实和情感深厚的纪实性文学,使得东北解放区散文在战争时期凝聚了强大的精神力量。反映中国人民解放军不畏艰险、英勇战斗的长篇报告文学,在风格上激情澎湃,体现出解放军崇高的革命乐观主义精神。这一时期的散文把东北解放历史进程的全貌和战士们的英勇壮举再现了出来,东北解放区散文也因此具有了军事史和共和国历史的资料留存价值。东北解放区散文在创作上因为具有纪实性与文学性相结合的特点,为军旅散文创作提供了新的美学范式。

三

在东北解放区文学中,戏剧具有内容丰富、种类繁多、通俗明了、利于传播等特点,兼之创作群体庞大,故而获得了巨大的丰收,这成为东北解放区文学繁荣的重要标志之一。东北解放区的戏剧具有鲜明的启蒙性、宣传性和战斗性等特征,对生产建设、围剿土匪、土改运动和解放战争发挥着不可替代的宣传作用。

东北解放区戏剧的繁荣首先得益于东北解放区报刊对戏剧的支持。例如,《东北日报》刊发的剧作涉及歌唱新生活、感恩共产党、批判美蒋、拥军劳军、参军保家、歌颂劳模等多方面的内容。1947年5月4日创刊的《文化报》则是东北解放区第一份纯文艺性质的报纸,主要刊载一些文学常识、短文、小诗、书评、剧报等。此外,《前进报》《北光日报》《合江日报》等都刊发了大量的戏剧作品。而从刊载量来看,期刊对戏剧的支持力度更大。在众多的文艺期刊中,对戏剧传播影响较大的是《东北文学》《东北文化》《东北文艺》《文学战线》《知识》和《人民戏剧》等。

从1945年年底开始,东北解放区以各家出版社为依托陆续出版了许多戏剧作品,这是解放区戏剧传播的重要途径。较有影响的是东北书店和人民戏剧社等。在解放战争期间,东北书店出版的各类戏剧作品和理论书籍近百种,形式包括话剧(独幕话剧、多幕话剧)、京剧、评剧、二人转、歌舞剧(广场歌舞剧、儿童歌舞剧)、歌剧、新歌剧、小歌剧、道情剧、活报剧、秧歌剧、小喜剧、小调剧、皮影戏等。其中,秧歌剧超过一半。

文艺团体的迅猛发展是解放区戏剧广泛传播的最终体现。1945年11月以后,东北文工团等数十个文艺团体在东北局宣传

部的领导下先后成立。这些文艺团体以《在延安文艺座谈会上的讲话》为指导,坚持走文艺大众化的道路,活跃在东北城市和乡村,战斗在前线和后方。他们创作、表演了一系列以支援前线、土地改革、翻身当家为主题的作品,这些作品受到人民群众的好评。

从内容方面来看,歌颂工人阶级是东北解放区戏剧的一个重要内容。东北光复后,作为解放全中国的大本营,哈尔滨、沈阳等工业城市的作用得以凸显,工人阶级成为时代的主角。从剧作内容来看,第一种是反映工人生活的剧作,如王大化、颜一烟创作的《东北人民大翻身》;第二种是歌颂先进个人无私支援解放区建设、帮助工厂恢复生产的剧作,较有影响的有《献器材》《十个滚珠》《一条皮带》《刘桂兰捉奸》;第三种是歌颂党的政策的剧作,代表作品有《比有儿子还强》和《唱"劳保"》。工业题材戏剧的大量创作,极大地拓宽了解放区戏剧的创作领域,为新中国工业题材戏剧的发展奠定了坚实的基础。

东北解放区戏剧中描写农民翻身解放、分得土地的农村题材的戏剧的比重最大。第一类是反映东北农民翻身解放,通过新旧对比来歌颂新农村、新生活的剧作。第二类是反映粉碎各类阴谋、同复辟分子做斗争的剧作,代表剧作有《反"翻把"斗争》等。第三类是反映改造后进、互助合作,表现农民积极开展大生产运动的剧作,如《二流子转变》。第四类是描写劳动妇女反抗封建婚姻、争取民主权利、积极参加劳动生产的剧作,如《邹大姐翻身》。

东北解放后,群众的思想还比较保守,革命启蒙的任务十分重要,尤其是要帮助东北人民认同和接受中国共产党及其领导的人民军队。在描写军队的戏剧中,既有表现人民军队英勇战争、不怕牺牲、勇于献身的剧作,也有以军民互助、拥军支前为主要内容的剧作,这类剧作完整地再现了东北人民从最初的误解民主联军到后来积极送子参军、送夫参军、拥军支前的全过程。前者的代表作有《老耿赶队》《鞋》《两个战士》等,后者的代表作有《透亮了》《收割》《支援前线》等。

在艺术特点上,虽然东北解放区戏剧的整体水平不是最高的,但是其庞大的作者群体、巨大的创作数量、伟大的历史功绩,使得解放区戏剧创作达到了巅峰状态。东北解放区戏剧因对传统戏剧和西方舶来戏剧的融合而具有现代性,在这种融合的过程中实现了本土化,并形成了民族化、大众化、乡土化的特征。东北解放区戏剧的民族化特征源于延安时期戏剧的"中国化"。而其大众化特征是指具有广泛的群众基础,且创作群体亦十分大众化。东北解放区戏剧的乡土化则主要表现在地域特色上。

在创作方法上,东北解放区戏剧继承了延安戏剧的传统,剧作家们用现实主义的方法把自己身边刚发生或正在发生的事情通过戏剧的形式真实地反映出来,集中表现工、农、兵的日常生活。东北解放区戏剧起到了鼓舞斗志、颂扬先进、宣传政策、支援前线的作用。

在戏剧结构上,东北解放区戏剧的戏剧冲突尖锐而集中,叙事模式多元,表现方式多样。在人物塑造上,剧作塑造了一个个爱憎分明、个性突出、敢作敢为的人物形象。这些人物形象生动丰满、有血有肉,为观众熟悉和喜爱。

东北解放区戏剧在取得较高的艺术成就和发挥重要的宣传作用的同时,也存在一定的不足。然而瑕不掩瑜,民族化、大众化、乡土化的特征,使得戏剧的宣传性、教育性、战斗性的作用得以充分发挥出来。东北解放区戏剧对光复后进行的民众文化启蒙、文化

宣传具有不可替代的作用,对解放区的土地改革和解放战争做出了不可磨灭的贡献。

四

东北解放区诗歌秉承了我国诗歌的优秀传统,具有红色革命基因。它一方面与伪满时期的诗歌做了彻底的割裂,另一方面又延续了东北抗联诗歌的革命精神和爱国主义情怀,集中书写了山河易色、异族入侵带给东北人民的苦难和屈辱,书写了受难的人民在共产党领导下的觉醒与反抗,书写了东北人民在艰苦的自然环境与战争环境中形成的坚韧、乐观、幽默的性格。

东北解放区诗歌是中国解放区诗歌的重要组成部分,与其他解放区诗歌保持着一致性和连续性。它之所以能复制延安解放区的文学模式,主要是因为其创作队伍中的很大一部分是来自延安解放区的革命文艺工作者,故在文学制度和文学政策上与全国其他解放区能保持一致。东北解放区诗歌的作者主要有四种身份:一是中共中央派驻到东北的文艺工作者;二是抗战时期流亡到关内的"东北作家群"(在抗战结束后返回东北);三是虽然本人不在东北解放区,但是其作品在东北解放区的重要报刊上发表过并产生了一定影响的诗人;四是来自各行各业的业余诗人。《东北日报》文艺副刊曾陆续发表过很多业余诗人的作品,这些业余诗人中既有宣传干部,又有工人、农民、战士、学生(其中有许多人使用笔名,甚至使用多个笔名,今天有些作者的真实姓名已很难核实)。有一些诗人并不在东北解放区工作,但是其作品在东北解放区的重要报刊上发表过,并对全国解放区的文学发展产生过重要影响,如艾青、田间等。东北解放区的代表诗人有公木、方冰、马加、严文井、鲁琪、冈夫、天蓝、韦长明、刘和民、李北开、彤剑、侯唯动、胡昭、李沅、夏葵、林耘、顾世学、萧群、蔡天心、杜易白、西虹、师田手、白刃、白拓方、叶乃芬、丁耶、孙滨、阮铿等。

从内容上看，东北解放区诗歌主要是反映当时东北解放区的经济建设、军事斗争、农村工作和城市建设等，具有现实性、时代性。从艺术形式上看，诗歌谣曲化、大众化、民间化的特点突出。抒情诗、叙事诗、街头诗、朗诵诗、歌谣、童谣等成为当时最常见的诗歌体裁。东北解放区诗歌具有以下几个显著特点：

第一，诗歌内容具革命性且高度政治化。东北解放区文学是为中国共产党解放东北和建设东北的政治任务服务的，其主要功能和目的是紧密贴近和配合解放区的主流政治运动。很多诗歌是为满足当时的政治需要而作的，充分体现了《在延安文艺座谈会上的讲话》在诗歌创作方面的实践成绩。东北解放区诗歌与中国解放区诗歌在题材选择、审美价值上保持着一致性，并具有东北解放区特有的地域性特点。揭露、批判、颂扬是东北解放区诗歌的三大主旋律，诗人们以工人、农民、士兵、英雄人物、劳动模范等为书写对象，歌颂英雄人物，记录战争风云，赞美新农民，抒发家国情怀。

第二，具有鲜明的战争文学特点。东北经历了十四年艰苦卓绝的抗日战争，接着又经历了五年的解放战争，近二十年间，始终处于战争状态。诗歌也呈现出战时文学特质，记录了艰苦卓绝的战争场景与生活现实。对于重大战役的抒写与记录，英雄主义、乐观精神、必胜信念的情感基调，加之大东北茫茫雪原、天寒地冻的地域特点，使得东北解放区诗歌具有鲜明的东北地域特色。

第三，农村题材也是东北解放区诗歌的重头戏。东北经过十四年的抗日战争，土地荒废，农民思想落后。抗日战争结束后，解

放军入驻东北,一方面做农民的思想工作,进行思想启蒙,另一方面在农村贯彻党的土改政策,进行土地革命,让农民成为土地真正的主人。因此,在东北解放区,启蒙农民思想、反映土改运动、揭露地主阶级剥削农民的本质、塑造新农民形象成为农村题材诗歌的主要内容。

第四,工业题材诗歌在东北解放区诗歌中独领风骚。《文学战线》等报刊还专门设立了工人专栏,如《文学战线》专辟"工人创作特辑",作者均来自生产第一线。工业题材诗歌丰富了东北解放区诗歌的样态,也成为东北解放区诗歌的重要组成部分。

第五,叙事诗是东北解放区诗歌的主要体裁。长篇叙事诗体量大,便于完整地呈现人物或事件的变化过程,便于刻画生动、饱满的艺术形象,因此很受东北解放区诗人的青睐。在《东北文艺》《文学战线》等杂志和个人诗集中,带有浓郁的东北民间话语特色,反映土改运动、翻身农民踊跃参军等内容的长篇叙事诗一时间大量出现。

第六,诗歌审美倡导大众化、通俗化。在解放战争时期,文学要担负着团结人民、教育人民、打击敌人的任务,因此,战时诗歌不能一味地追求高雅的诗意,它既要通俗易懂,便于启蒙民众,又要迎合普通大众的审美需求,适应战争时期的宣传需要。东北解放区诗歌的谣曲化倾向突出,诗作大多出自部队宣传干部、战士、工人、农民之笔,以社会现象为题材,具有相当强的时效性,普遍具有语言通俗易懂、直抒胸臆、为群众所熟悉和易于接受等特点,真正达到了为工农兵服务的目的。

东北解放区诗歌也存在一些不足。由于过于强调宣传性、鼓动性和战斗性,重内容而轻艺术,艺术水准较低,东北解放区诗歌未能达到思想性和艺术性相结合的高度。

五

东北翻译文学兴起于 20 世纪 20 年代末,当时的《北国》《关外》等文学期刊上都登载过翻译作品,对俄苏、英、美、日等国家的民族文学作品,以及批判现实主义、"普罗文学"等文艺理论均有译介。但这种生动、活跃的局面随着 1931 年九一八事变的发生而不复存在。1931 年至 1945 年,在长达十四年的沦陷时期,东北翻译文学出现了两块文学阵地:一个是以沈阳、大连为中心的"南满文学"阵地,另一个是以哈尔滨为中心的"北满文学"阵地。辽南文坛在九一八事变以后出现了一股译介欧美和日本文学及其理论的潮流,主要刊发、翻译消极的浪漫主义、自然主义的文艺作品和理论,只刊发少量的俄苏文学。相对而言,北满文坛对俄苏现实主义文学作品及其理论的翻译有着更重要的意义。

解放战争时期的东北解放区文学的传播模式主要是"延安模式"。在翻译文学方面,东北解放区文艺工作者侧重译介的目的性和计划性。从目前了解到的情况来看,当时很多期刊都设有翻译栏目,其中《东北日报》《东北文艺》《前进报》《群众文艺》《知识》等都设立了介绍苏联文学的专栏,经常发表苏联社会主义建设时期和卫国战争时期的作品。此外,侧重刊发翻译文学的报纸、期刊还有《文学战线》《文化报》《知识》《东北文化》等。文学观念是文学创作的潜在基础,规范和支配着这个时代的文学创作。解放区的作家们译介了大量的苏俄作品,其中大部分是社会主义现实主义作品。除报刊外,东北解放区翻译文学的出版途径还有书店。由书店、期刊、报纸构成的媒介场,有效地促进了东北作家与世界

文艺思潮的交流,尤其是苏联所倡导的革命现实主义文学创作思想对东北的文艺运动发挥了指导作用。

《东北日报》的译介主要集中在俄苏文艺思想、作家作品方面,其中刊发爱伦堡、法捷耶夫等文艺理论家的作品的数量最多,产生的影响也最为深刻。这些作品极大地开阔了东北知识分子的视野。《东北文艺》每期都对俄苏文学作品、作家进行介绍,较有代表性的是 1947 年曾连载过的金人翻译的苏联作家华西莱芙斯卡娅的中篇小说《只不过是爱情》。《文化报》介绍了大批的俄苏作家,刊载了一些文艺评论、文学作品等。《文学战线》在刊发原创作品的同时,则侧重于介绍俄苏文学作品和翻译俄苏文艺理论。

东北书店出版了大量的翻译过来的苏联文艺论著和苏俄文学作品,目前搜集到的翻译文艺论著的种类达 110 余种。其翻译出版的俄苏文学作品具有丰富的题材,包括电影文学剧本、报告文学、游记、书信集、诗歌、小说等。辽东建国书社、大连大众书店、光华书店等也是翻译作品重要的出版机构。

翻译文学的发展有助于文学创作的繁荣与文艺理念的更新,但东北解放区译介作品的内容较为单一,翻译的作品几乎全都来自苏联,俄苏文艺思想、文艺理论和文艺作品得到高度关注,成为文坛的主流。其原因有如下几个方面:

首先,从地缘因素来看,东北与苏联有着天然的地缘关系。东北地区与苏联的东西伯利亚地区有着相似的自然环境,都处于高纬度寒带地区,气候寒冷,地广人稀。自然环境和原始文化的相似为思想的交流提供了基本契合点。

其次,从政治因素来看,俄苏文学在中国的兴衰与中俄之间的政治文化交流有着密切的关系。当时的文人也希望通过译介苏联文学作品来改造和影响人们的思想意识,以及树立新民主主义革命的奋斗目标和未来社会主义的奋斗目标。

最后,从社会现实来看,东北解放区的沈阳、大连等地在中国人民解放军进驻之前已经驻有苏联红军,而且在经济、文化等方面与苏联交往密切,苏联文学作品的翻译、出版自然丰富。

1942 年之后,延安文艺工作者主要是对苏联等少数社会主义国家的文学作品进行译介。对于与苏联接壤的东北解放区来说,由于与外界接触困难,能获得的外国文学作品更少,在建设新文学方面,除了以五四新文学和老解放区文学为资源外,苏联文学便是重要的资源。苏联文学对建设中的东北解放区文学具有不同寻常的意义。

六

东北解放区建立后,文学创作繁荣一时。然而,文学创作在繁荣的背后也存在着一些问题,其中一个突出的问题就是创作者的背景复杂,其中有来自抗日根据地的,也有来自关内国统区的,还有本土的。不同的思想意识、价值取向、艺术趣味掺杂在各类作品中,部分作品的创作倾向出现了偏差。这些问题引起了文艺界的关注。东北解放区的主要报刊和杂志纷纷开辟评论专栏,采用编者按、读者来信、短评、述评、观后感等形式开展文艺批评,为确立正确的文艺路线提供思想保障。

初到东北的文艺工作者首先感受到的是新老解放区之间政治环境和文化环境的差异。自清朝灭亡到抗战胜利的三十多年间,东北民众饱受战乱的痛苦。抗战胜利后,虽然旧的社会结构和文化体制已经解体,但旧的意识形态还残留在一些人的头脑中,东北民众与新政权之间存在着一定的隔膜。刚刚到达东北的大多数文艺工作者对东北特殊的历史环境认识不足,尚未做好相应的思想准备,仍然延续过去的创作方法和思维方式,脱离群众和实际。以什么样的形式和内容来服务刚刚从殖民者的铁蹄下解放出来的人民,是当时文艺工作迫切需要解决的问题。

文艺争鸣与文艺批评既是抗日根据地文艺工作的优良传统,也是党指导文艺工作的重要手段。毛泽东同志在《在延安文艺座谈会上的讲话》中指出,文艺界的主要的斗争方法之一,是文艺批评。此时,东北文艺工作者的首要任务就是对旧的意识形态进行批判和改造,从而构建与延安解放区主体同构的新的意识形态场域。因此,在本地区文艺界开展一场广泛的文艺批评运动就显得十分迫切和必要。1945年11月,陈云同志在《对满洲工作的几点意见》中提出了党在东北的几项重要任务:"扫荡反动武装和土匪,肃清汉奸力量,放手发动群众,扩大部队,改造政权,以建立三大城市外围及长春铁路干线两旁的广大的巩固根据地。"这既是党在东北的中心工作,也是东北文艺界所面临的主要任务。东北解放区的文艺队伍自觉地将创作与政治任务结合起来,坚持为人民服务的创作方向,以《在延安文艺座谈会上的讲话》为指导来进行创作。东北这块古老而又年轻的土地上结出了丰硕的艺术成果。这些作品在内容上贴近当时东北的现实生活,在形式上生动活泼,富有浓郁的地方乡土气息,在教育人民、鼓舞人民、组织人民、团结人民、打击敌人方面发挥了重要作用。东北解放区文艺作为革命文艺版图中的一个独立板块开始形成,它既是"延安文艺"的派生,又具备地域文化品格。它不是由内而外自发产生的,而是在改造和清除原有旧文化的基础上通过外部输入逐步确立的。

与"延安文艺"相比,东北解放区文艺自身也出现了一些新的特质,特别是在文艺批评方面,文艺工作者表现出了强烈的自觉性。他们坚持无产阶级和人民大众立场,从不同层面和角度开展文艺界的批评与自我批评,引导东北解放区文艺朝着正确的方向发展。

东北解放区文艺的根本任务与延安文艺的根本任务保持着高度一致,但又具有特殊性。如果简单地照搬、照抄延安文艺的经验,那么东北解放区文艺很难适应革命发展的需要。东北解放区文艺首先具有启蒙的意义,它不仅具有文化启蒙的意义,也具有政治启蒙的意义。为此,东北解放区的文艺工作者以《在延安文艺座谈会上的讲话》精神为指导,树立起无产阶级的文艺大旗,以新文化来改造旧社会,重塑民众的国家意识、民族意识和政治意识,把东北建设成为中国革命的战略大后方。

在延安文艺旗帜的指引下,东北文艺界通过理论探讨和思想整风,统一了广大文艺工作者对革命文学根本属性的认识,东北的文艺工作焕然一新。广大文艺工作者在理论和实践两个方面取得了很大的成就,既继承和发扬了延安文艺思想,也将《在延安文艺座谈会上的讲话》精神与具体实践结合起来。夏征农、蔡天心、铁汉、甦旅、萧军、胥树人等知名的文艺界人士都对这个问题做了深入研究,产生了较大的影响。

与延安文艺相比,这个时期的东北文艺作品主题更丰富,创作者以切身的生命体验为基础,再现了解放战争时期东北所发生的波澜壮阔的革命斗争,以及在这个过程中东北人民的生活与精神面貌。

东北解放区的文艺发展也不是一帆风顺的,它也走了一些弯路。但是,在毛泽东《在延安文艺座谈会上的讲话》的指引下,文艺工作者不仅投身到创作之中,也开展了广泛的文艺批评,营造了一个宽松的舆论环境,作家们畅所欲言,在批评他人的同时也开展自我批评。这为创作的繁荣奠定了理论基础,也为新中国的文艺创作和文艺批评积累了资源和经验。

七

史料卷是大系的综合卷,其编撰初衷是反映东北解放区文学创作的初始背景,呈现当时的政策和文学创作的大环境,通过对资料的梳理,为弘扬东北解放区文学创作的优良传统提供第一手的基础资料。史料卷共分为七大部分。

一是文艺工作政策方针。文艺工作的政策方针是党根据一定历史时期的总路线和总任务确立的文艺指导原则,反映了一定时期文艺创作的总体规划、部署和要求。史料卷旨在呈现东北解放区创作繁荣的大背景下中国共产党对文艺工作的总体规划和实施情况。史料卷主要收录了与东北解放区相关的宣传文件,以及部分会议发言和讲话等内容,其中有出版、通讯、写作的相关规定,也有重要领导对文艺工作的指示要求,同时还收录了部分重要会议成果。

二是重要报纸、期刊。报纸、期刊大量创办是文艺繁荣的重要标志之一。报纸、期刊直接促进了文学事业整体的发展和繁荣,使优秀作品产生了广泛的社会影响。1945 年 11 月《东北日报》创办后,东北解放区先后创办、发行的报纸近百种。此外,在东北局宣传部的统一领导下,地方与军队也创办了数十种文学与文化类刊物。从成人刊物到儿童刊物,从高雅刊物到面向大众的通俗刊物,从文学到艺术,靡不具备。诸多的文艺报刊为文学作品的生产提供了园地,成为东北解放区文学创作的先锋阵地。

三是文艺团体、机构。在东北解放区,多个文艺团体和机构活跃在文艺创作和宣传的第一线,对东北解放区文艺事业的发展发挥了重要作用。东北局先后出资创办了东北书店等众多的图书出版机构,使得东北解放区报刊出版和传媒得到快速发展。1946年,东北局在佳木斯成立了东北文化工作委员会,此后,中苏文化协会、鲁迅文艺研究会等文艺社团也相继成立。东北文艺工作团等文艺团体也迅速发展。在组建大量的文艺团体和文工团之际,军队与地方政府和宣传部门还非常重视文艺人才的培养和文学教育体系的建立,在演出之余,也招收和培养文艺人才。在短短的四年间,东北解放区建立了众多的文艺工作团体与人才培养学校。这体现了我党对教育人民、教育部队和动员人民参与革命的重视。

四是作家及创作书目。从延安来到东北的革命文艺工作者数以百计,此外,20世纪30年代从哈尔滨流亡到关内各地的东北作家群成员也陆续返回东北。这些文化工作者云集黑龙江,办报纸,办杂志,从事广泛的文化艺术活动,使得东北解放区文学艺术以全新的姿态向共和国迈进。史料卷收录了活跃在东北解放区的多位作家的生平和创作情况,当然,由于这一历史时期具有特殊性,作家区域性流动较为频繁,对作家的遴选和掌握主要以创作活动的轨迹和作品发表的区域为依据。

五是东北解放区文学回忆与纪念。为了弥补现有资料不足的缺憾,史料卷特别收录了部分文学界前辈及其家人的回忆与纪念文章,其中既有参加文艺团体的亲历感受,也有对文艺创作细节的点滴回忆。由于年代久远,这些资料的某些细节无法准确、翔实地

体现出来,但这些资料记录了东北解放区文艺工作者的亲历感受,对补充和完善史料卷的内容大有裨益。

六是大事记。为了对解放区文学创作资料进行细致整理,进而为读者提供一个简明的、提纲挈领式的线索,史料卷呈现了大事记。大事记旨在将反映文学活动和文艺创作的各种资料予以浓缩,按照时间线索对史料进行编排。大事记简明扼要地记述了1945年9月至1949年9月东北解放区文学方面的大事、要事,涵盖了部分文艺作品创作、文艺团体成立的时间节点,有助于读者了解东北解放区文学的发展脉络。

七是索引。鉴于东北解放区文学总体呈现出体裁广泛、内容丰富等特点,史料卷以作者为线索,将分散在小说卷、散文卷、诗歌卷、戏剧卷、评论卷、翻译文学卷中的作品整理出来,形成丛书索引。索引以作者为基点,将作者在各卷中的作品情况(作品名称、所在卷册、页数)逐一列出,可以在一定程度上呈现出东北解放区文学的整体情况,亦可以体现出作者的创作风格和特点,进而从不同角度展示出东北解放区文学发展的脉络和趋势。

随着军事上的胜利和东北解放区的形成,东北的政治面貌、经济面貌发生了根本性的变化,特别是文化呈现出前所未有的发展和繁荣的局面。东北解放区在政策制定、政策实施、新闻出版、文艺社团、文艺教育体制、作家培养等涉及文艺发展与繁荣的各个方面,继承、发展和完善了延安文艺体制,对当代文学和文艺制度产生了重要和深远的影响。

尽管东北解放区文学得到前所未有的发展和繁荣,但这份珍贵的文化资料始终没有得到系统整理,有关资料分散在哈尔滨、齐齐哈尔、牡丹江、佳木斯、长春、沈阳、大连等地,加上年代久远,这给编选工作带来了很大的困难。一方面,区域性的文学史料不易引起一般研究者的重视,文学史料的保留和整理工作在通常情况下很不理想,尽管编选者在前期已有一定的资料积累,但是很多工作还需要从头开始。另一方面,由于年代久远,加之当时的出版印刷技术有限,许多资料的保存和整理已经成为一大难题。许多珍贵的文学资料甚至已经出现严重的、不可恢复的缺损,因此,整理和出版东北解放区的文学史料,对东北解放区文学和中国现代文学的研究具有重要意义,同时,对人们了解和认识东北解放区这段历史也具有重要意义。

东北解放区文学创作距今已有七十年的历史,从 20 世纪 80 年代开始,东北解放区文学作为中国现代文学的一部分开始进入研究者的视野,搜集、整理与研究工作逐渐深入,一大批有分量的成果随之产生。其中,具有代表性的成果有两项,一项是林默涵主编的《中国解放区文学书系》(重庆出版社,1992 年出版),另一项是张毓茂主编的《东北现代文学大系》(沈阳出版社,1996 年出版)。这两部著作以文学价值作为侧重点,对东北解放区文学进行了很好的梳理。此外,黑龙江、辽宁与吉林三省的社会科学院文学研究所通力编辑出版的《东北现代文学史料》(共九辑),其价值亦不可低估,当时资料的提供者或为亲历者,或为亲历者之亲友,这从文献抢救的角度来看可谓及时。尽管《中国解放区文学书系》和《东北现代文学大系》对东北解放区文学进行了较大规模的搜集与整理,但由于编辑侧重点不同,这两部著作对东北解放区文学作品只是有选择性地收录,东北解放区文学作品分散在各地图书馆与散落在民间的态势并未改变。进入 21 世纪后,随着时间的流逝,承载东北解放区文学作品的旧报、旧刊、旧图书流失和损毁的情况日益严重,对东北解放区文学进行进一步搜集与整理的必要性在中国现代文学界达成共识。2008 年,东北现代文学研究者、黑龙江省社会科学院文学研究所研究员彭放在主编完成《黑龙江文学通史》(北方文艺出版社,2002 年出版)之后,提出了编辑出版《东北解放区文学大系》的建议,这一建议得到了认可。事隔十年,2018 年,由黑龙江省社会科学院文学研究所与黑龙江大学出版社联合策划的《1945—1949 年东北解放区文学大系》荣获国家出版基金资助出版,这完成了老一代东北现代文学研究者的夙愿。

《1945—1949 年东北解放区文学大系》的编者,力求完整地体现东北解放区文学的整体风貌,在文学价值之外,亦注重作品的文献价值,以文学性与文献性并重作为搜集、整理工作的出发点。

《1945—1949 年东北解放区文学大系》的篇目编选工作,由黑龙江省社会科学院发起,联合黑龙江大学、哈尔滨师范大学、哈尔滨学院等黑龙江省多所高校共同开展。为了保证学术性,本丛书特聘请多位东北现代文学领域的专家组成编委会,各卷主编均为中国现代文学方面学养深厚的研究者。本丛书的篇目编选工作得到了北京、吉林、辽宁等地多家相关单位的支持。东北现代文学界德高望重的老一代学者亦给予大力支持,刘中树、张毓茂与冯毓云三位先生欣然允诺担任本丛书的学术顾问,本丛书的姊妹著作《1931—1945 年东北抗日文学大系》的总主编张中良先生亦为学术顾问。特别应提及的是,张毓茂先生在允诺担任本丛书学术顾问不久后就溘然离世,完成这部著作就是对先生最好的悼念。

本丛书的资料搜集工作,除得到东北三省各家图书馆的支持外,还得到了中国现代文学馆、黑龙江省浩源地方文献博物馆的大力支持。东北红色文献收藏人胡继东、华东师范大学历史系博士崔龙浩,以及华东师范大学历史系高铭阳、雷宇飞等人为本丛书的集成提供了大量珍贵而稀缺的第一手资料。对于他们的无私奉献,在此表示诚挚的感谢! 此外,黑龙江大学文学院、哈尔滨师范大学文学院许多在读的博士生、硕士生和本科生也参与了资料搜集工作,在此,请恕不一一列名。

《1945—1949 年东北解放区文学大系》除入选 2019 年度国家出版基金资助项目之外,还被列入黑龙江历史文化研究工程项目,在此谨致谢忱。

散文卷导言

书写战争风云　奏响解放凯歌

——东北解放区散文纵论

郭　力

东北解放区文学大系散文卷，为我们打开了一扇历史之门。当那些熟悉的东北地名——哈尔滨、长春、四平、沈阳、锦州、黑山被放置在 1945 至 1949 这一历史时空中，它们就会是刻写在中华人民共和国历史上与辽沈战役密切相关的一连串血与火镌刻出来的滚烫的名字，就像一串跳跃激荡的音符，以一浪高过一浪的气势奔向辽沈战役东北解放的最强音，而在这些地名背后，是站立起来的中国人民解放军（东北联军）战士的光辉群像。四战四平、围困长春、锦州攻坚、沈阳解放等著名战役，都刻写在共和国解放的历史上。通过东北解放区文学大系散文卷中那些真实记录的文章，你会真正地理解"为有牺牲多壮志，敢教日月换新天"的革命豪情，真正地明白在解放战争中辽沈战役的重要作用和东北解放区人民的巨大贡献。

历史永远铭刻着战争的正反面，因为在战争摧枯拉朽毁坏一个旧世界的同时，新世界也在熹微中诞生。东北解放区文学大系散文卷因其作品体例的特别，而标示出其在新中国散文创作史中的独特地位，其以写实散文的真实性，带来战争场面的震撼性，以鲜活的纪实体引发后人对战争的思考。中华民族经历了太多的灾难和战争的创伤，和平永远是我们这个民族最善良的愿望。也正因如此，东北解放区文学大系散文卷对战争的描写、对东北人民对和平生活热烈向往之情的刻画，都反映出一种基于人道主义精神的自由畅想。这些散文作品中所描写的前方战事和后方百姓的生产生活，都洋溢着革命乐观主义精神。得民心者得天下，解放战争东北战区的胜利，不仅是共和国军事史上的奇迹，更是人民意志创造历史的丰碑。

民族精神与一个国家的历史密切相关，尊重历史的本真性，就是还原历史的真实，是对历史上存在的世界观、价值观的尊重，而对待人类历史上曾经发生过的战争，从来都不应该是单维度的价值评判。对史实的尊重，体现国家的政治理想，关涉民族精神、国家观念，以及历史书写的知识架构和美学范式。而当文学作品还原了历史事件时，文学史的风貌将是对生机勃勃的历史审美精神的再现。东北解放区文学大系散文卷还原了辽沈战役中曾经发生过的一些真实的战争场面，不论是在战略思想上还是在艺术价值上都具有十分重要的意义。

一

东北解放战争的胜利在共和国历史上意义深远，在军事史、党史等方面研究成果颇丰，尤其是关于东北解放战争胜利的原因，很多理论研究成果早有定论。理论著作所书写的战争史如同一座恢宏的建筑，宏大而庄重。就像今天的人们怀着敬仰的心情去参观坐落在锦州市的"辽沈战役纪念馆"，走进陈列馆大厅，"前言"第一句就是："辽沈战役是 20 世纪中期中国人民解放战争中具有决定意义的三大战役的第一个战役。"结尾一句是："为辽沈战役胜利暨东北解放而英勇牺牲的革命先烈，其功名同山河长在，与日月同辉。"首尾两句精要地概括出辽沈战役的重要性和英烈浩气长存的英雄壮举。墨写的历史是今天人人得见的纪念馆的前言，而真正走进历史才会知晓血染的历史的凝重壮烈。今天我们在纪念馆看到的那些英烈名录中的名字，在东北解放区文学大系散文卷中，被还原为一个个血肉之躯，一个个"一不怕苦，二不怕死"的英雄战士的身影。抚卷追思，想到那些"同山河长在，与日月同辉"的英烈们，他们在战场上何以会那般英勇壮烈？阅读完这些作品，才会真正明白答案就在那些普通战士身上，那就是我军战士旺盛的斗志和建立新中国的决心。而旺盛的斗志和胜利的信念，化成强大的精神力量，对打败国民党全副武装的精锐部队起到了重要作用。"没有一个人民的军队，便没有人民的一切。"这是毛泽东主席总结中国革命胜利经验得出的一个重要结论。

东北解放区散文记录了东北战区许多重要的战斗，描写了解放军战士英勇杀敌的典型事迹。许多作者都以醒目而直接的题目记录了解放军普通战士勇敢战斗、不畏牺牲的英雄事迹，那些可爱的战士形象随着朴实无华的题目和文字扑面而来，一个个普通的名字，就如同一张张生动朴实的战士的面孔。他们不仅仅是著名战役当中一个个的名字，也是从东北解放战场上走来的一个个活生生的年轻人，为了保护亲人，也为了新中国的诞生，他们成为最勇敢

的战士和祖国最骄傲的英雄儿女。

在描写这些普通战士的英雄事迹时，作家笔端充满了真挚情感。正如刘白羽所说："在战争中，指挥员的责任是指挥，战士的责任是用枪，我的责任是用笔。"刘白羽以饱含革命激情的笔墨记录下解放军英勇的战斗，并以高质量的战地通讯和报告文学，书写了共和国壮烈的历史。

在《光明照耀着沈阳》中，刘白羽以文艺干部的觉悟和史学家般的目光，精准切入沈阳解放后的新气象，揭示出中国共产党胜利的历史必然性。文章巧妙地用了三个小标题，把新生的沈阳与历史和未来衔接起来，如同进行曲一般，一步步迈向胜利的前方。

第一部分的标题是"历史的暴风雨"，一开篇就点出了沈阳解放，也是辽沈战役胜利的伟大时刻。1948年11月2日这一天，沈阳永远属于人民了！抚今追昔，刘白羽还回忆了1946年4月他在军事调停处执行部邀请下，与其他中外记者来访沈阳的事情。第二部分的标题是"混乱的崩溃与清醒的胜利"，以对比的手法叙述了国民党覆灭前夕，即10月29日在沈阳机场狼狈出逃的混乱场景，被国民党视为生死线的东北和被国民党军队最后盘踞的东北城市沈阳就这样回到了人民手中，蒋介石的防御神话全部破灭了。这一天，沈阳人民走上街头，走入工厂，保护自己的城市和工厂。因为他们知道，解放军来了，中国是全体人民的了。第三部分的标题是"光明日月永属人民"，叙述了军事管制委员会是如何帮助沈阳这座城市恢复正常的生活秩序的。几天的时间里，工厂复工了，学校复课了，老百姓拿到救济费买到粮食了，一切都是解放后的新光景。新政权如何让老百姓信服拥护？刘白羽在文中给出了让人信服的结论。在沈阳解放之后，市民有三大满意："第一是解放军纪律好,第二是水电交通恢复快,第三是粮食价格低落。"正是出于这种对新政权新国家的信心,刘白羽在文章的结尾才能由衷地写道:"沈阳千万人民在这样光照里喊出同样的一句话:光明的日子开始了!"

这些来源于事实的文字,不仅使我们今天的读者感叹刘白羽对战争细腻的观察和精准的表达,同时也激发了读者的爱国情怀,透过东北解放战争的风云,我们看到了新中国这轮红日喷薄而出的壮观画面。刘白羽以笔为枪,把辽沈战役难忘的时刻以文学的方式刻写在新中国的历史中。作为战地记者的代表,他始终奔波在战争的最前沿,在炮火中锻造出那些如火如歌的战地通讯报道。他曾亲赴四平前线,在炮火硝烟中,以充沛的革命情感,写下一篇篇反映东北人民解放军浴血奋战的真实报道。其中最震撼人心的画面莫过于我军指战员在激烈的炮声中,在低矮的地堡里发出铿锵有力的誓言:"我誓死坚守,死了也要把尸身挡着敌人!"战场上这一响彻云天的誓言,让我们感受到英雄战士们热血洒疆场的大无畏精神。他们每个人都是勇敢的人。刘白羽后来创作的《村落战英雄孟绍武》《六勇士》等通讯,都是通过挖掘战斗英雄们内心真实的情感,以细腻的笔触来记录这些勇敢、不怕牺牲的战士和他们饱满的复仇情绪、勇敢的战斗精神的。

这种大无畏的战斗精神在散文卷其他作者的作品中同样得以真实再现。在这些作品中,一个个闪着光的名字照亮了新中国的黎明。孤胆英雄王永泰,一个人追击逃敌,俘获38人,并连续冲锋,被授予"战斗英雄"的光荣称号(刘爱芝《第一名战斗英雄王永泰》);爆炸英雄任子厚,为炸掉敌军火力猛烈的带有扇形枪眼的碉堡,把炸药包的引火线割下大半截,扛起药箱挺身炸掉了碉堡,自己被强烈的炮火掀到空中炸得昏了过去,醒来后感到头脑昏沉、两腿飘飘,却对自己说轻伤不下火线,又扛起炸药冲了上去,立下了大功(华山《爆炸英雄任子厚》);抢救英雄登科是一名身经百战的老同志,因为身体受伤虚弱而被调到炊事班,他所在的连队是获得"顽强冲杀第三连"锦旗的光荣连队,在著名的四平保卫战中,他接下火线抢救工作,冒着敌人密集的炮火,从火线上背运伤员,多次被敌人猛烈的炮火掀倒埋在土里,但是他凭着"我死了也得把彩号抢下来"的信念,成为抢救英雄(西虹《抢救英雄登科》)。通过这些作品所记录的战斗时刻,一个个有名有姓的英雄被载入共和国史册。

同时,还有许多无名的英雄。他们是一天里击退敌人四次冲锋、激战七个小时坚守阵地的六勇士(刘白羽《六勇士》);他们是勇敢沉着压制敌人火力的重机第五班(彦克《重机第五班》);他们是在敌人密集的炮火中连续冲击的勇猛机智无伤亡的英雄二排(树生《勇猛机智连续冲击的二排》);他们是攻下要点高地,把尖刀刺进敌人心脏的第三连(王暖《"攻无不克"的第三连》)……从一个个同仇敌忾的解放军战士到英雄班、英雄排、英雄连以至全军,中国人民解放军以高昂的斗志彻底地打败了国民党的王牌劲旅。

这些记录东北解放战争的散文作家都深知我军指战员顽强的精神和胜利的信心来自何处,那是因为解放军战士知道自己是穷人的部队,也知道自己是为那些像白毛女一样处在穷苦境遇的亲人们而战,所以才以旺盛的革命斗志战胜了敌人。当年一位亲身经历了黑山阻击战的国民党军官,在回忆录中仍然心有余悸地表示出对解放军顽强战斗意志的困惑。他说:"廖耀湘兵团使用了所有的重炮部队,倾泻了数以万计的炮弹,先后投入了三个军五个师的兵力,发起了数十次的猛烈进攻,结果遭到惨败。黑山、大虎山仍掌握在解放军手中。思之令人生畏。"①国民党军官的不解之处,恰恰是我们共产党的初衷所在——军队是人民的军队,中国共产党是全心全意为人民服务的,这是新中国强大根基的体现。

这种信念不仅体现在解放战争中,而且贯穿于共产党发展的历史过程中。在东北解放区还有一部分作品,回忆叙述了悲壮的抗联斗争。纪云龙的《伟大民族英雄杨靖宇事略》一开篇就写道:"杨靖宇三个字,自'九一八'以来,在东北三千万人民的心中,早已成为不可磨灭的斗争的标帜。全东北人民没有不知道这位伟大的民族英雄的,他的响亮的名字,无论在他生前或死后,永远是一个战斗的号召。"抗战胜利后,以这个响亮的名字命名的"杨靖宇支队"并入了东北民主联军,继续为全国解放而战。而在菽沅的《老杨——人民口中的杨靖宇将军》中,作者通过一位老乡的眼睛,把杨靖宇如何平易近人地对老百姓讲述抗日道理的场面表现出来。让老乡们最感动的话是:"我们这个军队不怕吃苦,不怕死,只有一个信念,就是将日本鬼子赶出国境,使大家过好日子。"明白感人的话,让文中老乡的儿子当场就下了决心参加抗联,老乡自己也做了秘密交通员。革命的火种就是这样在东北人民内心中播下的。就像陈隄所由衷感叹的那样,李兆麟在小兴安岭上啖草根树皮,喝雪水与尿液,仍鼓舞部下"不灭日寇,誓不回师"。抗联英雄崇高的人格,英勇不屈的民族气节,是抗联精神最形象的写照。抗联英雄们在十四年抗战中的悲壮斗争,被镌入共和国的丰碑,抗联精神也永

---

① 中国人民政治协商会议全国委员会文史资料研究委员会《辽沈战役亲历记》编审组编:《辽沈战役亲历记:原国民党将领的回忆》,文史资料出版社1985年版,第237—238页。

远是中华民族的精神财富。

苍茫而壮烈的历史画卷,沉积着暗沉的底色。悲壮的故事后面是英烈们为新中国诞生,不惜抛头颅洒热血的碧血丹心。东北解放区文学大系散文卷中还收录了东北书店1948年6月出版的《集中营》中的部分作品。一个恐怖而罪恶的名字"茅家岭"反复出现,这是国民党特务机关关押他们所认为的共产党最顽固分子的地方集中营的代号。季音的《地狱茅家岭》《茅家岭集中营》、暮鹰的《上饶集中营罪行》、孙秉泰的《集中营在福建》等文章,都记录下国民党特务机关对共产党人无所不用的残酷手段。灌辣椒水、坐老虎凳已是惯用伎俩,火烙、摇电话、刺指甲叉、老鹰飞等一系列酷刑的折磨,目的就是得到共产党员的"自首书",但是特务们最后只能怒骂:"你们中毒太深!"散文集《集中营》以革命者的亲身经历向我们展现了那些大义凛然为真理献身的革命志士的形象,让后人真正理解了"头可断,血可流,革命意志不能丢"的气节。"永不叛党"是英烈们用鲜血和生命刻写在党章上的誓言。

从抗联英雄到集中营里坚强的共产党员,再到同仇敌忾要把国民党王牌军逐个歼灭的英勇的东北解放军将士,东北解放区文学大系散文卷以纪实性描写,把共产党和革命军人信仰与意志的原动力表达得清楚透彻,是英雄主义最生动真实的写照。

二

在东北解放战争中,中国共产党领导的人民解放军以坚韧不拔的革命意志解放了全东北,书写了军事史上辉煌的辽沈战役新篇章。这场伟大的胜利不仅胜在人民军队的旺盛的斗志和坚定的信念上,还胜在道义民心上。因为这不仅仅是一场战争胜负的较量,还是一场体现阶级伦理的更为深刻的阶级斗争。从 1946 年到 1948 年,尽管国民党军队在东北重要城市盘踞并负隅顽抗,但东北农村却发生了翻天覆地的变化。

中国共产党步步为营,建立了农村根据地,并在根据地开展土改运动。党领导农民推翻了地方统治势力,斗地主,分田地,农民欢欣鼓舞,迎来了新生活。农村根据地作为强大的后方,保障了部队供给,同时还有许多年轻的子弟为了保护胜利果实自愿参加解放军,大量的新兵入伍,改变了国共双方在东北的兵力布局。

《永北前线担架队速写》中写道,动员令传到堡子里的时候,老乡们都勇敢地站起来了,在一天工夫里就组织起来一支八百余人的担架大队。作者经过和担架队员们交谈,感受到新解放区人民的觉悟,他们士气高涨。大队长问担架队员们:"你们这次出来抬担架,怕不怕?"担架队员们回答:"不怕!""为什么不怕?""不怕,这是为了自己。"担架队员们相信民主联军存在,他们才能活着,他们说:"胜利是我们的,土地才是我们的。""赶走国民党反动派,保卫我们的土地和民主。"作者写道:"每个人的心里,都在准备如何贡献自己的力量,这力量是无形的,他将捶碎美国装备的蒋家军。"这篇散文以朴实无华的话语,把解放区老百姓心里最真实的想法表达了出来。共产党给农民分了土地,就是农民的大救星,参加担架队是为了自己,拥护解放军,保证胜利,土地才会是自己的胜利果实。

共产党的土改运动在农村蓬勃开展,党和人民建立了紧密联系。解放战争是人民翻身解放的战争,是一场不同于历史上任何一场战争的翻天覆地的阶级战争。而我们的人民解放军战士来自于人民,也爱护人民群众,即使在战争的艰苦条件中也严格遵守着

"三大纪律八项注意",获得老百姓的赞扬。吉戈的《血肉相联——爱护老百姓的故事》讲述四平战役中解放军不顾生命安危,从地窖里救出郭老先生一家十四口的故事。老先生感动得冒着弹雨跑来帮助攻城的解放军搬子弹,嘴里不住地说:"我死了也忘不了八路恩人的。"王晓旭的《一只小鸡——民主联军六二部"立功运动"中的插曲》,以诙谐幽默的口吻叙述了一个英雄二排,如何因为一只小鸡表现出爱护群众、不拿群众一针一线的思想觉悟。文章开篇写道,四班班务会上大家兴高采烈,检查战役过程中的群众纪律,大家说二排全体都没有犯错,一定会立功得奖。可是最后一个发言的老战士李景春涨红脸面说,在三道林子买了一只老太太杀好的鸡,准备回头给钱,可部队出发了,忘了给钱。大家埋怨说鸡肉大家吃了,犯了这次纪律,连七连的好名声都叫你弄坏了。因为这个连队从来没有拿百姓当勤务员用,纪律严明从不白吃老乡一粒米。抗战时在物质非常艰苦的情况下,还给老乡送衣服、裤子等用品。作品围绕着一只小鸡展开,故事情节一波三折。全体同志在战场上杀敌立功,在战场下严守纪律,就是要争得奖旗和荣誉。而因为一只鸡,营里说,二排哪都好,本来可以立个大功,就是吃个小鸡吃坏了。团里说,要不是这只小鸡二排又中奖,还要照相。这些消息引起大家对李景春的埋怨,连里做了工作才渐渐平息。最后团首长经过慎重考虑,认为二排全体都有战功,而李景春又是误犯,能悔悟改正值得表扬,决定仍旧给二排奖励。二排的同志开完祝贺大会,扛着白面和猪肉走回去时都说这个肉不是好吃的,以后要特别注意,打仗爱民要做得更好,保证没有一个违反纪律的。二排成为旗帜,成为全团学习的目标。这篇散文生动活泼,从吃一只小鸡吃坏了到成为学习榜样,二排的故事反映了解放军严明的纪律、正派的军风。解放军所到之处对老百姓尊重、爱护,得到当地人民群众的拥戴。从抗日战争到解放战争,前方是英勇杀敌的战士,后方是热情支援的老百姓。与国民党在蒋占区对人民盘剥搜刮所犯下的罪行相比,爱护群众、胜在民心是中国共产党取得革命胜利的一个重要原因。

对解放区新生活的描绘,散文作家的笔下洋溢着喜悦。严文井在《乡间两月见闻》中还特意提到农村幸福的夜晚场景。夜晚到了,"年轻人还在宽敞的院子里谈笑;有几个调皮的小伙子先后试着骑一匹性情暴烈的牛,牛固执地躲避这个试验,环绕着系它的木桩打转,有一个人迅速地跳上牛背,随又迅速地跌下,引起一阵哄笑。不知什么时候,放马的牵马进了院子,自卫队员拿着扎枪准备出去站岗去,女人们忙着把猪同鸭子关起来,院内静下来,白鹅则依然高昂着脑袋在墙边阔步。天色逐渐变得更加暗淡,不知什么时候星星已开始闪亮,广大的原野在朦胧中显得更加无边无际。"这段描写把北方农村傍晚闲暇时的快乐轻松展现了出来。要不是自卫队员还要站岗放哨,那就是一个和平安静的农村的普通夜晚。作家严文井在文中感叹,这不是一个屯子,而是若干屯子夜晚的景象。人们对和平安乐的盼望在东北解放区大地上实现了。

除了乡村,对于那些在炮火中重新回到人民手中的城市,共产党也开始了接管和初步恢复建设的工作。对沈阳、长春、大连的工业,能保护的保护,能恢复的恢复,能生产的投入生产。在作家们笔下,新生活、新气象跃然纸上。大连大众书店于1948年8月出版的《"工农园地"选集》,就收录了城市工人拥护和融入新生活的历史片段。金人的《沈阳的欢笑》、袁玉湖的《锉股的"火车头"》、草明的《翻身工人的创作》《工人艺术里的爱和恨》、张望的《老工友

许万明》等,我们在这些描写工厂工友的散文里,看到了解放区新生活带给城市工人的希望。他们积极上工,钻研技术,加班加点,争当劳动英雄。从牡丹江到齐齐哈尔,从长春到沈阳,解放的城市中开始有了机器的轰鸣和铁锤的叮当声。

沈阳车辆厂工人在诗里表达了解放后的快乐:"解放工人乐,工厂复了工,人人有工作,大家有饭吃,从此不挨饿。"(草明《工人艺术里的爱和恨》)作家草明在《从奴隶到主人》的结尾中写道:"工人们在民主政府领导下,解脱了奴隶的命运,当了主人。"这句话鞭辟入里地揭示出历史的沧桑巨变,受压迫的工人阶级成了中国真正的主人。共和国长子东北的工厂工人,他们是新中国的建设者,展现的是最优秀阶级的先锋品质。

三

东北解放区文学大系散文卷所收录的散文作品,主要是战地散文和解放区新生活即景,短小精悍,带有新闻报道的迅速性、敏捷性和战斗性。

解放区散文创作带有新闻报道和强烈的艺术特征,这与当时许多作家记者或文艺干部的出身密切相关。作家群体中不乏刘白羽、草明、白朗、华山、西虹等一批写作风格成熟的报告文学家,他们对战争环境和百姓生活有着敏锐的观察和切身的体验。也正因如此,他们笔下的散文或因作家随军记者的身份,或因延安时期文艺思想的积淀,或因个人艺术写作风格习惯,体现出报告文学特有的纪实性与文学性相结合的特点,使东北解放区的散文创作呈现出独特风格。作家队伍的身份构成,作为一个不容忽视的因素,首先成为观察东北解放区散文创作的一个视角。

在东北解放战争中,有许多由共产党文艺干部组成的随军记者,他们从延安来到东北,亲赴前线,以大量真实的新闻报道反击了国民党的舆论污蔑,同时记录了人民军队不畏艰险、英勇战斗的英雄事迹,表现了后方人民在解放区土改过程中翻身解放、得到土地胜利果实的喜悦心情,凸显出老百姓对共产党的热爱和军民的鱼水情深。以报告文学家刘白羽先生为例,1945 年 8 月 15 日日本帝国主义投降后,为了加强共产党的宣传,在舆论上对国民党的构陷予以反击,让全国人民了解国民党意图夺取胜利果实的阴谋,组织决定调刘白羽以新华社特派记者的身份随军进入东北,报道战争形势。刘白羽的报道凸显新闻的敏捷性、迅速性,反映国共两党战场情况,既场景宏大,又细节充沛,更有许多英雄战士、英雄班、英雄连出现在他的通讯报道中。

散文作家们笔下这些真实的报道在东北解放战争中起到了强大的宣传作用。部队战士们看到自己身边战友的英雄事迹,都很受鼓舞,榜样的力量在战争中成为鼓舞人心的强大的精神力量。以刘白羽为代表的战地记者们,以亲赴战场的第一手资料,发挥出新闻报道重要的宣传作用。战争场面的恢宏,解放军排山倒海的英雄气势,都促使短小精悍的战地通讯向场面宏大、内容深刻的全方位表现形式的报告文学转变。报告文学以其真实、全面反映现实的特点而成为适用的文学手段。报告文学写真实的人、真实的事、真实的场景,加上作家本人的真情实感,因而具有了极强的感召力。东北解放区散文创作也正因为内容真实、情感真实而呈现出历久弥新的强大生命力。散文写作贵在真实,报告文学以真人真事和真情实感,为解放区的散文创作率先做出了美学范式转换的榜样。

初读东北解放区的散文作品,读者往往会因为作品中的真情实

感及其所带来的身临其境般的感受,而忽略了作品本身的艺术特质。实际上,这些散文恰恰是在真实的基础上,以细节的生动丰富,而给读者留下深刻的印象。有大量的作品是在真实性的基础上显示出文学性的。

细节的生动,使东北解放区散文作品具有鲜明的文学性。散文卷中那些聚焦辽沈战役著名战斗场景的令人震撼的战地通讯,把我军战士"誓死坚守,死了也要把尸身挡着敌人"的大无畏精神写得壮烈感人。作品中出现了许多在战场上冷静果敢的董存瑞、黄继光式的英雄,他们是突破蒋军层层封锁和密集炮火的爆破手任子厚(华山《爆炸英雄任子厚》)、钢铁英雄王德新(王焰《钢铁英雄王德新》)、连续五次完成爆破任务的英雄施万金(刘德显《连续五次爆炸的英雄施万金》),这些英雄筑起了新中国的铜墙铁壁,让所谓的国民党王牌军新一军、新六军,在具有钢铁般意志的人民解放军的队伍前束手就擒。

在描写解放区新生活、新风尚方面,散文卷作品对拥军爱民片段刻画得细腻真实。有未过门的姑娘巧用心思,劝未来丈夫去参军打仗、保卫家乡的故事,把女孩聪慧进步的个性,通过写信、见面等场景表现出来,读之让人对这个识大体、明大义,送郎上战场的姑娘留下深刻印象。(白刃《送郎上战场》)有推起小车、扛起担架,跟随大部队打仗的民兵的故事,同样是解放战争中一幅生动的英雄剪影。他们在战场上除了抢救伤员、运送物资外,还可以用大扁担缴机枪,代替机枪手继续战斗。(关山等《民夫英雄剪影》)有因为部队出发未来得及给大娘一只小鸡钱而导致评先进受影响的活报剧,因为一只鸡从评不上先进到最后评上,把部队不拿群众一针一线的铁的纪律写得生动感人。(王晓旭《一只小鸡——民主联军六

二部"立功运动"中的插曲》)

这些细节生动的描写,把人民拥护共产党和人民军队的真情实感表现出来,勾勒出解放战争中英雄的军队和人民为新中国热血奋战的集体主义和爱国主义精神。

东北解放区散文作品在主题内容上有很高的价值。大量的散文表现了中国人民解放军集体主义和英雄主义精神,表现我军战士以昂扬的士气歼灭国民党军队的英勇,体现出革命军人浩气长存的革命豪情,也因此奠定了共和国散文书写的文学反映论的文学观,表现战斗英雄,书写解放军新生活、新人物、新思想,以及解放区昂扬向上的时代面貌。战场上血与火的革命浪漫豪情,催生了解放区散文黄钟大吕的豪迈风格。为了全景式再现辽沈战役的军事奇迹和解放区的新生活,出现了以刘白羽等为代表的散文作家长篇报道的书写尝试,这种书写方式成为以纪实性与真实性相结合为主要特点的长篇报告文学的成功体例。

以题材广泛、内容真实和情感深厚为主要特点的纪实性文学书写,使散文创作在战争时期凝聚了强大的精神力量。也正因如此,这些反映中国人民解放军不畏艰险、英勇战斗的长篇报告文学,在风格上激情澎湃、气势磅礴,以摧枯拉朽的气势渲染了文章的叙事氛围。战争场面宏大,主题鲜明,节奏明快,体现解放军强烈的革命乐观主义精神。英雄的军队和优秀的人民(解放了的农民和工人),天然地和优越的社会主义制度联系在一起。人民当家做主的新中国图景鼓舞激励着解放军和东北解放区的人民,一个不证自明的逻辑在这些豪迈的散文中呈现——伟大的军队和人民一定会创造出伟大的新中国。这一历史时期的散文创作,以强烈的政治宣传特性,奠定了新中国军旅散文的美学范式。以时代精神和革命乐

观主义、英雄主义为基调的军旅散文,在美学范式上是思想磅礴的黄钟大吕和沉静开阔的高山流云。

东北解放区散文创作在共和国的文学史上,留下浓墨重彩的一笔。在共和国 72 年壮阔的历史画卷中,我们仍然可以看见那些为缔造伟大的新中国而浴血奋战的英烈们的身影。解放区散文把东北解放的历史全貌,通过真实的战斗场景和战士们的英雄壮举再现了出来,东北解放区的散文作品也因此在纪实性方面具有了军事史和共和国历史层面的资料留存价值。而散文创作也因为报告文学纪实性与文学性的结合,为共和国的军旅散文创作提供了美学范式。战火硝烟已经远去,散文书写却以文学影像记忆的方式,刻写了血与火的壮丽历史画面。东北解放区文学大系散文卷中的作品穿过历史的风云,以真实朴素的面目呈现在读者面前,史诗般的壮美激荡着现代人的心灵,使后人抚今追昔,缅怀英烈,牢记历史。东北解放区散文以文艺轻骑兵的时代使命书写战争风云,化成嘹亮的革命号角,奏响了新中国解放的凯歌。

2021 年春于哈尔滨新区寓所

◇刘　华

重返康平

我们重向康平挺进。

大家所最关心的,是那里的老百姓怎样了。在七个月长期的分别后,会对我们陌生了吗? 会忘了我们吗? 许多同志的家属遭了些什么折磨? 会让敌人的血手压折了颈项,抬不起来了吗?

这一切,在我们重返康平之前是不能很确切知道的。

久别重逢

四月七日早晨,部队进入哈尔沁屯(康平五区,距县城六十里),老百姓对我们毫不陌生,相反,亲切的情形,像是久别重逢的朋友,我们号召拆炮台,立刻男女老少大家都来了,争着把木头扛回家,这许多炮台都是强征老百姓家之材料修的,平毁得极快,群众把好多木头都劈了烧了,免得他再来修。小孩唱着"八路好,八路强,八路军打仗为老乡"。他们说:"几个月不让唱,这下可好了!"一个商人对我们说:"我有一万多元东北票,前几个月有人劝我折三成把它换了，我说八路还要来，我不换，现在我留对了！"一个中年妇女追着张队长问："张队长，孩子的爸来了没有？"一个老太太，六十多岁了，站在路旁，笑眯眯地一个个看有没有熟人，尤其关心她儿子。一个牌长，拿出一张账单来，这是"中央军"六个人四天的花销，一共一万一千多元，每顿都吃肉、面、大米、鸡子、酒。老百姓说："你们不来，地不能种了，真的，哈尔沁屯附近没有一家送粪的。"

七日下午，部队告别哈屯老乡向县城挺进，在××××打歇。两个青年找我们说："你认识我吗？我受过训哩！"他约我们去他家，他父亲在门外等候，见着我，紧握着手："咳，你来啦，好，我说不出话来，里面谈。"在黯淡的灯光下，老父亲母亲和这位同志都哭了，他家因为是干部家属，被抢七次，东西抢光，钻高粱地一月多。可是，老百姓对干部家属却特别关照，在这个屯里有×同志的儿子，群众替他改了名，直到现在还安然无事。敌人来了，大伙一条心替他遮盖。

李团长带领骑兵路过×家屯，又住在老房东家（地主），房东说："你来了，你存的东西我还给你保留着哩！"他又笑着说："我的两个闺女还藏着哩！他们（敌人）说，这回八路军可不比从前一样，反清算地主都杀，抓住青年当兵，学生砍断手指，年轻娘儿们和苏联换子弹，每个娘儿们换十五发。你来了，我相信这是造谣，快把闺女叫出来。"

一个逃亡到处流浪的干部，听到炮声，就说："快包饺子接神。"一个党员跑了三四里路去见马区长，拿出党员课本和区委介绍受训的信来："我保存好好的，没有损失哩！"关屯老百姓听到第一次打哈屯的枪声，就热闹地唱起歌来，被押起了十几个。这是农村的情形。

"你们一定会成功！"

进城了，南门枪声还未断，街上买卖大家就开门了，一群俘虏押过来,群众报告:××抓住了,××也在哩,可不要放啊!

我们要大家拆工事,宣布谁家东西还让谁家拿回去,男女老少都来了。"这箱子是我的!""这箱子是我的!"一边拆,一边骂"中央",三十几个炮台立刻彻底破坏,连砖都打碎。保存东北票、不愿低价换出的买卖家很多。我们在印刷局印宣传品,给他满洲票,他不要:"我还是要咱们的票子!"

城里三天半,开了士绅会(好多地主士绅如老庞家、老刘家都未出来给敌人做事)、商人会、教员学生会,还开了一千多人的群众大会,老太太和教员上台控诉,诉苦情绪和去年群运初期一样高。有几个老头和妇女从四五十里外赶来,打听他们的丈夫儿子。老百姓担心怕我们走,他们说:"只要你们安下两个月,我们把坏蛋都整完,那时就和你们一道走!"

有一些不明白的地主和富农,不知我们回去会怎样,跑了一些,我们宣布了政策,大部回来了,四区××屯一个三十天地的地主说:"区上清算我积谷粮二万元,二十石粮,清算只一次。'中央军'只几个月就摊了我十万元的税,儿子还要去当兵,你们再不来,他就得当兵去了!"士绅会上一个老头儿听到我们停止清算,从炕上跳下来,伸着大拇指说:"这样就没有反对你们的了,你们一定会成功!"

虎口余生

我们进城解放监牢里被囚押的干部,真是悲喜交集,紧握着手,心头酸甜苦辣说不出来,眼泪自然流出来了。

这七个月,留下被捕的干部受老罪了,大部都逃出去,给敌人做事的极少,肖凤扬同志到法库、沈阳、四平、郑家屯,讨饭到洮南找我们,还有到开鲁找我们的,有的到关里,有到沈阳法库博王府的,家

属特别受气,有被抢十次的。城关区农会主任刘德恩同志,因病重被捕,过堂时:

"你为什么参加八路?"

"八路扶助穷人,我是穷人,所以参加。"

"为什么清算?"

"因为他坏。"

"你是不是党员?"

"不是!"

"参加的还有谁?"

"我的官司我打,不管别人!"

敌人什么也问不出,这次炮声一响,看守的要便衣,刘德恩同志动员大家都不给,并把别人便衣坐在身下说:"我们还没有哩!"有两个同志听到炮声打门冲出去,不幸被枪毙牺牲。

二区农会主任樊殿文负伤两次,毙敌一名,被捕过堂,理直气壮和刘德恩一样。敌人无法,把他押起。这次也解放出来。八家子文书刘维忠被敌处死,慷慨与难友道别,在赴刑场途中向群众宣传穷人翻身道理,临刑高呼共产党万岁。敌人血爪枪毙了我们同志十五六名,这次解放康平,刘同志和其他牺牲者英灵一定九泉含笑。

血账

敌占期间,康平恢复了二满洲。全县编成十二村,一百二十一保,两千三百五十七甲。警察所和分所驻所就有十五所之多。各村设有区分部,县自卫总队、警察大队、党部、县府都有特务系统,警察胡子都回来了,都成了"党员忠实同志"。

国民党员,二月份统计四百六十五名,职业是公务员二百二十一名,教育界一百三十五名。这可以看出他们所要抓取的方向。

苛捐杂税,比伪满超过几倍。城关区里搞屯调查,房捐每间四五十至二百五十元,蒋介石祝寿捐每人十元,马每匹五百至一千二百元,牛每头五百元,驴每头一百五十至四百元,猪百个以上六百元,羊三年以上四百元,铁轮车半年二百元,胶轮车半年一千二百元,自行车半年四百元,地税每天九百至一千四百五十元,柴每天地十捆,草二十斤,高粱米高粱每天地各缴五升,豆饼每天地半斤,买枪每天地五百元,无地者每人二百元。

富农×某有十三天地,负担只地赋共五次,第一次,每天一百元,第二次二百元,第三次四百元,第四次八百元,第五次一千元。加上大车、牛马、房捐、买枪费,共缴出四万一千元,二石粮。

哈屯一个四天地的中农共摊派一万一千元,二石粮,警察要的粮不算,还拆房二间,给警察烧火。

康平街一个小煎饼铺,二大人二小孩摊一万元,煎饼收入不够警察的欠账。

八千元资本的染坊,摊税二万。

这笔账说不完的,零敲碎诈,更不必说。要得这么多,但县政府公开预算还说差额八千八百九十一万多。

这群动物不是吸血虫是什么?

这群吸血鬼在农村里的支持者,就是少数敌伪残余,像一区东关家屯村乡长王会九、刘兴五、孙余富这批家伙,王会九要反清算,加四五倍退东西,杀了一个农会干部亲戚。六区西关屯迟凤谦拿着刀子各家要东西。大莫力克谢金和四兄弟,敌人来后,拿棒在街上大嚷:"八路军穷党全出来,老子今天要揍死你们!"五区林家窝堡林宏洞用枪打伤村干部陈心洲,七八个月不能下床。四区一个地主被打死一条狗,要罚老百姓十石粮。哈屯董秀峰儿子要用我们战士血祭他那特务父亲。他们大半是国民党的忠实"同志"或走狗!

这群坏蛋如果不悔改,迟早会找到他应得的处罚的!伪保安大队二中队少尉分队长孟祥桂,他是去年六月暴动杀害康平县委副书记贺炯同志的主谋之一,被捕枪决,就是警告那些反动吸血鬼们及早悔改的信号。

群众没有被压屈服,康平群众证明了东北人民并不"滑稽",也证明了东北人民的积极分子经得起考验!康平虽还处在"拉锯"的锯口上,可是群众心里也明白了:锯口是在向南拉!

选自《爱和恨》,东北书店 1947 年 10 月

◇ 刘志忠

担架第四班

走进担架大队第九中队第四班的门，我和担架队员们打了招呼，看了看屋内四周，向班长张学增说："这家虽然很穷，收拾得倒很干净。"一位老乡插上来："我说同志坐，咱们刚到这屋子住下的时候可埋汰啦，全是咱们收拾的。"宾县民夫大队九中队第四班每到一处就很习惯地给住家先扫地扫炕，屋子收拾干净才进屋子住。

大伙都坐在炕上，我们的唠嗑由打扫屋子而开始了。

"我们班长好得没比的，打宾县出发沿途睡觉，先尽咱们大伙睡下，他才睡。要是炕上没地方，在地上溜达一会也不上炕，就是睡得下，也让咱们睡在炕头，他个人睡在炕梢。吃饭剩菜先尽咱们。有一次班长一看饭不够，他说：'我饱了，不吃了，你们吃罢。'咱们班长睡觉吃饭是这样，扛活也是这样，抬彩号总是争着多抬一会，对咱们班员说：'你歇歇吧，让我来。'

"班长是这样，咱们更抬得欢，对彩号也特别操心，有一次，我们抬一个小同志，这小同志手和脚都带彩了，一点也不能动，天冷又是

7

夜晚走路,伤口是扛不住冻的,把小同志抱上担架,咱们两件皮褡子脱下来裹住脚,皮套子套在带彩的手上,棉被上面又包着咱们的衣服,拿棉衣做枕头,免得头梗得难受。要不是盖得暖暖的,这样冻的天小同志怎能睡了十几里路呢?

"临上担架的时候,咱们招呼小同志说:'要啥只管说话,怎样舒适,咱们就怎样做。'班长同咱们总是这样想:'要把小同志冻坏了,于心下不去呀!'

"抬出十几里地,小同志要尿,班长轻轻将小同志扶转身,小同志不能起来,侧靠在咱们身上。免得尿在被子上,班长用手接着尿,尿就从班长的手上顺着流往地下。带彩的人身上火气大,尿骚味可真不好受,但是咱们班长一点也不嫌弃。

"咱们怕小同志太冻,担架抬得特别快,不知流了多少汗,衣服都挂冰了,小同志看咱们太辛苦了,负伤痛得那样厉害,还把新羊肚手巾抽出来交给咱们擦汗。

"到了兵站把小同志背上炕头,盖好被子,找了碗开水给他喝,又跟小同志说:'在路上有什么困难,你要提前张罗,要不自己遭罪呵!'咱们要往回返,小同志把咱们叫住慢慢地说:'老乡,你们对我照顾太周全了,我是民主联军××部队的,十九岁,名叫吴盛海,双城县人,我伤口会好的,等我伤口好了,到宾县去看你们。'

"今天前半晌我们班长还叨咕着小同志呢,别的民夫是不是像咱们这样侍候呀?"

九中队是宾县民夫大队最好的中队之一,第四班又是九中队最好的一班,他们爱护伤员像爱护自己亲兄弟一样,他们知道这次自卫战争是为了保卫与巩固他们的土地而战争的。

他们共计十二人,分两个担架小组,九人分得土地,十二人都是农会会员,这就是为什么他们这样积极地支援前线,而又成为九中队最好的一班的基本原因了。

选自《血肉相联》,东北书店 1947 年 8 月

◇刘　枫

我们在照顾伤员

　　宣传队的男同志随队伍过江南去了,我们十三个女同志和四个小男同志留在第二兵站担任照顾伤病员工作。接到任务后,多数人都怀着"一定要把伤员照顾好,使他们满意"的决心。

　　二月二十七日晚饭后,担架队满头大汗都很稳重地抬着布海战斗中光荣负伤的同志们进村了,同志们紧张起来了,按小组照顾着伤员慢慢进屋,扶他们躺在温暖的炕上,有的忙着用毛巾沾着温水洗伤员脸上手上的血迹,有的端开水给他们喝,有的在外屋忙着做面片,此刻天已经黑下来,煮熟了面片,大家就分头照顾他们吃,不能坐着的重伤员我们让他侧着头,能坐起来的扶起他靠在我们的身上喂,一个腰部负伤的同志先说不想吃,可是看到我们要去喂他,他急得挣扎着想坐起来连连费力地说:"同志,我自己能吃,我自己来!"我们赶紧扶他躺下去安慰他说:"你别起来,你不能动,喂喂饭没关系!"

　　"同志,你的裤子怎么的了?"当马同志给伤员盖被子时偶然摸

10

到一个伤员的裤子冰凉,冻得梆硬,就追问他,问了好几声,他才不好意思地说:"路上尿的……"马同志就让他脱下来给他烤,他一听急得直摇头,怎么劝也不脱。马同志想:"他是磨不开,可是他负了这样重的伤,一会儿还要转运……"就让小同志王琢硬给他脱下来,一共是三条裤子,先用水洗净,然后几个人就扯着在火盆上烤干。"同志,你来呀!"靠墙的侦察员轻轻地叫了一声。一个同志刚走到他跟前,还没等开口,他急忙摇手说:"不用了,不用了!""这是为什么呢?"闹得那个同志怪纳闷的,看他那种想说又不说,吞吞吐吐怪着急的样子,猛然想起来他也许是要解手吧。问题被发现后就问他:"同志,你是要解手吗?"他点了一下头,但很快又摇头说:"算了,算了!"他腿部负伤,自己不能动,因为屋里是女同志,又不肯求,我们赶紧找个小同志来帮忙,把便盆放下就躲了出去,等他便完才进屋端出去。

　　饭后轻伤的同志活跃起来了,给我们讲抓俘虏的经过情形,重伤员除了两个头部负伤的以外也兴致勃勃地讲着,姓刘的伤员眉飞色舞,就像在战场当时一样,他说:"有一次我们那班冲到一个院里,他妈的,'中央军'都兔子似的钻到老乡屋里往外打枪,咱们喊:老乡出来! 他们就堵着门不让出来,没办法,我们就往里扔手榴弹,把七个家伙逼得都挤到一个墙角去了,还不缴枪,气得我直冒汗,从门口一个手榴弹打进去炸得他们满脸淌血,这才跪下缴枪。"他完全忘掉了伤口疼,他畅快地笑了几声接着说:"平常在野外练习抛手榴弹,抛出去还趴下呢,到时候离那么近,手榴弹还冒烟呢,就硬往里冲……"另外一个伤员头朝里,我以为他睡着了,可是这时他忽然一股身坐起来笑着告诉我:"'中央军'可乏啦,有一回我们捉到很多俘虏,他们跪在地下,叫他们站起来过过数,他们都不敢站起来……"

正在喝开水的小鬼听到这里连忙咕噜一声咽下去一大口水,烫得一缩脖,极顽皮地说:"哼! 大概他是怕咱们的机枪点名吧……"一句话逗得大家都笑起来,接着他们都讲起来自己在战场上最得意的事迹来,许多双愉快的眼睛闪着光瞅着我们,许多张嘴都滔滔不绝地争着向我们讲,屋子里洋溢着欢笑,这简直不像是病房,倒活像开座谈会一样。

子弹打穿了两腮的李忠信同志当我问他是怎样带的花时,他用不太清楚话语告诉我:"距离敌人只有二十几米远,敌人的火力特别强,连长半面身子带了两花,这边有一棵小树,我把身子隐在树后去抱连长,从树旁穿过来子弹就打在这了……"我问他:"牙掉了没有?"他张着嘴给我们看,嘴已经肿得不像样子了,我只看见他的舌头尖黑了。我问他:"连长救下没有?"他很愉快地说:"救下来了!""谁救的?"他点点头说:"我!"我们被他这种英勇顽强的精神感动得不知道说什么好了,只有我们的英雄们才具备这种伟大的阶级友爱。

夜深了,西北风像刀一样割刺到脸上,星星都躲到云里去了,看样子恐怕要下雪,这样的天气我们非常担心正躺在担架上的同志们,屋里院里充满了嘈杂的声音,同志们匆忙地帮助伤员穿衣服、系裤子……有的给伤员收拾东西,铺担架……怕他们冻着,把被子给他们包严严的,一个伤员拿出钢笔诚恳地说:"同志! 我没什么报答你的,你收下这支笔做个纪念吧! 你们这样热心地为革命工作,我伤好之后一定赶快到前方去消灭敌人!"挨着他的那个伤员从被里伸出头来用颤抖的声音说:"同志,你们等我的担架抬起来要走时再替我蒙上脑袋吧! 我要多瞅你们一会……你们太好啦!"我们几次劝他:"蒙上吧! 别冻着!"他都不听,给他蒙上,他还自己掀开露出眼睛来,向我们亲切地很久很久地望着。

转运后方的伤员起程了,大家都恋恋地站在路旁,目送着这些英勇的人们,心里有种说不出的滋味。东方渐渐变成鱼白色,担架的影子消失了,大家还默默地站在那里……

我们都是来自学校的一群,从来没有和战士们正面接触过,更没经过这种场面,所以工作一开始有的个别同志就露出"怕血、嫌脏……"的现象,还有人照顾伤员不知道如何下手,经过这次生活的体验,了解了我们的英雄们,他们伟大的对革命工作无限忠诚的精神感染了我们,教育了我们,使我们在感情上和他们真正成为一家人了,使我们知道了"为人民服务",首先要为"人民的功臣"服务,当第二次伤员到来的时候,几个在第一次工作中有缺点的同志,都有了显著的转变。例如:孙同志在第一次工作时她站在外屋,不敢接近伤员,这一次她时刻不离地照顾一个重伤员。这就说明了我们同志在思想上已经开始有了新的认识和进步!

三月二十六日

选自《东北日报》,1947 年 4 月 19 日

◇ 刘　明

抚创思痛
——收复区见闻

"哪有这事"

二号上午,我在榆树台一家书铺里和老乡们唠起嗑来。老乡说:"'中央军'造谣说八路军见大户就杀,教员、学生、做事的都得剁手,咳!哪有这事……"我笑着说:"还说拿大姑娘换炮,是不是啊!"大家哈哈笑起来。书铺伙计说:"几天后,跑的人都得回来——青年人原也不多啦!连抓带跑的。"另一老乡说:"唉!真了不得!抓兵比'满洲国'都邪乎,'满洲国'还照岁数抓,当三年兵就回来,可是'中央军'抓兵啥时能回来呢?"另一个老乡说:"要劳工还不是一样!这一年也没有消停,出工也不叫吃饭。差一点,就拿棒子打,×村姓孟的不是叫他一脚踢在小腹上踢死了!他妈拉巴子,修的地堡、工事当啥?一听八路军来,一枪没敢打就跑啦!"

"中央军"和牲畜

双山的一个青年老乡说:"'中央'在时,狗都不安宁,狗一跳到墙上就被'中央军'打死。这回,狗也不受罪啦!"新立屯姓于的小姑娘说:"八路军来,我的鸡都乐了!'中央军'把我的鸡抓去,好容易拿十六个鸡蛋换回来,我把它圈在鸡架里不敢放出去。这回八路军来,鸡也放开了,你看它跳跳蹦蹦的多乐!"

张老太太唱了一首歌谣是:

> "中央军"下了屯,小鸡子吓掉魂,"中央军"下了乡,老太太吓得泪汪汪! 不是抓壮丁,就是娶姑娘。

(新立屯被带走十多个姑娘媳妇)

姓张的老乡又念一首说:

> 八支队(降队)瞎胡闹,一面装官兵,一面劫大道。

女人狱

我去访问一个由郑家屯监狱被我军解放出来的老太太。她讲在狱的情形说:"里面真难受,我们一百多人都是妇道,有的媳妇还抱着孩子,我们这些人,不是儿子怕抓兵跑了,就是丈夫跑了的。吃饭就给两碗稀粥,吃不饱,晚上就是大冷的冬天也睡在秫秸铺的湿地上。成天女人哭孩子叫,可难受啦! 我们这城有一个比我还大几岁的老太太,今年七十一岁了,在狱里又冷又吃不好,老是闹肚子,病得快要死啦,找所长取保,所长说:'找保干什么? 要棺材钱? 死了

15

也没棺材,拉到外头去!'后来费好大劲才找保回家去。卧虎屯一个媳妇快要生孩子啦! 也押在那里,强找保出来,没到家,就小产了。唉! 真气死了。我们在狱里都偷着说:'八路军快来吧! 好把咱们救出去。'果不其然地,咱真受八路军搭救了。"

选自《爱和恨》,东北书店 1947 年 10 月

◇ 刘相如

老曲头吐尽了苦水

一 一张呈状

于其孝在伪满时，任敌伪村长，依敌人势力连害二条人命案子。民自幼家贫，勤俭立业，儿女成人，吾心甚喜，可乐晚年。谁料祸从天降，于民国三十年，于其孝雇用伙计，是年因人事缺乏无处雇用，而于依财占势强雇吾子，吾子为人老实无能岂能与其反抗，只得遂其所欲。吾子自到其家后，日出即作，日没不休，日夜辛劳，非人生活。来年青黄不接，佣人渐多，于见吾子年幼，又加工资较高，因此日常做活，更加刻薄，吾念吾子年幼气力未成，只得将吾二子到于家代替，于其孝连寻事故，活计更加繁重，只得辞退回家。年底，吾与于算理账目，当时于其孝大发咆哮："我这些伙计都不该工钱，为什么就该你的？"既在矮檐下怎敢不低头，吾家寒贫无为只得忍气吞声，作为罢

17

休。谁知于野心未化，于民国三十年秋，敌人要劳工，凡年满二十一岁者都到村上抓球，苍天有眼吾子幸免，谁知狼心狗肺的于其孝，受到他人贿赂，借口政府有命令，指定吾儿出劳工，伪满时代谁敢反抗，一家老少哭哭啼啼送子前往，三月已过吾子逃回，可恨于又将吾子捉回，未到十日吾儿又复逃回，于又来抓，吾儿惊骇成疾，劳累损体，当患一疾，满腹肿疼，命丧黄泉。试问于良心何在？来年四月于狼心未解，又指定要我军用牲口，吾家以农为业，没有牲口如何耕种，但于有钱有势，只得俯耳唯命，可恨于二次又指定于吾，吾思遭此惨境实难度日，一家老少无不痛哭流涕，吾妻无法去找于说情，谁知于白面黑心将吾妻打死，于见吾妻已死，立到警察所磋商，金钱贿赂，狼狈为奸，后经警察验尸，借口说吾妻自勒身死，命吾将妻尸搬回埋葬。吾妻之死，吾岂不明，众岂不知？天也！天也！吾与于有何仇何恨，将吾妻打死，将吾子打死，害得我家破人亡，无法度日。连害我二命，该当何罪，伪满黑暗，有冤无处申，有仇无处报，只得忍气吞声。以待时机耳，天理昭彰，祖国光复，民主政府为人民办事，因此小民大胆控告于其孝与其弟孝第害我家之凄况，望政府给我做主，此仇不报，誓不为人，死难瞑目，将于其孝捉回抵偿人命以雪我曲家耻辱，同时望政府将其弟于孝第逮捕，给我冤死之妻，重新殓丧，命其弟为孝子，并请礼宾道士吹手，大盛丧事。此仇不报，死不甘心，此仇若报，老朽死瞑目矣！

此呈

工作队　程指导员

区政府　李区长　王会长

呈告人　曲富有

证人　牟长吉　曲中贵　姜永德　高德法　高文祖

曲忠华　高德春

中华民国三十六年七月一日　告

二　于家史话

孤家子老于家，提起来白山区里的人无人不知无人不晓。记者曾用了两天的功夫访问了几位年龄六七十岁以上的老大爷，他们作了简单模糊的回答：于家发家大约有二三百年的历史了。在前清时，他家的老祖太爷是领班唱御戏的。又说：哼！那时候县知事都见不着皇帝，他可以直接领着戏班子去唱戏见到。从那时家业就发起来了。大盖房屋，两三个大院子，还有一座戏楼，大小门共七十二个，屋内设有夹墙，庄户人进去就出不来了。后来官府知道，派下人来调查，但是他们设上了一座小庙，供了几个泥像，对官府来人说："我们这是修的家庙，你看这不是神像吗！"便马虎过去了。

又有人补充说：唉！想当年骡马成群，院内的柱子与各门上都刻着精细的花儿，院外卧着瞪眼的大石头狮子，下雨天从这院到那院淋不着一点雨珠，谁家要是娶媳妇从门前过，要是被看上了，先下轿被他们睡上一夜，第二天才得走。

关于于家的当年荒淫的生活，老人们只能告诉我这些零碎模糊的材料，而且他们都这样说：人家几百年的财主谁能记得，咱们也是听老人传说的。自然那时的详细家产人们更难说了，老人们只知道，在于其孝爷在时，还有二百天地，于家世传的抽大烟，大约在于

其孝前四辈时家产就没落了,然而于家的胡行恶为却都传到了今天。虽然记者进其家观察则是屋塌木朽,然而在这古旧败落的家院中,却闻到一股森人之感。

总观上述,于家是唱御戏发家的是无疑问了。于家想当年家业之浩大今人虽难详知,但于家占势占财世世欺人也是无可疑问的了。

三 于其孝骑在老曲头的头上

伪满时,于其孝由村助理升到了管理十二个屯子的村长,于是于家又渐渐复活了。又是骒马成队,肥猪成群。于是有人常吹:"哼! 孤家这边是一片红,那边是一片白(意思在说,孤家子是一片肥田沃土,红运满门,往东则是一片山石薄地,人们饥饿度日)。"

红运驾到,于其孝则更凶狂起来了,四外的庄户人都担心着有一天于其孝的威风降到自己的头上。然而一天偏偏一股黑风刮到曲家屯曲富有这年满六十岁的老实人家里来了。

那是伪满一九四一年十月十一日的那天。于其孝便占着财势逼着老曲头的三儿子给他做活计,老曲头因子年小(其子十七)力弱,常常到于家代子做活。在于家他们将伙计不当人看,终日辛劳,有病也不敢吭一声,但来年青黄不接时,佣人较多,老曲头的三儿子,因重活所累,脖子上生了个大疮,老曲头带着二儿子父子几个去替工,于其孝大发雷霆:"你们这时换着玩么!"又因这时闲人较多,因此于其孝便辞掉老曲头的三儿子。年底曲富有找于家结理账目,于其孝便大骂:"不到年底不给钱……"其弟于孝第便拿出账本对老曲头说:"我们谁家的不欠,为什么就欠你的! 你看看账,你儿子还该我们的,他短我们的工多呢!"苦了无钱无能又不识字的老曲头,因此便忍气吞声地回家了。七个月的工白做了。

一九四三年，敌人要国兵，老曲头的二儿子没有检查上，老曲头长出了一口气，以为全家逃脱了这一次的厄运。一九四四年时敌人抽劳工，其子没抓到球，全家感谢着苍天有眼，然而不几天于其孝便派人给老曲头送来命令：要他儿子去做劳工。事后老曲头找人看那张纸条，并不是县里的印子，是于其孝私人的章子。老曲头心里就像压了一块大石头，他和老婆日夜思索着："咱们什么时候得罪了他?"终于想出来一条不是——不该找他儿子的工钱。不乐说话的老曲头只好将这一切寄托于天，能干的老婆却成天在家咕喃着。三个月后儿子跑回来，于其孝派人又把他抓走了。十天后他儿子又跑回来了，当时，因劳工与苦打他儿子便得了病，又加上日夜担心着于其孝这条狗，于是惊骇成疾，病上加病，不久便死了。一口黄连闷在全家人的肚子里，说也不得说，道也不得道，含着眼泪将儿子埋了。

第二年的十月，于其孝借口上面命令要军用牲口，又将老曲头苦心经营由小养大的一个骡子强逼着拉走了。老曲气得说不出话来，牙也不敢咬，他老婆哭了一夜："唉！咱家种地户，没有牲口怎么种呀！呜……""唉！到哪里说理去呀……不要哭了，过年把咱们那口猪杀掉卖了，再贴补几个钱买一个吧!"老曲头怀着疼痛难忍的心，忍住了眼泪，安抚了老婆。

第二年老曲头果然又买了一个老骡子，夫妻两个对着新买来的骡子脸上露出了一丝笑容，旧痛暂时沉没了。两口子又打算如何耕地了，不料想狼心狗肺的于其孝，又踏到老曲头家里来了，照例是上面命令要军用牲口，曲老婆子忍不住了，对着老曲头大发啰唆："孤家子有的是骡子，别人家也有的是，为什么单要俺的！第一个骡子说给五千块钱，一毛没见，好容易俺卖了口猪，买来个老骡子，还要俺的!"曲老婆子为人直爽,于是吃过早饭便到孤家子找于其孝说情去了,临出门时老曲头再三告诉她好好地给人家说,她说:"放心!我去是给他们叩头求饶去,无论如何让他叫咱们过日子!"然而在中午他老婆死的消息便传来了,老曲头怀着满腔的怒火到了于家,于其孝头句就说:"你老婆自己勒死在咱家园子里,快抬回去!"老曲头看见一条腿带搭在没有人高的树枝上,她的后背分明是被打得脱落了皮。腿肿得两手抓不过来,裤裆里一泡屎,嘴紧闭着,老曲头的内心话没有说出来,验尸的所长命令老曲头快抬回去:"你老婆子是自己勒死的,与于家不相干,要哭回去哭。"老曲头的六七个孩子由屋里哭到院里,由院里跳到房子上哭,老曲头擦干了眼泪,要求于家给口棺材。于其孝说:"凭什么给你棺材,她是自己勒死的,又不是我们打死的!"老曲没法,只好将尸首抬回,囚在山坡地里。

这时老曲的大儿在邻村扛活被抓去出劳工,二儿死了,三儿在上年挑走了国兵,大闺女出嫁了,剩下来五个孩子,两个小闺女,他做了孩子们的母亲,成天在家哄着他们,给他们做饭,但他看见孩子们回来便想起孩子妈,眼泪掉在肚子里。这笔血海深仇何时报呢!

于其孝紧捏着他的脖子,老曲头在奄奄一息、吞声咽泪中过着日子。

四　老曲头翻了身

上年区政府给了老曲头九斗粮、一天地,结了老曲头对于家的血债。"中央"来了,于其孝随着其主子回来当了乡长,又将老曲头的一天地抽了回去,老曲头又被于其孝踏到脚底下了。

今年我军收复辽南时,老曲头又重新向政府诉了苦,在诉苦大会上,老曲头哭得说不出话来。他几个孩子指着台上的于其孝:"你还我的妈！"老曲头哭泣地说："你还我的老婆！还我的孩子！"台下两千多人都含着眼泪，静听老曲头的苦诉，老曲头要求了政府叫于其孝做孝子重新给他老婆进行丧礼，政府答应了，人民也同意了。

在二十三日的上午，于家院内来往着拥挤不动的人群，席棚下摆着各种丧礼，曲老婆的棺材前摆着三老二少、童男童女、仙鹤、鹿、金山银山、对子马、花山、香……四外十多里地老百姓都赶来了。人们的脸上呈现着又悲又喜的彩色，悲的是曲家的二条冤死鬼，喜的是共产党给人民做了主，翻了身。记者走到哀乐席棚时，不禁流下眼泪。

出殡了，人们罕见过的丧礼，和长长的行列，三班吹鼓手齐奏哀乐，老曲头的儿女们对着黑色棺材里的妈大声哭喊："妈！你想想，你要是有灵的话，你想想！这是共产党救了咱，妈！你要是有灵的话，一辈子不要忘了共产党呀！呜……"两侧人群不禁泪下，于其孝穿着孝走在孝子们前面，他带着一副灰色死沉的脸，自然以前他不会想到有晴天的一日，他也不会想到会有今天人民力量的报复。

出殡的行列绕了四五个庄子，老太太、年轻人都拥挤在巷街口上，人们议论纷纷："要不是共产党来了，老曲家一辈子也出不了这口气。"又有人说："真是活着没有享福，死后可享福了！"直到六点钟时才入了葬。

第二天记者到了老曲头家里，全家人向我重复着一句话："要不是共产党，穷人一辈子不能翻身，我这一辈子的仇，总算报了。"

选自《从奴隶到英雄》，新民主出版社 1949 年 6 月初版

◇刘树棠

过去是个二流子,现在干活顶积极

在灯泡工厂玻璃科吹泡子的工友张文法,过去是个二流子,从来没有把活干好过,第一期创模的时候,别的工友都积极干,但是他见了就生气,对魏连成说:"创什么模,多干活也不多给钱!"魏连成、门如江等,每天吹泡子能吹一千三百多个,他就吹七八百个,他每天把分头梳得挺亮,人家要是学习,他在一边画王八。第二期创模,工友们在小组讨论的时候,每一个工友都检讨过去的缺点,还互相批评,又定出个人的生产、学习计划,但是张文法总没有发言。魏连成说:"我对张文法工友提个意见,可不知你接不接受?"张文法说:"提得正确我就接受,不正确我就不接受。"魏连成就说:"上次创模,别的工友吹一千多个泡子,你就吹七八百个,还不学习。我们工人被压迫多年,好容易得到解放,我们再不往前进步,不就要落后啦! 这次创模,你也好好地干,于你自己好,于大家也有帮助。"张文法没说出话来。看他的样子,很是难过。大家都说:现在的工厂是自己的,不好好干,良心也下不去,上级也亏不着咱们。大家苦口婆心地相劝,他想了好一会,坚决地说:"过去我对于创模不明白,从今往后,一定好好干。"第二天,张文法很早就到工厂,不到八点就干活了。大家都对他注意,赶到晚上,他吹了一千一百多个,从这以后,他就每天积极工作。在十二日的晚上,化玻璃大窑,五号罐子下面的火道被砖挡住了,要不修理,就上不来火,不能工作,罐子里能吹二千五百个泡子的玻璃,也成废物了。午后下班的时候,别的工友都走了,张文法工友没有走,他自愿地修理,把罐子口下面的热砖扒出来,从窑里扒出一千四百度的热火,烤得他身上的衣服直冒烟,热得他身上出的汗像洗澡一样。从五点半修理,一直到八点才完,赶到第二天一样工作,罐子里的玻璃,也没有坏,到了晚上他又吹了一千一百五十个泡子。本月十七号,他又捡了六百多个口金,献给工厂,玻璃大窑没有力气,他时常打夜班。二十一号晚上大窑因为煤不好,他干了一夜,第二天还是工作。现在大多数的工友都喊着口号:要跟张文法工友学习。

选自《"工农园地"选集》,大连大众书店 1948 年 8 月

◇ 刘哲生

穆棱煤矿的访问

作者补记

我是去年十一月到梨树镇煤矿的，当时因为某些原因未能将这篇稿子和工人代表大会新闻一起发。今天该煤矿的情形已与那时大不相同了。

据最近从梨树镇来人谈，穆棱煤矿每日的煤产量已增到五百六七十吨。翻身的工友们为了实行自己在代表大会上提出多挖煤、保证军事运输的燃料、支援前线民主联军弟兄们多打胜仗的誓言，自动延长工作时间。规定的休假日没人休息，他们的目标是"八九百吨"（如果增加人或材料，发生困难，还要增多）。这数目字比过去已增加六七倍（过去最少时每天只七八十吨）。

二月二十七日

十一月二十四日晚上，我从八面通起身，赶往梨树镇参加穆棱煤矿的工人代表大会。因为矿区离街里还有四五里路，所以赶到矿区，夜色已经很深了。远远看去，□布在这条深远山沟的电灯光，像无数的星星，闪耀着光亮。拖着很长身影的列车，正绕着左山坡的弯路上爬行，发出笨重的吱吱声。二号林子井口高高架起的运煤道上，几个黑影子在电灯光下，川流不息地往外推煤，发电所的机器隆隆响动。虽然在这静夜时候，整个矿山还紧张地活动着。

爬过右边小坡，直到满泰院子里（满泰是大包工，压迫剥削工人最厉害），几个工友亲切地招待我们，和我一块来的十几个农民，他们是八面通、下城子、穆棱街、兴隆镇等各区村的代表。他们都带着各种礼物，来给工人大会"道喜"。

这的确是件喜事。代表们在当晚夜十二点钟，各小组都热烈讨论着工人对大会的提案。在工棚子里，在洞子里，无论上班和下班，到处都在谈论着："真是大变了，做梦也没有想到我们煤黑子还能有今天。"真的，就在一个多月以前，在工人中间流传一句话，是："天下三百六十行，就是煤黑子不在行。"可是就在这样短短的日子里，煤黑子不但是在行，而且还要在这一行里出"状元"。

在大会通过各种提案，其中有工人家属补助办法。成立工人合作社，规定星期日和纪念日休假制等十几条办法。讨论每天工作八小时时，煤矿的新矿长从鸡西派专人送信来，他怕洞里工友们的工作时间太长了影响身体健康，所以特意减为六小时，这些事情不但感动工友们，就连来宾的农民代表也深受感动。他们说："这回工人也真比得上做一个小县官了。"当时我就和这些来宾住在一起，在这次大会的五六天里，每天开会回来都兴奋地交谈着，有时深夜不眠也不觉得疲倦。大家总是喜欢谈过去和现在的对比，谈自己翻身的

经过:

"过去没有受过苦的人,不知道今天的福是怎样享的。"

这时使我记起去年九月十几号到这里。当时工作团下了最后的决心——开始这个煤矿的工作。在那开始的前一天,工作团的领导同志,李、易正副团长和郭队长还在慎重地考虑着、研究着。因为这个煤矿很复杂,煤矿的工人经常抢掠附近的田禾,这里成了胡匪隐蔽窝,外人不敢进入矿区,当时使同志们最顾虑的是能否保证煤炭的产量。可是往后的事实解除这个顾虑。从开始清算斗争第二天起,产量就增加着,仅仅两个月的时间,工友们在缺少灯油、木材、电线等材料的条件下,产量比过去增加了三倍。过去这个煤矿工人数最多时到过三千八百多人。只刨镐的(挖煤的)有一千三百多人,一天被迫做十几个钟头的工,可是全矿四个井子,每天产煤的最高数字是七百多吨。(赶到八一五事变后,工人在几年中的死亡逃亡人数减至一千八百多人,还连机厂在内)但现在全矿一千八百多人,下洞子挖煤的才一百七十多人,每天工作八小时,三个井子开工。可是产量已经增到四百六十多吨了。我想再没有别的东西能比得上这个事实说明了工人觉悟程度的提高。

在那里我住了七八天。走到的地方到处都能触到这大变化的因素,工友们领着我们下到煤洞子的最底层,(小掌处)在不到一米高的煤层处看他们半跪半坐地偏着身体,紧张地挥动着镐头,我们和这些汗流浃背工友们谈话,他们告诉我:过去这是个黑地狱,就在这里面,他们每天要劳动十几个钟头,过年都不能休息,每天吃的是橡子面、霉了的苞米面。病了,除非是"脑瓜骨软了",才能允许不工作。洞里的账房的电话和"劳务系"通着气。劳务系的木棒子就是专对付他们的。据他们计算,从一九四二年起到一九四六年,在四年里,只饿死的工人就是三百多。逼死的,逃出去不知下落的,逃到麻山被宪兵队以红军密探的罪名枪杀的,吊死的,等等,更不知有多少了。趁大会休息或晚上,我参观过他们的宿舍,那是设有三层板铺的"工棚子",在这次清算中每人分得的两条麻袋,几乎成了他们唯一的铺盖,有的工友们把他们过去要没死活地做五十八个班还领不到的棉衣递到我手里,我仔细地翻转它,是日本人用最坏的更生布做里面,用更生棉絮起的,工友们用一个手指头轻轻地从这面串到那面。据说在这些工人中间有不少的人是披过洋灰袋子过冬的。他们分得的东西被送到合作社去出卖了,卖来的钱供恶霸们吃赌玩乐的享受。工友这样告诉我:"满泰家,在哈尔滨的十几座大洋楼就是我们穆棱煤矿工人血汗盖起来的。"我想,这说法还不够深切,应该说是:在工人的骨头上建筑起来的。为了这些洋楼和其他享受,恶霸们是想尽了生财之道,想尽了花样骗着他去劳动,他把工人应得的衣食克扣下来,给工人立了一个新章程:一床被子攒五十九个班,一双水袜子攒二十八个班,一件棉衣攒五十八个班。在这一新章程之下,不知多少人,成了终身残废(因为攒班被落顶煤打伤,被炮打伤,被车撞伤)。这是一笔无底账,他是用无数血的残酷事实记在工人心里的。

九月十几的一天他们曾总结了一次。那天早晨就下着大雨。工会通知工友们说:今天的诉苦大会改期了。可是工友们没有答应,他们说:"就是天下塌了,我们也要开,因为好容易才有这样一天。"会是在梨树镇街里小学校开的。工友们有的披着麻袋,有的赤着脚,有的就光着膀子,大家从四五里路赶来。房子小了。很多人就站在门外窗外雨地里淋着继续一整天。一千多人中几百人争上去说了话。提起这些"往事",没有一个人忍住眼泪,连工作队郭队长

也控制不住自己的感情了。这次他告诉我说："在诉苦大会给我上了一堂最深刻的阶级教育课。"

这一课是工人自己的血写出来的，也是给自己上的，穆棱的工人是永远忘不了这一课的。因为有了这一课，使他们真正体验了"翻身"意义。像他们自己对于翻身下的结语所说的：

"恶霸们把我们踏在十八层地狱里，共产党民主联军帮助我们从十八层地狱里爬出来了。"

选自《东北日报》，1947 年 2 月 28 日

◇刘爱芝

第一名战斗英雄王永泰

一 苦难中成长

我曾经问过王永泰过去的日子，他辛酸地向我摇摇头："唉！还提过去干什么，要讲起我受的罪，说五年也说不完。"当他出生的时候，家里就只有三间房子，到五岁的时候，他父亲为了继续活下去，就横着心把仅有的三间房子卖了，租了地主王明五的二十亩地，就这样吃不饱饿不死地过活了九年，租的几间房又被火烧光，父亲只好搭起一个小草棚，把母亲和妹妹安放在里边，带着十二岁的他和七岁的弟弟出外另寻生路去了。

十六岁那年，王永泰成了马鹿沟铁矿的矿工，他瘦得像麻秆一样，勉强抡起巨大的铁锤，打着矿石上安炸药的窟窿眼，因为太不熟练，往往把铁锤打在自己的手上，弄得皮破血流，但是为了吃饭，也不得不继续做下去。

九一八后他毅然地参加了抗日联军，那时他刚十九岁，为仲×

×部的战士,在赛页山上和敌人苦战年余,终因敌我悬殊而被打散,于是他又忍痛地回到矿山。

本溪煤矿的日本人向马鹿沟要工人,他因年轻被要去了,可是王永泰知道这是为敌工作,因此他到了煤矿三天之后,便同三个工友组织逃跑,在一个刚刚下了工的夜里,偷偷地离开了煤矿,向本溪市走去,但是刚过了桥洞,就被日本人查住了,每人挨了三十木棍,第二天带着浑身疼肿又被推进了煤洞。

血腥的统治使他又燃起求生的欲望,于是王永泰在第三天又发生第二次逃跑,这一次他联合了十一个工友,每人拿了一根洋镐,从第一天晚上打断了敌人的铁丝网,安然地逃走了。他回到原来的矿上,又把父亲和兄弟领着找到了铁树沟煤铁公司去,但仍是混不饱肚子,于是又到了金属工厂去做工,就在这里父亲熬不住生活的重负而死去了,王永泰买不起棺材就埋葬了。

二　复仇的火

跟着"八一五"的捷音,共产党给他带来了活命的路,他再压不住心头怒火,他要复仇,丢下拿了多年的铁锤参加了民主联军。

他刚刚参军不久,反动派就发动了向他家乡本溪湖的进攻,他在首次战斗中就显出了为人民而战的超人勇敢。当一连奉命夺取小拉子山作为反击大拉子山敌人的依托时,主攻是王永泰所在的第二排,班长宋立香带领该班通过了一里半长的开阔地和一条公路,接近了敌人的阵地,敌人虽然用强大火力企图阻止他们,但他们仍一直向前冲,待到距敌人几十米的地方,不幸班长和三个战士受伤了,王永泰愤怒地执着手榴弹向着敌人的机枪阵地扑去,五六个敌人跪着缴了枪。

在大台子山战斗中，他又创造了英雄的战绩。那是一个夜晚，他们奉命驱逐大台子山上的敌人，当他们攀上第三个最高山头时，从前面几十米的地方发现了敌人。王永泰立刻打四个手榴弹，而敌人的手榴弹也一齐抛下来，一个火花落在他面前，他很快地让开，原来是一块被炸弹烧热的石头落在他的膝盖上，他刚爬起来，又一颗炸弹在他的屁股后爆炸了，他受了伤，但没有喊也没有说，只是咬着牙带领着没有受伤的三个同志一气用手榴弹把一个连的敌人打跑了，王永泰首先占领了敌人的阵地。

三　英雄的奇迹

王永泰在党的教养下已成了出色的战斗英雄和人民功臣。

敌人侵占了三源浦时，王永泰那排和敌人打了一夜，排副苗文德负了伤，这更增加王永泰的愤怒，他决定在当天晚上就和敌人拼，要为他的排副报仇，但是当他打进村子的时候，天已快亮了，连上命令他撤回到周家街休息，刚刚吃完饭，又发现敌人向北突围，某连立即开始追击，王永泰带着一互助组的三个人，走在最前头，直向距离他们二里多远的敌人追击，一气追出三里多，有一个同志落后了，他叫另两个同志追向最近的一股敌人，王永泰便在阡陌纵横的稻田里，一个人向着四十多个逃跑的敌人追去，他一直追了八里地，才追上了敌人，在离敌人四十多米的时候，他举起枪当当的两下，便打倒了两个，他又喊了："要枪不要命，缴枪吧。"敌人不敢前进了，只好一块卧倒在一条小沟里，王永泰也卧在一条小沟里，他继续喊："缴枪吧，谁不缴枪我打死谁。"敌人卧在小沟里，他清楚地看到了几个蒋军的士兵吓得哭了起来。他又喊了："我们知道你们是被迫捉来的呀！你们不要哭！"忽然敌人的排长举着冲锋式站起来："同志，别打了，我们缴枪。"并向蒋军说："弟兄们都放下枪吧！"三十八个敌人放下了武器，王永泰立刻命令他们向前走十步，他一面监视着敌人，一面讲优俘政策，一会儿排长上来了，他们一起把俘虏带回去。

这一次王永泰自己俘敌三十八名，全组共俘六十二人，缴获重机一挺、迫击炮一门、冲锋式三支、步枪二十三支，他带的八个战士俘敌二十四名，缴机枪一、冲锋式二、步枪十五支，在功劳簿上记上他的大功。

刚刚受奖的王永泰，又在小荒沟战斗中创下奇迹。

拂晓，敌人的炮弹从阎家街的西北山上落到我军的阵地，更用机枪阻止我军某连三排的冲锋，某连命令一排从侧面迂回消灭敌人。

排长王焕春是个老机枪射手，带了一挺机枪，和王永泰悄悄地接近了敌人的前哨阵地，敌人的机枪疯狂地叫嚣着，而王排长的机枪却从另一个方向向敌人猛烈地压过去，吸引了敌人的火力，王永泰机动地带着何文元、常学礼等，悄悄地爬向敌人的阵地。当距敌人三十米的时候，他叫大家一齐卧下，这时王排长的机枪更猛烈发射，六七个敌人应声倒下去了，敌人开始慌乱了，王永泰认为时机已到，立刻叫战士何文元等突向敌人的背后，他和另一个同志从正面冲进了敌人的阵地。"缴枪！要枪不要命。"王永泰端着冲锋式向七十多个敌人下着命令，正在慌乱的敌人，被这突然的命令吓蒙了，大部放下了枪，他于是叫俘虏们扛着五挺机关枪，带着三十八个俘虏一齐走了下来。

从此之后,他的名字被人们到处传颂着,被首长们奖为第一个战斗英雄的光荣称号,并得到英雄奖章。

选自《东北日报》,1947 年 5 月 7 日

◇关沫南

宁安行
——参加劳模与祝捷会的随记

一夕谈

旁听了几位县里同志的谈话,我只是感到自己太茫然无知,出了那所草木森凉的院落,走在小雨乍过,月色朦胧的街上,我没有注意到同行者在谈论着什么,心里只是在反复地想着一句话:

"我这是城市佬下乡,和庄稼佬进城没有什么两样!"

到宁安县各界联合会去,参加住在这里的,由四区各村赶来的劳动模范们的小组会。

灯光下,宽大的会堂里,三四十劳动模范和区干部坐在低矮的稻草铺上,围在长方形的木桌四周,递着欢快的眼光,迎接我们,回答我们的问询。

空气里混合着烟味,发散着稻草香,劳动模范们胸前佩着红布条,穿着破旧的衣服,有的站着,有的坐在稻草上,纯朴的脸上露着友情的微笑。一起始,他们对于这几位生疏的同志有些感到羞涩,粗大的手掌直劲搓着腿,抚着裸露的胸膛,说不出来什么。但是等到他们了解你是在关心他,在亲近他,就坦然愉快地谈起来。

他们谈怎样度过春荒,怎样克服困难,怎样换工互助把地种上,怎样挑战竞赛争取模范,在一种自我惊讶的神情里,他们会滔滔不绝地给你讲许多问题,在这里,你今天看到的农民是一个伟大的力量,是一股足以冲洗历史道途的巨大的洪流,再不是在旧社会里那些灰色的,在人践踏下的被侮辱被损害的无力的个人了。他们在开始感到集体劳动的力量。在劳动上,在生活上,集体思想正在捉住他们:农民的散漫性被削弱,团结心在渐渐地加强了。

奇怪的是,只有在今天他们才认识了这个,并且只有在今天他们才不相信什么命运,而相信了自己的两只手,相信了劳动,这信心是这么坚强,以至于目前没有什么吃,他们吃豆饼,吃喂马的麸子,吃山菜,限于饿不倒的程度下地,还坚信着:

"只要再过两个月,好日子就会来……"

他们毫没有什么怀疑和动摇,虽然才只是短短的时间,一夕谈中,他们都会把这些感觉,这些印象,清楚地给你,使你知道时代变了,使你知道这是共产党给人民的力量。

一向躲在书斋里作书虫,虽然自视有小聪明,却连五谷都分不清,像我这样一个群众所常说的"书呆子",今天在群众的面前再没有什么值得向人矜夸的,这夜我深切地感到小知识分子的无能:自己心里想着,但愿以后常常下乡,多多求知,虚心地当群众的小学生,还要"入宝山不空手而归"从师父那里真正学到东西。

感激

那位穿着黄呢子外套,坐在稻草铺上,挨着他们,微笑的,曾经默默地听了好半天他们谈话的中年人走出去了,接着那位穿黑外衣的方才和他们谈过换工铲地的高大的人,也走出去了,屋子里静默了片刻,有些个人似乎在思索着,有些个人就在问询,接着惊讶的声音不知道从哪个角落里发出来了:

"啊呀……方才那穿黄外衣的就是林枫主席呀,东北九省的主席……"

人们为这个事情吃惊了,声音骚动起来,欢欣和感激的光芒从每个人的脸上掠过,接着不知道又是谁,发觉了那位穿黑外衣的高大的人是谁了,吵嚷起来:

"那是牡丹江一市八县的首长,咱们的何政委呀……"

感激的话语像流水似的倾泻出来:

"来看咱们来了……"

"是呢! 咱这些个庄稼人!"

于是更感激地谈起来,更热情地说出自己的见识,有人把林主席的地位比作以前的皇帝,把何政委比作像省长大的官,这样争论就来了,有人认为论地位可以这样比,有人认为这是对于林主席的侮辱,人民的领袖是比一个皇帝要受到人民的尊敬的,但是不论如何,一个老人说的话,得到了大家的拥护:

"亘古以来没有这种事情呀,像这样一个大人物出来,搁早先年得坐着龙头凤尾的轿,路上人都得隔老远地跪着回避,看都不许看一眼,你就说那个伪满皇帝吧,他出来到哪一次还不是得抓光闲人,净了街,用多少人保护着才行呢!"

"是呀!"另一个人就接上来,"你看林主席,老刘,方才不是就坐在你身边吗! 听了那么半天,谁知道他就是东北九省的主席呀!"

那个被唤作老刘的就愈发高兴,甚至有些骄傲起来:

"就是坐在这块的呀！紧挨着我,谁知道他是干啥的呀！现在听了都吓一跳……"

他一面说着,一面还用手抚摸着跟前的那片稻草。方才林主席就是坐在那里的,他抚摸着,就止不住咧着大嘴乐。

世道变了,种上庄稼,政府还要奖励,一个个破衣喽嗖地到宁安街里来,大摇大摆地从县政府出入,开会要坐在最前头,人们都递着羡慕的眼光。

"庄稼人算打腰喽!"像一个老乡说的,"共产党就这样待承咱,帮助咱,你看那些坏蛋可咋办!……"

"还要施一把劲呀,把地侍弄好,多打粮,翻身翻到底,让自己的军队在前方打胜仗!"相互间就这样勉励着。

侧面

一个上午,我有时卧在稻草铺上,有时坐在他们的身边,写着我的速记。劳动模范们的语音和我铅笔底下的字句,时时地使我停下来,不禁要去注意他们的姿态,他们的表情。这是些多么动人的言语啊!当你想到在旧社会他们那可怜的影子时,你不会相信眼前是同一的农民,同一的衣服里裹着的,今天已经是一些新人,有一颗新的灵魂,再不会去做屈辱的奴隶了。只有他们的话才是这样的丰富,这样的动人,这样包含着生活的意义,包含着劳动的伟大。在旧社会,一个小市民为了明天没有吃的,会去求借于人,低声下气,为了生活得不好,会去巴结权贵,摇尾乞怜。但是,这些寄生思想和习惯,在他们是一些没有的,他们依靠的是神圣的两只手,春耕时期,一到谁明天就要没有吃的时候,那么——

"互助小组省下来的劳动力,就要马上把打来的木柴,刨出的茬

子,妇道们把编好的草帽,削好的水瓢等等,送到城里卖了,换来吃的,先拣那就要没有吃的人家送去!"

是这样地相信劳动,靠了劳动去解决一切问题,也只有劳动才真正解决得了问题。

当劳动对于人民已不再是一种苦役,而是一种快乐,一种幸福,靠了它真能使生活更美满的时候,那么,劳动就要具有新的内容,并且日益丰富起来。这时,人们就要不满足于一切原始的劳动技术,开始创造新的东西。

这种新的东西,才是新时代的新人所需要的。当五区孤榆树屯劳动模范王增元讲起他那踩格子用的小跨车时,人们对于那又省工又省时间的办法,不禁发生赞美,而他们本屯的人,更曾经得了这东西的帮助,并且把这小跨车唤作机器的,他们说:

"用这小跨车踩格子,半个劳动力,只有半天的工夫,就可以踩一垧;用人踩,一个半劳动力得一整天才能踩完一垧,还是想办法做机器,干活最快当!"

虽然这是一个简单得可怜的机器,但已较原来的劳动工具超出了一步,这就获得了人们的喜爱,而王增元每逢讲起他的小跨车来,总是得意地笑着,用手势比画着样子给别人看。

世道变了,不但变在人民翻身有了土地,人人喜爱劳动,连二流子都学好,中富农都积极参加了生产,更变在人们有新的办法,想新的办法,来使生产更加提高更加丰富。

在这上面,人们照例是忘不了共产党的,一个姓王的老头说:

"你不说共产党了不得能行吗!不但让咱们翻身有土地,而且有一套办法,让咱们组织起来还能把地全种上,我说兄弟们哪,不要忘了老师的教育呀,团结起来有办法,换工互助,在一块干,穷人帮穷人,才能再不叫穷字欺侮倒啊!"

林主席同何政委在劳模大会上讲话以后,人们更明白了共产党不但能分土地,组织大生产,还能解除人们心里的一切疑问,更要奖励生产模范,让老百姓发财致富。疑问从思想上连根掘净以后,几个同我一块去吃饭的劳动模范,在路上欢快地告诉我:

"林主席同何政委真和我们的父母一样啊,这样有耐心地给我们讲,句句都打进我们的心里,你看,发财致富是我们自己的事,除了纳点公粮是人民应尽的义务,民主政府可对咱有啥企图呀,和父母盼子女成人的心理不是一样吗!就是怕咱老百姓过不着好日子啊!"

人人被感激的火燃烧着,坐在吃饭的圆桌上,誓词般的言语还不断地流出来:

"一定要斗穷,人家都这样盼咱们老百姓富起来。咱自己还能再叫穷字弄倒吗?这回选不上模范,咱们秋天在粮食堆上找齐!"

"我就不信我选不上模范,铲地里边还有高低,咱拼命干,秋后到牡丹江去选特等!"

"对,就怕没样子,有样子咱就能比得过他!"

"不要忘了前线,……凭着那些在火线上的弟兄,大家也得可劲干哪……"

祝捷会、姜春保和他的马

宁安县少有的大集会呀!人们还没有走进会场,远远地越过人群,就可以看见那花花绿绿的主席台,主席台上悬着的领袖像,悬着的锦旗和标语,有谁在麦克风前说话了,指挥着走进去的一队队的队伍停在预定的位置上。荷着整齐的步枪和机枪的民主联军,佩戴着红条条的三百多劳动模范们,穿过人群,穿过学生群和秧歌队,走进去,是这样的引人注目。

"庆祝关内外大胜利,同时还要给劳动模范们发奖,今儿真是个热闹日子呀!"

人们都这样叨咕着。老头老太太,大姑娘小媳妇,拖着孩子,都美滋滋地走进来,他们往前挤,想要看看台前都放着什么慰劳军队的物品和给劳模的奖品。

"呀!还有两只大绵羊呢……"

"那是回民联合会给咱队伍送来的呀!"

发见了新奇的东西,就这样讲究着。另外,那匹准备发给劳模一等特奖姜春保的大洋马,披红戴花站在台下,引起多少人羡慕。

"庄稼汉也有出头露脸的时候呀!"

"那不是吗!那个姓姜的庄稼人在台上坐着呢……还跟县长坐在一起!"

台前正面还堆积着高高的粮食袋、豆饼堆、棉花、麻线、农具,也都是准备发给劳模的。

人们的眼睛不知道看什么好了,会场里锣鼓喧天,穿梭似的跑着四五拨秧歌,会场的四周竖立着各种各样的宣传画。"人民解放军战绩统计图"和正门里左侧竖着的"东北全图","中华民国全图",四周都拥挤着人,人们看见了蒋介石的总兵力,也看见了蒋介石被消灭的兵力,以及关内外解放区的扩大,赞叹和欢喜的声音不断地传出来。

"老蒋够呛……"一个白胡子老头边看边摸着胡子说。

旁边一个小伙子看看他,回答一句:"就要完蛋了。"

"老蒋是自作自受哇!"

"从来没见过有几个卖国的还能长远的……"

这是老百姓的见解和感想,常常地,在看着的时候,就这样不知不觉地像开了座谈会。

大会命令鸣庆祝胜利炮,轰隆轰隆的炮声过去,歌唱与秧歌停止,开会了。

政府各机关首长以及部队首长讲话,然后姜春保走到麦克风前来了,他戴着方才一个女孩子献给的红花,乐得闭不上嘴,人们冲他拍出来欢迎的掌声,当他讲到要多开荒多打粮,好让前方更打胜仗的时候,台下呼起雷动的口号,尤其是三百多劳模,一致举起铁的拳头响应。

会后游行,姜春保牵着他的大马,随着乐队走在一万多人行列的最前头,他今天像行新婚典礼时那样地怕羞,那匹可爱的大马就仿佛是他的新娘子,当别人问他乐不乐的时候,他只简单地回答一个乐字,当别人问他喜不喜欢那匹大洋马时,他也只回答一句喜欢,看都不敢看他的马一眼。长长的行列走在街上,人们听见了那匹马嘶嘶地在叫,马是不是也在喜欢呢,好像只有姜春保知道,他拉拉马缰,对它说道:"你不要吵吵哇!"

路人都在一旁看得笑了。

选自《牡丹江日报》,1947 年 6 月 10—11 日

我与文学与牢狱

前记

伟大而灿烂的八月十五日,从这可纪念的一天,我恢复了自由,走出了暗夜。这的确是暗夜,而且那么悠长。在那么悠长的时日里,我失掉了自由,屈辱了意志,蹲在狱里,抛弃了自己的家,隔绝了一切朋友,望着云天痴想,望着白壁静坐,让青春的岁月空过,让自己的血液凝结。而且,当我走出了这座无情的牢狱,帝国主义的特务警察们,厚颜无耻的汉奸走狗们,又把我投到一个更大的监狱里去,这就是他们逼迫我和我的朋友做汉奸工作。

他们不但凌辱了我们的肉体,并且压迫着我们的灵魂,使我们无时无刻地不在战栗,无时无刻不泅泳于绝望的边缘。为着灵魂的纯真,为着人格的洁白,我们抵抗,我们挣扎,我们想尽了一切方法地应付。然而,我们终不免于遭受世人的白眼,遭受朋友的误解。

有谁想要明白日本帝国主义政策如何在东北实施的么?那么请

看我们,我们是被由狱中提出来的遍体鳞伤的狱囚。因为我们稍微做了一点为祖国解放的工作,揭发了一点民族的隐痛,我们得到了一部分青年的爱戴,并且我们的行动足以警觉那些尚未心死的同胞,于是这就受到了帝国主义者的毒辣的泡治。我们先是被捕,监禁了近三个年的自由,总之是被想出了种种方法的期望奴役。结果我们被从一切友爱的人们离间了。我们孤独地被投掷于黑暗的泥潭。前途暗淡,在饥寒交迫的狱中尚自顽强的发光发热的我们的心田,这时被覆上了暗云。一再地压迫,蹂躏,欺骗,玩弄,我们是整个地仆倒了,让那些戕害我们的汉奸走狗们,日本特务们,暗中浮现着胜利的微笑,夸耀着他们的阴险政策的成功!

在这威逼和压迫中,我们屡次地计议了逃亡和隐匿。只是一想到走后友人的孩子和妻,我的在非人的生活中度过来的弟弟妹妹们,为了我的入狱和父亲被捕的死而整个悲痛坏了的母亲,我们就踌躇不决了。我们都清楚地知道,倘若我们一旦走开,许多的先例告诉我们,家人是必被监禁拷问的——命运决定了我们要留在这儿,要在日本人的威胁和友人的误解中讨生活。

没有更深地使我们陷入绝望中的是:仅仅敷衍了半年,"八一五"的动乱就使日本帝国主义瓦解了。

我们终于恢复了自由!

抛下了流亡中的家在乡下,一个人在动乱中跋涉着,跑回到长春,跑回到哈尔滨,到吉林,着急地要看看这大时代下的景色。啊!情景的确是不同了,劳农苏维埃的红旗,飘荡在大都会的上空,街头和巷尾满贴着密密的标语,青年的集会,政党的活跃,都是那样的引人注目,自由和民主出现在东北,黑暗的时代过去了。

真的,黑暗的时代过去了,我没有想到我还能看见那么多的热情的青年,为了复兴他们的祖国,在聚会,在奔走,在辩论!我也没有想到我居然还能够再自由地、毫无拘束地一个人在哈尔滨的松花江堤上走一走。望着初秋九月的江水,望着浮动在对岸上空的白云,我低下头来,有些不能自已地、轻轻地叹息了一声。

"这不是在做梦么?"

这不是在做梦么?昨夜还是阴霾的天气,彤云密布,黑暗的天空,一个恐怖的雷声连着一个恐怖的闪电,让每个人家都紧紧地关闭了门户,不敢探出头来。每条街巷,每张窗子,都没有灯光;淫威的急雨,暴虐的狂风,在城市和乡村里扫荡复扫荡,恐怖!黑暗!到处是恐怖和黑暗——恐怖执行着灭亡,黑暗统治着宇宙。有谁想到今朝还会出现金黄的太阳!和平的景象!昨宵我们是斗争过来的,我们比别人受了更大的毁伤。等到今朝这和平的盛筵上,当别人都举起祝杯时,我们因为毁伤过重,有些一时颓萎无神了。

我说我们受的毁伤过重,这不是空言。带铐镣,坐牢狱,这是东北沦陷后东北青年的家常便饭。我们坐了几年牢狱,我们知道这并不值得矜持,而且当整个民族惨遭蹂躏时,作为一个中华青年度几年狱窗生活这又算得了什么!我们有比这更大的痛苦,我们的人生观曾是"一个人格的完成"。在敌人的压迫下,我们硬被逼迫着出卖灵魂出卖人格。我们和牢狱里的饥饿、寒冷、疾病与死亡斗争后,还要同这后来的一切陷阱争斗。这就是说在与敌人的总的斗争中,我们陷入于最恶劣的状态中去了,我们遭逢了别人所未遭逢的较之肉身的痛苦与监禁还要困难万分的一场战斗。但是,在这场战斗中,我们没有友人和同伴,没有理解与救援,没有半分的同一民族的同情,有的只是猜疑和回避,嘲笑与造谣。连那胆小如鼠给敌人做宣传工具,摇尾乞怜给关东军做走狗的人们,都对我们投过来卑夷的眼光,都对我们显出了自身的清高。我们对于可以当作友人的友人辩解,对于在今日也还希望以告密来毁灭一切前进势力的人,我们就保守沉默。

实在说来,这样的同胞的嘴脸,我们看到的太多了。在长春出狱后这半年,我们非但活在被敌人所损害里,且也活在被同胞所侮辱里。几年来的受难,使我不独窥见了自己的丑恶和自己的灵魂的深处,且也窥见了自民族的丑恶和自民族的"高尚的美德"!我们是被所谓"同胞"送进狱里去的,在狱中,又被"同胞"给予了要"利用一下"的参谋与设计,而出狱后又险些葬送在"同胞"的几句"说来与自己无关紧要"的话上!

在这一切被侮辱与被损害里,我们要较以前更坚定,更努力。到底要看一看谁的工作做得最好,而且,谁是今后祖国的真正的前卫!

倘不如此,则我是真的跌倒了,我的家也在帝国主义者的手中完全毁掉了。我们的家以五口人员,先后有我以"反满抗日"的罪名被逮捕了,继之父亲以"思想间谍"的罪名被囚死于狱中了。母亲和弟弟们,在感情的煎锅里,在生活的地狱里,辗转挣扎,总算活到了现在。可不知道新的年代将给他们以什么!我这个为人子为长兄者将给他们以什么!

他们要的不是钱,不是官,这个我知道。

我还年轻,过去的一切我不会忘记。那漫长的暗夜里的一切将勉励我的一生,勉励我的弟兄们的一生。我要把它一笔一笔、真真实实地写在这里。我过去一向走的是文化的路子,而这篇文字又是以第一人称写在这儿的,所以题作《我与文学与牢狱》。我想,没有什么犹疑。在这里,我可以把自己赤裸裸地暴露给世人,我不仅要写那些在我认为可向人夸耀的事物,并且要写我的丑恶面,把我的懦弱与罪恶公开。

因为我们倘不死亡,则我们的人格都尚未完成,我可以大胆地说:任何人都有他自己的秘不可告人的丑态!

我先把属于我的,在这儿公开。

一九四五年九月二十二日记于吉林

一个人的回忆往往是美丽的,富于诗情的。虽然我们过去是生活在暗夜里,生活在悲痛的日子里,但我们不乏有热情的理想,英勇的挣扎。这些让我在今日回想起来,都觉得它是一幅美丽的画图。这幅美丽的画图时常牵引着我们,使我们不会忘记,使我们愿意把它诉说出来给我们的友人听。现在,当我展开稿纸,拿起笔来,我自己在静夜的灯光下就先自走回到那个深沉的记忆中去了。

我记得,"九一八"的前夜,我一直是住在哈尔滨郊外,而且是在那儿生长起来了的。一九三一年的深秋,身为小军官的父亲,随着从双城县败退下来了的部队走进哈尔滨,我们的家就在动乱中从市外迁移到了市街的中心,这一年我是十二岁,还在高级小学里读书。我已经和哈尔滨郊外的美丽的草原、憩静的人家、高大的无线电台、翠绿的田畦和农园脱离,和夏夜望着星空的冥想、伏天到乡村里去的漫游脱离,并且和所有幼小的同伴、嬉戏的童年脱离,变成了一个呼吸着煤烟目睹着丑恶的都会的孩子了。

这一年哈尔滨在动荡着,哈尔滨的青年在做着孤注一掷的斗争。当帝国主义的军队从街心通过时,热血的青年就从高楼的深处投下来愤怒的瓦片。当一批被搜查出来的人牺牲了,另一批就在敌军驻扎的营舍埋伏下了轰炸的火药,于是斗争的惨剧,一幕连着一幕,流血的事件,日日有所发生。被捕的青年,在电车里,在旅舍里,在步行道上，在人群中，当敌人给他们戴上手铐时，他们抵抗着，挣扎着，他们跳跃，他们振臂高呼："我们是共产党，我们被捕了！我们是共产党呵，我们……我们被抓了！"

于是第二天，人言传播开去，未被捕的同志就悄悄地换了住所。被捕的同志，就迎着劲厉的晓风，在每日未明时，坐着敌人的大汽车，被从基带司卡亚大街的牢房，送到松花江畔上去，送到太平桥上去，送到极乐寺后身，或者郊外的野地里去，在那儿，在自己的父母妻子毫无知晓里，民族同胞毫无援救里，他们鲜血染着白霜，带着未完成的斗争，饮中敌弹含恨地倒下了。

但是斗争仍然是继续着，在北满的大草原上，人民革命军到处蜂起了。

北部军的领导者赵尚志，正在领导着东北大学的学生，走出了哈尔滨，他们组织了铁的部队，从松花江的北岸，一直扫荡开去，战斗开去！

这时候，也正是松花江咆哮着、泛滥着、冲毁了北岸穷苦的人家，又突破南堤走进哈尔滨市街里来的时候。我已经是从乡村荡儿，目睹了帝国主义的统治，现在又来身经苦难了。一向古朴纯真的童心，被"九一八"的民族危殆的飓风吹破了。生长在"九一八"的时代，真是生逢了不幸的时代，苦难的时代，同时也是生逢了斗争的时代，试炼的时代！

从这时起，我个人开始了忧郁性格的生长。我抛弃了奔跳于闹市的浑浑噩噩的游耍，抛弃了娇声娇气的公子哥腔，抛弃了以精于课业在教师面前的买好，也抛弃了耽读游侠传记，放下了写武侠小说的笔。大水灾期，哈尔滨灾民的街头流落，在异民族的压迫下嗷嗷待哺的群众，打碎了我的稚弱的心灵，使我往日爱于独思遐想的气质愈发转为深沉。我看清了人生的苦难,生活的诸态,我就有些要求人生的解答了。

第二年,终止了高级小学校的受业,转学到哈尔滨道外许公路的第二中学。我从《水浒传》《三国演义》《七侠五义》《火烧红莲寺》一类的书堆里走出来。由于学校的一位叫作黄应麟的国文教师,使我找到了新的安慰,我走进了文学的田园,我开始读了五四时代的几种新作。在那种惨痛的时日里,使我一时忘掉了沉痛的记忆、灰色的生活,而能在地狱的污池上建筑起美丽的幻想的、个人的绮梦的,是那以海和母亲与爱抒写了她的作品的冰心;以清淡的雅游、细腻的刻绘,发表了《背影》《桨声灯影里的秦淮河》等作品的朱自清、俞平伯;以《翡冷翠的一夜》和《我所知道的康桥》卖弄了美丽的文字的徐志摩等人。这些五四初期的白话文学,把一个头脑里整个充满了要上昆仑山学艺,以求能够飞檐走壁,遍行天下,仗义济贫的青年人,拉到对着星空发呆,坐在夜窗前也想着如何来完成一篇散文诗的人了。但是,使我忘掉了帝国主义的统治正在开始,民族的仇恨深如血海的,也正是这些不疼不痒的文人的大作。读了他们的大作,我的作文簿上就多了母爱,父慈;多了星星,月亮;多了缥缈的西南风,碧绿的阳春草;也多了啊哟哟,我的心儿哟。这时期,我们的学校还发行着校刊,似乎是还允许着学生的自治,我的啊哟哟式的作品,就发表在那上面。

自己手写的文章初次变成了铅字,那心情是可想而知的。不多久,几本校刊上都有了自己化名写的作品,于是乎俨然一代文豪。在学校课后是论文,散学后走在马路上是论文,吃小馆时是论文,上数学堂在书桌底下递小纸条时,仍是论文,后来几乎无地无时而不论文了。那一年学期试验,我的数学分数大约是不足五十分。这还不要紧,主编校刊的那位高中师范班的笔名达秋的同学,成了我的惟一无二不胜崇拜之至的偶像。他是哈尔滨《国际协报》文学副刊的执笔者,又在校刊上连载过长篇随笔,是一个恨不得一下子就完全郁达夫化的人。穷、病,女人,和酒,和浮浪,和乡愁,这类忧伤之至、颓废之至的调子,永远贯穿着他们的作品。我也一下子,穷、病和潦倒起来了。我的作品里失去了美丽的星光,漂亮的月亮,换上来"往事不堪一顾,昨夕胜于今朝",等等一套新腔。而且,那时期以为文人大抵穷愁不堪。达秋这人每天出入学校,无论春夏秋冬,总穿着一件青色的棉袍子,头发留得很长的,似乎因犯。脖子后面永远兜着一块大膏药,脚上穿着一双破旧的大棉鞋。我既然立志要做文人,当然也不能例外。我没有棉袍子,脖子后头也没有病,很羞于贴上去一块大膏药。只有几个月不剪头,发留得长长的,也类乎一个因犯。身上穿的衣服几个月不脱下去洗一回,尘积很厚,偶尔母亲拿起来替我拍打一下,就要暴土扬长,对面看不见人。就在我这样学做文豪的期间里,帝国主义的狰狞的面目,一天天地暴露出来了。先是登满了我的作品和我所崇拜的人的作品的校刊,在出版后被撕页,被削除,于是乎被停刊了。继之高中师范班的同学开始了血的斗争。大约是师范四级的同学们,每天陆续地有日本宪兵队的小汽车,一清早到学校里去接他们。后来几乎经常地有人在学校驻在了,当我们正坐在课堂里听讲的时候,刽子手们就带着翻译到每间教室里去审问,他们的手里拿着要逮捕的人的照片,小手账上写着要逮捕的人的名字和事迹。在简单的几句讯问后,同学们就一个个走出课堂去,走出了修长的校园,走出了熟悉的校庭,坐上黑色的小汽车,走去了,永远地不再回来了,去了的人就失掉了后来的消息。

　　我记得最清楚的，到现在一想起来，我的心就感到一阵悸痛的是，有一次他们到学校去逮捕一个姓黄的同学。适值这个同学在运动场上打篮球，他看见了来人，知道自己要不好了，他是一个身材高大的运动员，很有力气，就举起正拿在手里的篮球，把走上前来的一个矮个子的便衣宪兵兜头一下子打倒在地上，然后扯开大步就向校园外面跑去了。来逮捕他的人虽然没戴手铐，却坐来了"欧得拜"，他们跳上去就尾随着追去了。不到二十分钟，"欧得拜"又回来停在校门前，那个希图逃脱的同学，被麻绳捆绑着，手上戴着明亮的手铐，低着头坐在车里，他的衣服一条一条地被撕碎了。原来他被敌人用刺刀把满身都刺伤了，拖拉下来的破衣片底下，是翻翻着的鲜血淋漓的肉片，血不断地流下来，把蓝色运动服变成了青紫的了，被血液凝结着，紧紧地贴在身上。那时候有一个敌人在看守着他，另一个人走进校园，到校舍里去翻他的寝室的东西，不多久，就抱出一摞书籍和文件。当"欧得拜"离开校门时，那位被捕的黄同学，扬起来充满了血痕的头，望着修长的校庭、浴在金黄色夕阳里的校舍，他的面孔是带着一种凝然不动的苦笑，这是留于我们最后的一面，也是我的惨痛记忆之一。

　　另一个记忆，那是一个幼小的同学，年岁才不过十七岁。逮捕他的日本人那天正穿着军装，脚上踏着坚硬的大皮鞋。当他找到了这个同学时，就提着他的后衣领子，把他拖出了校舍来。他们通过校园的通路向校门外面走去时，那位小同学曾经挣扎了两下，于是那个宪兵就抬起脚来，把那个小同学拖着一路踢出校门去。皮鞋伤人太厉害了，小同学虽然并没有喊叫一声，但他也的确有几下被踢中了要害，于是淋了一地便溺，就那么样地被拖到车子上面去了。一个平日最爱他的先生陈老师，站在一旁看着，泪水不断地在眼圈上转动,等到人走得远了,看不见影子了,他才坐在草地上垂着头呜咽起来。第二天他就向学校辞职,收拾行李走掉了。临走时对我们说:

"你们老实一些吧!小心你们的副校长!"

我们的副校长是日本人,名字叫作吉田。

这时候我们的学校,不但是学生自治会里失掉了好同学,学生俱乐部里失掉了好同学,图书室和辩论会里失掉了好同学,就是整个的学校,也渐渐地失去了好师长。我们的国文教员,那位使我们明白了新文学是什么的黄应麟先生,因为个人的婚姻问题,被学校辞退了。我们的历史先生,那位使我们明白了近世中国的危机与新生的杨而英先生(这名字我记不太清了),预先得知了特务机关对他的逮捕令,也向关内逃亡了。教英文的小王,教数学的小高,在同样情形下,先后隐匿起来。不多久,由师范学校的校长林鹏开始,我校的训育主任吴宝丰先生,工艺美术教师林先生,以及一些同学们先后被逮捕了。吴宝丰先生被捕不到一个月,就在哈尔滨极乐寺后边,被敌人枪决了。他死的时候,我校上级班的同学,曾有人去偷偷地收埋尸体。所以我们对于他的死,知道得很详细,而且也暗地里偷偷开了追悼会。

这些,到伪满洲政权成立的第三年,我校的同学被逮捕了百人的样子,被处死了几十人。我们的最敬爱的师长,到任何时候也使我们不会忘记的师长们,也和他们的学生一块儿伟大地牺牲了。

但是,"一粒麦子死了仍然是一粒,若是落在地下死了,就会结出许多籽粒来!"

在前者虽然是牺牲了,后来的还有我们,革命的先驱是成熟的种子,而我们是他们留下的幼芽!死者在黑暗中消逝的时候,光明的种子已撒遍在大地！我们是坚信这个的。我们曾有一个时期为重大的哀痛所侵蚀，情感浓重的同学，渐渐地向关内流亡了。

也就在这时，我的素朴的一尘未染的思索转变了方向。我一时放下了写颓废文字的笔，放下了徐志摩、谢冰心、郁达夫、周作人、俞平伯、朱自清的作品。这些人对我失去了魅力，我开始对他们的作品里所描写的美丽的世界动摇起来，怀疑起来。祖国的消息我不太知道，而东北，至少它不是写那些作品的人所能知道的，那时候不常读报纸，住在哈尔滨新城大街的章靳以，在《国际协报》文学版发表了他的以哈尔滨大水灾为背景的中篇《溺》，然后向关内走掉了。流浪在哈尔滨街头上的萧军、萧红夫妇，留下了他们的集子《跋涉》，也向关内走掉了。从狱里出来的洛虹，和他的妻刘莉走掉了。然后是舒群走掉了，金人走掉了，陈凝秋也走掉了。一点一点地全都走掉了。等到哈尔滨口琴社事件一发生，曾经灿烂一时的哈尔滨文化界全被摧残了。我恰恰在这时从追求美的世界中脱出来，从个人的绮丽的狭小的世界中脱出来。我需要大量的书，每天一字不漏地读报纸。我还记得，在那已经荒凉了的校舍里，我曾经如何地徘徊在二楼狭窄的图书室里，直等到上课铃声响了，图书室长催促着要锁门，我还不肯离去。初冬天气，校舍里没有一点暖和气，当人们都被冻得缩手缩脚地离开那宽大的阅报室时，我还伏在冰凉的木台上，读那一张张的有铅字气味的月刊。但是，哪儿有我所需要的书籍，哪儿有我所需要的知识呢？图书室中仅有的几本好书都贴了禁阅的封条，报纸上每天映现到眼睛里来的都只是死的铅字。这对于我这个在暗夜里寻光明，在旅程中要前进的人，真不啻是一片大沙漠，孤独和寂寞在那时候整个地封锁了我。

每天，下学的时候，一个人夹着书包，踽踽地走在路上。有时候是秋天,望着许公路上的枯黄的落叶;有时候在深冬或初春,望着马路上的积雪和贫民窟里的泥泞道,心上有说不出的凄凉。时常在一个人冥思独想的时候,眼底就幻现出来那些被逮捕去的师长和同学。于是就激灵灵地打一个冷战,心里覆上一片黑暗,觉得自己真的是活在冬日里,前途绝望,仿佛再不会有阳春复活的一天了。

选自《新群》,1945 年第 1、2 期

◇ 关淑琴

我解决了糊涂想法

我在三月一号开始创模的时候，便有了一个坚决的信心，想在五一争一个模范，自己的挑战书、计划，都做出来。在这时候，有一个工友对我说："老关，从古至今，能干的人，都是命不好，环境不好，没有一个得着好结果。你从小就这样终日劳碌，多回才能忙到老呢？人家职员，一天到晚，逍遥自在，赚钱也多，咱们没吃好的，没穿好的，衣裳脏得也快，这样劳动，将来身体一定不好。"我听过这些话，自己的精神，立刻就受了大影响，一点坚决进步的心也没有了，产生了悲观的思想，处处只有烦闷。

又有人对我说："你看民主政府多么好，工会领导的工厂，我们有工作，工会又给我们想办法，搞副业生产，我们想着学习，工会又特别帮助我们，要书有书，要报有报，要学政治，厂长亲自给讲，要学时事，谁都肯来上课，小组讨论，你跟着我学，我跟着你学，大家伙都进步得很快，想演剧，也有人教，工厂出力帮助，工作完了以后，愿说愿笑，愿打愿闹，谁也不能干涉，你看咱们工人现在多好！要是好好

56

干活,当上模范,厂长、主席、县长,什么样大的首长都来握手道喜,很多工友当上干部啦,你看多好!"

这个谈话,又把我的思想给转动过来啦!

我就寻思:前面那个工友说的"从古至今,能干的人,都是命不好……"这话对么?古来那是什么世界?人压迫人,人吃人!现在的反动派统治区也是这样。可是咱们关东地区,能干的人,就当模范、英雄,县长都请喝酒,过年到家拜年,他们的日子也过得好。当职员的呢?也是实行了薪资制度,大家评议,并不像过去旧社会那样高高在上,大家都是一样待遇,处得和和气气。穿的衣裳,现在咱们关东的工人也不一定都是破的,有很多男女工友,穿得新新层层,干干净净的。再说身体,怎么能会越劳动越弱呢!让工人和不劳动的人比一比看,谁有力气?

我想明白这些以后,自己身上都战战好久。唉呀!真危险,差一点上了落后思想的当,于是,过去的事情,像演电影般一幕一幕出现:从敌人压迫到解放,到现在,没有工会领导的工厂,哪有今天?

以后我再也不受糊涂思想的迷惑了。这也是自己岁数小,没有锻炼的关系,所以听了别人一说,不好好想想,一下灰起心来。今后一定要好好分开什么话对,什么话不对,才不至于上当。不单自己要这样,还要给别人解释,只要这样,咱们大家伙才能进步得快。

选自《"工农园地"选集》,大连大众书店 1948 年 8 月

◇米　庚

活在人民心头的杨靖宇

一、人民以熟悉杨靖宇的故事为荣誉

在东北人民中搜集杨靖宇的故事，那是一件几乎做不完的工作，尤其是在长白山脉地带的人民，似乎有一种以熟悉杨靖宇的故事为荣誉的风气。在访问中，我曾问过两个人关于杨靖宇的岁数，但是他们回答的方法都是一样说："他比我大几岁。"从这里我深切体味到人民对杨靖宇同志的亲切。还有，你忠实地报导杨靖宇生平的任何一个行动，企图在人民中校正自己的材料是不是正确，也是一件异常麻烦的事。常有这样的事发生，三五个人在一起谈论杨靖宇的一个行动，互相均以自己的说法确实来标榜，因而发生争论。我想这绝不是这里的人民有嚼舌的癖性，而是杨靖宇深深地活在东北人民的心头：人们凭着自己的智慧来描画杨靖宇同志的生平，智慧水准的高低产生了不同的争辩。

二、人民用各种办法来追念杨靖宇

在过去杨靖宇的死难日忌,人民是借着春节祭祖的时候来举行的,正月二十日午后四时,是杨靖宇同志死难纪念日,也就是元宵节的以后,人民就利用这个时候遥向东北膜拜,来表示内心无言的默念,完却一年难忘的心头大事。

现在人民解放了,人民心里的事敢说出来了。在通化专员公署成立的第一天,举行人民代表大会的时候,半数以上代表联署的关于纪念杨靖宇的办法,在大会上被一致通过了。人民欢欣地庆祝自己解放,同样也都以更大欢欣来庆祝能够纪念自己难忘的人。

追悼杨靖宇的专门委员会成立,人民以最高的信赖推选通化市董市长为主任委员,委员会的第一件事就是建筑纪念碑,在大家的热情的追悼下,崇高的纪念碑即将竣工了。

我参加了解放后通化市第一次之追悼杨靖宇的大会。五六千人在风雪的露天里,一直逗留有六个小时,六十五副挽联,其中三分之二是来自民间的。

在会上杨靖宇部属受人民的最高尊敬,追随杨靖宇八年的杨靖宇部属阚子祥同志,被人们推拥走向台前的时候,突然激动地哭起来。严肃哀婉之气氛,使得我许久转不过气来。

杨靖宇同志死难的濛江县,在人民代表的一致通过下,改为靖宇县了。濛江县的代表,以光荣的靖宇县的代表,而自傲起来,并愿以最大决心,建设新的模范濛江来回答它的光荣命名。

三、决心继承杨靖宇传统的光荣战士

杨靖宇支队,很快地成长壮大起来,在举行成立大会上,举行授旗式的时候,那时是多么庄严的一个场面啊!无数光荣战士的眼睛贯注在被激动得发抖的司令员的手上,经久不息的掌声,倾吐出战士们内心的欢畅。杨靖宇同志亲手写的抗日联军第一军军歌雄壮地被全体战士高唱着。"铁般的纪律要遵守"是这些光荣战士昼夜不忘的信条。很多来自农村的人民,在路上像遇上亲人一样,拉着战士的手,叙述往日抗日联军的故事。

支队的副司令员位树德将军,是杨靖宇同志的老部下,已经是快五十岁的人了,他仍然带歉意似的向我说:"这支队伍是杨司令交给东北人民的唯一遗产,我应该怎样用心替东北人民经营这份遗产啊!"

选自《东北日报》,1946 年 4 月 14 日

◇江　坚

大雪满天飞　工友直流汗

严寒的北风吹着雪花满天飞,玻璃食器工厂坩埚场的工友们在地下室不穿鞋和袜,在那踏坩埚土。外边下着雪,可是地下室的工友在那直擦汗。刘殿珍对工友王华堂说:"老王,咱们为了使坩埚破损少,就得把黏土多踏几遍。"老王说:"像手揉面一样,回数越多,越有筋力。"于是他们就更加劲地踏起来了,因为他们这样苦干,坩埚破损一个月由百分之十减低到百分之五,一个月给厂方省下十五万元。

同时产量也比过去提高,从前十个人每月做二十个坩埚,现在七个人做到四十个。粉碎部王庆老工友,也瞪起眼睛说:"我也和小伙子比乎比乎。"过去他一天粉碎坩埚土六百公斤,订计划时,他是九百公斤,上礼拜六检查计划时,他已粉碎到一千三百公斤了。

选自《"工农园地"选集》,大连大众书店 1948 年 8 月

◇ 江 涛

"人往明处走,鸟往亮处飞"

——记由沈阳投诚来的蒋军谈话

　　发起与组织十七个人携械逃跑的马××告诉记者说:"他们多是去年三月一日被抓出来的,家住在安东省的辉南、金川、濛江和吉林省的海龙等地,顶大的四十岁,顶小的才十八岁。"

　　他讲起他们在那边的黑暗生活:"一天两顿饭,每顿快吃都抢不上三碗,开水煮烂白菜,十三四个人半小盆。六点开早饭,一直到晚六点才开晚饭。大小便只中午许可便:大便限五分钟,小便三分钟,拉不完,提起裤子就得上操,来迟了一步就说你要开小差。在四平时,同班的吉林人李凤岐,只因为大便时间长了一点,硬说是要开小差,拖回来就要枪毙,碰巧赶上个臭子弹,后来又要活埋,坑都挖好了,全排人给排长下了一跪,才算饶了他。部队往沈阳开拔期中,排上的朝阳镇人李德福,因为生病,背的东西又重,走不动,二排长周保昇拖过来三枪托子就打死了,后脑海给打个大窟窿,大伙当时有泪只得往肚里咽。这群王八蛋根本就没把咱东北人当人看,谁没个

62

天灾病业的。大伙当时都横了心，有机会非跑不可，这地狱里的鬼气算受够了。"

刘××接着说："那边哪像这边自由，就是见个下士班长都得规规矩矩站着，瞧你不顺眼，就打你一顿，张嘴就讲杀头。有一次听××军军长讲话，纹丝不动地足足站了好几个钟头，连长、排长还说："看你们谁敢动？动就杀头！"

"这次过五月节，故意买了个病猪杀了，班长不让吃，卖了钱官们大伙分了；团部给七十斤肉，也叫连长卖了，弟兄们谁也没得吃。排长领我们跑了好几里地，叫口令叫了一头晌，最后说：'咱们唱一个歌就算过节。'晚上大伙越想越委屈，一想起家差不多都哭了。"

毛××说："我们一发饷，二排长就找人赌钱，风衣一脱就推上牌九，一弄鬼，弟兄们的几个钱，都到他腰包里去了，他就拿出去嫖。"

关于这次他们逃跑情形，马××告诉我："头一个月大伙就想跑，后来合计说等庄稼棵长起来再走。赶上调我们去四平修工事，没得机会，回沈阳的第二天两下就开火了。沿道听老乡讲：朝阳镇、海龙、清原、本溪湖、英额门好多地方都被咱民主联军收复了，我们一想铁道线都拿下了，家乡一定早解放了，这时不跑还等啥时候啊！到沈阳后，又听打散的十三军两个弟兄跑到我们连上说：'十三军整个被打垮了，五十二军、七十一军、六十军也完了，青年军二〇七师差不多都让人家（指民主联军）活抓去了。'当时大家暗地里一合计，都主张下决心跑，一时旧恨新仇都勾上来了，心想受这活罪干啥！我们本来合计五月节那天晚上跑，但是道不熟，心里总是二心不定的，说也凑巧，初一那天派我出便衣勤，另外还有排长他们三个南方人，走到离马三家子五里的邱家屯，他们就不敢走了，让我一个人去探,正好我把五六十里周围的道都探熟了,回排后和王××一算,第二天(五月初六日)正巧由我带班,当天我凑了一万七千元钱,把要跑的同伴们找到一起喝酒,出了个口令'和睦',当晚就跑了出来。又怕有人追,把拿不走的机枪腔里塞上了泥团子,子弹带得挺足,心想:你除了不追,追来就拼个你死我活,打死一个够本,打死两个赚一个,出来死比死在里面落个反动派的骂名还强,也让人知道东北人不是窝囊废。

"我们当晚一气就走出五六十里,天亮了找到坟堆树棵子里卧着,黑天再走,我们奔的是新民方向。中途遇见降队也躲过去了,过辽河雇个老乡给拉道,又经过朝阳洞、土城子、八家子、秀水河子,一直到了半拉门,一打听,老乡说已经到了解放区,大伙简直乐坏了。

"我们和当地村长原原本本一说,他非常高兴,领我们见葛区长,我们把枪缴了。葛区长热情地招待我们,在哈拉沁屯吃过饭,给我们开了路条派人送到康平。张县长也非常客气地招待我们,请我们吃饭,并召集城内群众开了欢迎大会,当时不知怎的,就像见了亲人似的,眼睛热辣辣的,心里说不出的委屈。我们讲话中间,坐在前面的好多老大娘们都擦着眼泪。散会后我们急于要走,张县长送我们每人一万元路费,我们经过郑家屯才到白城子来。"

说到这里他无限感慨地说:"'人往明处走,鸟往亮处飞',同志你想,我们不看到那步棋能跑出来吗?那边抓丁、要粮、要款、修工,老百姓都苦死了,比起咱解放区来真是地狱天堂啊!"刘××接着说:"只沈阳市内就要四十万民夫,在离城二十五里周围挖大壕,一丈五尺深,一丈五尺高。我们亲眼看到七十二岁和十一二岁小孩在修壕,老太太、小媳妇、姑娘就更不用提了。在皇姑屯听修工的老乡讲,逼死的人多哩!有的靠着一个人蹬三轮、赶马车养家的,一被抓去,家里就得挨饿,所以逼得全家上吊。一句话是大财主得过,穷人没有不盼共产党的。"

"我倒忘了,我们日常生活里还学歌呢! 学不会就罚跪,有一次一直跪了一夜。"马××又忽然想起来这件事,急忙告诉我,他毫不迟疑地唱了个《少年进行曲》,歌词被他们改变了,是:"我们是三民主义的饭桶(原词'信徒')。"毛××接着唱道:"中央军'到了霉(原词'大无畏')……"最后刘××打趣地说:"国民党算没占着我们的便宜,枪也教会放了,高粱米也吃了,临走机枪也给他扛出来了,现在就要掉转枪口打他,这叫'一报还一报'!"

选自《从诉苦到复仇》,东北书店 1948 年 5 月

◇江　浪

饥饿的衡阳

　　在复员气氛中,我又经过阔别了五年的衡阳,它自粤汉、湘桂铁路通车后,便成为西南交通的重心。东西火车站雄峙在两旁,熙来攘往的行人和装饰辉煌的店铺,使它俨然像一个现代都市,可是现在那种热闹繁盛的情形已成过去,换来了一片凄凉萧条的景况了,西火车站只剩下一堆瓦砾,旁边的店铺也七零八落的没有几间。中山路表面还像一条街市,商店的生意却很冷淡,店员们都瞪着眼睛向外望,好像在计算来往行人的数字一样。东火车站也只剩一个空壳,铁路局只好把烧剩的底层略加修理便当作办公地方。衡武特别快车三天登记一次,有了登记证才买得到车票。

　　普通车一天有一百张客票发售,但不一定买得到车票。我因为来得不凑巧,只好去搭普通车。天清早来不及洗脸便到车站上等候,足足站了两点钟,售票员未开始卖票,旅客们都排成一条长长的行列,我排在第十二号,满以为这回一定可以买到票了,谁知道轮到第九位票就卖空了,前面一位堂客(即女人——编注)哭丧着脸说:

66

"怎么搞的啊,又卖完票啦?我在这里等了两三天呢……"看了这种情形,又想起昨晚旅馆茶房说"你们明天如果买不到票,后天我再替你们想想办法"的话,知道这里面有蹊跷,白等着没有用,只好默默地回到旅馆。茶房笑嘻嘻地说:"买到票吗?"

"白站了两点多钟仍然买不到票。"我有点愤慨地说。

"多花一点钱,明天包你搭到车。"

"好吧,明天一定请你帮忙。"车既然搭不成,下午便和天到城里跑街,到老太子码头过渡时看见两个战俘吹着口哨悠闲地拖着木屐在码头上走过,有几个小孩子用拇指揩着小指头朝他喊着:"你是小小的。"这个给日本军阀驱使过的俘虏,好像触起感慨似的,对他们做了一个鬼脸,惨然一笑地走了。过了河,又看见七八个苦力,因争挑停放在那里的箩米而吵架,后来几乎要动武,经过老板和旁人的调解,二人共抬一箩,一场风波才告平静。他们都是挨近城的各乡的农民,由于去年的旱灾,再加上敌伪的搜刮,把他们驱逐到饥饿圈中打滚。有力气的男子便到城里来出卖劳力,妇孺只好三个一伙、五个一群地到城里求乞了。可是六万五千元一担(一百八十市斤)的米,有谁肯来施舍呢?对于这些饥寒交迫的善良人民,政府也曾设立难民救济所施粥救济他们,但成绩怎样呢?这里摘录两段当地报纸所载关于施粥厂的情形,读者诸君便可明白一切了。

《中华时报》二月十五日载:"记者昨日一至难民第六粥厂(即莲湖书院旧址)参观,见在废墟瓦砾中踯躅之难胞,形容枯槁,啼饥号寒,惨不忍睹……某说:'稀饭吃不饱,还要抢。'某又说:'病了也没人管,没药,只好等死……'有一难胞杨氏,因受饥饿病魔之交相袭击,已惨然长逝!尸体横陈地上已经三日,亦无人料理,无人过问,诸难胞复语记者:'近日来已饿死三人。'言时声泪俱下……"

上面说的，是经过政府救济的幸运的难民。还有被抛弃在救济之门外的难胞呢！再看看同日的《力报》"救救我们吧"的特写：……因为每一粥厂收容的人数都有一定的限额，而且吃粥的人要有"吃粥证"，因为这样，所以每天在发粥前或发粥过后，都有很多不幸的人饿着肚子来哀求哭诉："先生！做做好事吧！我已经几天没有饭吃了，这几个孩子饿着尽是哭。"一个中年妇人带着三个不满十岁的孩子哀求着。

"你有'牌子'（吃粥证）没有呢？"

"没有！区长，保长未发给我。"

"没有牌子不行，我们这里规定有牌子才有粥吃。"执事先生摇着头说。

"……"

"我饿死了不要紧，就请你准我这几个孩子来吃粥，——救救他们吧！"这可怜的妇人趴在地下疯狂地磕着头……

好啦，不再摘录了，总之衡阳大多数人民是在饥寒疾病袭击下过着凄惨的生活，在死亡线上挣扎……

夜幕展开了，我每天怀着沉重的心情，在暗红的灯火和惨淡的月光交织下走回旅馆，看见三个年纪才十五六岁涂脂抹粉的女孩，现出焦急的神情，像在等待着什么。茶房把房门打开，她们都走到房门口徘徊着，探视着，不自然的笑声一阵阵传播到房里来，这种景象，使天感到诧异，这时茶房神秘地笑着说：

"先生！今晚你们要多开一个房间。"

"为什么？"天莫名其妙地问。

"今晚一个人讨一个堂客。"

"不要乱讲，我们不要这个。"天恍然大悟后，郑重地说。

"出门人,开开心有啥子关系咯。他们到这里还不久,年纪又轻,才十……"

"不要乱讲,出去。"天不等他说完,严肃坚决地边说边把他推了出去。顺手砰的一声,把门关了。

"不要就不要,何必装'咯个'鬼样子。"怨恨的声音又清楚地飘进房来。

想起了沦陷时受敌寇蹂躏压迫,收复后因生活鞭挞出卖肉体的姐妹们,我们的热泪,不期地夺眶而出!这究竟是谁的罪过呢?

第二天早晨。茶房帮了我们的大忙,又双倍的价钱买到了车票,于是我们又踏上劳苦的旅途了。

选自《蒋管区真相(第二集)》,东北书店 1947 年 10 月

◇ 许承真

在沈阳

——"也算回忆"之一

是好几年前的事了！

我流浪在沈阳街头，虽然侥幸未被捉去当劳工，却也找不到糊口的职业，整个秋天是在贫穷和疾病中度过去了。过了十一月，季候变了，天空刮起了酷烈的寒风，我的生活就更加困难，没有棉衣，没有稳定的住所，忽然有一个朋友说是可以设法介绍我到满飞（满洲飞行机制造株式会社）去做工，但是还要经过一次考试。

在一个朔风冷冽的清晨，我匆匆地赶到工厂门外的一所小木板房里去等待考试，那里早已挤满了人，还掺杂着几个十几岁的孩子，都是来找工做的，我们在这里足等候了两个多钟头，考工的方才翩然光降，于是我们被排成一列，领进工厂的大门（这大门我只进过这一次，以后走的就是为"满人"预备的小门了），又被排在院子里，不准动，再等候了半点多钟，才过来几个日本人和准日本人（或者说是假日本人）把我们的身上严密地搜查了一遍，火柴、字纸等东西都拿

70

了去,然后才被领进那座三层楼的办公厅的地下室里,我们伫立在甬道上,这里除了几只防火用的水桶和盛着沙土的木箱以外空无所有,三四十个人在这里疲倦地等待着。

汽笛响了,到了正午,许多日本人职员下来到地下室旁面的食堂里来用餐,女人们捧着午饭到楼上去,也不时有人从楼上下来对我们用在动物园看猴子的眼光望了望再回去,也有好心的人警告我们一个坐在木箱上吃大饼子的工友说,坐在木箱上被日本守卫看见了是要挨打的,但是可巧日本守卫就过来了,坐在木箱上的人被打了七八个嘴巴,被骂了几句畜生和混蛋。

午后两点钟,考试才开始,我们一个个地被叫进一所小房里,先由劳务课的假日本人问过了,再送到楼上的真日本人那里去考问,也终于轮到我了,考试的这两个家伙我是知道的,一个姓康的原先是海城警察署的特务,因为他化装了出去抢劫,被发觉以后逃到这工厂里来避风,不久就被日本人赏识了,用他来做这工作,另一个姓王的是一个什么警卫队长的儿子或者是小舅子。因为在我履历书上写着是学生出身,于是被详细地审讯了一回,最后问我会什么技术,要我做个错架子给他看,要我做打锤子的姿势,我告诉他电机的车床(就是日本话的旋盘,请原谅我恨透了这样的字和话,不愿说也不愿写)怎样开动,各样削刀怎样使,他似懂不懂地点点头,又把我送到楼上的日本人那里去审问了一次,最后送到工厂里,从此我就算满飞工厂材料检查课、物理试验室的工人了。

有了职业,食宿又成了困难问题,必须住在东关一带,这里到工厂的距离也将近十里,住得再远就赶不上上工的时间了!这里的房屋奇缺,不得已只好暂时寄居在一个亲戚家里,这是两间房屋,有两铺炕,住着两对夫妻,因为没有煤生炉子,又没有秫秸烧炕,大家都

71

挤在有一口锅用来烧火做饭的炕上,他们也都是满飞的工人。

在每天早晨七点以前,是必须赶到工厂,过了这个时间,名牌就被赁金系拿走了,迟到在计算工资时要吃很大亏的,若是迟到过了半点钟的话,这专为中国人通行的小门就锁上了,就再也无法走进工厂,只好算是误工了,对误工者工资的克扣更加奇酷,一月中若有四五天不到工厂,则就有被解雇的可能。于是我们不得不在五点半到六点这时间内起床,睡眠是不够的,胡乱吃一点昨夜剩下的残饭,就走向工厂,外面的天候还是在夜里,我们要在灯光或是月光下走八九里路,是有专门通往工厂的电车的,但这是为日本人所专用,中国人没有资格搭乘,普通的电车是难得挤上去。在每天黎明以前,几万个工人在这同一条路上走向同一个方向,像一条活的人流,我们是以比赛看谁走得快的办法来战胜黎明前的严寒,每天早晨我夹在几万个工人中间走着,迎着刺骨的寒风,我经常想着在长白山麓在北满森林中与敌人搏斗着的战士们,同时激励着自己要设法多做些与国家民族有益的事,若能这样则也就等于走向战场了,在东方发白的时候,走到了工厂的门口,进门时必须在日本守卫的面前摘下帽子,要经过他的检查,否则他会送你几个耳光的。

整天工作是在倦怠、设法应付监工者、设法消磨时间消耗资材中度过,午后六点钟放工了,听到汽笛响声,日本人是可以随便地从工厂大门出去的,中国人却要排成长长的行列,脱下帽子打开饭盒,等日本守卫一个个搜查了才可以出去。虽然这样,工人还是把钻头、锋钢等值钱的东西不断地偷出去,有的人还能把油类藏在胶皮管中偷出,汽车夫更能偷出较大的东西。排在后面的人走出工厂的时候几乎要迟延半个钟头。这时间在飞机场通东关的马路上,又是一条无尽的人流,我们来时是在黎明以前,回到家中的时候太阳又沉没了，没有休息时间，大家要忙着烧水淘米煮饭，煤是没有的，贱价的柴火是潮湿的，秫秸叶子烧完了以后，就不再起火，我们要轮流以嘴代鼓风炉吹火，一天里只有晚饭还是在比较安息的环境中用过的，吃过晚饭大家都已是筋疲力尽了，躺下就会睡熟，不会患神经衰弱和失眠的。

物理试验室是一栋较小的工厂，只有二十几个工人，中国人和日本人约各占一半，我的工作是把各种试验□试验片用机器□断，或是□上深浅不同的痕迹，做了记录计算金属材料的抗张力和冲击力，把各种金属的断面研磨得像镜子一样光滑，供给□□□或是 X 光□影，这些工作，最后部分是要保守秘密的，中国人都不得参与，大家都尽力设法拖延工作时间，消磨材料。

工厂中密布着明的和暗的监视者，许多退伍的日本军官在这里做监督官，日本特务机关、宪兵队、伪满宪兵团、警察署，都派来明的和暗的特务，许多特务化装为工人混入工厂里。我到工厂不久，一个姓卢的特务□□威胁地向我说，他发现工厂中新来一个间谍。这个坏蛋去年我在大连街头瞧见他一次，穿着漂亮的西服在天津街上走着，当他发现了我马上狼狈地逃走了。不管工厂中日本人怎样严密地监视着，也无法制止中国工人怠工的情绪，日本人组长经常为中国工人的怠工所苦恼，尽管他恩威并用，也毫无效果，中国人和日本人互相猜忌和敌视，像水和油那样的不能调和，争吵的事经常发生，虽然吃亏的总是中国人。

这里对工人剥削的方法是很巧妙的，工资是按时计算，同时又用"包活"的方法来使工人自动加重工作强度，工资计算法是以每小时为单位，两星期结算一次。我的工资是每小时一毛六分，这算本薪，若仅靠这点工资则一天的所得连一顿饭的代价也不够。在结算工资时还可加上二十至三十成的"包活","包活"的成数是根据每一单位时间中每一栋工厂所完成的工作多少来决定的。完成工作多的,可以多分得几成"包活"工资,这样比一般工资水准会高一些,完成工作不足"包活"数的,则少分几成,会比一般工资低些,工厂就用这种"包活制"工资来加强工人的工作强度。对于迟到或缺工的工人则除了扣除本薪以外,还要扣去几成至十几成甚至全部的"包活"工资,两星期内若误了五天工就等于白干了。新工人头一个月算是"试佣",只能□本薪不能分"包活",也差不多等于白干,过了一个月以后,工作有点成绩才能转为本佣,我自然也要经过这一段"试佣"时间,做了五个星期差不多是无代价的劳动,才算是转为本佣了。

我虽然有了职业,可以不再为每天的吃饭问题而发愁,但是,生活仍然不安定,我虽一度住在工厂附近的伙房(工人宿舍)里,这是一所狭长的房屋,从横头开门,两铺长长的对面炕,上面还有两行木板搭的吊铺,模样和大连的红房子差不多,只是在火炕的尽头有两副锅灶,吊铺和棚的距离更短一些,在上面是直不起腰的,虽然是冬天,这里也有的是臭虫、虼蚤,这间房里住有四十几个人。住在炕头的伙夫差不多在半夜就起来弄饭,炕几乎是不通气的,烟从炕缝中挤出来,不多工夫满屋就充满了柴烟。比这更讨厌的是特务们化装成工人轮流地住在这里,监视着工人们的言语行动,而这些伙房大都是警察和特务们开的。

冬天缓缓地过去了,暖和的风往东方吹来,地面上的积雪开始融解,我在四月间搬到一个朋友用来储藏东西的小屋去住,这是在一所大杂院的门口,原来是用来寄放洋车的小屋,中间用木板隔成两半各有一个门,一间有一条仅能睡一个人的木板炕,另一间可以当厨房放杂乱东西。这间小房我们租有好几年了,我的弟弟和几个朋友都在这里住过，最后住在这里的老 X 已搬到另一个地方去住，因为这间小房不惹人注目，就用它来藏些书籍等东西。这里虽然离工厂远些，我每天已可以自己做些事情和比较安静地休息一下。

我搬过来四天了！我一直没有时间检查藏在床下的书籍，这些东西若被查户口的警察发现的话，会引起意外的麻烦。今晚比较清闲，过了十点钟，外面静悄悄的，我关好了房门开始检查床下的书籍，这里除了日本和伪满出版的书报杂志以外，还有许多在伪满被认为违禁的东西，中文的日文的马克思主义著作，"万宝山事件真相""满铁侵略东北史实"这一类过去的宣传抗日的小册子，这是几个朋友几年中搜集的一部分。我在懊悔自己的粗心大意，这些书籍是不该安放在这里的，我计划着怎样在明天早晨把这些东西运走，忽然"嗒嗒，嗒嗒"有人敲门。

"谁呀？"我问了。

"开开吧！"是日本人说中国话。

我马上意识到这是怎样一回事，时间不容许我把这些书都收拾起来，实际上即使收拾好了也无济于事，但我还要尽力掩饰一下，把几本最要紧的书藏在被里，把日本和伪满的书报放在表面，我出去开开外面那间小屋的房门，七八个人已把这间小屋包围起来了，有的穿制服，有的穿便衣，有日本人和自己□□的"满洲国"人，我早就想到终不免有遇到这样场面的可能，但是却未想到会来得这样快。我站立在门口，面对着一群敌人，想着即将受到的各种酷刑。穿制服的日本人又说话了，他用中国话问我的门牌号数姓名职业籍贯，从他的言语表情可以看出大约是找错了，他向屋中望着，半地乱书被向里开着的门掩住了。他考虑着犹豫着还没想走，我说："有事请进来谈吧！"他说声"对不起"，领着这一群人走了。

第二天我照常上工厂去，晚上回来才发觉住在我隔壁的老 R 被逮捕了去，老 R 是我在高中读书时的同学，当时在兽医研究所里做技师。当晚我找老 X 商量一下，把床下的书籍清理一下，有用的都藏到别处，剩下的都卖给南门脸的旧书床，老 R 和我们并没有什么关系，但我却常到他家去玩，老 X 和我商量好了万一被牵连时的口供，我们自己并没有露什么马脚，为这点事还不值得逃走。检查一下住房，消灭一切能被敌人发觉可疑的证据，估计我是有被牵连的可能，我还记得老 X 最后告诉我的一句秘密工作者的口号叫："到我为止。"

两三天没有什么事，在到工厂去和回来的时候，发现在电车站上在街口在胡同里都有特种人物在巡视着，有时在深夜听到沉重的汽车声，大概又是在捕人了。一个星期六的晚上我照例去找老 X，他的女人告诉我他在昨夜突然被捕了。对于我这是一个异常严重的打击，没有了他，我在工厂中除了替日本人做奴隶以外就再没什么意义，当我懊伤地回到家里的时候，看见一个带枪的人正在这胡同里巡逻，我知道老 X 不会轻易地被放出来，离开了他我就没有了在这地区住下去的信心，我不甘心也被敌人捕去，就在这夜晚我离开了沈阳，离开了我的故乡东北，冲破重重难关，走回祖国人民的怀抱。

选自《大连日报》，1947 年 8 月 18—30 日

◇ 孙　明

红枪女将李兰英

"姜(堰)北有个高凤英,姜(堰)南有个李兰英,两个英雄同齐名。"江苏中部海安泰州线的人民都这样歌颂他们的女英雄。

李兰英贫农出身,七岁丧父,母亲带她改嫁,因她是"拖油瓶"而百般受凌辱,十八年来,一直过着"不名誉"的日子。新四军来后,她好容易翻了身,被选为乡妇女抗敌会主任和民兵指导员。但大前年,又被家庭蒙骗,嫁给一个旧富农的不务正业的儿子。土地改革时,她首将婆家六亩好田托出来。她的模范行动,博得全乡农民的称颂,但公婆却因此恨透了她。

去年七月间,海泰线重镇姜堰被蒋军占领,她的家乡就成了蒋军南来北往的要道。为了保卫穷人和妇女永远翻身,李兰英毅然加入了乡的武工队,由于机智胆大,不到一个月,就成为名震海泰线的女英雄了。去年十一月二十三日,姜堰运粮河三百余蒋军团合击林黄乡,离李兰英不远时,大喊"不准动! 不准动!"她却不慌不忙地举起那条湖北条子,砰的一枪,一个蒋军头一伸,钢盔被打了下来。又一次,她带武工队在林家野设伏,当二十一个伪"自卫队"员闯进来时,她大喊一声"冲去!""自卫队"慌忙架起机枪应战,她一面骂"活土匪,我徕(即我们)送你家去!"一面举枪瞄准,射倒敌人的机枪手,"自卫队"员吓得连抢来的大棺材都丢了。总计在"反清剿"六十天中,她共参加战斗五十八次,并三次领导三千余群众破拆姜(埝)张(甸)公路,她把从蒋军手中缴来簇新的小马枪武装了自己。李兰英在危急时的机智与沉着是惊人的,一次三四十个"自卫队"员将她包围,她敏捷地躲到一个灶间里去,灶间里仅有一张床和一个草堆,她想床的目标大,敌人一定要搜,于是反躲在毫无遮拦但不引人注意的小草堆里,把枪压在身下,准备敌人发觉时拼杀。然而敌人搜了两次,且在床底打枪,均未搜到,她反拾到敌人搜查时丢下的七颗新子弹。当敌人还没有走半里路时,李兰英又追上去了,新弹初试,无异警告他们:"李兰英还在此地!"

英雄当然是与群众相结合的。有一次,一个连的"自卫队"员企图袭击李兰英和她的武工队,出动才半里路,群众在一刻钟内就送给她十六次情报。当敌人扑来时,武工队员们已经无影无踪了。有一次,三百多蒋军已经将其三面兜住,她躲在一个人家的柜子里,当敌人进入该庄时,所有的群众都故意拥到北面去张望,蒋军追问:"红枪女将哪里去了?"群众说:"已经扑河溜到北面去了。"蒋军到河边仔细一看,果然河北岸上湿了一大块,赶忙回河北追去,原来河北的水块是群众故意泼的。

姜埝蒋军对这红枪女将毫无办法,出了张通告:"击毙李兰英,赏法币五十万元,生擒加倍。"想以此收买群众,但毫无效果,蒋军只好造谣说:"李兰英已经捉住了!"数百人连夜赶到乡政府去探问,一看持红枪的李兰英仍在跳跳蹦蹦时,都一拥把她拉住,惊喜得说不出话来。

　　在海泰线上流传着一首歌谣："土顽（指土著蒋伪）一到,心惊肉跳;李兰英一到,太平睡觉。"但当人民遇着她时,又一律称她为"小伙",因为大家把她当作自己子女一样看待的（小伙是父母对子女的亲密称呼）。

选自《牡丹江日报》,1947 年 6 月 11 日

◇ 孙　铭

美军在北平

一踏上阔别十三年的故都，第一眼深入脑际的，是背衬着西山苍翠的西苑美军飞机场上停着的机群。机头上涂着裸体美人画的，或涂着动物头部的各式美军飞机，都密密地停放在机场上。按说日本投降已经一年了，但这些作战用的武器，却还尽逗留在中国，而且当我走进候机室时，我看到木匠们还正忙着在鸠工修筑着这美制的房子，看来这些美机似还打算着长期地滞留在中国。

一到夜间，天空中还依然响彻着隆隆的机声，这哪里是故都之夜呢？在我的记忆中，故乡之夜是恬静而安宁的呀！

天空的夜间尚不清静，那么地上的白天，就更是惊人的烦扰了。美国的吉普车和密密地蒙着帆布的大卡车，整日价以纵横于战场的速度，在闹市中疾驱而过。前几天八面槽大街美国吉普车撞死了一个十一战区政治部的课长，各报上还多少拨出一点空隙来登这个新闻，但是第三天在珠市口碰上一个小市民时，仅只一张小报上登了一些，因为这种新闻在北平早已不是"新"的了。

吉普车以外，美军的坦克车也辚辚地总在大街上驰驱，如到西苑或平津公路附近去看看，那简直好像离那里不远就是战场一样。

北平的市政当局，为了怕那些异国的盟友在中国染上了怀乡病，真不惜想尽办法，来尽一番东道之谊。于是为了使盟友们观光得到好影响，勒令拆去天桥的棚摊，以壮观瞻，宁可使小巷里垃圾堆得快齐了墙，但大街的牌楼箭阁则必须漆修得金碧辉煌，也宁可使全市三分之二的学校没有校舍，但最好的洋楼总要腾出来招待美军和美军眷属住，也尽可把雅叙阁等接收过来的地方，专供美军当舞场用。为了美军夜间不至于寂寞，尽管各大饭店的大门旁，都贴着□营禁止携妓冶游的布告，可是我住的××饭店的大门正对面的"半楼"门上，却挂着英语的"预防性病室"的牌子，一到午夜就有茶房伴着烫发的女郎，和美军在比手势打着交道。

北平市的酒排间咖啡馆，主要的主顾也都是美军，有一天我和朋友在一个酒排间里喝了些啤酒，我打算付钱，朋友摇摇头微笑说："用不着。"我说："是呀！用不着客气，我来付钱。"他说："你付了人家也是不要的，还是听从我。"于是朋友叫过来仆□。算了账，一元二毛钱，这真是破天荒的便宜呀！但结果朋友付的是美金，我才知道中国的国土上，还有不用中国钱的，怪不得王府井一条街上，兼营买卖美金的铺子，就有三十来家。

有一个深夜，我伴朋友到东交民巷××饭店，找一个美国新闻处的记者，大家正在闲谈时，楼下的街上正发生美兵和车夫的凶殴的声音是那样嚣张，那样嘈杂。

"这就是我们美国的孩子！"美记者摇摇头深有所感。我知道这个记者还是个纯洁的女子——虽然已经有三十岁左右了——她在我面前表示出一种歉疚，觉得让我们看到了美国人不体面的一面，但她也表示着一种郁悒,同情自己祖国的孩子们在战后还被祖国远抛在异国,过着不自由的同时是放荡的厌倦的生活,可是她也许还不能理解这些人留在中国,也把中国的老百姓给坑苦了!

八一五是盟国的胜利日,北平当局决定那一天举行盟军的大慰劳:仅是金钱一项,就预备募集一亿五千万元,所有北平市的公务员,八月份的全部"底薪"都得捐出来。每个盟军还可以得到全北平市民签名的纪念册,刻有中英文的玉石图章……但是反顾我们的士兵呢? 八年来流了血的士兵们呢? 这里有一个叫刘同文的残废上等兵,他给天津《大公报》的公开信里,这样写着:

"如今流了血,尽了天职成了残废无用之人,希望国家想一个适当的办法给我们……也为年迈父母及苦儿孤妻们想出一个具体的办法来,使他们无冻饿之虑。"

其实呼吁尽管呼吁,但当局是不会加以什么眷顾的。前些日子安平解放区遭到了美国巡逻队的袭击,八路军起来自卫,双方都死伤了人。可是在中国国土上袭击了中国人民的美国兵,挂了不少的荣誉彩回到北平时,第二天协和医院的喆公楼前,就变得门庭若市了,各色各样的御用团体,拿着各色各样的珍贵礼品,涌进来郑重慰劳。而且国民党中宣部的《华北日报》也不惜一论再论三论地向美军表示"悬念与沉痛",甚之还觉得国民党丧权辱国尚不够,今后"还要给予盟军必要的可能的便利"。我想,我们早已把领空、领海、内河、税关、驻兵等权送给了美国,如果认为还不足,那大概还要明文发表一下美军有生杀予夺中国人生命之权利吧! 如果这样,那《华北日报》也不如把要求国民党政府对被杀了的中国人民——八路军战士——"予以严加制裁",改成为"让美国海军陆战队把中国的一片干净土——解放区——通通烧杀光"来得干净。真的说出这样话来的政府,哪里还有半点中国人的气息呢！真可以把该报所说的"他们是和日寇侵略期间,长春、北平、南京的傀儡组织一样"这顶大帽子奉还给他们戴上,真是顶好合适不过的帽子。

难怪这样政府统治下的北平,医疗不好日寇的创伤,就又变为美化的城市了。那么美货的涌进北平,玻璃世界的光临北平,各街头巷尾的纸烟摊上,都摆着美国骆驼牌、飞利浦牌、弟蒙诺牌的纸烟……这毕竟是微不足道的事情了。

八月十三日

选自《蒋管区真相(第二集)》,东北书店 1947 年 10 月

◇ 纪云龙

他们是保卫人民的铁军
——哈市人民前方慰劳队纪行

慰劳队这次从前方带来许多真实的消息。其中第一个应该报告哈市八十万同胞的即民主联军空前高涨的士气。

我们这次在前方所见到的人民解放军的战士个个都是擦拳摩掌，跃跃欲试，他们都争着要在任何的下一次的战斗中担任突击先锋，为人民立功，争取战斗英雄的光荣的称号。

我们看见了不少从广大英勇战士当中涌现出来的战斗英雄，有的就是在这次其塔木战役中发现的，有的是一连当选了几次的，他们都是年青的坚决的勇敢的，而且大部分是从八一五解放后刚刚获得了土地的翻身农民。

如战斗英雄史振标，他一个人深入荒沟，反复追击敌人的散兵，共缴获了迫击炮两门、轻机枪四挺、冲锋式两挺、望远镜一个、步枪六支、子弹两千多发，俘虏了××军的副营长一名、连长一名、排长两名、士兵二十多名，创造了东北的花国有的榜样。战斗英雄王金环,他在焦家岭战斗中表现了可歌可泣的牺牲精神,从冲锋开始,他就受到密集火力的威胁,他为了掩护冲锋部队,把机枪搬到高岗上去扫射敌人,不料这时机枪出了故障,他跪下来,沉着地修理,突然一个炮弹在他头上爆炸了,他负重伤,昏了过去,手中还紧握着机枪,同志们要抬他时,他又醒过来,大喊着:"敌人在哪里? 敌人在哪里? 还差一个零件,机枪就修好了,打呀!"五分钟后,他终于一手抓着机枪,一手拿着零件,伏在枪上光荣牺牲了。战斗回来后,他立即被全师追认为头等战斗英雄。

像史振标、王金环这样的好汉在我们的军队里真是说不完数不尽。各种战斗英雄、战斗模范、大小功臣真是争先恐后地涌现出来了。我们民主联军的战士,今天没有一个是怕牺牲流血的。现在每个部队的指战员都在一致热烈地要求过江立功杀敌,某团全体指战员曾咬破手指,签名一封血书,要求部队首长请缨杀敌;即这次作战回来的部队也都要求总司令让他们二次下江南。他们都不愿离开战场,要求前进。他们激昂地说:"我们宁愿难走百里,不愿后退一步!"

在连队中他们更互相订立了竞赛条件,下了挑战书,在战场上他们用不怕牺牲,轻伤不下火线,多缴武器,多捉俘虏,表现了这个伟大的立功运动。

我们在一个部队中检阅了他们缴获的美式武器,在另一个部队中参观了一次二十门大炮演习。一位年轻魁伟的司令员引领着我们检阅,告诉我们哪个是高射机枪,哪个是火箭炮以及山炮战防炮。他指着上边的美国字说:"这差不多全是从××军手中夺来的。"我们发现每挺机枪、每门大炮上都已经贴上了我们战士立功计划的白纸条。在一挺加拿大造的"七九勃然"机枪上贴着张国山的立功保证:"不掉队,驻防不怕一切困难,到战场不怕牺牲流血,轻伤不下火线,坚决完成任务。"我们所看到的炮兵演习,每门炮都是三发射中了目标。

民主联军渐渐也有了美械化的装备了。新的武器只有到了我们手中才能真正变成不可抵挡的力量。一个被俘过来的"解放战士"说:"现在××军顶怕你们的大炮啦!"另外,国民党在江南统治区造谣说民主联军有俄国人炮手。并向老百姓宣传:"八路军跟俄国人是八个姑娘换一门大炮,八个媳妇换一门小炮,一个姑娘换八个大炮弹,一个媳妇换八个小炮弹……"

他们这是撒了一个多么天大的谎呵。同胞们,我们知道这种伤天害理丧尽民族气节的罪恶只有蒋介石做得出来,他给民主联军造的谣不过是××军自己的写照罢了。我们看蒋介石为了取得美国武器的援助,不是几乎把他的祖先都快要出卖了吗?

蒋介石的号称为"天下第一军"的××军在进犯四平时已经尝到了一次人民解放军的厉害,却还不死心,这次在其塔木战役中又被我们主动地沉击了一铁拳,而在这次战斗中间我们的战士表现了无比的勇猛大胆,××军的官兵则一击即溃,大批投降缴械,一听冲锋杀声,就反穿皮袄趴到雪里,坐以待毙。在很多地方完全是被我们的伙夫、理发员、通讯员、勤务员缴械俘虏的。

我们民主联军是抱着为东北人民做一个孝顺的儿子的决心和这样的蒋军作战,所以我们的战士是不怕死的,他们把为人民事业而死在战场上当作一件最光荣最快乐的事情。

在临上火线之前,我们这些英雄好汉都细心沉静地检查整理身边的秘密文件、家信、钱和各种心爱的东西,然后交给指导员说:

"我死后,把我的真名刻在碑上吧!"

"我如果牺牲,把我的名字记在功劳簿上,也就放心了!"

"我死后,希望支部接收我做一个光荣的共产党员!"

他们互相告别的话是:"不打胜仗就不回来了!"

在火线上,国民党的伤员枕尸遍野。他们顾不及掩埋,抬架,我们民主联军却动员当地老百姓替他们掩埋,给他们医疗伤号。我们的伤员是由成千成万的老百姓的担架队运到后方。他们在后方病院安心休养,伤愈之后都争着赶快重回前线,立功报仇!

我们慰问队在前方所见到的士气就是这样。

前方的战士为什么士气这样的高涨呢?这就是由于我们的人民武装是从翻身农民中产生出来的,由于在今天,他们有着提高了的觉悟程度(他们知道,这次和反动派的斗争是人民解放的最后斗争。他们是人民的子弟兵,要为老百姓做忠实的勤务员),有着爱兵拥干的官兵关系,和有着在斗争中提高了的战术基础。我们知道由于我们的战士有着这样高涨的情绪,我们的人民解放战争就一定有保证,我们的战争就一定能够胜利!

蒋军的士气也是像我们人民军队一样的昂扬吗?这个问题的回答在我们哈尔滨八十万同胞中间还有些人是常爱打个问号的。这是由于他们被盲目的正统观念所迷惑,被蒋军的美式武器、美式装备所吓倒而致。他们不知道:蒋介石的黑暗独裁统治给人民带来的完全是灾难痛苦,蒋介石的伪装的和平、粉饰的民主绝不能保证我们哈尔滨人民过着像今天这样翻身快乐的生活;他们不懂得:蒋军的不平等的官兵关系,普遍的厌战情绪,会使他们一遇我军即临阵逃亡或放下武器,他们就是拿着再好的机械,驾着再好的战车也不过都是给民主联军准备好的战场的献礼罢了。但是这些人的天真的错误的猜想还是可以被事实说服的。

慰劳队到达前方的第一个晚上,就听到了两位"解放战士"的控诉。他们都是××军五〇师一五〇团的美械士兵,据一个叫刘××的蒋军班长讲:他被骗离开四川,参加印缅战争,到了广东,八一五日本投降了,大家都说可以回家啦,却从香港坐船开到上海,军官骗他们要到日本受降,结果在船里闷了七天七宿,到达秦皇岛了,这时他们才听讲到东北来是打八路军。在四平战斗中××军的士兵想家思亲的很多,但是又跑不回去,他们是不敢往投诚上想的,因为军官欺骗他们,叫八路军捉去要剥皮、揳钉子。可是这次他们同时被俘的一百四十名战士却受到了意外的优待,而且编成解放大队,都誓愿为人民服务,现在大部分都分发到部队里去了。

蒋军的俘虏自己证实了在这次战斗中不但没有一个被活埋剥皮的,而且受到了解放区军民的优待。

慰劳队听到许多有趣动人的俘虏故事。在焦家岭战斗中,光光是伙夫、通讯员、小鬼缴枪的例子就不胜枚举。有一个送饭的伙夫在月夜的山沟里发现一群蒋军散兵,反穿皮袄走在雪地,他就举起扁担缴了一挺冲锋式、三支步枪。一个骑兵通讯员押了十几个放下武器的官兵回来。一个小鬼从庄院的草垛里拉出一个蒋军的连长。

关于送俘虏还乡,有如下的一个例子:我们派了一挂大车,遣送五个受伤俘虏回德惠,一路上,车夫因为痛恨蒋军的残暴,诚心使俘虏受了很多苦,把他们交到蒋军团部时,团部感到受侮,说一定是八路指使,将车夫押了一宿,但也无可如何,第二天只得又放了出来,拿出五百块钱叫车夫回家,老乡大怒,跑到街上吵着:"你们折磨了我一宿,人家把你们人送回来这是仁义!民主联军可不是好惹的,交到了人得打收条!"从这些例子我们知道了:共产党的优待俘虏和宽大政策已经使大批蒋军的俘虏参加了人民解放军,为人民服务,为人民立功,以赎己罪,他们感到来到解放区,正像走上光明平坦的大道;护送俘虏归乡,也不但教育和感动了蒋管区的军民,而且给蒋军广大士兵带去了很大的影响,很有力的宣传。

慰劳队还深深地体验了这样一个事实,即:我们的自卫战争是有后方人民(主要是农民)做靠山的。前方的战士们感觉自己已经有了家。北满解放区各地翻身人民已经在战争中组织起来了,动员起来了,成千成万的农民已参军拥入主力,更有成千成万的农民在民主政府的领导下组织了民夫、大车队、担架队、招待员等,出发到前方,支援前线。

这次在前方,慰劳队亲眼看见了这种伟大的人民参战的行列,我们的战士也感受了它的无限的力量。

这些参战的人民是有组织的,是不怕战争的危险的。

如×团一个干部带着四十辆大车队送到各营去,途中遇上国民党飞机扫射,当时大车都跑散了,飞机过去以后,这位同志以为不能完成任务了,谁料从山沟里大车一辆一辆又都集合了起来,最后只有一辆因为马被打死而拉回去了。

担架队员爱护伤兵真比痛爱自己的儿子还亲,他们普遍地自动照顾伤员、安慰伤员,使伤员如抱在父母怀中似的忘掉痛苦。榆树第六区担架模范刘景玉,是一个担架队的中队长,他抬伤员在途中遇敌机扫射,他不但不离开伤员,而且用自己的身子掩护他,还安慰他说:"不要怕,要活咱们活在一起,要死也死在一块!"他用自己的棉衣替伤员盖伤,公家送给他一套衣服,他不要,分给衣服单薄队员了。

朝阳堡的"伤兵之母"苗老太太,当担架队把一个很重的彩号留在她家时,她很热心照护他和爱护他,不怕辛苦麻烦,给他倒屎倒尿,喂水喂饭,伤兵叫她母亲,她也以对儿子的心情对待他。几天之后,在这慈爱的感情抚育下,精神逐渐好起来了,到他临被抬走时还恋恋难舍。

焦家岭战斗中,有一个榆树老头子,从百里以外坐着爬犁赶到部队的担架队里,嘱咐他的儿子:"你千万不要逃跑呀,区政府帮助咱们翻身,你若回去可是丢人的事!"在旧年期间大部分民夫不愿回家过年,有一个已经应该回去的大爷说:"在队伍里过年比家里强,咱们也是一大家子人啊!"

榆树解放村的农会主任魏殿阁,当部队过江进军时,他带了七个会员到江南去发动群众,开辟工作,在毛家油房建起一个农会,领导群众分了恶霸地主的地,起回一支连珠枪,扩大了政治影响。二月初在莲花泡工作时,忽遭到从岔路口来的几十个敌骑的追击,他们只带着三支钢枪、三支洋炮,但他们坚决不投降,把炮坚壁在雪堆中,分散逃脱,只有三个队员在抗击中被俘去了,后来他们三人在途中遇见民主联军援救,二人脱险,只有一个同志不知下落。他们十足地发扬了农干自卫队的英勇果敢、不怕牺牲的精神。

在民主联军驻扎地区的一切村镇,军民都做到了真正的拥军爱民,毫无隔膜,亲如一家。老百姓都舍不得离开队伍,队伍要开拔必须悄悄离开,不然老百姓就堵住大道不让走,有的甚至哭泣,队伍一来到,又都争着往自己家拉:"住我的家吧!"不拿老乡一针一线,不吃老乡的饭,更感动了前方那些翻了身的农民们。

这次民主联军过江杀敌,也听见了蒋区人民沸腾的呼声。他们由于尝够了蒋介石的苛杂抽丁、保甲连坐等等残暴统治的滋味,他们由于听到共产党民主联军在江北江东实行耕者有其田、搞翻身运动,所以急切地期待着民主联军早日去解放他们,也使他们永远翻过身来。

"为什么江南的老百姓盼我们,眼都盼干了呢?"一位司令员告诉我们说:"因为他们那儿,弟兄俩非去一个当兵不可,弟兄三个要去两个,不去就绑。一垧地的钱粮要七千块钱、二十斤大米、四十斤白面,从去年十一月到现在已经要了三次。另外人头税、国民证明书、警察、特务、扫荡队……老百姓还怎么能再活下去?"

一个老婆婆给队伍做着酸菜说:"知道你们江北好哇,江北来人说都分了地,你们可不要走啦,在这儿宁叫你们吃一锅,不叫'中央'吃一碗!"

人民的军队完成任务回来的时候,不但战士们宁难走百里不后退一步,就是老乡们也都洒泪送别。有一个老头子爬山几十里追上队伍说:"你们再来一定给我分地!"后来又追上来再三嘱咐:"千万别忘分我六亩地!"

可是,他们普遍地相信,我们不久一定还会来,解放他们。

慰劳队带着哈市八十万人民的关切和微薄的礼物慰劳了哈南前线各部队的英勇的战士们,我们把哈尔滨的各种民主建设都详尽地报告了他们,并且我们愿意回哈后鼓励和号召全哈人民更要努力发展生产,创造更多的劳动英雄,涌现更多的拥军优属模范,战斗英雄和劳动英雄是支持人民战争的两支最可靠的力量,我们更要节衣缩食,省吃俭用,我们以为只有这样才能算是真正地支援了前线,直到最后的胜利完全实现。

前方战士们对我们这次哈市同胞慰劳的回答是什么呢?请看以下一封答信,就明白了:

李议长、孙会长、慰劳队全体代表,转哈尔滨八十万父老兄弟姊妹们:

慰劳队带来了你们丰富宝贵的礼物,更带来你们殷勤热烈的厚意,我们真是无限兴奋无限感激。你们对我们的关爱太厚了,你们贡献你们自己的力量,捐赠了自己的物质,此次各界代表又冒着凛朔风雪亲临前线来慰劳,我们在此谨以热烈的心向你们致诚恳的感谢!

你们的盛意我们永远地不能忘记,你们的希望我们更要牢牢记在心头,我们只有更加策励,努力杀敌,全心全意为人民服务,本着你们锦旗上所勉励的方向,"保卫人民的铁军"努力前进。我们定以自己的头颅热血,誓死保卫你们的安全和繁荣,争取全东北的民主和解放!让我们紧紧团结在一起,为建设新哈尔滨新东北而奋斗!谨致以

爱国的自卫战争胜利的敬礼!并祝全哈父老兄弟姊妹们健康!

××部全体指战员　敬复

二月十九日

选自《知识》,1947 年第 3 卷第 1 期

◇纪 荣

往年哪有这个

　　春节二日的下午,民主联军第二师的高脚队在共和大剧院门口向老百姓拜年,并表演各种节目,到的观众约数千人,每个观众的视线都被高脚队的各种舞蹈和各种秧歌所吸引着。表演完了各节目和喊完了口号向人圈外走时,这些观众有些□没看够似的迟迟不散场,但因天黑继续答应观众的希望。

　　在散场时,几个老□不约而同说:"今年真好,往年哪有这个。"我在旁边□□:"老大爷不是伪满时也有秧歌□?""同志□是有,不是为了老百姓有,而是庆祝他们在中国某某地消灭了多少敌人,得了多少地方,老百姓相信吧。""东北的老百姓有不少是关□来的,共产党和八路军打仗的情形多少都知道,有几个相信的,还不就是□同事情,他□他的,我们信我们的,那时穷富(以下四行辨认不清)向他们告别了。个人(以下难以辨认)人民的力量是不可战胜的,胜利是属于人民的。"

选自《牡丹江日报》,1947 年 1 月 31 日

◇ 麦　新

开鲁游击见闻

一个平凡的小屯子

在开鲁，离城一百零五里，边沿上，有个小屯子，三十七户人家，土地是公地（日拓地），百分之八十是雇农、贫农、中农，只有四户佃富农及一户小地主，有三户军人家属。这屯子很穷，贫农的小孩儿们几乎都是"光丁"，女人们有的在冬天还穿着破单衫。全屯在经济上受着土地公司的超额剥削，不管天年及收成如何，每年除付一定的租子外，还要出荷及花销。"八一五"后，土地归了民主政府，便没有要租，但边沿上又起了胡子，连老娘们儿的裤子都给扒了去。

去年十月初，我们工作团去开展工作，有的本地干部说："那一带是胡子窝。"但我们的口号是："变胡子窝为穷人窝。"去了开始，群众害怕我们这个"工作班"（有坏蛋在外屯造谣），后来经过帮助群众割地，发动减租退租斗争，分了土地，在斗争及分地中注意掌握了照顾富农及中小地主的政策，对群众进行了阶级教育（贫富问题）及政治教育（国共问题），慎重地选择及提拔了积极分子，改造了农会及武装队，改造了政权，强调了"防匪自卫"，群众对我们是亲切及靠近了。前后工作共十五天。

十月二十六日，蒋介石一面在南京高唱"和平"，一面侵占了我们的开鲁，我们撤到开鲁的广大乡村中，就和这一带的群众暂时分开了，他们已听不到我们的消息，只听到坏蛋造谣："八路军到苏联去了！"

"回来了！阿弥陀佛！"

十二月，我们武工队（即原来工作团的底子）从西边绕到东边，因为我们必须坚决执行党的号召：不但要做到"县不离县"，而且要尽量做到"区不离区"。

当第一步，我们踏进我们自己区的边沿的前一个晚上，武工队中有些同志兴奋得睡不着觉，我自己也是如此："这是自己工作过的土地啊！在那里，我们流了汗，打了仗，流了血，我们的区长邢建华同志，为了保护这块土地，献出了自己年轻的二十一岁的宝贵的生命！我们的区农会主任刘俊昌同志，为了开辟空白区，遭到'中央'胡子的杀害！"每逢想起他们俩，就在心中燃烧起复仇的火焰，对这块土地及其人民就增加了关切，刘俊昌同志送给我的皮子弹带还佩在我身上，光荣的牺牲者在召唤我们："不能让这块土地及其人民给蒋匪所残害啊！"

深晚，我们弄了些文字宣传品：民主政府报告、告群众书、争取降队的标语传单、给伪村长的信等等。

第二天拂晓，我们出发，下午到了目的地，战斗队四面站好了岗封锁消息。当我们刚进村时，群众开始以为我们是降队，吓得不敢出来,当我们碰到老×头(我们的村长),他惊喜交加,将左手往胸前一放,用着颤抖的声音说:"啊!是你们!回来了,阿弥陀佛,有人说你们到苏联国去了!"接着很多群众都出来了,武工队的同志们拉着各自熟悉的群众的手,有的群众流泪了,当时的情景可以八个字来说明:"久别重逢,悲喜交加"。虽然仅仅是两个月的时间。当我看到老张(贫农,农会主任张××的叔伯哥哥),我问他:"老张,区政府那边的情形怎么样?"他即刻回答:"是不是要派人出探(侦察)?我去!"接着拉着我的手说:"你来!你来!"

"一把尿,一把屎,一斗米,一斗粮,治好了他"

张×,把我拉到了他家,即指着炕上一个年轻的小伙子说:"我家里,这两个月来,藏着这个八路彩号,他原名叫张宝全,张碰张一家,现在已经成为我的儿子,改名张锦明了,你在这里看看他,我即刻骑着毛驴去出探,一会儿就回来!"

这时农会主任张××进屋了,看到他未遭受害,我安了心,他即诉说经过:"自你们走后,中央在县里出了布告,倒清算,所有分了的土地、粮食等等都得倒回去,别的屯子的大地主都回来了,倒清算,还得打骂,有的还杀了人。但我们这个屯子还算好,大家很团结,老侯家、老李家说,要分了吃了就算了。降队共来了三次,把人们的衣服都扒去了,有一次不知从哪里赶了一千多头牛,将我们这里草及谷子都吃得差不离了。门牌捐每户二十元,要兵十八至四十五岁,说是乡团。"接着他便开始叙述救护炕上八路伤号的经过。

张宝全,彰武人,二十岁的青年,通辽××团二连战士,在敌人进攻开鲁时,与敌遭遇于开鲁××地,众寡不敌,敌人迫使他交枪,他拒绝,但他的连珠枪扳不开栓,敌人即向他连放了四五枪,中了两枪,右胸及右臂受伤。敌人在他脸后丢了个手榴弹,以为他已死去,即走了。但手榴弹未爆发,他幸免于牺牲,他即拼命往北爬,爬进了×家屯。农会主任说:"当我在南沙坨看到他(指张宝全)时,我即叫人抬回他来,为了方便,我将他安置在我哥哥张×家里,张×的大小子叫张××,他就当作二小子,另起个名字叫张锦明。我们全屯开了会,当'中央'来搜查时,都要异口同声说:这是老张家的二小子张锦明,因为到南沙坨亲戚胡家去买盐,碰到'中央'当八路打,受了伤。为了使全屯不露风声,回去又和娘们儿及小嘎(小孩儿)们开会,都要一致。之后,全屯每家,你出一斗粮,我出一斗米,到开鲁城里换了钱,买了红伤药回来替他治。"

讲到这里,炕上的张宝全抢着说:"张老太太一把尿一把屎侍候我,同志,你看看我的伤已封了口,现在可以下地来溜达溜达了,等我伤全好了以后,我要向这个屯子每家每家去叩头谢恩……同志,每次降队来这个村抢东西及搜查农会干部和八路时,我即害怕,终于瞒过去了……我们的团长在哪里? 好了我要回去啊! 我的侄子也是参加八路的!"

张老太太说:"这孩子真有福!"

很快,张×出探已回来,报告前边没有什么情况;当我掏出五百元钱给张×要他暂时再给张宝全调养,他爽然地接在手中,喜悦地对农会主任说:"这钱是给我们锦明过年的!"

在我面前,人民的子弟兵张宝全,子弟兵的叔叔张××(又是屯中群众的领袖),子弟兵的父亲张×,子弟兵的母亲张老太太,两个月中,没有信"八路到苏联国去了",降队来了三次,一把尿,一把屎,一斗米,一斗粮……

我又一次地体验了这真理:"群众是真正的英雄!""群众力量大

如山！""我们的战争是人民的自卫战争！"

子弹带

战斗队的一个战士，临离开××屯时丢了一排子弹带。我们的队伍已走了八里路，××屯的老乡骑着毛驴赶上来，另一个战士说："给我就行。"但那老乡不给，非得亲手交给原来的那个战士，结果见了队长，当面交了才回去。战斗队长对我说："这俩屯子的群众真使我感动，使我在东北打游击的信心增加百倍。"

选自《血肉相联》，东北书店 1947 年 8 月

◇严文井

乡间两月见闻

我头一次到双河区去时，和一个炮兵团的管理员同行，我们共坐一辆马车。这时是七月下旬，接连好几天下雨。大道上的桥坏了，马车出阿城不远，就绕小道走。这一路尽是起伏的岗子、沟洼，间或还有些小树林围着的坟圈子。高粱同苞米都长得很高了，阻拦人视线看不了很远。管理员去年曾经下过乡，他突然想起什么，问马车夫："这一带太平不？"马车夫回头看他一眼，说："没事，今年可太平了。"虽这样说，管理员还不能放心。车拐弯走在一条窄路上，这里只一片庄稼，四面没有人家，也没有一个行人。管理员拔出了小手枪，推子弹上膛，握在手中，这使我也感到有些紧张。我记起在下乡前听见有些同志的估计，今年青纱帐起时，仍可能有小股胡子再起。

实际上，我们除了迎面遇见几次带枪的民兵乘马缓缓往城里去而外，任何惊险的事件也没有碰到，管理员去年的经验在今年不得不修改一下了。

胡子是没有起来，连一向隐藏胡子的山地也都没有起胡子。刚一到双河，我就听说不久前有两个去年被宽大的胡子，刚偷偷地在一起商议如何起枪再干，就被老百姓发现砸死了。以后我曾和南阳村曹家屯的一个前年当过三点钟胡子的农民张殿卿谈过话，他是一个扛大活的，对这三点钟的事情感到很不好意思，现在他一家两口人已经分到了两垧地同一匹瞎马，他打算用这瞎马在今年冬季好好拉一冬柴火，明年好好种地。他告诉我他如何喜爱这马，如何在短短两个月内已经把它侍候胖了。这时显然他已经去掉了刚才的不安，脸上透出了喜色。这两件事告给了我为什么胡子消灭得这样快的秘密。

当两个月后，我同县上一个负责同志往双河全区去跑一周时，我们共三个人，为了抄捷径，几次迷失方向。骑马在小路上一再穿过高过人头的青纱帐，我看见我的同伴泰然地观察着庄稼长得好坏，我心里感到好像在老根据地内行走一样。我们随处都可以得到农民的帮助同关切；我看见好多次有行路的庄稼汉或割草的小孩同我的同伴亲切地打招呼，使我感到异常的喜悦和感动。

现在无论到哪个屯子去，和去年恰恰相反，我们总是直奔那最好的大院，这当中已经有了一个规律，最贫苦最好的农会会员已经代替地主住在那里，农会每每也在那里办公。我在董家油坊、王治如、西川、杨地方、王永、爱路游等屯子都看见这同样的情形。杨地方屯最漂亮的房子是属于一个有地六十几垧的地主杨振旗的，土屋一共七间，整齐的地板，油漆绘画的墙壁，雕花的门窗，现在则住了四家农民同一家军属。王治如屯最好的大院，从这个屯子的名字上看，就知道当然是那个有地一百一十四垧的地主王治如家的。这个大院是全屯最大最主要的建筑物，如果因什么原因突然毁掉了这个大院,那么这个屯子就会缩小得只剩原来的三分之一了。全屯一共十二户人家,把王家赶走后,就有七家小户,等于多半个屯子搬进了这大院。我曾在这大院内住过一晚,我看过那四个炮楼,那些贮藏各种粮食的仓子、牛棚,大大小小的比穷户房子还整齐的猪圈同鸡窝,七间用松木料子建筑的上屋并开着明亮的大玻璃窗,现在农会设在这里,积极分子在这里开会,晚上民兵到这里集体睡觉,抓来坏人也关在这里由一间仓房改成的笆篱子里,这个院子仍然是全村的中心,只不过统治者由地主换成了农民。

有人指给我看,这大院的门楼顶已被拆除。原来农民认为这个举动有一种象征的意义,他们说这样做法是拆掉了大地主的脑瓜,他们不高兴大地主还留着脑瓜。

我看见了地主们,看见了他们挖掘得很深的、埋藏财宝的窖洞,巧妙的搁置衣服的棚顶,四两多重的金条,各样首饰,五十二两一个的金元宝,貂皮,鹿茸,还有特务警察的名片,"海底",大烟枪,同地契当中混杂着的一本给妓女放高利贷的账簿,上面记满了那些叫作"雅仙""叫天""湘妃"的女人们的几元几毛的欠款。

这些过去的"有力者"们现在几乎千篇一律地都穿着破衣,装出可怜相,向那些吃劳金的不卖功夫的穷哥儿们(其中有妹子被他们奸淫过的哥哥,女人被侮辱过的丈夫,同被他们迫害得精神失常的忠厚人)谄媚,我听见他们以劣等演员做作的悲哀腔调向大家乞讨,公然表现他们业已经变得软弱,对大家无害的了。

农民们是太懂得他们这一套"良善"了,不为他们所动,坚决地不断地从他们家中起出各式各样的枪同成箱的子弹,这样做法也许真正能帮助他们变得老实一点。

地主们既然喜欢藏枪,农民们也就懂得了枪的用处;他们珍爱枪支甚于一切,我看见他们背着枪同子弹走路,背着枪同子弹开会,不论在什么时候,他们从来没有嫌枪同子弹沉。

我曾跟随几十个农民去看他们分地。这天天晴,地也干了,大家拿着写好自己名字的木牌木棍,说笑着在地里走,谈论地的好坏,今年的收成,以及不知为什么今年没有起胡子,等等。当农会干部在测量地的时候,大伙就在一边休息,我看见两个人闹着抢纸烟玩儿,那被抢的一个一边跑一边喊:"我又不是地主,怕你!"这句玩笑话给我很深一个印象,因为这当中透露了今天农民对地主的看法,地主昔日的威风再也吓不倒他们,相反,地主对群众的力量是应该存在一点畏惧心了。地主得意的时代从此一去不复返,正如同白城区一个叫林巨的农民对地主所说:"你们发财的日子过去了,这如今是咱们的。"

我参加过一次分果实的大会。这是农村里从所未有的愉快的节日,会场如同市集,全村男女老少都拥挤在一块,周围还停着赶来卖豆腐干的、卖洋柿子的挑子。积极分子满头大汗站在会场四角的柜子上指挥,人们一批一批从各种杂物堆旁边走过,挑选自己心爱的物品。最被人欢迎的是棉衣、布匹、日本军用大衣、大缸同各种农具。我看见有种了几十年庄稼的老头子今天头一次得到一个犁杖,有母亲们在一边商议为将要出门子的女儿挑选一口漂亮的大柜子,有准备冬天说媳妇的跑腿子则在悄悄观察几种布匹料子,年轻的妻子们偶尔闻闻那瓶唯一的香水而不顾,还是走过去仔细选择那堆衣裳同鞋子,孩子们得到了铜铙钹和彩色玻璃球儿,小学校也分到了大自鸣钟、水缸同一部分木料,将来为学生们盖茅楼。

全村的大车通通出动,来了又去,去了又来,小伙子们欢喜加鞭把空牛车赶着快跑,道旁的人帮着吆喝,车颠动着跑过,扬起薄薄的一阵灰尘,我无法描写那些欢笑,那些不知疲倦的忙碌,那些遮盖不住的从心里升起的愉快,我只能说,一切都进行得很好,很顺利,这天有一个好太阳。

我记不住这是哪一天,黄昏的时候,上街买马的回来了,他威武地骑在无鞍的大洋马上,后面牵了好几匹马同骡子,徐徐跑进屯子。大家马上围拢上去。马是大家最喜爱的东西啊!评论吧,抚摸吧,试一试它们的力气能拉几个人吧!

我也看见了分马的场面,我看见了三个赶了一辈子大车的老板子第一次牵着自己的马,三个都是强壮的大个子,当他们带点羞涩的表情牵着自己的马走过时,有些人不禁喝起彩来。

我看见不止一次农民骑着分得的牛马游行,最简单的他们只敲一个空炮弹壳当着前导,在自己屯子里绕一圈。喜欢热闹的则准备了锣鼓,扮好秧歌,一个村到一个村进行。白城区北城村的游行是我下乡来看见的最壮丽的一次游行,他们一共四十多匹牛马排成一长行,队伍前列打着标语牌子,三四十个穿得红红绿绿的小孩子扮着秧歌舞,锣鼓喇叭吹吹打打,后面还跟了一群看热闹的人。那天下着细雨,游行的人与看热闹的人全不在意,只顾往前走。

我看他们扭秧歌舞,听他们唱歌,最后农民们喊口号了,还是他们自己编的一种新鲜口号:

   "打倒大地主!

   打破黑暗!

   走光明的道路!

   坚决抗战!

   消灭反动派!"

可不是这样么！几千年的黑暗开始被打破了,可是还有大片黑暗笼罩住中国好几个角落,还要继续打破！农民们懂得这真理,这是千真万确的。无论如何,只要一开始,过去的黑暗就要永远消灭了,让我们面向光明,开始新的生活同斗争吧,我们要更加勇敢,得到更多的胜利！

雨还在下,孩子们还在歌唱,周围的人们在雨中都显出对任何恶劣天气也不关心的微笑,没有一个人想动,孩子们,再唱一个吧,再唱一个吧！啊,打倒大地主,打破黑暗！我忽然抑制不住自己的眼泪流出来。

现在,农村幸福的夜晚到来了,年轻人还在宽敞的院子里谈笑;有几个调皮的小伙子先后试着骑一匹性情暴烈的牛,牛固执地躲避这个试验,环绕着系它的木桩打转,有一个人迅速地跳上牛背,随又迅速地跌下,引起一阵哄笑。不知什么时候,放马的牵马进了院子,自卫队员拿着扎枪准备出去站岗去,女人们忙着把猪同鸭子关起来,院内静下来,白鹅则依然高昂着脑袋在墙边阔步。天色逐渐变得更加暗淡,不知什么时候星星已开始闪亮,广大的原野在朦胧中显得更加无边无际。有的房子里点上了小豆油灯,窗上黄色的灯光映着淡淡的人影,有的房子则仍然是黑的,老人们默默地在抽烟,一群姑娘们在炕上学唱新歌。不知什么时候孩子们已经入睡,干部们披着皮袄悄悄走到打谷场开会去。

这是一个屯子的晚景,不,这不止一个屯子,而是若干屯子夜晚的景象,我曾在这个或那个屯子过了许多这样的夜晚,这些景象已经错综地交织成一片,我已经不能回忆与分辨那些细小的区别了,反正其中都有类似的地方,都同样地魅人,这样的感觉我总不能忘记。在这样的时候,我容易想起这一两年当中我所看到的巨大变化:人民在前进,祖国在前进,这真是一种非凡的速度啊!

我永远不会忘记那些真诚的关切我们的面孔,那些强壮而勇敢的人们,他们是积极分子,新的人物的典型。我试图理解他们,我一定要理解他们;他们聪明而又单纯,严肃而又诙谐,思虑而又乐观;他们喜爱枪,喜爱自己的会议,欢喜在这样的会议上来讨论大小事情选用"民主权";他们好胜,要求进步同文化。我记得起若干这样的面孔,当我们工作队的同志有人要离开他们屯子的时候,他会哭得像一个小孩子,同样就是他这个人,在另一个场合,我看见他用棒子重重地打地主狗腿子,对着坏人的脑袋开枪连眼睛也不眨,这是些怎样的人物啊!

我又想起更多的普通农民,他们能教给我懂得更多的事情,使我有可能变得深刻起来;他们具有真正的智慧同力量,我亲眼看见历史是在他们的意志同力量下发生重大的变化;他们不止一种典型,他们有多样的性格,不同的外形与遭遇,在今天,他们却有一个相同的信心;我不止一次听见他们把自己的地区称作"我们的国家",称作"八路国家"或"共产国家",并且相信这个国家的将来。为了这个国家,他们愿意参加去当战士。我遇见不少农民在谈天中向我提起他们想参加的愿望,其中有一个叫何有平的小伙子告诉我,他一等还完了春天拉的一笔"饥荒"马上就报名参加去。从他这句话里可以看出他的参加没有丝毫旁的动机。这似乎是一件平常的事,一个年轻农民想把自己的债还清,然后干干净净地去当兵。这件事却与我知道的旧中国事实恰恰相反,那里从来没有人自动想当兵,如果偶尔有一两个流氓忽然想去吃粮,那倒很可能是为了逃债或其他不正当的目的。这件平常的事情出在一个普通农民的身上,却说明了一个不平常的真理:没有任何力量可以阻止中国革命的发展。

选自《东北日报》,1947 年 10 月 13 日

◇ 克 蒙

又当了一年亡国奴

——记西安煤矿工人一年来的黑暗生活

著名的西安煤矿过去曾拥有两万工人，年产煤二百万斤。蒋军侵占了这资源地带后，却修筑了触目皆是的碉堡、地堡，复杂的工事把矿山变成军事要塞，而煤产量则大大减少了。

随着蒋军之后，接收大员们就带着"东北资源委员会西安煤矿有限公司"的牌子，和一大群亲朋故旧，一下子塞满了各个部门，用日寇一样的办法再来吸吮工人的血汗。工人每月只能"配给"四十五斤高粱米，大员们每月却"配给"四十八斤大米及西服料子、上好洋面、家族津贴……总经理程某娶了三个太太，还要找日本姑娘来轮流跳舞，由矿上开支。工人们愤恨地痛骂："东西都叫你们领去了，钱都叫你们混去了。"他们在煤上画着漫画：一个大乌龟外围一群小乌龟，来讽刺"大员"和他的一大群随员。当民主联军夏季攻势捷音传来时，大员们手忙脚乱，赶紧在沈阳订好楼房，用专车送走家属，然后把十几箱钞票（准备支付工人的工资）装上汽车，全部大员

及随从就此狼狈向沈阳逃窜。工人望着汽车背影大骂:"扒出这些王八蛋的心,看看是红的还是黑的。"

工人们告诉记者,他们过去每月都得欠债,有的工人已欠债万余元,大员们利用物价上涨剥夺工人,把民主政府在时半月一付工资的办法,改成一月一付,因此工资总是赶不上物价。一个坑内的木匠,民主政府在时,每天工资三十二元,能买十八斤高粱,蒋军在时工资虽涨到五百零二元,但连七斤高粱还买不到,工人工资还经常拖欠。此外大员们又恢复了伪满的把头抽红制度,从工人工资中抽出百分之七,给大把头、二把头,每月坐享几十万元。大员们通过把头压迫工人,增加劳动时间。工人们说:"怎样也算计不过他们。"

煤矿的蒋军警察所,防范工人像对囚犯一样。工人居民要五家连保,邻居还不许互保,工人说:"日本鬼子抓劳工也没这样辣毒厉害。"蒋杜军青二师驻西安后,工人上班前下班后都抓去修两个钟头碉堡,后来连上班工人也要抓。西安解放前几天,全体工人都被蒋军用刺刀赶去挖城壕,工人想尽办法躲开这些劳役。许多工人藏到煤坑里,蒋军就向他们开枪,泰信坑一个工人就是这样被打伤的。西安蒋军被歼前夜,从监狱里拉出十七人枪杀了,其中六个就是矿工。解放后,泰信工房子工人追悼被害同伴,沉痛地说:"蒋军拿咱工人的命不值钱,咱们的命就攥在人家手心里。"

去年五月蒋军刚侵占西安时,一部分工人对蒋党抱有幻想,把头们也造谣:这回"国军"来了是"正牌",工人可开给六个月工资,每一人发一袋美国洋面。但一年来的事实,工人是亲自经历了,饥饿、受气、毒打、无穷尽的劳役,直至死亡。工人们觉醒了,而且开始斗争。今年二月至五月因为工资拖欠不发,工人自动地发动了三次罢工,提出口号:"打倒煤矿总经理程宗阳!""吃饱饭!"工人们对记者说:"从去年五月到今年五月整整又当了一年亡国奴。"

今天煤矿到处充满着欢喜,工人们成百成千涌进民主联军,并热烈参加战勤。他们决心"消灭蒋杜的'二满洲'报仇雪恨"。

选自《爱和恨》,东北书店 1947 年 10 月

◇苏 宁

活跃吉北边缘的松江武工队

　　松江武工队——这支从人民中生长起来,在斗争中锻炼壮大了的队伍,自去年六月到现在,在北起榆南卡路河子,南至舒兰八棵树,沿松花江岸蜿蜒八十余里的一条战线上,发动群众,坚持武装的、政治的、经济的对敌斗争,保卫并巩固了吉北边缘区,得到了接敌区和蒋占区人民的热烈拥护与爱戴。

　　自去冬封江后,武工队开始向蒋区发展,直至开江前,大部分时日是在群众掩护下活动在江西蒋占区,在××、×××、×××、××等四个村三十三个自然屯,南北约二十五里,东西约十五里的地区内发动群众,进行了减租清算斗争,群众从二十五个恶霸土劣地主手中分得了三百五十石粮食,五十多匹马,十四头牛及大批衣物等大量斗争胜利果实。在武工队领导下,群众进行了顽强的抗暴反蒋斗争,如××村进行顽强的抗粮、抗丁斗争。蒋军强迫老百姓挖工事,老百姓就说:"你们要敢保八路来了你们不跑就挖,不的,人家来了你们就跑,八路要杀我们怎办?"蒋军要粮,老百姓说:"八路拉

110

去了,你上江东跟八路要去吧!"蒋军强迫某老太太把她参加民主联军的儿子找回去,老太太说:"我不敢去,你们跟我一块去找吧!"就这样,××村没给蒋军拿一颗粮,没出一个"劳工"。另一方面,××村老百姓却偷偷地将"抗"下来的粮食,挑好的运过江来,送给了他们热爱的武工队,不到四五天的时间,就送来小米三十九石、豆子十石、高粱十石、大米一石九斗、秫稻两千捆、谷草两千斤、柳条六车……现在,在上述各村屯内,民主政府政令依旧通行,群众利用各种办法帮助武工队,连妇女和蒋区自卫队都给武工队帮忙。

在武装斗争方面,武工队在封江后,随着我军三次渡江作战,也深入敌后进行破袭。在零下三十度的冰冻气候里,利用堆土岗(用土在公路上堆起两尺宽四尺高的土岗,浇以水使之冻坚)和火烤之后再挖的办法,在解放区各屯基干队配合下,破路一百余里,烧毁其塔木至上河湾、朝阳至大房身各公路上之桥梁十二座,使敌人汽车迄今无法在上述各线通行,收割电话线万余斤(约一百一十里)。在其塔木战役前封江第二天,武工队即曾深入敌后,在张麻子沟附近破坏公路八里,收割电线八里,烧毁桥梁四座,一天一夜之间,急行军将近二百里。在敌后破袭当中与敌遭遇作战三次,俘敌二十一,毙二伤三,缴冲锋式三支,步枪八支,驳壳枪一支。今春开江后,以少数兵力曾击退蒋记××保安团所部四次侵扰,并转为攻击,俘敌五人,伤三人(内一连长)。平均每次武工队出动人数不超过×人,例如四月中旬,敌百余人乘隙袭击大河里时,武工队仅以两人,即将犯敌击退,并过江追击七八里,造成惊人的以少胜多的范例。

在经济斗争上,武工队在八十里长的江岸上,控制着全部五个主要渡口,严密地防止了敌人输入伪钞及走私粮食、马匹等经济破坏行动。将敌人去年用以侵扰和走私的大小百余艘船只(舢板),在封江后,在当地基干队和群众的配合下,全部拖过江东岸,掌握在人民手中。(蒋占区群众在开江后,将已经握在敌人手中用以破坏解放区的船只,搜索得干干净净,并陆续将藏在坏蛋手中和沉没江底的船只搜出送到江东,将破坏不堪使用的劈毁做了柴。)

所有这些政治的、军事的、经济的对敌斗争的锻炼,使松江武工队日益坚强,在解放区和蒋占区人民中威信日高,受到广大群众的拥护与爱戴。同时松江武工队的这一胜利,也正是由群众的拥护而得来,这说明了人民斗争的坚决性日益提高与蒋军、蒋政府的丧失人心日益加剧。而这两者发展到最高阶段,将是人民的彻底胜利和蒋军、蒋政府的从根垮台。

选自《东北日报》,1947 年 7 月 10 日

◇杜易白

号外周围

《西满日报》赶印出的孟良崮大捷的号外,迅速地从发行部汤光伍、田麟、董廷宾几位同志的手里向齐市各机关和天齐庙会、火车站、中市场、民众市场,以及各区各街进行散发和张贴。

散发号外的同志,像吸铁石一样,走到哪里,哪里就是一个很大的人丛,团团地将他们围住,手掌像密林一样地向他们伸来,"给我一张!""给我一张!"嘈杂而急躁地叫着,他们迫切地要知道这伟大的胜利消息。

在日本小市,一个买破烂的老乡号外还没有拿到手,眼睛就看见了号外上鲜红的"歼蒋精锐主力三个旅"几个大字的标题,就欢喜地指手欢呼:"三个旅!三个旅!大胜利!大胜利!"随着在他周围就掀起一阵欢悦的喧哗。

一个戴着眼镜,满面银须的老先生得着一张号外,像背诵八股文章一样,抑、扬、顿、挫地高声朗读。除了几个娃娃狠命地尾随着散发的同志外,其余的人都自然地围成一个大圆圈在侧耳细听。每

113

一副面孔都眉飞色舞,欣喜欲狂,有时也卷起一阵咒骂。

"打得好! 又打断了他一根肋巴骨……这混世魔王也该数一数自己还剩几根肋巴骨,身子快要撑不住劲了。"

"对! 不打得他不会喘气,他是不知道'死'的滋味! ……"

"善有善报酬,恶有恶报酬! ……"

"对! ……"

一个摆杂货摊的商贩,看了号外,频频点首说:"共产党、八路军根不浅,到底有两下子!"他又像在默祷地憧憬着而且自信地说:"有盼头了,快把长春打下来呗,好串通点货!"

一个青年看过一张号外以后,仔细地折了又折,叠了又叠,揣在衣袋里,赞美地说:"好东西!"

一个正在烙馅饼的老乡,伸出一只满沾着湿面的手,接过一张号外,一面笑,一面低头小声念着。念完后,又传递给另一个老乡说:

"看一看吧! 开心的胜利消息。"又半自言自语地说:

"癞蛤蟆想吃天鹅肉——老蒋只想把关里关外一口吞,他没有好下场! ……"

一伙经医疗将近痊愈的伤病员,围在一个卖钟表者跟前。胜利的消息刺激得他们热狂地兴奋,一个说:

"回去向院长要求要求,老子要出院到前线大反攻!"另一个说:"蒋介石关里吃败仗,关外也要掀他的长春沈阳的老窝啦!"

一个同志埋怨似的说:"怎么东北不来这么一下□□?"另一个解释说:"那还用愁? 一出一出慢慢地来!"

一个山东籍的同志,几乎跳了起来,竖着大拇指头,向其他同志半诙谐半骄矜自豪地说:

"我们山东是老大哥,是这样的!一消灭就是几个师几个旅的来,叫那蒋独裁王吃吃八路军和新四军的苦头!"

天齐庙里,男男女女的人们都在看十八层地狱的阎王,但号外一到,立即转了视线,蜂拥地围来抢一张或者听别人读,兴奋的浪潮在翻腾。一个小学生抢了一张,欢天喜地地向自己家里跑,嘴里咕哝着:"送给家里人看看!"

嫩江大旅社前面的宽阔马路上,扭起了小学生的秧歌。一个个天真活泼的装束打扮,不快不慢很有序列地表演着,吸引了上千的观众,扭了一会儿,就由老师传播华东的胜利捷报,博得了群众热烈的鼓掌。

在回到报社的路上,锣鼓喧天地热闹,一队队小学生在呼着口号,唱着:"没有共产党就没有新中国!"他们所到之处,车马都停下来,途为之塞。

胜利,伟大的孟良崮大捷,使齐齐哈尔的人们沉浸在胜利的欢悦中,但更大的连续的胜利将会使齐齐哈尔和全解放区的人民不断地狂欢。

选自《西满日报》,1947 年 5 月 21 日

遥致奔驰前线的英雄们

黑嫩省前线慰劳团携带两千多万元的慰劳品和款项赴前方的同时,还带了数千封后方人民写给前线英雄们的信,这些信使人兴奋,字里行间充满着赞美、感激、希望、亲切的慰问和"努力生产,支援前线,争取自卫战争最后胜利"的信念,同时表现出了人民力量的伟大。

郎惠春的信里歌颂道:"为世界创造和平的勇士们,前方捷报雪片飞来,连克公主岭、怀德等要地,歼灭蒋军数万,我们齐齐哈尔的人民正欢天喜地地为你们庆功。"随后写出了人民的希望:"希望你们再接再厉,争取全面反攻的到来!"姬全盛写道:"你们的功勋顶大,你们保卫全解放区人民的生命财产,争取全国人民的民主自由。"

工友李殿富写道:"我们增加了工资,改善了生活,工人有了权利;我们一定努力生产,和你们一样地多打胜仗。"

刘宝连用古语比喻军民的协调合作,他说:"天时不如地利,地

116

利不如人和,前后方团结一条心,坚决打垮反动派蒋介石。"八岁的小学生邹小萍,用歪歪斜斜的字迹亲切地写着:"前方的叔叔伯伯们! 听了你们打大胜仗,我们很高兴。我们唱歌宣传来帮助打反动派。"林璧璜小同学写道:"希望前方的叔叔伯伯们,早日把蒋介石打垮。"末尾写道:"我们高呼:共产党万岁! 毛主席万岁!"

一个妇女王艳娥恳挚具体地写道:"同志们从火线上下来,我一定自愿地替你们补军装和衬衣!"尤其感动人的是,齐市三区一个年近花甲的老太太范氏在谆谆叮咛前方同志不要惦念家属,等打垮蒋介石再回来团圆后,骄傲自信地写着:"我现在虽然老了,但还能纺线和给同志们做鞋呢!"

翻身的农民王增顺说前方同志是他们的"命根子",对他们的恩情最大,他愉快地写道:"现在是咱穷哥们的天下了,我们分了房子,分了地,分了浮物,组织了自卫队肃清小蒋介石(土匪特务)。"接着就告诉前方同志:"高粱谷子早已种上了,麦苗已长三四寸高了,因为下了雨,今年有了丰收的预兆。"军属王堃写道:"政府和农会都优待咱们:分地比别人每人多分一垧,而且是近地好地,逢到种的时候,插锄换工先给咱们上!""不要挂牵家里,要把反动派消灭得干干净净以后再回家大'探望'。"

军大李同学写道:"我们是你们的后盾……我们要加紧学习,提高技术,不日就可开赴前线,与你们并肩作战。"黑嫩省地委干部训练班学员写道:"我们要改造思想,稳定立场,学会走群众路线,使广大农民从政治上、经济上、武装上、文化上彻底地大翻身,发动群众参军参战和大生产运动来支援你们。"

于毅夫主席亲率春耕工作队下乡,行抵北安,恐怕来不及回来欢送黑嫩省前线慰劳团出发,于五月廿六日写信给于天放议长,恳切地嘱咐道："务请转达给前方将士，我们的政府和人民正全心全力来进行春耕。根据我们考察了七县的所见，去年的地今年都可种上，有的还开了荒，这样对于支援前线，争取自卫战争的胜利就更加有了保证。我们生产的果实，将以最大的力量来供给前线，这是请他们放心的！"

选自《西满日报》，1947 年 6 月 12 日

◇李本荣

老包识字了

大连县第七区生产模范包恩昌，自从上学学习识字以后，得到许多亮眼（知识），对于识字很有进步，白天捡大粪，现在已捡有两千斤，夜晚便上学用功识字，白天在走路的时候也读读念念，有一班（般）人也不知到（道）老包在默念什吗（么）老是走路念经似的，老包大笑说："我念的经是我跟区长学的字，我在拾大粪怕望（忘）了，所以默默地念着。"大家一听都感到，真不愧称得起是模范，他自从跟区长学字后，天天在区长后屋小房里很用功夫地学习，白天有时候也溜去一回念两遍，晚上总要念两三个钟头，已经学会了"开展大生产运动，今年秋后打的粮食满够用，能胜利"共二十一个字，现在不但识上，而且能写上。

选自《"工农园地"选集》，大连大众书店 1948 年 8 月

◇李丕禄

在文化上翻身了

过去的洋学堂是为大少爷开的,咱这个穷孩子,连学堂门在哪都不知道,哪能念书?再说咱身上又臭又没有钱,学堂的老师也不让咱进去,加上老人连吃的都没有,我到了九月立(里)身上还都没有一点棉花,老人哪有心思叫我念书,所以我连自己名字都不认,连一二三四……都不识。有一点事也要求人,在过去求人是不容易的,简直我难坏了。

可是解放以后,工会叫我们这睁眼瞎子识了字。今年七月大伙又选我当了学习模范,因为我一天书没念,一个字不识,现在能看书、看报、写信、记账了,还能写新文字。工友有学的我可以教给他们,区工会因为我学习积极,又奖立(励)我一些铅笔、学习本,叫我还要加紧学习。我为什么能够当学习模范呢?因为苏联红军打败日本,成立了民主政府,组识(织)工会,我在工会领导下,在文化上也翻身了!所以"八一五"是我的生日,我是永远忘不了苏军根(跟)

民主政府和工会对我的恩情，谁和他们作对就是和我作对，我是不能让的！！

选自《"工农园地"选集》，大连大众书店 1948 年 8 月

◇李永坚

电话局的两模范

一、牛星发

牛星发从前是个邮差工人,去年邮电总局成立后他就在那里工作,他不论在工作上或学习上都是非常积极,因此就把他调到电话局来。

他本来对于电话的技术是一点也不懂的,可是他能积极地学习,才到电话局的当天,没等休息,他马上就跟别人出去学修理电话,每当有坏电话时,自己总抢着跟别人出去学修理,由于这样所以在仅仅两个月内就全部学会了。

以后,每天总是争先地要多拿单子出去修理,下午下班以后还不回来,一直要等到天快黑了才回来,晚上在局内看班,按照规定第二天下午可以回去休息,可是他从没有休息过,还是在局内帮助大家工作。

五一节的那天,早晨大家都出去开会了,他因为头一天晚上值夜勤,可以休息,但他早起后,没有吃早饭就出去了,一直到下午快下班时才回来,他说:"这回可真饿了。"原来他早饭午饭都没有吃呢! 但他所拿的单子一共却有十八张,除一张不在家外,其他都修理好了,这个数目在工友中是空前的。

他每天还利用学习时间去教给工友识字,互相研究问题,他帮助很多不识字的工友识很多字,所以在这次五一节的选举模范时大家便一致地选他当模范了。

二、董孝伦

只要一提到董孝伦这个名字,就会使人想到,高高的个子,遇见人笑嘻嘻的显得非常亲热。

他已经三十几岁了。现在在电话局第三分局担任线路的班长,他本来不懂得电话的技术,但到现在仅仅七八个月,由于他的劳动观念强,又能虚心向别人学,现在他对于线路方面的安装修理等都会了,他每天上班很早,不等到上班就把工作分配好,一到了工作的时候,马上工友就可以出去工作,以致比从前省了很多时间。在工作上工友有不懂的地方他都耐心细心去教导,比较繁难的工作则自己领头做。

在四月末的时候,有一次因公安局的电话上铅管子坏了,需要另换线,可是这时已到七点钟了,四月的天气是已天黑了,他听见了这个消息,马上和夜勤的拿着梯子出去,八点半很高兴地回来了,说:"我们费一点力没有什么,如果不修理好这一晚上知道误了多少事呢!"

因为日本人才回国,中国的技术人还是很缺少,所以试验台的换线尚没有人。董孝伦不但使自己所担负的工作都搞好,而且也希望别个部门好，不，不仅仅是希望而且是用实际行动来帮助别的部门，每天他抽出时间帮助试验台换线，他不但能做这个工作，而且比从前配得还整齐，又省红白线，又省工夫，使在外杆子上的工友，可以更多地工作，有的人很奇怪，为什么一个不是专做换线的人能做出比有专做换线技术的人还做得好而且快呢？他的回答是："很简单，不会就该积极学，工作则更要积极干。"

五一劳动节到了，开始选举模范，大家都说他够模范。虽然他在技术上还没有创作，可是他的工作积极负责，要求进步心切，还帮助别人，确实是个模范，所以便光荣地当选了。

选自《"工农园地"选集》，大连大众书店 1948 年 8 月

◇ 李则蓝

穿军装

——给吉北联中参军同学们的信

一百四十五位第一批勇敢参军的男女同学们——我的同志们：

我们不断得到人民解放军全面大反攻的捷报，又陆续接获同样是鼓舞人的消息：知道你们的行军、宿营、军民关系、政治与军事课的集体学习、在火线上的战勤工作……等等一切，都符合人民的希望，这使我们的日子成为节日——欢庆你们的胜利与健康！

你们参军加速蒋介石毁灭！

为人民事业，我们祝福你们每天更愉快更活跃！

你们争先恐后地穿起人民解放军军装，这不是简单的服装改变，这是与旧衣服脱下的同时，断然挣脱一切旧社会关系的牵连，而以战斗姿态在人民世纪中出现。（"人民世纪"就是说：整个世界，从今以后的无穷岁月，海洋、大山……都是属于人民的了！每一年、每一月、每一天、每一小时、每一分钟、每一秒钟都是属于人民的了！）

穿起人民解放军军装，同志们，你们亲身体验：这是决心永远跟

共产党走，与工农兵结合，对工农兵负责，向工农兵学习与报答……

这是革命斗争生活的正式开始，——使自己一辈子在共产党领导与爱护下成为人民苦难的分担与消除者，人民幸福的争取与创造者。

我们的军装，朴素而光荣，是我们中国有大志有大才的、真爱国而最自爱的知识青少年，追随在广大翻身农民之后，一齐参军、并肩作战、革命当主人的共同符号。

我们的军装是建设新民主主义新中国的"工人装"，是争取独立、和平、民主的现代战袍。

无数纯洁进步的知识青少年，从这军装看出力与辉煌的明天。向这军装寄予含有羡慕、好奇、新的自我发现……等等因素的爱。——在不止一个地方，我的军装上衣就被好多可爱的同学试穿过，而这上衣就占有更多可珍惜的回忆……

穿起人民解放军军装，亲爱的同学——同志们，你们成群结队地涌进革命大家庭，从解放区到新收复区，拥护并帮助那边人民也翻身，从学校到更高更大最高最大的学校——前线，去参加一切战勤工作以至扛起枪来，为人民组织胜利立军功，使自己受最坚强的锻炼。

在我们伟大可爱的祖国（人民的祖国！——祖国是人民的而不是少数反动派的！）全部领土上的每一个乡村和每一个城市，我们必将到处接触阳光那样，到处发现人民解放军军装和毛泽东思想，全国都将是——都已是：我们的力量！

而假如这军装是剑鞘，那么同志们，你们长期随军工作、忠诚为兵服务、本身也当人民子弟兵的这种意志、行动、才能和智慧所交织而成的力量，表现出来就是锋利的剑——为人民而斩妖将发射万丈光芒。

你们走后，一百八十九位男女同学跟着丁克全、王成汉、祖国英、王世田等老师下乡去了。我才接到在五棵树的关山同志来信说：我们的"同学们工作得都很好。虽然有的是初次下乡，衣服穿得不太多，或年纪太小，但都很好，他们都知道克服困难，努力学习……"他们之中，很多的将长期在农村工作，更多的走时都说："我们回来也参军！"这些同学，将是第二批参军的，要与你们在前线相见了。

被留在学校里的同学正在突击《血泪仇》等的排演，很快就要过江深入到新收复区里去。他们也出发之后，我们的学校就只剩下百把名秧苗似的小同学了。而这些小同学，很多也提出参军的要求，——在喜欢红蓝铅笔的年龄上，竟也要求拿枪了。"参军"几乎是我们的校风了。而第一批参军的同学们，你们就是开这风气之先的！

人们把你们的参军与时局的发展等等话题联系起来谈论着赞美着！

你们的参军被写在挂号信里，被记在日记里……

你们光荣一如勇敢！

最后请放心：你们的家在解放区里就像眼睛在眼眶里，你们在民主联军里，一样安全的。

请接受最亲切的爱慕之意，第一批参军的同学们——我的勇敢的男女同志们！

一九四七年十一月十五日于榆树

选自《国际家书》，吉林书店 1947 年 11 月

俯　首

——鲁迅逝世十年祭

鲁迅先生"俯首甘为孺子牛"。智慧最高的人启示我们,解释过:"孺子"是人民,"牛"是先生自己,我们自己,人民的勤务员。——这里引申这解释:

人民的勤务员是人民痛苦的铲除者,人民幸福的创造者,人民公敌——外国和本国法西斯(八一五前是日伪,八一五以来是美蒋)的痛恨者,人民天才的培养和发现者,人民的战士,人民的热爱者,是使人因为爱他而更爱人民,爱人民而更爱他的。

"俯首"是溪水奔向大海似的深入到群众中去,隐殁于群众中(于是也就永久存在于群众中),为人民服务去,对人民负责去,向人民感激和学习去。——从群众学习更多就更能领导群众。所以智慧最高的人说:"只有代表人民,才能领导人民!"

"俯首"是眼睛向下,脚踏实地,自信而虚心,又勇敢:"我不入地狱谁入地狱?"

我们中国,广大的,四通八达的,日新月异的,老的和新的解放区以外以前日伪统治过,现在美蒋统治着的地区,就都是地狱!

纪元前拉丁喜剧诗人戴仑斯,在他《自责的人》中有一行诗:"没有一件人的事情,于我是陌生的!"这是马克思最爱的箴言,表现人与人之间休戚相关的情感。而——

"俯首"就是以这种情感了解民间疾苦,特别爱护基层干部,他们与一切困难和危险关系最直接,短兵相接。并且特别爱护新参加工作和学习的最年轻的男女同志们! 他们才从旧社会束缚中冲出来,越过阻碍,前面还有阻碍! 他们是勇敢的! 他们有的还过不惯集体生活,有的还不清楚批评和自我批评乃是我们进步团结步调一致的武器。旧社会给他们很重的"包袱"(负担)! 我们必须耐性更耐性,细致更细致,要像农民"俯首"在苗上似的爱护他们! 要像我们先进同志们爱护我们那样爱护他们!

"甘"是孔子说的"知之者不如好之者,好之者不如乐之者"的"乐"——我们在农村在工厂在前线要"乐而忘返"。

"甘"是不要报酬和权力,以能为人民服务为至上的幸福——就把为人民服务的工作机会作为工作的权力和报酬!

"甘"是不怕直接间接为人民吃苦就到处发现快乐。——我们无论怎样"苦"总不比劳动人民真要更苦,太苦!

"为"是墨子说的"苟有利于天下摩顶放踵而为之"的"为",——我们是现代人,就用现代听觉来接受古人的思想,把"天下"解释成世界和平及全国人民。而苟有利于世界和平及全国人民,我们就粉身碎骨而为之。

鲁迅先生一生以背地球的气魄和自我牺牲精神,甘心情愿为我们开辟道路,——智慧最高的人说:"鲁迅的方向就是中国新文化的方向！"

鲁迅是"牛"——"孺子牛"，他"吃的是草"（衣食住都力求简单）而"挤的是奶"，——崇高的人格，深刻的思想体系和丰富的文学遗产。

先生自己吃"草"（过最刻苦的生活）而养育我们以"奶"——我们接受鲁迅精神一如婴儿吸奶。我们都是先生养育的，就像屠格涅夫所说："我们都从'外套'传下来！"

现代中国，思想上，文化上，文艺上，因有鲁迅而高耸于世界！

鲁迅精神者，在今日应该做的，是"俯首"在全国范围内参加民主运动和催逼美军出中国运动，和土地改革运动。

选自《国际家书》，吉林书店 1947 年 11 月

给弟妹们

——并给"少年剧团"全体小同志

看年纪,你们的"责任"是游戏。

但是你们,竟也已经受尽了民族的苦难。

你们中间,有的,不是还小得脸都需要妈妈或姊姊亲手洗吗?

却也奔走于大江南北,像越过一条小溪。

你们用流亡,代替读地理;用参与历史的改造,代替读历史;用捉汉奸,代替捉小狗、小猫……

儿童的足,应该踢毽子,跳绳去。

可也好像战马的蹄子,是踏着战场的。

儿童时代,最劳苦的职责,至多也只应该是:

到野外青草地上去放羊,当心狼,黄昏归家。

但是你们所应该当心的,竟也是全民族的无比凶险的大敌人——日本帝国主义和它的一切警犬们了。

而整个中华民国,也就是我们大家的家了。

为你们,尤其是,有你们,这个家是一定要新生的。

走自己的路。

倘若有成年人,向你们讲那不负责任的话,你们就只当它是:船头水声的喧哗。

这喧哗的水声,一下就要落向船尾的沉默里去消灭的,只要船啊,你挺进。

云彩在天空飞翔,如果它要向东飞,去太阳那里,谁能够吹一口气,吹它飞向西?

祝福了,万千千万的弟妹们。聪明! 进步! 快乐! 爽朗!

一九四一年十月十日于延安

选自《国际家书》,吉林书店 1947 年 11 月

"嘉奖"

——李兆麟将军遇难周年祭

去年二月间，行军到宾县，将在东北正式开始工作，那时一面要下乡或进工厂，一面想奔哈尔滨来。这个大都市，俄罗斯色彩，很想看一看。但我的更大的愿望是，要有机会在兆麟同志领导下工作和学习。从冯仲云所写的关于李兆麟斗争史的片段中，我看见了一个大气魄的将才和政治家；这样的人，谁都愿意接近他。但不久就听见他被诱杀的消息。意外的悲痛和打击，完全料不到。——我们应该料到！因为蒋介石，他委任伪军受降，胡匪当"中央先遣军"之类，他要消灭解放区和人民解放军，他杀人民"爱敌人"；而一枪不发，一文不发，限制、毁谤、囚禁、暗杀，本来就是他对抗战有功的将领们的"嘉奖"。

兆麟将军抗战十四年，这十四年，日寇没有一天不想杀死他，一如日寇没有一天不想奴役我们全中国。日寇痛恨他，曾经千方百计地迫害他，毁谤他，悬赏缉拿他。

133

但是李兆麟将军勇敢机警坚强,有如一只战斗的军舰,冲破无数危险,本身成为敌人最大的危险,终于胜利属于他,阳光照射在腐朽物上那样,雄伟英俊地俯视着敌人无条件投降。

敌人十四年杀不死李兆麟,他们遗憾着。而蒋介石的特务匕刀杀死了他,这是完成敌人的未竟之志,弥补了敌人遗憾,使他们在无条件投降之后还能听到一个可庆贺的消息,感到一种满足。

满足民族敌人(八一五前是日寇,日寇投降以来是美帝)的要求就是蒋介石的"神圣"和"伟大"、"正统"的做法。

我们今天追悼兆麟同志遇害一周年,我们在蒋介石和日寇之间更难发现任何不同点。蒋介石对中国人民所做的事情,本质上,方法上,都是日寇灭华政策的继续和发展。

这里给蒋介石集团提一个意见:你们除了出卖祖国的天上和地下,陆地和海洋的一切主权,和祖国的崇高与尊严,从美帝国主义者换取"剩余物资"等等而外,你们还可以通过大使那样驻在南京的冈村宁次之手,去领那笔悬赏的钱,给你们四大家族增加一笔小小的收入,照例倒贴利息存到美国的银行去。

这是中国人应有的常识:蒋介石的特务政策——从偷文件到暗杀,都是他要保持专制独裁,更坚决地来扩大内战。

而我们每一位有名或无名的民族英雄,革命战士,爱国青年……他们的生命都无上宝贵,他们的健康和胜利,存在和行动,都是中国人民的自由幸福的保障。

我们要为一切先烈们复仇,也就是要为我们中国的独立、和平、民主而奋斗。

兆麟同志永逝了——永生着。他从少年时代起,远在领导北满抗战以前就早已献身给人民事业。他的革命精神永远辉耀,激励着我们不息地前进,向上。

　　在他的为人民的精神的感召下,我们下乡、进工厂、上前方去,——工作和学习……

选自《国际家书》,吉林书店 1947 年 11 月

闪　　电

天边飞舞着一道道的闪电——从火车上看见。

有一道闪电真像一个极大的问号,在天上,很久地,最敏活极速地闪耀,似乎是在提问题。我感到自然的壮丽和伟大。

可是一点也没有同时感到人渺小。

人比自然更伟大——因为:伟大的自然人能征服它。

在革命的、集体主义的、一切为人民的斗争、学习和生活中,"一人为大家,大家为一人"——人有无穷的力量。

小时候听见雷声、看见电闪都有点怕,相信"神"是存在的,主宰着人,小孩子做错了事他也不原谅,要重重惩罚。可是这是童年的回忆了,是早已到处走,什么都不怕了的。要是真有可怕的"神",也要推翻他,人来主宰他。

我们什么都不怕。我们怕什么? 什么能使我们怕呢? ——竟然是在革命队伍中!

阶级社会的一切陈腐、反动、黑暗、阴险、卑贱的残余势力日益被肃清,人类终有一天,以全力与自然作战,而控制它——就像控制一匹烈马。

生活与学习于革命的大家庭中,在毛泽东旗帜下前进,为人民幸福而献身,从斗争中成长,我们有自然的主人这感觉,什么都不怕,而且要使人民所怕的一切怕人民。

也谁都不怕。

你知道,在阶级社会中,人可以分三种:敌、友、我。——"我"是革命大家庭里的人,是最可亲的,应该比亲兄弟、亲姊妹更可亲。因为兄弟姊妹虽说是一家人,可是在旧社会里,各人的思想,未必就像同一株树上开出来的花,一样美丽一样香,常常是有分歧的;而同志是好书似的自己所选择,——"各条路到罗马":革命关系与阶级友爱是最高理想的结合。

我们同志之间可歌可泣的事情是说不完的。我们步调一致走向敌人,它是征服对象,"不投降,消灭它"。——敌人怕我们,不是可怕的。

朋友是可爱的,也不是可怕的。相互更信任更接近吧!我们与朋友之间没有海洋,没有城墙,没有刀剑,——任何的阻碍都不存在。敌人到处有敌人,我们到处有朋友。

我们什么都不怕,也谁都不怕。——只怕看错敌友我。人的面目,不像稻与草那样容易分清。

而站稳人民立场,爱与憎一切都从人民事业出发而又归返于人民事业,一如雨,水汽从地面蒸发,上腾而为云彩,再落到地面,这样,我们的目光如闪电,不会误用感情看错人……

一九四八年五月三十日于吉林

选自《国际家书》,吉林书店 1947 年 11 月

树　叶

"菜馆林立",人民吃树叶——树叶也要没有吃。全中国再这样下去,除了抗日民主根据地以外将不再有人民了,只有饥民、灾民、难民了。

天灾么？大水也曾冲到过我们的边区来。——河里扬起海里的波浪,我们站立在山上,像到了海边。

但是灾民在哪里？

我们也有灾民吗？

我们的留守部队,给人民从大水中抢回飘走的东西,一如在战场上作战,奋不顾身,无比勇敢。商人有受灾的,我们的政府立即援助他们造新屋,进新货,他们照常做生意,招牌的字写得比大水来过以前有气魄,店面也更宽敞了。

我们这里是即使有天灾也没有灾民的。

从河南,灾民向边区,成万成万地涌进来。我们的政府安顿他们,抚慰他们,给他们窑洞、粮食、土地、农具、耕牛、种子……又要他们不缴公粮三年。他们的小孩进学校。他们的家属,生病的和将生产的住医院,不花钱。他们获得做人的意义了。

他们也负起做人的责任了:保卫边区!

"丰收成灾"。鲁迅先生对残暴的统治者"毒辣"——正因为他热爱人民——在他的杂文里写着这四个沉痛的字。鲁迅先生的杂文是最正直的中国现代史。

今年,有的地方确实闹水灾或旱灾,但是大地主大资产阶级,有你们在"统一",人民"爱国"就"犯罪","丰收"也"成灾"。

你们那边,没有天灾也有灾民。

天灾是人祸。

我们战胜它,

你们扩大它。

一九四三年七月二十八日于延安

选自《国际家书》,吉林书店 1947 年 11 月

"唯一的人"

——《孔乙己》浅释初稿之一

"鲁镇的酒店的格局,是和别处不同的:都是当街一个曲尺形的大柜台,柜里面预备着热水,可以随时温酒。做工的人,傍午傍晚散了工,每每花四文铜钱,买一碗酒,——这是二十多年前的事,现在每碗要涨到十文,——靠柜外站着,热热的喝了休息;倘肯多花一文,便可以买一碟盐煮笋,或者茴香豆,做下酒物了,如果出到十几文,那就能买一样荤菜,但这些顾客,多是短衣帮,大抵没有这样阔绰。只有穿长衫的,才踱进店面隔壁的房子里,要酒要菜,慢慢地坐喝。"

(《孔乙己》第一段)

鲁镇在绍兴,绍兴产酒,又好又多又便宜,因之人在鲁镇进酒店,虽则不比吉林人上江沿(不花钱),也还不算怎样地浪费和奢侈,有如绍兴妇女,穷苦买不起首饰的,头发上也能斜插几朵清香玉色的兰花,增加女性侧面美,就因为这高洁的花在别处名贵之至,是一种盆景,供养在寝室或客厅(叫作"芝兰之室"),有的地方恐怕还只能从国画和女子的名字上看见,可是在出西旋的绍兴呢,这花竟像贫穷而美丽的姑娘,到处生长,把绍兴造成"芝兰之室"。

虽然如此,没有喝不醉的酒,也没有不要钱的酒店,而在旧社会一如在赌博场,你钱多能干地位高,钱少,别的东西就多了:困难多,麻烦多,越少越好的东西(譬如说忧愁)多,不要的东西偏有,一句话,种种不如意,——旧社会不合理。我们看,一样花钱买酒喝,一样的钱,又是做工换来的血汗钱,可是酒两样:你的酒里掌柜要掺水,因为你出不到十几文,喝也就只能靠柜外站着风里喝。只有长衫主顾才有资格踱进(被请进)店面隔壁的房间里,要酒又要菜,慢慢地坐着喝。

《孔乙己》第一段主要就是写这两种喝酒的人。他们身份不同,服装不同,喝酒的气派也截然不同。——旧社会处处"夸耀"它的不平等。

两种喝酒的人喝酒的原因也两种。做工的人傍午傍晚散了工,累了,只花很少几个钱,买一碗酒喝,靠柜外站着休息一下,下午、明天甚至夜里再做工。他们休息也站着,是辛苦的,只喝一碗酒完全应该。(绍兴酒不像烧酒,很温和,酒量大的可以连喝几碗,可是做工的人穷,就只能喝一碗了。)他们中间也有剥削学徒和佣工的工头之类,但是剔开这些东西不算,绝大多数就都是名副其实的"短衣帮"——劳动者了。

穿长衫的先生们呢喝酒是坐着的,不喝酒的时候大都也坐着,他们不做工,——这倒身份高架子大了,在旧社会。

他们坐酒店是消磨时间,无聊就聊天。"莫谈国事"——不问政治,便幸灾乐祸揭发他人阴私,他们坐在酒店里面,对于酒店掌柜是

可尊敬的重要人物；可是世界上的人并不都开酒店，于是他们一到酒店门外大都就该是另外的人了，未必都还是可尊敬的，因为他们之中有正当职业的固然也有，也有酒店内外都值得尊敬的人，到底不是苍蝇，任何哪个都可以代表全体；但是他们之中更多的是寄生虫、破落户、地头蛇、自命清高的、凶险的催租者、帮闲的、奴隶总管、讼棍……

第一段写的就是这喝酒的两种人。靠柜外站着喝的短衣帮，这是一种；另一种：长衫顾客，——踱进店面隔壁的房间里慢慢地坐着喝。

开头就写身份服装都不同、喝酒气派也不同的两种人，是先造成鲜明对照，给读者深刻印象，好像喝酒的人就只有这两种了，不再有第三种，而后偏引出"站着喝酒而穿长衫的唯一的人"，让你（从作品中）看着他被哄堂大笑，要你（在旧社会的现实中）决定一种态度：到底参加这哄笑呢还是同情怜悯他——你在周围看得见的孔乙己这样的人？！

这样的人不但鲁镇有，别处也有，甚至很多地方都有，至今还有，此地就有，所以孔乙己相同阿 Q，也是典型！

先两种人对照，再两种人合起来一齐对照一个孔乙己；单独一个孔乙己又来对照两种人。——真是错综复杂其实简单明了：孔乙己是唯一孤独的多余的人。

他是短衣帮，因为也站着喝；可是穿长衫又不是短衣帮。不是短衣帮，穿长衫，那么是长衫主顾了，也实在是主顾，因为他也给钱，而且"他在我们店里，品行却比别人都好，就是从不拖欠"；又明明是长衫，虽然"又脏又破，似乎十多年没有补，也没有洗"。但是这件长衫不阔绰，只能踱进破庙和坟墓，这个主顾永远站着喝，尽管品行最好也就不是长衫主顾了。

两种人里总得算一种，孔乙己到底算是哪一种？两种都是都不是，就只好算他"唯一的人"了。

通过孔乙己这个形象，伟大的鲁迅用他那剑似的笔刻画了已经死去和还在站着的孔乙己型的人群之无比孤苦、寂寞、凄清，可怜又可笑，可笑更可怜……

但愿这样的人不再生出来，假如天生有这样的人！——他们也是旧社会罪恶环境所造成，所以我们必须改造这环境，铲除它所遗留给我们的一切罪恶，来建设新民主主义新中国！

鲁迅的笔是剑，它守护人民事业，寒光四射，最锋利，最冷；最冷，因为从炽烈的大火——最高最深最持久的热情中锤炼过来。

（假如我们不学这对人民事业最高最深最持久的热情，只学那"冷"，错以为就是鲁迅笔法了，——假如不幸真这样，那么我们所能挥舞的将只是一支镀银的木剑。）

这个"站着喝酒而穿长衫的唯一的人"后来也慢慢地坐着喝过一次。

但是他这"坐着"是腿被丁举人打断了再也站不起来了，只能"在柜台下对了门槛坐着"，不是坐在店面隔壁的房间里而是坐在地下——丁举人的凶狠抬举他，打断他的腿，给他安□好这个座位。

从此他就不再"站着"了，可以"坐着"了，也能"慢慢地"了："慢慢地"，"坐着用这手……走去了"，而旁人还在说笑！

也不再喝酒，这个孔乙己！也不再"免不了偶然做些偷窃的事"，什么都免得了了，因为"大约孔乙己的确死了"，而"没有他，别人便也这么过"着说笑的日子！

鲁迅先生对孔乙己的同情是深的，他怜悯他是"唯一的人"，找

不着任何一个朋友,连狗都没有跟着的;假如他也找着了同伴,那就只有拿根拐棍了。但是腿被丁举人打断,要使拐棍也不能了。在人里面,他每种都是都不是,"都是"因为他到底也是人,至少喝酒也是人做的事情,腿被打断也是人受的耻辱和痛苦,但是他是"唯一的人"所以又"都不是"了。

他是"唯一的人"所以怜悯他,但是远比这怜悯更深更迫切的是希望:请你不要随便取笑孔乙己这种人,给他想个办法不被哄笑地活下去,这是一,二呢,但愿他是最后一个这样的"唯一的人"吧,——不但是鲁镇的唯一,而且在全国范围内、范围外都唯一,不但过去而且永远唯一!

这该是鲁迅先生写孔乙己的动机吧!

孔乙己!我们同情中否定你,否定中同情你,因为你们明明也是旧社会的牺牲品。——否定和同情也都为要更彻底急速地摧毁旧社会。

而假如在新社会遇见你们,我们还要造成条件,想种种办法来争取、团结、改造,而不是说笑……

选自《国际家书》,吉林书店 1947 年 11 月

伟大的安慰者

——纪念罗曼·罗兰先生

一、与托尔斯泰的关系

先生在小小的时候，就把自己像一束花，投给莎士比亚（诗），尤其是音乐。当别的孩子还在做喧嚣的游戏，先生已经领悟到：从钢琴的音调，建立起感觉的无限世界。

晚年的托尔斯泰，说艺术是"广大的败德之门"，莎士比亚是第四流诗人和抄袭家，音乐是叫人忽视义务的享乐，乐圣贝多芬呢？肉欲主义者。

假如平常人发这种议论，听见的又是差不多的人，那就什么都不发生。可是这是托尔斯泰在他的《艺术论》里向全世界发的议论，而听见的人之中有青年罗曼·罗兰，事情就深刻又严重。

"这个人（托翁）的至善，真实，和绝对的爽直，在此道德混乱的流行状态中，"先生告诉我们，"是我的正确的指导者。可是我从儿时起就酷爱艺术的,尤其是音乐,可说是我的每天的食物……"

这样,将有一天被崇拜为"世界良心"的这位在当时是二十二岁的青年,痛苦起来。

怎样好呢？这样大的艺术家晚年偏偏攻击艺术,艺术或托尔斯泰,两个里面能有一个不真实？怎样在托尔斯泰与贝多芬之间取得和谐？疏远一个？二人都无上崇高。站在他们的中间么？两边一样近了,两边一样远了。放弃要以诗——尤其是音乐——去安慰人的使命么？音乐又是"比一切智慧和一切哲学更高的启示"（贝多芬）;"亲爱的音乐"是"时代的歌和历史的花"（罗曼·罗兰）。

这样的内心悲剧唯有最高贵的人才有。这样的个人痛苦成正比例的乃是万人的幸福。狂热地要向最有利于人群的事业献身去,可是究竟怎样行动起来才最有价值？怎样好呢？彷徨着困惑着,内心冲突着。献身精神火一样烧,事业前途呢渺茫。怎样好呢？怎样好呢？

最后,先生写信给托尔斯泰诉说苦恼。托尔斯泰写回信安慰——这事情发生得那样平静,以致有人会惊奇,以为我们夸张了,当我们说:这事情是耸立在我们人类进化史上的一块壮丽的纪念碑。碑上刻着:

> "把良心的危机看作神圣;
> 把帮助的给予看作是
> 艺术家第一件道德义务。"

前进的人们,请读了这碑文再走吧。

"亲爱的兄弟,我收到你的第一封信了。它打动我的心。我是含泪读它的。"——耶司那耶·波丽亚那圣地一八八七年十月四日有名的回信,这样开始。

"我收到你的第一封信了",这实在是说:"我盼望你再来信,第二封,第三封,第四五六……封! 让我们永远通信吧亲爱的兄弟啊!"——好像立刻推开工作,奔出来迎接热情而羞涩的年青生客,猜到他担心自己的拜访会带给主人以烦扰,就喊着说:"欢迎啊! 最亲切的款待属于你!"

这个一切都往高处看的青年,意外收到回信已经是太感动,一生都要报谢的了,而这回信,又是长到三十八页之多的很厚很重的一大包,托尔斯泰亲笔写来,那该花他老人多少时间和精力? 看呀! 世界文豪专为一个无名小卒用全力写一篇完整的论文!

他思索。他起稿。他修改。他做大工作。他用清清秀秀的斜体字亲笔誊清。他亲手封起,亲手贴邮票。他赶紧寄出还怕迟到。他含泪读来信,他写回信的时候还在被打动。他用法文写,文法上有一点错误,——从这错误,人应该看见他比用俄文写更辛苦。全世界这时候没有别的了,在他;他一心只想使他那远方不相识的无助的兄弟不再苦恼。他感到是他自己为要提醒人们不可沉溺于艺术的享乐中,因此而发偏激的议论,迁怒于莎士比亚和贝多芬,才使这个认真的法国青年痛苦起来,他不安,他同情,他对艺术的态度就又温和了吧? ——当这封信一结束,一个新的纪元开始了。

罗曼·罗兰写信,托尔斯泰读信,托尔斯泰写回信,罗曼·罗兰读回信,以及后来,罗曼·罗兰读无数求助者的来信,并且一定答复,鼓励,帮助,安慰他们,——这一对先生和学生的灵魂深处呀,我们怎么说好呢? 人类的语言文字一到这里,怕是唯有让位给沉默的感动了。我们只能有几分智慧就了解几分,就像全世界开遍花,我

们只看得见视线所能及的。

啊！海面上的波涛已经雄壮，海底下的景象呢？海洋学家也还只有初步知识。我们怎样看得完那在更大于海的心胸中起伏奔腾的一切大感情及大思想呢？

伟大的俄罗斯老人无比的仁慈恳切，详细说明他怎样看艺术。他说："真的科学及真的艺术的产物，是牺牲的产物，而不是物质利益的产物。"他说："把人们结合起来的才是有价值的；为信心而牺牲的艺术家才是可贵的艺术家。真的呼声的先决条件绝不是爱艺术，却是爱人类。只有充满此种爱的人，才能希望他们永远作为艺术家去做一切值得做的事情。"

这种艺术观，我们接受它要像吃葡萄一样：葡萄藤摘掉，皮和核都吐出；我们吸收滋养料，人用树造屋，原始人也用石斧斩掉树丫枝。"用什么材料"是重要的，可是更重要的是"怎样用材料？为谁而用？又谁用它？"小学生比中学生多削坏几支铅笔；而在熟练工人手里，废料是少极了，——废料也能变成原料！

开在悬崖上的花，整个大自然的威力——大雷大雨狂风闪电……都袭击它，它却远比那插在花瓶中的花更鲜艳，生命更长；因为它的根不是在水里，它的根是深深地在泥土里。——我们的泥土是马列主义；让我们先站稳根本立场，而后大胆吸取各种好思想的精华。强的探险队，满载珍异的宝物胜利归来再出发探险。

真理的"先决条件绝不是爱艺术"，否认艺术至上，是珍贵的指导。"爱人类"么？那却是抽象的人类爱了，早已衰老又危险。——被有意要模糊阶级意识的人所利用，则是健壮又阴险。

我们"爱人民"。我们的艺术家充满此种爱——爱人民，活跃于毛泽东文艺思想的光辉中用声音，用色彩……去把革命的以及一切可能革命的人们结合起来,第一面向工农兵去做一切值得做的事情。文艺工作同志们,罗曼·罗兰先生要我们伟大,你们就是他所欢喜的,因为你们就是他所希望的那种"做到伟大而不是显得伟大"的艺术家,也就是他的先生所赞美的"可贵的艺术家"了,顶有价值顶可爱。

再说,这种艺术观,托尔斯泰在以前也许已经说起过;也许在托尔斯泰以前有人已经大致相仿佛地提起过;写信的青年自己隐约地想到过了也可能。——我是要说:影响先生一生的与其说是托尔斯泰回信中的理论,更应该说是托尔斯泰用全力给一个求助者写回信的精神。

这种精神真是一粒母谷。我们不知这母谷自身从哪里生出:我们找不到感谢的最初对象了。我们看见这母谷从写《战争与和平》的手里最幸福地落在无边宽广的精神食粮的土地——罗曼·罗兰的心里,于是我们人类实在更快地进步起来了,因为:

罗曼·罗兰培养这母谷,收割起来,散播到无数人们的心上,再由这些人们散播开去,散播开去,直到无穷无穷无穷……

二、与受难者的关系

城市要繁荣,不要火灾;不幸的人是根本要鼓励的。你安慰了一个心受创伤的人,他未必就能解救一座被围的城,更没有法子去压服地震;但是他振作起来了,多少总还能做一些有益的事吧。失去心的宁静,感不到被爱——("爱是了解")你还能有远大的计划吗?哭着的孩子要抱起他,跌倒的人要扶起他。

怀抱着对托尔斯泰的感谢,伟大的通讯者罗曼·罗兰,伸出手来爱抚一切心的受难者。即使忙到了连那"永恒的开花节"(音乐史）也不研究了，（多少音乐界朋友们惋惜），这一双从嘈杂中整理出音的秩序——音乐——来的手，是随时准备给不幸的人们以安慰的。与其说他们去找他，更应该说：是他在寻觅他们。"谁不是不幸的人呢，到底？"他这样地问着，他就像"时间"本身一样没有休息的时间，总在为真正的永久和平工作着，总在竭力安慰着不幸的人们："灾难有绝对的价值，不幸是力量的源泉。"

我知道有一个欧洲青年，自杀遇救，更是痛苦，写信给罗曼·罗兰，先生帮助他，鼓励他，他加上自己的努力，后来成为一个大作家。另一个远东青年，落在穷困里，这是不会游泳的人掉在水里了，先生一知道，立刻寄钱给他，同时托一位在巴黎的朋友随时就近照顾他。——时间匆促，不再举例。

坚持你所认为真实的吧！这是先生对求助者们一般的指示。做人不能唯一靠真实但是第一要真实。真正的真实与真理之间虽说不像阳光与打开的窗子之间，到底有多大的阻碍？多少人受先生的感动与影响走上革命的路来！先生是桥，是灯塔。

从现代起直到永远，每一个人，直接或间接都受先生的好处；只是有的人自己不觉得，仿佛睡熟的时候不知道在呼吸空气那样。我们每天早上都醒来，前面有无数的明天，就因为在黑夜和睡眠中我们也在呼吸空气的缘故。

全世界反法西斯的人民大众及其优秀分子，在海洋上，在大陆上，在高山，在森林，在天空飞行中，在地下工作中，在大学讲座上，在私人信札上，在编辑部，在播音台，在音乐中，在静默中，而且在日记里，在心的底里，——追悼先生，纪念先生。母亲在教孩子发音："罗曼·罗兰"；看画像："罗曼·罗兰"；长大起来做这样的一个人："罗曼·罗兰"。单单这个名字，已经太好听。"罗曼·罗兰"——这是永恒的声音。

　　再也不能看见先生了，——但是先生到处存在着……

一九四五年一月三十日

选自《国际家书》，吉林书店 1947 年 11 月

伟大的安慰者——纪念罗曼·罗兰先生

学俄语吧

很多同学要学外国语，这是好的。我们一切为人民，学外国语也为人民；我们目标高，动机纯洁，好好地学，为人民而学，达到精通的境界，为人民而用，这样，就能获得至高的欢乐。

绝大多数同学决定学俄文。也有想学英文的。若是叫我挑那也是俄文。一日之中，人爱早晨甚于爱黄昏；而在东北学外国语，最适宜的就是俄文了。

懂英文，可以读莎士比亚，也可以直接了解杜鲁门之流怎样撒谎。虽然拼法零乱，文法例外特别多，给初学者无穷烦琐，可是一如其他语文，英文有它独特的优点，其中之一是文法最现代化。英文用处大，有一句（夸张的）话，叫作"不落太阳"。可是现在，俄文的国际优越性正在日益上升。而在东北的特殊有利环境学俄文，就像海边居民，以捕鱼为业，一样合适。

有的同学怕俄文难，就想学英文。这也包含进步思想，想用更少时间学好一种外国语为人民而用。可是英文容易么？它有它的难。

国民党的外交官,在同美国帝国主义者订卖国条约的时候,认为卖国不难,英文条约可不容易写。

俄文难么?它有它的容易。单讲拼法就十分有规则,比英文省力多了。俄文难学的地方,苏联逐渐在改造。而苏联这个国家,力量强大,能使一切合乎理想。

我们不要怕山高而绕远道。——攀登到山顶上去眺望全景和远方!

困难的存在,是人不相信自己是困难的征服者。骑在马上控制马,奔向敌人消灭它;要克服困难必须面对困难不怕它。困难出现于怕难的人面前,一如流氓在怕事的人的面前出现,鬼只在怕鬼的人的心里作祟。假如困难是侵略者,那你就是抗击和战胜者。人家卖国都不怕难,我们学最有用的俄语倒怕难吗?你是不怕难,怕不难的,我的同学,因为你是勇敢的中国青少年!

学外国语到底难呢容易?根本也要看“为谁学?又,怎样学?”这意思是说,树立了革命人生观,难的事情也容易,否则容易的也难,而方法也是重要的。

环境也重要。你记得,孟子说:

“有楚大夫于此,欲其子之齐语也,则使齐人傅诸?使楚人傅诸?”

“曰(被问的人回答):使齐人傅之。”

“曰(发问的人又说):一齐人傅之,众楚人咻之,虽日挞而求其齐也不可得矣!(惩罚无用!)引而置之庄岳之间(到讲齐语的环境中去)数年,虽日挞而求其楚亦不可得矣。”——环境解决了惩罚不能解决的问题。

语言有传染性。倘若你的好朋友是“磕巴”(口吃的),他又好讲,你们每天对话,日子久了,你会讲起话来也"磕磕巴巴"挺紧张。两个人密切接近,各人的头发的颜色还是各人的,可是思想、感情、动作、生活习惯等等,尤其是口音,会互相影响。常同口齿伶俐的人在一起,自己讲话也流利。要满口漂亮的外国话,这不需要创造,主要靠感染和模仿。

我们认为在东北学英文是"一齐人傅之",而学俄语于哈尔滨等城市可说是"引而置之庄岳之间"了。

哈尔滨有的马车夫会用俄语吵几句架。你知道这并非因为赶马车就会讲俄语,要是这样,我就主张大家都赶马车去。也不是因为俄语是吵架的话,讲俄语就得吵架。而是因为,你知道,哈尔滨是俄语环境,苏联人那么多,好像东北物产真丰富,除了"满山遍野的大豆高粱",还出产一种"苏联人",让你交际或发脾气,用俄语都十分便利。

前天接到一位同志来信,他在养病,说"最近想自修法文",要我寄一部《法和辞典》之类的书去。这是一位有才华的同志,诗和散文都美。他之所以想自修法文,是他趣味高,不是要实用。书我马上寄了,希望他很快收到。可是我认为更大的友情是:写信劝他学俄语,不必学法文。(这篇东西里"语""文"二字随意用,不加区别。例如"俄文""俄语"本来不同,可是随意用,一样意思。)

同志在养病,我要寄给他的是好的诗集,好的消息,和我对他的创作的赞美,不会是无的放矢的意见。给他写信,挂号寄去,不想遗失就不写无意义的话劝他。自己受过法国教育,本来多么愿意更多的人学法文,这是明净如水晶,最亲切,无数的人们所宠爱的语言,学起来又不难,用处也广,在欧洲,电报一样通行。可是在今日东北,这个可爱的语文(法文)是奢侈品,就像法国香水一样的,我们还是爱而不学好。在东北有机会学外国语的时候,应该学最实用的俄语。趣味重要,实用更重要。我们希望种花的人都先种菜种树去。树又开出花呢? 我们种果树。

撇开实用价值不谈,纯粹作为一种语文来看,俄文也极美。即使没有学过这语文,人只要在看苏联电影的时候细心地听那音调,诗的朗诵也好,集体农场的生产报告也好,都使人感受一种音的美。可能这是个人偏爱,不完全合乎事实。可是这种偏爱与事实之间距离不会太远,就像眉毛与眼睛之间吧。俄文苍劲、深沉、坚决、清越,而它柔媚的地方,不在音乐语言意大利语之下。

单拿伟大古典作品的丰富来说,俄文也值得学。人能直接接触普希金他们的原作该是多么高贵的享乐,多么大的幸福!

无论在征服自然,改造世界,提高人类上,——无论在自然科学,社会科学,文学和艺术上,苏联哪一方面不是全世界第一?

而我们东北紧靠着苏联,就像心脏紧贴着胸膛,关系这么密切,两边的水流来流去,云飘来飘去,哈尔滨等国际民主城市又是俄语环境,整个城市就是"中苏友好协会",在这些"协会"(俄语环境)中学俄语,是进纱厂学纺线,具备种种有利条件。

五年计划四年完成;科学上最新的发明和发现;北极洋沿岸也能种起新品种的马铃薯来,由于苏维埃植物学家集体努力;伟大的文艺作品又出现……诸如此类不胜枚举的令人兴奋的消息不断从苏联传来,有如阳光一道道从太阳射来。我们要向苏联学习的正像要靠自己努力的一样多。而俄语在苏联——(也将在全世界)是最占优势的文字语言,无论你学什么,它就跟你所最爱的学科一样可爱。

我认为一个人即使没有别的专长,只懂俄语,可是真能好好地用到人民事业上,那也已经是可贵的人才了。如果我搞生产,捣什么买卖,我就拿一百个空头文学家去换一位俄语专家,在这上面,我是发财致富的。

"我爱一切语文。因为每一种都从劳动中产生。都有人与自然作战的记录。都有无我的祝词,忠信的盟约……"

"我爱一切语文。因为每一种都有'战斗'(为人民而战斗)这个词。都有诗。都有'一切国家的无产者联合起来!'这句最响——响遍全世界的话。都在高呼'共产党万岁!'都是咒诅罪恶申诉正义的……"(节录自《语文赞》,一九四一年写于延安,九月里日食的一天。)

我爱一切语文。而根据时间地点条件,向东北知识青少年贡献这个意见:

我的兄弟姊妹同学们!外国语暂时不学也不要紧,因为我们有比学外国语更重要的许多工作要做,做完了这些工作再学也来得及。

可是有时间学外国语的时候就一定——(一定呀!)学俄语吧!

一九四八年七月十四日于吉林

选自《国际家书》,吉林书店 1947 年 11 月

尤利斯·伏契克

人家打铁一样打他。他的全身都被打遍了，打伤了，打木了。只剩下脚底还有感觉，这就又错了，人家脱掉他的鞋袜脚底也打。打在脚底上的棍子钻进了脑筋里那样使他痛——这就是人家的目的。

为什么不一下子就打死他？打死了不能再打。让他再活几天是要他受更深的折磨。

但是他像一根粗大的钢条，刽子手们可以折断他，却休想弯曲——屈服他。

早晨来了医生——他写道——他（指医生）检查过我，摇了摇头，后来醒悟过来，把昨夜填好关于我的死亡的报告书撕掉了，带着专家的尊严说道：

"——不是人，是一匹马！"

那专家"醒悟过来"了更糊涂。他的看法不"尊严"。撕不掉的是法西斯自己的"死亡报告书"。伏契克，正因为他是一个人——共产党人，不是一匹马，庞克拉采监狱这才怎么打也只能使他更坚强。

假如他真的只是一匹马，不是无限忠诚于人民事业的布尔什维克，没有最崇高的——就是说无产阶级的——气节，单靠体格的强壮来忍受非人的毒打，那他除了悲鸣、嘶叫、喘息、吐白沫、挣扎、抽搐、可怜地死去而外还能做什么？

尤利斯·伏契克战斗到死。他这死使许许多多人活得下去，使许许多多人勇敢起来，战斗起来。

他这死是永生的开始。

他战斗到死，死了还在战斗着，死了还要永远战斗下去，直到无穷——就是说：他的影响不受时间和空间限制，他的勇敢使时间和空间更无限。他的影响永远没有减弱和消灭的一天。

他死于战斗，生于战斗。

人类的心永远跳动，他就永远活着，——跟瞿秋白等先烈们一起。

我希望大家读他遗留给我们的《绞索勒着脖子时的报告》代替向大家致敬和祝福！

（尤利斯·伏契克写了书。读他的书我们悼念他，同时，悼念像他一样勇敢、一样视死如归的全世界的先烈们，——他们有的来不及写，有的写得不如他，有的是工农文盲，根本不会写！于是，我们要读用字写的书，更要读"用血（行动）写的"书……）

一九四八年八月一日

选自《国际家书》，吉林书店 1947 年 11 月

雨

一

从哈尔滨出发的时候天下雨。这雨是否农民所需要？是否有利于农民？——这才是值得关心的问题。

送行的朋友被淋湿，我有理由不爱这雨。可是，只要这雨落下来，是农民希望的实现，那就即使朋友淋出病，病倒了，我也要，与慰问朋友的同时，歌颂这雨，认它为美。

你淋过雨，以前做何感想？当你正要出门的时候，当你正在路上走的时候，雨落下来淋你，以前做何感想？以后做何感想？天以后还要下雨，一如我们还要出门走路。天上的□□下雨这一类事情，将来也许可能人做最后决定，可是现在人还只能适应。以后，不要天下雨的时候天又偏下雨，做何感想？——我时常拿这一类测验题似的话问自己，恕我现在也问你，好听见最聪明的解答。好互相勉励：我们不但要从理论和实践的结合中，而且要从日常生活和常见的自然现象中,随时随地全心全意,站稳人民立场,一切第一为工农兵着想。

一切第一为工农兵着想!!! ——这是最高道德,最高原则,最美的人格。

我们必须努力:从个人的和"上层万把人"的偏狭的打算(泥沼)中自拔,"做到伟大而不显得伟大"(罗曼·罗兰),使自己的心胸无边宽阔,大于海洋,一切第一为工农兵着想。

以后,正当我们要出去看风景或晒衣服,盼望一个晴朗的天,这时候,雨又落下来,我们怎么办? ——那就,只要这雨有利于农民,正是农民所需要的,我们就放下一把扇子那样,放弃晒衣服之类的个人计划,满心喜悦,说这是好的雨,雨是好的,雨是风景。

雨美不美? 第一也就看它:是否农民所需要? 是否有利于农民? 雨于农民有利就美;无利不美;有害则是丑的。

我们每天与全世界全人类发生密切关系,必须站稳在人民立场上来观察、判断、处理大大小小的各种问题。我们每天有意或无意总在拒绝些什么,同时,接受些什么。怎样使自己聪明,不拒绝应该接受的,不接受应该拒绝的,这是最大问题。这就必须站稳在人民立场上,一切第一(让我们不断重复,这样说,这样想,这样做吧!)为工农兵着想!

一切对人民群众有害的就是假的、坏的、丑的;而有利于人民群众的一切,才是真的、善的、美的。——这该是群众美学观的基本原则,看雨是这样,看人也这样,看一切都这样。

二

雨是美的。因为雨落在古代,落在现代,对于人类和花草益处远

160

比害处多得多。有人说雨忧郁,这主要是他自己忧郁。

雨落得太多就落下水灾来。或者它不落,地上闹旱灾,人在河底走路脚不湿,庄稼枯死,人像马一样吃草,成群饿死。这样,雨量太多或太少,确实直接影响人类生活。所以"风调雨顺"是一种祝福。——但是老解放区人民,天旱地涝也丰衣足食,而蒋管区丰收之年人也成群成群饿死,"丰收成灾",这又怎样解释?这就因为,你知道,解放区共产党领导,人民翻身,"有饭大家吃"就大家有饭吃,而蒋管区人民,受一重重压迫,受一重重剥削,荒年不用说,丰年也饿死……

有人以为人饿死的主要原因是天灾,这种意见必须修改。饿死的是什么人?剥削者吗?他们是即使最荒的年也只有吃坏没有饿死的。饿死的是穷人,不是吗?富人也有饿死的吗?你要找富人,不要到饿死的人里去找;一如找好人,不要到富人里去找,以免往返徒劳。

蒋管区一样是中国的土地,人民又一样善良而勤劳,可是那边的人民荒年不用说,丰年也成群成群饿死了,唯一的至少主要的原因(我们已经说过,我们还要说)就是一重重受压迫,一重重被剥削。

剥削制度才是人民一切灾难的总根。几千年来一代一代,无数无数的人民都冻死饿死了,都被杀死逼死了。最根本的(即使不是唯一的)原因,就是这个剥削制度。东北同胞受尽十四年亡国的痛苦,你知道这绝不是因为雨量太多或太少,或是别的什么天灾,而明明是蒋介石反共卖国"九一八"不抵抗。美国几百万工人失业也是剥削阶级所害,绝不是受害于所谓天灾。

在资本主义美国和实际已是美国殖民地的蒋管区,所谓天灾就是人祸,是剥削阶级扩大甚至有意造成的。阴沟里流出来的水总是臭水,剥削者们做出来的事总是毒害人民的……

在资本主义美国和实际已是美国殖民地的蒋管区,不管怎样风调雨顺,收成多么好,穷人每天都有饿死的危险。穷人也有不饿死的,那是已经死了的穷人,——已经死了就不再饿死了。活的穷人是随时会死的,不管怎样死,饿死冻死,苦死病死,自杀而死,直接或间接都是被剥削阶级逼死的。

唯有苏联,剥削制度不再存在,唯有我们的解放区和欧洲许多个新民主主义国家,剥削制度逐渐消灭,即使发生天灾,也只能使劳动人民更积极建设,更发挥克服一切困难、战胜一切灾难的魄力。

而在社会主义和新民主主义的建设中,劳动愉快又光荣,与游戏不可分,生活每天向上,人生和世界充满美,将不再有忧郁的人和忧郁的雨了,雨和人都更美了……

一九四八年七月一日于吉林

选自《国际家书》,吉林书店 1947 年 11 月

再　见

　　我到太阳岛,是要亲近江水和阳光,吸取它们的凉爽和灼热,使我的身体迅速恢复健康,好更从容前进,更有利于庄严伟大的人民事业。

　　可是我有更大的愿望,就是愿意参加"青年之家"同学们的集体生活和学习。

　　你们充满朝气,有自己不肯承认的力量,我愿意接受你们的影响,就像花草、树木、森林吸收露水那样。

　　而作为微薄的答谢,我愿意把自己对于生命和斗争的一些认识献给你们。自己五年才学会的东西希望能使你们一年半年甚至一星期就了解。自己从痛苦中才领悟的东西呢,就更希望你们能从欢快中接受了!

　　可是我们才接近就分散了:"青年之家"因为秋季快到而胜利结束了。

　　你们有的回到学校去,有的参加实际工作去(这是最好的升

学），都好的，祝福你们每人每天都更活泼，都更进步！

都更去接受最高的命令，——我这是说：都更去倾听人民的声音，直接或间接，都更去为满足人民的要求而奋斗！

都更站定在人民立场上去看一切，做一切，想一切。比如说天下雨了，我们第一要想到的，是这雨是否有益于庄稼和农民。要是有益，那就认它为美，即使它把我们淋湿，甚至淋出病来。否则，倘若这雨落给痛苦的农民以更深的忧患，我们就应该咒诅这雨的，不要漠不相关。可是咒诅雨是解除不了农民的痛苦的，也不公平，这时候，我们必须更深一层来了解新民主主义经济政策的必要和崇高！——这是粗浅的道理，你们人人明白的，我只是顺便提起来。

讲不完，再见了，我的同学们！我们在街上再见，在江沿再见，在今年最后几次游泳的波浪中再见。

我们再见，——我们将来，在全国庆祝人民自卫战争的最后永久胜利的大会上再见！

一九四六年八月于哈尔滨

选自《国际家书》，吉林书店 1947 年 11 月

◇李　伟

大战前后

一、四平解放的那天

二月初三那天（阳历是三月十三日）早晨，经过一阵激烈的炮声枪声以后，四平城里红十字会的蒋军八十八师师部被最后歼灭，四平城重归人民。这最紧张的一场恶战结束后不到三四个钟头，有一家老百姓全家集合在一个屋里开了个团圆大会，又笑，又哭，弄得住在这屋里的几个解放军同志莫名其妙。一问底细，原来是这么回事。

二、"破五"

原来是这么回事：这屯子在四平城东北，梨树县城正南，叫作新立堡。这家老百姓姓陈，兄弟四个给老孙家榜青，种着十四天地，养着个老爹和几个妇女小嘎儿，日子紧紧巴巴的，刚够吃。

这一带住着不少中央胡子，什么"四架山""穿山甲""青字""英字",当家的可不少。四平城里出来的"国军"见了他们,你不打我,我不打你,和和气气。"国军"还用子弹换他们的东西——大米、面、菜、金镏子。这些东西呢,当然是胡子们从附近各村庄抢来的。东西换到手以后,"国军"便赶上爬犁拉进四平城去。胡子们有了子弹就好办事,到处拉来好马,笼头用些花花绿绿的绸子绑起来,喂得膘膘的。抢来漂亮年轻的女人当压寨妇人。住在谁家,那家的男人就得给他们铡草喂马,劈柴担水,女人得做饭端水,缝子弹袋,补袜底儿,捎带开开心,侍候不好就得挨打挨骂。

后来这伙人忽然变了番号,说是"中央"正式收编了。——这件事,在打开四平后,从八十八师师长的来往电稿中得到证实:卫××从沈阳曾经打电报给八十八师师长彭×,要他把四平附近一带八千名(?)"游散武装"就地收编,增强四平城的防卫力量。

正月初五,老百姓叫这天做"破五",按迷信习惯说,这天是"诸事不宜"。偏偏就在这天,新立堡老陈家就碰上了倒霉事。中央胡子把他家老四给绑了肉票,带走了。赎票的代价开始是一根快枪。快枪买不起,也买不着,胡子们就用皮鞭打老四的胸膛,打得嗷嗷叫。后来改成要二百二十万九省流通票。可是,往家送了几回信,这钱还是拿不出来。

三、老二去替老四

钱拿不出来,没法子,老二就咬了咬牙,下决心去替老四回来。老四年轻,家里女人孩子哭哭啼啼,老二四十多岁了,反正是这条命,他就勇敢地去了。到那里讲好了条件,绑上老二,放老四回去掂对钱。这样,老四就被放回家了。

一天,两天,日子很快地过去了。"四架山"这帮胡子带上老二今天奔这,明天跑那,走起来总是用布把老二的眼睛蒙起来。老二只知道走过老四平,跑过鸳鹭树,后来又回到梨树县附近。这时,肉票已经增加到十五个,有男的,有女的,还有九岁的小孩。

赎票的钱老是拿不来,"四架山"把老二毒打了好几次,有两次打得最厉害,胸脯子上,脊梁骨上,鞭子抽得一溜溜血印子,手都吊肿了。最后一次,老二请求给六天的限期,想法子把钱取来。胡子们不答应,结果只给了三天限,三天取不到,就"撕票"。老二只好带了个信回家。

就在这三天限期快到的时候,解放军像海水涨潮一样涌向四平来了。

那天,梨树县被解放军包围了。里面的中央胡子们慌了手脚,藏的藏,躲的躲,跑的跑,打死的打死。解放军一下子就打进街里。"四架山"把他的胡子队拉到四平城南一个屯子里,在那里又被解放军包上了。胡子们催促肉票快跑,打算突围逃脱,老二一想:"反正是那么回事,跑出去还得跟着受罪,三天限到了,命保住保不住还不一定,枪子儿有眼,打不死闹条活命!"索性一骨碌倒在地下不走了。胡子们吆喝:"怎么啦?"老二回答:"不行啦!"

解放军的机枪子弹像雨点儿似的飞过来,"四架山"这帮胡子队单只这一个大院就削倒了七八十。十五个肉票,除去在乱枪中打死了两个以外,十三个人都被救了。其中有一个九岁的小嘎儿,一个十一岁的小嘎儿,解放军叫他俩坐上他们的大车,顺便给带回家去。

老二捡了一条命,就近到一个亲戚家养养伤——胡子打的伤。这时,四平城已被解放军团团包围住,大炮天天轰隆轰隆的。二月初二那天是"龙抬头",大炮丁架儿地响了一天,直到第二天天亮以后才停。村里住的队伍都叫唤四平打开了,"中央"军全都消灭了。

167

老二心里这一块石头落了地,没有"中央",往后也就没胡子了,他于是高兴地离开亲戚家往北走。过四平边时,碰见来来往往的老乡和同志,还看见成串的俘虏和才从城里开出来的呜呜叫的电车(汽车)。这一切都证实了四平城的情形。他忘记了伤痕处的疼痛,加快脚步往家走。心里盘算:"老四不知咋样了?"

四、五万块钱当了一回探子

老四咋样了?老四从"四架山"那里回到家,急忙赶上家里的八口小猪,顺着大电道进四平。他的一切注意力都集中在这八口小猪身上——赶进城,换成钱,赶紧拿上钱去赎回二哥,二哥是替他受罪去啦。

猪是讲好价钱卖了,可是钱还没到手,就被八十八师抓了劳工。原来这里早就有了八路又要打四平的风声,八十八师师部计划了全城要修成×千多个堡垒,×百多个掩蔽部。除去旧的,还得修新的。这一下子,城里贫苦人民可倒了霉,天天拿上铁锹洋镐在冻地上挖这堡垒,有几次一天只吃一碗饭,老四饿得心里发慌,又不敢不挖,心里光惦记那八口小猪和被胡子绑上胳膊蒙上眼睛替他受罪的二哥。

情况显然是越来越糟了。开头只听到城外有炮声,后来枪响也听得到了。正月二十七那天,北山上打得炮火连天,老四看得清清楚楚。铁道西边三道林子大山上的地堡群一个个给解放军占领了,铁道东小红嘴子山上的工事也完蛋了。"国军"死的死,当俘虏的当俘虏,跑回来的丢盔掉甲。城里的"老总"们更加像热锅上的蚂蚁一般,于是,修工事更督得紧了。老四的脑瓜子里,八个小猪的印象渐渐淡薄,想离开这个火海的念头渐渐强烈起来。

不知咋的,正月三十这天,北山上忽然静悄悄的一枪也不响了。城里发出一种谣言,说是北山上没动静,大概八路退了。北门里的"国军"就派出好多老头老太婆小孩子去北山那边探消息。但是派一个走一个,只见走不见回来。下午,"国军"着了急说:"派老的、小的不中用,你们民夫有谁愿意去当探子?回来给五万元。"

老四一听,说:"好,我去!"

"国军"说:"你要找个保。"

"我家不在这儿,哪儿找保……把我的国民身份证留下吧!"老四说着,掏出来那个贴着相片的纸片片交给带班儿的,带班儿的说:"你可快点儿回来啊!"

"啊,快点儿回来。"老四答应着,扛上一把铁锹,就顺铁道线向北山走来了。

一过山口子,老四就看见山后面到处是解放军,正在修工事,修大炮坑。一个哨兵问:"干什么的?!"老四干脆回答说:"五万块钱当探子的!"还没等哨兵往下再盘问,他就把事情的来由都讲出来了。修工事的同志们问他城里哪儿有敌人。他就指手画脚地说:"瞧,那座楼,火磨,里边有,那个红砖碉堡里有,我们修工事的在那边……"老四讲完了,拿起带出来的那把铁锹,就参加修二道沟通三道林子大山的交通壕。晚上,解放军同志拉他一起吃了一顿饱饭。同志说:"你看看打仗的吧,打开四平再回家。"

第二天,老四亲眼看见那些一人多高的大炮把炮弹嗖嗖地扔进城去,火磨打着了火,晓东中学的房子打坍了,连他修的那些地堡上也落了炮弹。下午,天上飘着雪花,他亲眼看见数不过来的大炮,咕噜咕噜地拉来,放在三道林子小红嘴子那一带山上,听同志们说:"今天不算数,瞧明天的吧!"

二月初二大清早,北山上的大炮就响了,城里打得一片烟,炮弹在天空叫唤得怪怕人。扛着枪背着炸药的步兵排成看不见头尾的长蛇阵,分几路向铁道两旁移动。有一阵子炮响得像天崩地裂一样,过后,就看见好多同志扛着大红旗跑进围墙里去了。

到过午,老四眼看城里的战事越来越远,当了俘虏的"国军"们扛着没有大栓的枪,成串地被八路同志押着顺铁道往回送。他心里算计:"这回差不多啦。"于是,他把铁锹往肩上一扛,告别一声说:"同志,我回家去啦,家里惦记着我,我也惦记着家。这把铁锹让我带去吧。"同志说:"好吧,你带出来的铁锹,咱们不要,你带去吧。"

老四扛着铁锹,迈开大步,顺四平通梨树县的大电道斜插过去。在天插黑不久,他就走回新立堡。进了家门,灯光下看见屋里有好几个八路同志住着。里屋两铺炕上,一铺坐着嫂子小嘎们,一铺坐着老爹和三哥,只不见大哥和二哥,家里人一见就说:"你可回来啦!"

"四平接收啦,为啥不回来——二哥呢?"

"谁知道他死活!"

"大哥呢?"

"大哥支差去啦。"

五、车老板

老大"支差"去了。这是农会上派的,是给八路同志送草。开始老大有点怕,后来会上告诉他,这是给咱自己人帮忙,一不打,二不骂,三不抽兵,送到地方放回来,有啥差错会上保险。老大于是穿上靰鞡,赶上会上的一辆胶皮轱辘车,随着一大队人马,顺着老四平的电道走下去。

因为躲飞机,车是夜晚走的。天气渐暖了,路上的积雪开始融化,夜间又冻上一层,车一轧,到处是坑坑沟沟。路上误住车,八路同志不但不骂,还前来帮助推车吆牲口。到了四平城西南,队伍上帮助找槽喂马,做了热饭吃,同志们总是亲亲热热地叫着:"老板子,快走点,有粮食,饿不着肚子。打了胜仗,穷人就过好日子啦。"

老大闲唠嗑,知道有许多车老板是老解放区的,有许多担架是江北的。他打听了那边的农会,那边分地的事情,心里越来越透亮,原来"支官差"害怕的心理渐渐没有了。

解放军打进四平的那天下午,队伍上的管理员告诉老大说:"你回家吧,四平打进去啦,仗快完啦,谢谢你!"管理员给老大开了一张条子,告诉他:"回去吧,路上保险没有人抓你的车。"老大高高兴兴地赶上车往回走。哪知走到半路上碰上国民党的飞机,眼看着一歪头扑下来,噗噗噗,花的一声,打下一梭子子弹。老大吓得往树林里钻,马也惊了,车拉得在泥巴地里乱跑一气。等一切恢复常态以后,老大找到陷在泥里的车,却发现一个车轱辘外带跑掉了,也顾不上找,把车吆起来就又跑回队伍。管理员说:"算啦,明天清早趁地皮冻了走吧,我给你开个证明,那车,会上给你想法子。"

第二天大清早,老大赶上那辆一个胶皮轱辘一个铁轱辘的蹩脚车就一气跑回家来。一直奔到农会,见着管事的穷哥儿们,报告了一番经过,拿出证明条子。会上的人说:"老陈,没关系,车坏啦,公家包赔,不怪你……快回去烤烤你的湿靰鞡去吧!"老大这才放下心,踩着被太阳照得到处融化了的泥水,走回家来。

六、大团圆

老大走回家来,一进门,看见南炕上坐着老爹和面黄肌瘦的老

二,围着几个小嘎儿,北炕上坐着女人们,炕沿上坐着老四。他完全明白了这回事:八路军接收四平的结果,老二脱出虎口,老四也从城里回来了。他只说了一句:"你们都回来啦?"就坐在南炕沿上,把沉着的双脚一跷,伸手解开绳子,把一对湿透了的靰鞡扯下来往地上一摔,松了一口气。

这时老二正脱下棉袄,他的老婆用手抚摸着他的前胸和后背,上面一条条被鞭打的伤痕还都在。小嘎儿们瞪着眼睛,张着嘴望着。北炕沿上的老四忽地起身凑到老二跟前,拉着老二的手,突然放声哭起来。

外屋的八路同志们问道:"弟兄团圆啦,为啥哭起来呢?"

老四用手擦了擦眼泪说:"我二哥替我去受罪,身上打成这个样子,我咋能不难受?"

老二把眼泪含在眼眶子里说:"这还是好啦,才打那时候,肿得像紫茄子,现时血痂楂都脱掉啦。我这耳朵差点儿没给割下来呢!"接着,老二又把他活命的经过对老大说了一遍。

老大瞧了瞧老四,问道:"你咋跑出城来的?"

老四说:"我是五万块钱给'国军'当探子出来的。"引起了全屋男女老少的哄笑。只有老大还不明白是怎么回事,于是,老四又第三次讲了他的经历。

女人们议论起来:"简直是救命军啊,救了一家人的命!"

老爹在南炕上坐着,嘴里叼着烟袋,连连点了点头。当老二又补充说他亲眼看见解放军打完胡子,从胡子身上搜出的一把金镏子都散给了百姓时,老爹伸出左手,把大拇指一翘说:"这个!"

屋里才安静了片刻,老三从外面一步踏进来,张口就说:"今儿开的会,要分地啦!"

一家人仿佛大吃一惊似的,异口同声地说:"分地吗?"

"开春以前分好,一口人一天地。男女老少只要会喘气儿的都有一份儿!"

"那咱们就有十几天地啦。"讲这话的女人把双手一合拢,差点儿没说出个"阿弥陀佛"来。

老三回头对队伍上的同志说:"以前给人家耪青,地里长出来的树条子都是地东的,摊花销可都是地户的。财主家的粮食拉进城去啦,穷人的都叫胡子中央起去。这年头,你们要不来,穷人都活不成啦!"

一九四八年三月十六日于四平

选自《攻无不克》,东北书店 1948 年 9 月

◇ 李　纳

李老太太

"老太太真有大功劳！"

"老太太真有大功劳！"

李老太太从清算曲子明的大会上回来，沿途的人们都带着胜利的欣快向她伸出了大拇指对着她赞美。她越加兴奋了，仿佛要将心中的快乐分给街上每个行人，见到人就招呼着说：

"你开会去了吗？曲子明，整倒了，三千万！"

我看了看她，一个动人的场面又不禁地在我的眼前展开——当公审汉奸特务大会的主席宣布控告开始时，一个全身被仇恨燃烧得发狂的老太太飞跃上台：

"我是二区十九甲的李杨氏。我今天控告大汉奸大特务大吸血鬼曲子明。一、光复以后，你当了复兴委员会委员长，抓了我廿个工替红军做工，红军将工钱交给你了，但你扣下来了，我寡妇失业的，领着一群没爹的孩子，只得另外雇人，弄得我卖了孩子的衣服，连小鸡也卖得一干二净，我今天要你还我这笔账！二、我有几间房子，每月每间收房租四十五元,你每月就抽我四十元替你做支票,一共抽了一千多元。我一个铜钱摔在地上,都是顶着血汗挣的,冤有头债有主,你今天得给钱!不给钱就要你的命!"

简洁、有条理,每个字里都蕴蓄着翻过身来的人民的力量。

"老太太,你很会讲话!"我又一次称赞她。

"练出来的。曲子明的事整了廿多天,大会小会不下廿次,每次我都讲话,开头也是满肚子冤屈讲不出来。昨天我生怕今天讲不好,找了几个人先表演一下,一个人装曲子明。你不要笑,这事也像打仗一样,你的火力不大,压不倒他!"

她的严肃的态度使我感佩,我抱歉地说:"不笑你,老太太,你近来一定很忙了?"

"忙是真忙,工作团里开会从没短了我,不管刮风下雨,我是随叫随到。往后还成立宣传队到街上宣传,我脚疼,就坐上马车,到一处讲一处,锣鼓喧天,老百姓都拍巴掌。那几天饭也不想吃,每天十块钱的松子再喝些水就一天,我又是小组长,回来还得找他们开会,唠唠翻身的事情。"

"这样辛苦你受得了吗?"

她大笑不止,笑声很响亮:"姐姐,这叫甚苦?我一生吃的苦头五天也说不完,这街里的老娘们没一个有我吃的苦头多。前面就是我家,到家我给你们细细地讲吧。"

原来她是宾县人,娘家很穷,廿四岁到李家,丈夫也是个穷庄稼汉,每年只有一斗粮食的收入,她只得给人家包工做,每天到地里干活。孩子多,无法带到地里,每天临走时给孩子灌半杯酒,使孩子昏昏沉沉地睡去,自己拿上镰刀到地里去。曾经有八个整年没有穿过一双鞋。因为跪在地里薅草,两个膝盖没有一天是好的。

"有天正午，天很热，我把衣服脱了割麦，忽然来了个老爷们，我赶忙找衣服。老爷们说：'做庄稼哪顾得了这事。'他怜惜我，替我磨了镰刀，临走时又再三说：'你怎能干得了这活？'这个老爷们我到现在还忘不了他，他真是个好人。"

老太太是一个感情丰富的人，她常常为自己的叙述感动得停下来。

"有一次，我爹娘来瞧我，见我不在家，赶忙替我做熟饭，我回来见了爹娘，又有现成饭吃，心里好高兴，一面吃饭一面和爹娘谈话，饭碗和筷子就从手中滑在地下，我已经呼呼地睡着了。这时我娘将我抚在怀里大哭起来：'我的苦命的心肝！'姐姐，我哪能睡一天好觉，黑天白天忙，还是忙不上一口饱饭。"

这样过去了许多年，家里比较强点，鬼子来了，乡下胡子多，鬼子的飞机常去扰乱，没法活，带着一群孩子逃到蒙古地，也待不下，才到佳木斯来。丈夫替人担水，自己和孩子给人干零活，好容易买了块地，自己带着孩子担土、和泥、垒墙、上屋顶，房子是盖起来了，但又招来土匪——汉奸于大头部下的抢劫。她的忠厚善良的丈夫，因为日本鬼子到家中搜查，搜出一支枪而挨了刀。这一气，再也不出门，每天就在家里叹气："这是什么世道呵，怎么过下去呀！"他就是这样愁死了。

"没显灵！菩萨是拿穷人开心的。姐姐，你看我现在还不供菩萨。"

"是的，菩萨靠不住，要想过好日子，只有靠自己。"我想说，但我觉得这个简单的道理她早已了解而且实行过了，我又何必去多说呢。

"我拖着这群孩子和鬼子熬，和汉奸特务熬。鬼子熬死了，但又

176

出了复兴委员长曲子明这个卖国的奸贼！"

"骂得好！"这时两个冒冒失失的小伙子闯进来，走到老太太跟前大声嚷。"老太太，你今天讲得真带劲！控诉的人太多，我总也捞不上讲。"穿黑衣服的无限遗憾地说。

"平时，曲子明叫你死，你就不能活，今天他可在大家老百姓面前认怂了。"穿白衣服的摇着扇说。

"是呵，咱们的力量可真够大，我今天瞅着曲子明，气就来了，又看到满场尽是咱们的人，拍巴掌的拍巴掌，喊口号的喊口号，我越说越带劲。我说完后，很多学生过来拉住我问长问短。这位姐姐是报馆的。"她转过身来将我拉到那两位的面前，接着热情地说："她要到我家看看，要给我上报。"

老太太夸耀地笑，那两个小伙子、她的邻居抢着说："应该，应该，早就要上报了，老太太不肯。"

我怀疑地看着老太太，她看穿了我的意思，于是笑嘻嘻地说："民主政府来了后，叫房东去开会减房租，从前多收的要退还。我回来就把房户找来，将政府布告敞开，叫大家瞧，该退的都退。那时有人要给我上报，我不让上。姐姐，因为许多人还没减，我上报他们就要打击——唉，脑筋还是不开通。"老太太安了一袋旱烟继续说："几天后，真有人上门来说：'你真傻，你为什么就减？你指望着这几间房过日子，减了不是喝西北风。'来的人正是不减房租的人，我说：'你们是男子当家，我是女子当家。我们工作团是民主团，我自己要起模范。苦日子我过过。我不能让人笑话我终是女子主事，没见识！'就这样将他顶回去了。"

那两个年轻人向我笑笑，赞叹地说："老太太，比男人有能耐。可惜早生了几十年，要不然，大事情有得干的了。"

我也同意地点点头,但是老太太却反对我们:"虽然老太太大事不能做,小事也能成。比如斗争曲子明,有人听见谣言就不敢出头。我人虽老,公道的事我就做,哪怕砍掉头也要做!看嘛,曲子明还不是倒了。三千万够活多少人的命,你要怕出头,那你只好一辈子让人踏在头上。"

我们三个人都惭愧地低下头,那两个年轻人反复地说:"怕出头,只好一辈子让人踏在头上。"

我留在她家两三点钟还不忍离去,但老太太要去开会,我只好辞了出来,老太太将我送到半途又折回去,一会儿拿着十块钱替我雇马车:"姐姐,这么热的天,我怕你晒坏了。"我知道她经济很窘,无论如何不肯接受她的好意,但她已经赶在我前面雇马车了。当她急忙地穿过一心街时,从饭馆里、小摊上走来含笑的人们!

"老太太真有大功劳!"

选自《东北日报》,1946 年 7 月 6 日

深得民心

我和长春市民一样愉快地去参加了"长春市庆祝胜利大会",因为到处拥挤着人群,我顺步走到一个人群比较少的角落里。

"长春人谁不愿意和平?谁不高兴自己的胜利?要不然,我这腰酸腿疼的老人赶来做什么?"

声音很大,我好奇地回头一看,原来是一个穿咖啡色长袍蓝绸裤子的老人,对一个穿黑衣服的工人说的。我于是也凑上去参加他们的谈话。

老先生告诉我,他是大同区的居民,"九一八"之前曾经营过油坊、米店,鬼子来了便倒闭了。他问我是什么地方人,我回答他是关里人,随民主联军到长春的。

他听完我的话,吃惊而又感动地说:

"姑娘,你真不愧是一个好国民,可惜我六十多岁了,否则我也要参加民主联军,这支军队深得民心,攻城时,放枪都很小心,生怕伤了市民。他们来了使穷人富人都有饭吃。"他拢着手,向旁边的人

说："这样的军队得民心,是当然的事啰。"

许多人都点头赞成他的话。那个穿黑衣服的工人说：

"人家说民主联军是老百姓的儿子……"

还不等他说完,老先生抢上去说："这不对,应该说联军是老年人的儿子,青年人的兄弟姊妹,小孩子的叔叔伯伯。姑娘,你说像我这样大的年纪,难道还不能做你的祖父吗？ 关里关外全是中国的地方,你到这里,这里就是你的家,我们也将你当作一家人。一个家总要有主内主外的,你们主外,我们主内,你们保护我们,我们帮助你们,大家团结一心,这个家不就兴旺起来了吗？ 你说,我讲得对不对？"

老先生亲切地望着我,我连连点头："你讲得对,讲得对。"

老先生接着又说："有人以为共产党就是乱'共'人的财产,我的看法那不对,老实说共产党就是'公平',比方一个人他从前只有五垧地,但是当了几年汉奸、特务,忽然变成五百垧,这是不是应该拿出来分给大家呢？ 完全应该,因为这是别人的血汗,'共'了是完全'公平'的。我说得对吗？"

"对的,老先生,你怎么解释得这么好呢？"我问。

他大声笑起来："我读过毛主席的《论联合政府》,才明白这个道理。"

"今天来的人这样多,这是十四年没有过的。像我们这一区的人,听说开庆祝大会,又没有用棍子赶,又没有强迫,自动地跑来了。从前日本人用鞭子抽也不过到十分之五,而今天家里除了留一个看门的以外,全都来了,背儿抱女,多热闹。"他停了一会,看着他身边拿小旗的几个孩子,接着说："你看这几个孩子,天一亮就吵着要来,我于是买了几张红纸,亲自动笔写了几个旗子,姑娘,你看我的旗子。"

他已经将红旗展开,举到我的眼前,我看到七个大字:

"中国共产党万岁!"

"中国共产党万岁!"他重复着这七个字,从眼镜里透露出兴奋的眼睛。这脸,比先前更可爱更慈祥了:"我喜欢这七个字,所以我选择了它。"

大会开始了,人们都向着会场移动,老先生也站起来要走,临走时他问我在什么地方工作,我告诉了他,他高兴地说:

"好,都是民主联军。深得民心,深得民心。"

选自《东北日报》,1946 年 5 月 11 日

◇ 李衍白

工人的旗帜赵占魁

英名天下传

一九四二年九月八日，共产党中央的机关报《解放日报》第二版上，用大字登了一条新闻，标题是："学习模范工人赵占魁!"简短的新闻通讯中这样写着："陕甘宁边区农具工厂翻砂股工人赵占魁在工作积极性及对革命的忠实上，皆为全边区工人的模范。他是农具工厂最老的工人之一，在炎热的太阳下，在两千度高热的熔铁炉旁边，整天工作，数年如一日，从不叫苦。在每次劳模选举时，他都获得甲等劳动英雄的奖章……"过了几天，《解放日报》第一版上，又专门为赵占魁发表了一篇社论，社论的结尾这样说："赵占魁在执行生产任务上、爱护革命财产上、关心群众利益上、遵守劳动纪律上、团结全厂职工上……都是我们边区公营工厂工人的模范，在他的工作作风中所一贯表现出来的——始终如一、积极负责、老老实实、埋头苦干、大公无私、自我牺牲的精神，也正是我们新民主主义地区公营工厂工人所应有的新的劳动态度。这种新的劳动态度是值得宝贵的,值得大大发扬的,值得我们学习的,我们希望全边区有千个万个像赵占魁一样的模范工人涌现出来。"

共产党中央的报纸登载了,无线电向各处广播了,赵占魁的名字传遍了解放区,成了工人的一面旗帜。

这个时候——一九四二年,正是中国人民在抗日战争中最艰难的年份,由于国民党反动派的消极抗战,日本鬼子把他们的精锐部队调到华北来,专门对付英勇坚持敌后抗战的八路军新四军,在晋察冀、晋绥、冀鲁豫等解放区,都进行了惨无人性的疯狂"扫荡"。日本鬼子经常从黄河西边炮轰河东的陕甘宁边区——共产党中央的所在地,而国民党反动派不仅不打日本鬼子,相反地调了几十万大军,把一百五十万人口的陕甘宁边区,包围得像铁桶一般,不时地偷偷摸摸想抢夺这块民主圣地。

在这样的严密封锁下,一切的物资来源均断绝了。国民党反动派当时曾梦想这样一来,八路军老百姓不饿死也得冻死。可是经过长期斗争的边区人民,在毛主席"发展生产,保障供给"的号召下自力更生克服困难,打碎了反动派的梦想,首先在农业生产战线上组织起来,掀起轰轰烈烈的大生产运动,保证了全边区党政军民的粮食供给。光有吃的没有穿的和其他军需民用的必需品还是不行,于是又提出"工业品自给自足"的口号。

赵占魁就是在这种同困难做斗争中出现的工人阶级的优秀人物。陕甘宁边区是一块在经济上异常落后的穷地方,从来就没有什么工业,但在共产党领导下建立起人民政权以后,不仅在农业上有了很大发展,而且在工业上也慢慢从无到有、从小到大。可是如何做到不怕反动派封锁而能自给自足呢?比如,当时(一九四二年)边

区光公家人一年穿衣就需要五万匹布,但那时公营工厂一年只能生产两万多匹,怎么办呢?外边的布进不来,只有靠自己增加生产。单靠增加工资来提高生产吗?当然行不通。这就必须发挥工人阶级的劳动热情,认识自己的主人翁地位,建立新的劳动态度。而赵占魁就是用这种新的劳动态度来团结工人、改进技术、遵守纪律、爱护工厂的典型。

自从报纸上发表赵占魁的模范事迹以后,全边区几十个工厂近万职工,在边区总工会领导下先后展开了火热的赵占魁运动,难民纺织厂、中央印刷厂、实验工厂、造纸厂……都纷纷成立了赵占魁运动委员会,每个工厂、每个部门、每个人都订出了自己的生产计划,各厂间发起竞赛挑战,把边区的工业生产大大地提高了一步。在这中间,各工厂都涌现了大批的劳动英雄,像著名的女工被服英雄李凤莲、炭工英雄蔡子华、模范厂长袁宝华……赵占魁自己则亲自领导农具工厂的赵占魁运动委员会,并到其他工厂介绍经验,推动工作。一九四三年他被奖为特等劳动英雄,参加了全边区的劳动英雄大会,受到了共产党中央的盛大招待。

不久以后,赵占魁的名字就传到各个敌后解放区。在频繁的游击战争中,敌人后方的工厂也到处展开了赵占魁运动,在运动中产生了和赵占魁一样的模范人物,如晋绥解放区的张秋凤,太行解放区的甄荣典,都是远近闻名的劳动英雄。

从此,赵占魁的英名天下传,成千成万的赵占魁式的工人不断涌现出来,成为新民主主义工业建设的支柱。

那么,赵占魁是个怎么样的人?他的出身经历怎样?他有哪些模范事迹呢?下面就谈到这一些。

做了半辈子牛马

老赵今年五十三岁了,他是关内山西省定襄县人。小时,祖父留下的遗产是坟地一亩、土房七间,但到父亲手里,这几间破房又用两百吊钱抵押给人家了。那时因祖母去世,没钱埋葬,他父亲被逼得没法,就流着眼泪,写下那张契约。死人虽然埋葬了,两百吊钱的高利贷却压在活人的肩上。要是给不上利钱,债主就随时叫你从自己的房子搬出去。为了生活,为了给债主利钱,一家人都过着牛马生活。

赵占魁兄弟四人,老大老二都是给人家当长工,父亲在口外做泥水匠,就连鬓发斑白的老娘,也得离开家给有钱人洗衣做饭,挣几个工钱。他排行老三,从十二岁起就当雇工。虽然全家劳动,但得来的血汗钱,除了还高利贷和缴租纳税以外,剩下的就很少了,每天只能吃上两顿红高粱窝窝,而四弟却因家中无法养活,自小就送给人家了,使得骨肉分离。

赵占魁十七岁那年,父亲被坍下来的破窑洞砸死了。他二哥听到这消息,连夜奔丧,不幸在途中过河时被水淹死了。这两桩惨痛的事情,强烈地刺激着赵占魁的心,他想挣扎一下,突破这穷困的牢笼,于是就在这年离开了家,去给一个铁匠当学徒,终年伴着风箱铁锤,飘走在口外的天镇、阳高(察哈尔)一带。

封建社会的学徒生活,真是想象不到的痛苦!晚上别人都睡了,自己还不能睡,早晨天不亮就得先起床。有一次他病了,浑身没有一点力气,师傅还硬叫拉风箱,拉不上劲,又挨了两脚。这样,天天筋酸骨痛,一年得不到片刻休息,但全年工资才有十二吊钱,刚够买五六斗高粱。而且三年时光只是给师傅拉风箱抢铁锤,没有学到一点手艺。

民国五年,口外闹瘟疫,铁匠散伙了,赵占魁只得流浪回来,到太原当泥水小工。这时他二十岁。后来在太原铜元厂提炼部当学徒,干了八年,二十九岁到兵工厂学翻砂,又干了六七年。每天工作十二小时以上,工资最多的时候,每月才十二元钱,扣去伙食房钱,哪还有多少剩余呢?旧社会中工头对待工人不当人看,动不动就罚工。上工迟到五分钟,三次就剩半个工;病了不但没人管,请不下假来旷了工,一天就要罚三天。赵占魁是个老实人,又因为那可怕的失业暗影在威胁着毫无保障的生活,迫使他当牛做马,一点不敢调皮。虽然这样,到一九三二年工厂减缩,他既没人情,又没有钱活动,还是被工厂开除了。三十七岁这年,就是他失业的一年。

三十八岁时,好容易才在同蒲路介休车站修理厂当了名铁匠,干了三年,每月工资九元钱。他三十岁时结了婚,可是老婆也得给人当雇工或到车站上去捡烂煤,才能维持生活。一九三八年初,日寇占领了同蒲路,他又和老婆失散,便跟铁路工人一起,流亡到西安。这时,他听说延安是共产党领导的地方,是工人的家。一九三八年九月,便由一位铁路工人的介绍,进了安吴堡青训班,不久就来到了延安。

找到了自己的家

十年以前,一九三八年的夏天,赵占魁夹在成千成万的青年中间,到了民主圣地的延安。

在抗日战争初期,全国的进步青年——工人、学生、职员,都不断奔集到延安,又经过一个时期的学习,从延安走向敌后战场,坚持抗日的游击战争。但是像赵占魁这样大年纪的人,却不算很多。

186

当时延安有好多干部学校为了培养工人干部，办了一所工人学校。赵占魁就进了这个学校学习，这是他做梦也没有想到的事，活了四十多岁，当了半生牛马，连自己的名字也认不下，现在不仅不花钱而且管吃管住进学校念书了。学校的负责同志问寒问暖，有点小病，就请医生来看，在旧社会听说过这样的事吗？他积极学习，在讨论会上，他把过去所受的苦难和今天的情况做了个对照说："在旧社会中，我的血快被挤干了，而今四十二岁才找到了自己的家！"于是赵占魁努力识字，积极学习革命的道理。事实的教育，使他牢牢地记住了一条：只有共产党领导工人阶级闹革命，受苦受难的人才能翻身。有一天他和党组织的一位同志谈话，他伸出两只瘦骨棱棱的手说："共产党还要不要我这老汉？"那位同志亲热地对他说："老赵，无产阶级就是靠两只手来创造世界的！"老赵听了这句话更是信心百倍地要求参加共产党。

由于他的老实忠诚、努力学习，当年十二月，赵占魁同志就成了一个光荣的共产党员。

一九三九年春天，毛主席号召开展生产运动，但当时学校缺乏工具，老赵立刻呈现出劳动者的本色，响亮地提出："自己动手，开炉打工具！"马上集合了几个会打铁的工人同学，修起三个铁炉，半月工夫就打出了两百把镢头、三百张锄。

不久，他与和他年纪相同的一个老工人老崔，去找领导同志，说："我是共产党员了，我想早点为党为人民出点力。不要再学习了！我会打铁，我就去打铁，为党解决生产工具的困难吧！"

领导同志耐心地劝导了他许久，叫他再好好学习。到六月间，边区政府为了发展生产创办农具工厂，调他去当翻砂工人，他兴奋激动地说："这可有了为党出力的时候啦！"在他跟另外三个同学离开学校的那天晚上,领导同志又把他们叫去,亲切地叮咛他们说:"工厂是公家办的,但它是为人民服务的,也就是人民自己的工厂。你们都是优秀工人,要好好干,好好爱护工厂!"

赵占魁同志就把这些话一个字一个字地牢记在心里了,并变成了实际行动。

两千度高热下

三十多年来老赵一直伴着风箱、铁锤和熔铁炉,人们都这样说:"老赵是从火里炼出来的!"

可是过去的三十年算是白干了,现在到了自己的家替自己干活,事情根本不一样。老赵一到农具工厂,又干上他的老行当:化铁看炼炉。这活儿原就是个苦差事,咱们边区因技术和工具的困难,就更加艰苦。熔铁炉是在露天底下,在炎热的夏季,守在两千度高热的炉旁,炉中不断爆出火花,头上顶着火一样的太阳,可是身上还要穿着冬天的大棉袄(怕火花烧,咱们没有石棉衣,只好用这个土办法)。汗水像雨珠一样不停地往下滴,棉袄被汗湿透,结成了很厚的白碱。他经常连吃饭也顾不上,总怕误了事。这不是一天两天的事,而是整月整年地这样干,他常常不停地工作十二个小时以上。这时,他已靠近五十了,但一到铁炉旁边就显得年轻了,紧张沉着地看着那炉里的铁水爆着耀眼的火花,一会儿就变成了犁、车圈和各种农具。这就是为人民生产的胜利果实,想到这点他忘记了疲倦,从未有叫过一声苦。平时他总是打起床钟以前就起床了,上工比别人上得早;下工时他让别人先走,然后把工厂巡视一周,看看有没有人把工厂东西乱丢乱放,要有,就一件一件地放好,他爱护工厂,就像爱护自己的眼睛一样!他常常对工人们说:"工厂是公家办的,同时也是咱们自己的,跟在旧社会不同啦!"

　　每次下雨下雪,不论是白天夜间,赵占魁一定把大家叫起来,领着头把院里的工具、成品都搬到避雨的地方去,一点不让它们遭受损坏,搬不动的就拿油布盖起来。他从来没有计较过工资,本来按照规定,加工是另加工资的,可是他不要,说:"在外边做工,费死了劲还时常饿肚子,现在为革命工作,有吃有穿,要那么多的钱干啥呢?"他也很少请假,有了病也不肯休息。

　　在一九四一年,他病了一个星期不能起床,热度很高,头晕。但有一天要开炉,怎么办呢? 就由他的学徒李荣贵来看炉。可是李荣贵加铁加得过多了,炉里化成了一个二三百斤重的疙瘩! 赵占魁一听到这消息,便马上从床上挣扎起来,拄着一根棍子,来到熔铁炉旁,身体站不住,就坐在地上看了一天炉,把那天的任务完成了。一九四二年四月,他帮助别人试验弹花机,不小心把一个手指头轧坏了,而且轧出了两块碎骨头,大家劝他休息,他不肯,自己把手包上,又用另一只手照常工作起来。

　　一九四二年五月熔铜时,因为坩埚坏了,一坩埚铜水(热度在两千度左右)一下倒在地上,有一部分泼在他的右脚上,脚面马上就烧成焦黑了! 可是赵占魁同志,不但一声疼也不叫,而且不要别人扶,自己走到医务所去。这种精神,只有战场上那些"轻伤不下火线,重伤不哭"的战斗英雄们,才能够和他相比!

　　后来,工厂把他送到中央医院去治疗,延安各个工厂机关学校听到这消息以后,都派人去慰问他,党中央的邓发同志也亲自去看他,劝他好好休养。他收到的慰劳品,摆满了两桌子,还有一万五千元,而他把这一万五千元全部捐献给前方的将士了,他说:"前方有许多同志在流血,比我更痛苦得多呢,我不算啥!"到六七月间,反动

派企图进攻边区,当时他的脚还没好,正在医院里,听到这消息他马上坚决要求出院,为了保卫边区,就带着伤站在他的工作岗位上了。后来提出劳军的号召时,他又把积蓄的五千元和两双鞋子、两条手巾、十条肥皂捐献出来。在他影响下,农具工厂的劳军捐款即达十六万元之多。

他处处表现了为革命、爱护工厂的忠诚。一九四一年,有汉奸特务分子混进工厂企图破坏,鼓动落后工人怠工罢工。老赵站在一个共产党员的岗位上起来斗争,他把个别的落后分子争取过来。在这次斗争中,他领导的翻砂股全都站在正确的立场。

长期苦难的日子,使赵占魁同志养成了一种勤劳俭朴的习惯,他把这个习惯一直保持着,他看见有人糟蹋一点东西,不论是公家的或私人的,心里很不舒服!在农具工厂时,他看见伙房里常把剩饭糟蹋了,就几次跟伙房提意见,而剩饭总是难免的。于是他想出一个主意,叫伙房把剩饭好好保存,留下顿用油炒吃。结果工人们都来抢吃这油炒的剩饭。计算起来,一个月就节省了一石多粮。

每次从炉中倒出来的烂炭,他都用筛子筛过,把可用的烂炭烂铁都排拣出来。他不光自己这样做,而且告诉学徒也这样做。他对学徒们说:"自己要节省,对革命的财产更要节省,一块烂炭,一片碎铁,都不是容易来的!"当发现几年前的烂炭堆上,里面有些生了锈的碎铁块,他就利用休息时间,蹲在那里用手边扒边拣,不一会就拣回了好几斤。接着他又发动学徒去拣,一天,就拣回了十几公斤。

一九四三年在生产节约的号召下,翻砂股一月份的节约有:柴六百斤(用废焦炭代替),值六千元;焦炭三千斤(每天下午用废炭埋火),值十五万元;黄砂三桶;洋钉一斤(用生铁棍及坏钉代替),值五千元;炭面三百斤,值一万八千元。连其他共计节省二十一万九千

190

余元。对原料不论大小,他都注意爱护,即如拉焦炭的大车掉了焦炭块,老赵都捡起来拿到厂里去。

这些事情看起来很平淡不惊人,然而他成年累月一点一滴这样做,从不夸耀自己,从不叫苦,这就不是件容易事,这就叫作新的劳动态度。

改进生产培养学徒

赵占魁是一个三十多年的老工人,但他从不满足于自己的技术,从来不保守自己的技术。那时,陕甘宁边区生产条件有严重的困难,老赵就不断地细心研究,克服困难改进生产。在农具工厂,开始时,一斤焦炭只能够化一斤铁,后来慢慢改进,就化到二斤半了。在成品的成损比率上,由过去百分之六十的损坏,减少到百分之二十五。又如翻砂,最初用十分之三的焦炭面,而翻出的犁铧很不光洁,后来改用十分之三的石炭面,既省了钱,铧面又光滑好用。再如化铜的罐子,是用坩土自造的,最初一个罐子只能化两次到三次铜,后来经过几次改造,可以化到六次,提高了一倍以上。

一九四二年十月,赵占魁同志被调到工艺实习厂,做翻砂股副股长。在全厂说,翻砂股生产很差,可是老赵来了,景象完全不同。在他来以前,一斤焦炭只能化二斤多铁,但自他到厂以后,亲自看火,和大家细心讨论,十二月份,就平均达到一斤焦炭化三斤半铁,一九四三年一月份起,就化到四斤半,而平均数为四斤了。化多的原因,有焦炭好、风力大,而发动大家努力研究技术,加铁加炭的数量和时间配合适当,也是起了决定作用的。成品的成损比率,也因为技术的改进,工人责任心的加强,如注意水口的大小,倒铁水力量的轻重,做模子时的细心,达到百分之八十以上,有时能够达到百分之九十（损坏只有百分之十），这真是空前的纪录。为什么会有这个进步呢？赵占魁同志所起技术指导的影响是极大的！赵占魁的另一个特点是决不保守技术，积极地培养学徒成为熟练工人。对于学徒，赵占魁的心里，有着这样一个信念："多教会一个徒弟，就多增加一分革命力量！"他还常对学徒们说："我要认真教，你们要认真学，边区跟外边是根本不同啦！"

每次开炉的时候，他总是一面工作，一面指点着叫学徒实际练习。什么时候加炭加铁、分量多少、风力大小，一遍一遍地给学徒们讲解。有时为了准确，他叫学徒把炭和铁用秤称过以后再装在炉旁。在翻砂的过程中间，一发现什么毛病，他就把学徒集拢在一起，研究毛病的原因，告诉他们改进的办法。他总是带着慈祥的笑，和学徒同甘同苦，愉快地和青工生活在一起。

有时在工作时间，个别学徒停了工坐在凳子上休息，老赵就耐心地对他们说："过去在外边工厂里，为了混碗饭一天磨洋工，工头来了就假装着使劲干一会。在咱们这边可不同，工厂是工人阶级自己的，没有领导人在，也要自动积极地工作。"他从来没有打骂过工人和学徒。有一次一个学徒一连做坏了好几次成品，老赵还是耐心地说："同志，这是人民财产，咱们要负责做好呵！"对于别人的错误，不是迁就也不是打骂，而是用耐心的说服来帮助别人改正错误。在他的培养下，好些学徒都成为熟练工人，整个翻砂股的工作也大大改进了。首先是炼的铁水比以前清了，心子和模型也比从前做得好了，过去只能倒成八分之四，现在则变成八分之七，有了惊人的进步。

在物质生活上，他更处处关心他们，像自己的亲兄弟一样。他有时自己拿出钱来，给学徒买鞋袜；有时在工作中，因工作较重，看见学徒们饿了，就一声不响去买几个饼子来分给大家吃。不久以前，工厂来了一批新学徒，公家没有来得及发下衣服和日用品，他就号召老工人发扬友爱精神，大家帮助。他首先捐出夹袄一件、新鞋一双、裤子两条，推动大家热烈捐助，解决了新学徒的困难。所以学徒们在工厂里都很愉快亲热，像在自己的家里一样。

学徒对他的评语是："老赵为人正派，办事不从自己出发，虽说技术很好却不骄傲，自己生活艰苦，帮助别人可是热心，他不仅不打骂学徒，而且把他的手艺全都教给你！"他不但帮助工人学徒，对厂里的杂务人员也是细心照顾。马夫忙了，他帮助马夫去铡草，伙房里忙了，他帮助大司夫去烧饭。他当工会"生活委员会"主任，管理工人合作社，调剂工人的伙食。这些事情，都要在工作以外的休息时间去做，所以有时忙得老赵半夜才能睡觉。他和当地农民群众关系也搞得非常好，帮助老百姓解决困难。有一次，李老四打算发展生产，买了一头牛，但手下钱不够，就去找老赵。赵占魁同志说："发展生产嘛，响应毛主席的号召，好事！好事！"就借给了李老四二百元。韩德成买驴也借他一百元。在一九四二年赵占魁同志当选为劳动英雄时，附近两三个村庄的老百姓都集合起来，到工厂给老赵贺喜，给他送了一面旗子，唱了一台戏。去年五月，他化铜烧脚受伤，许多农民带着鸡蛋挂面，到医院去看老赵的病。

再干二十年

旧社会中受了卅年的苦难，劳动锻炼了他，也给他留下了痛苦的回忆。他没有忘记当学徒时受过的师傅的打骂，没忘记那些吸血虫对他的剥削和侮辱，没忘记因为拉了汽笛晚到五分钟拿不到牌子而失业一天，或因为一点点不注意就要扣工资，没忘记一年又一年吃了上顿没有下顿的苦日子。现在到了自己的家，给自己干活，再磨洋工还像话吗？"为了革命，再累也甘心！"这是他从卅年苦难中得出来的真理。他不仅懂得这个道理，在党和工会的教育下，他还知道和一些不正确的思想做斗争。有一个时期，工人中发现一些自由主义和平均主义的思想，他就经常在工人中宣传说服："咱们人民工厂当然有民主，民主就是有事大家商量，有意见可向上级提，如果路远见不到上级可以写信转达，但劳动纪律一定要遵守，要是像没缰的马乱民主一气是不行的。再说平等咱们早已做到了，工人也能当参议员，参加政权和工厂管理，可是有些人把平等看成平均了，看见人家骑马，自己也想寻一匹马骑，这就不对了。"

有人问他："老赵，你快五十了，该休息了！"老赵回答得很坚决："我还能再干二十年。"

从一九四三年到现在又过了五六年，老赵仍没有离开过自己的工厂。人民解放战争开始后，他更加积极地生产军火供给前线。最近他随着西北职工代表团来到哈尔滨开解放区工代大会。赵占魁他是工人的旗帜，他来到了东北，将更加鼓舞我们东北解放区的工人阶级，特别是公营工厂的职工，学习他的许多模范事迹，培养创造成千成万像赵占魁一样的模范工人。

东北书店 1948 年

◇李浩章

镜泊湖劳模大会记

一、大会的第一天

在小学校的院子里,人们正在搭台子,准备大会的一切设置,往来忙碌着。

各屯子的劳模代表,陆续地到来。不多时,两旁厢房的屋里已经都住满了人。他们坐在铺好草的板子上,仿佛躺在棉花堆里一样,既温暖,又绵软,脸上被兴奋和希望烧得发光。他们是辛苦人、老实人,是劳动的模范者,他们凭自己的双手,养活一切人。在今天,他们就要按照所做的,得到该得的光荣与奖励。

他们好像是很熟的朋友,不拘泥,不陌生,亲热地谈着他们在生活中的一切:怎样斗争,怎样分地,怎样割草,怎样……中间也夹杂着各屯所发生的趣事,常常说得笑起来。但是,在各人的心里,却存在着一种情绪,那就是:说笑只管说笑,劳动模范是不可以轻易让步的,得好好比一比,看到底谁行。

吃午饭了,三间房子挤得水泄不通。大米饭、猪肉熬粉条,这是平常很难吃到的东西。县府的警卫员们给他们盛饭盛菜,他们觉得很过意不去,但却表现出十足的快乐。

远道来的劳模们,已经都很乏了,这天没开会,晚间都排睡在稻草铺上,梦中回到他们的地里去。

二、一律平等

吃完了早饭,以区为单位分小组,开小组会。要在这一区里选出一个最好的,为区的模范。各人诉说着自己的劳模事迹,怎样上粪、打柴、开荒、挖猪圈、修厕所,怎样改造二流子,帮助别人多生产——在粮食困难的条件下,这是一件难能可贵的事。后经大家的同意,选四个较好的,再由四个里选一个。结果最好的一个——自己劳动得多,又能帮助别人。其余的人并不泄气,也不抱屈,因为是经他们民主选出的。

汽笛响了,劳模们都齐集到礼堂来。这礼堂是五间教室中间打通的。墙上贴着标语,主墙上挂着国旗和毛主席、朱总司令的像,很朴素,却显得很庄严、隆重。主席介绍大会意义,主要是相互学习,交换经验,不在乎一匹马或什么荣誉……来宾也讲,最后劳模们都相继讲了话,时间有些不够使用了。他们的话都是真诚的,是自然情感的流露,都觉得:想不到被人瞧不起的穷棒子也能在这样隆重的会议上讲话,这简直是翻天覆地的事。傍晚凉快不少,院子里堆满了人。主席台上的灯亮了,开始了小学校学生演给劳模们的游艺,有快板、唱歌、舞蹈、大秧歌……老乡们不时地笑着,指点着,他们欢喜极了。

时间已经是十二点多了,继续进行选举,人们的精神仍然紧张振奋。五个区的劳模代表，各述各的劳模事迹，人们留神地听着，要分析，要清楚地对比，差一点也是要比下去的。仿佛有一个观念，那就是，谁都愿意自己本区的当选。最后，只剩一区和四区的两个比了，各不上下，本来也不差什么。时间已到后半夜，人们的情绪依旧高涨。不得结果，这高涨的情绪是不会低落的。有人提议五个人根本没有什么大的差别，不用特等、头等的，就"一律平等"。大家通过了，五个人都是一等，把马喂在县里，喂得胖胖的，秋后看谁拉去。这时每个人心里都有一匹马。

会议圆满结束，东方已发白，远处有鸡在叫了。

三、一种法宝

劳模代表已经选出，今天正午正在交换经验。这是每个劳模代表都熟习的，也是最喜欢讲的，因为这是自己祖传与自己劳苦中摸索出来的宝贵的经验，这是一个种地的法宝，但这法宝过去被人们所轻视，被人践踏，被人忘记。有谁会向他们来讨教呢？他们的法宝没有炫耀的机会，甚至没有一点价值，只是做了地主的工具，这法宝也和他们遭受了同样的命运。因此，那丰富的宝藏也无心去发现，连固有的也渐渐因为不值钱而不去尝试了。今天不同了，这种法宝——宝贵的经验，获得了重视。他们不但要利用这些经验来为自己增加更多的财产，还要诉说给别人，使别人也学习。这些经验是用血汗换来的，而今天，他们要白白送给别人，不怜惜，也不吝啬，而是又欢喜，又甘心。多少人站起来，挥动着拳头，说出自己的经验。怎样能使地打更多的粮，怎样能省工……这些经验是自己十分确信的，也得到别人的赞同，粗壮而坚实的声浪交织成一片，此起彼落。几个记者的笔，纵然不停地挥舞，也有些跟不上了。这些经验

汇集起来,结成一部真实的、宝贵的经典,这是劳模们的集体创作,
是用血和汗写成的。

四、两个大会

　　午饭后,院子里焕然一新了。主席台的两旁,荫绿的松枝下,现
出一副鲜明的对联,那是"互助生产支援前线,交换经验大家发财",
毛主席、朱总司令的大像,微笑地俯瞰着台下的观众。一个五角大
红星,被太阳照得闪闪发光,台上摆着成堆的草帽和锄头,那是要奖
给劳模们的。院子的周围,罗列着板制的地图和漫画,墙上贴着各
色的标语,引得人们眼花缭乱。观众成群地走来,和秧歌队一起排
列在台下,偌大个院子,倒显得小了许多。突然,房顶上,汽笛尖锐
地响起来,悠长而威严,每个人都给这声音震住了。

　　大会开始了,主席台上列坐着六个劳动模范——有一个是朝鲜
女模范,他们表面上还很镇静,但内心的快乐是抑制不住的,不时
地,脸上浮出微笑。今天的会分外地热闹,主席、来宾们都讲了话,
说要加紧生产,支援前线……接着是劳模代表讲话,声音很大,说的
是怎样好好生产,好让前方战士打倒反动派。接着是一个妇女劳模
代表讲话,穿一件破蓝布大衫,已经洗得掉了色。她很大方地说出,
妇女应该多干活,替下男人上前线,妇女过去只能喂猪打狗、做粗
活……而今天是要争取光荣称号的。

　　乐器愉快地演奏起来,小学校的女学生给每个劳模戴光荣花,
劳模们相互顾盼着,微笑着,不时地用手抚摸自己的花。接着是向
劳模们授奖,他们在掌声中一批一批走上台来,县长把锄头、毛巾、
草帽……一份份送到劳模手中,每次都有热烈的掌声。最后,是喊
口号,千百只手举起来,千百个喉咙都高吼起来,声音震撼着空间,

这声音会吓死敌人的。接着，一条长蛇般的队伍，绕动在街上。不同颜色的衣服，如同各色的鳞甲耀人眼目。空中扬起飞尘，口号声连成一片，前呼后应。队尾刚出大门，队头已经转回了会场，就依着原来的队伍，绕成一个大圆圈，四队秧歌在里面跳动，直到天黑下来了，人们才逐渐散去。

五、尾声

三天了，大家都在兴奋中度过来。这天午后四点钟有商会招待劳模的宴会。一个劳模说："这不是中状元是啥，琼林宴都赴了！"又一个说："我今年四十八了，我长这么大也没吃过这么好的席！"有人说："秋后怕是比这还要热闹呢！"每个人都满意，油圈挂在嘴上，怀着愉快的心情，看了半夜戏。戏散了，已快近十二点了。

这一夜虽然都挺疲乏，大家却都没有睡好。这盛会的场面和光荣的过程在他们心里作怪，要他们赶快回去说给人听。同时，每个人都有了一个新的计划，这个计划回去就要实行，彼此说一声："秋后再见。"

选自《牡丹江日报》，1947 年 6 月 21 日

◇李　满

看东北文艺工作团第三次公演有感

　　看过东北文艺工作团的《日出》以后，我急于看他们第三次的演出，总觉得日子过得太慢。直到十三号，才看到了这次演出。

　　《日出》展现在观众面前的，是被官僚买办资本所统治的中国的吃人的社会（其黑暗程度，被现在的当政者不知道已经加深了多少倍了）。《我们的乡村》《祖国的土地》《把眼光放远一点》展现在观众面前的，是"九一八""七七"以后，关外关里的人民大众怎样同日本法西斯强盗斗争的英勇事迹。看过《日出》，为小东西、黄省三的遭遇而流泪的人，为顾八奶奶、胡四、张乔治那一堆臭烂货而作呕的人，不可不看看二虎、羊倌老九（《我们的乡村》中的），刘德安（《祖国的土地》中的），老大（《把眼光放远一点》中的）等真正伟大的中华民族的英雄，使自己对于中国的前途多几分认识，增加几分信心。

　　在日本法西斯强盗的皮鞭下被奴役了四十一年的大连同胞，大约是不清楚十四年来东北抗日联军怎样同敌人苦斗，以及关里的八年抗战，八路军怎样领导老百姓夺回已经丧失的土地，建立了广大的解放区,使日本法西斯强盗不但无法灭亡中国,而自己最后还要遭受失败的真实情况的。现在这三个剧具体地告诉大家了,我们一面看看戏,一面不妨聊一聊。

看了这三个戏,我想大家心里一定会有一些疑问:这些人为什么这样地坚决不屈,这样地英勇不怕死？这样地团结得像一个人？这样地热爱着八路军呢？……是的,这些都会成为疑问的。其中的奥妙,不是在日本法西斯强盗的皮鞭下被奴役了四十一年的大连同胞所能一下子了解得透彻的。

谈谈这三个戏就一定要谈到解放区与八路军。一谈到解放区与八路军,话是不怎么好说的。思想不同,心怀恶意的人,会诬我是造谣,替他们吹牛,做义务宣传。不明了实际情况的人,或许会挂上一个问号,嘴里不说心里在讲:"你就会说八路军的好!"然而好究竟是好,不好究竟是不好,没有永远欺骗住人的话,也没有一下子就能掩盖天下人耳目的大手。良心所趋,我不能不把真理指给大家,要大家能看见中国的希望。

谈起来,话就得往回说:自从我们"贤明的统治者"实行了"不抵抗主义"和"攘外必先安内"的政策以后,拱手让去东北,接着日本法西斯强盗就杀进关去,七月七日卢沟桥的大炮一响,我们的只会"安内"不会"攘外"的将军们吓得回头就跑,鼎鼎大名的刘峙将军一个礼拜就跑了一千多里,从保定一直跑到黄河边,日本鬼子追也追不上——广大的华北很快就丢给敌人,接着中国经济命脉的长江下游也被敌人占去了,那时的情况真是危险极了,幸亏八路军新四军开到敌人后方去,发动游击战争,扯住了日本鬼子的后腿才使他们停了步。

八路军看得清楚,以中国这样的一个半封建半殖民的弱国,去对付日本帝国主义那样的一个强国,以中国军队那样低劣的武器,去对付日本强盗的机械化,还要最后战胜日本法西斯强盗,不发动人民战争——使每一个中国人都拿起武器来同日本强盗拼命是不行的。发动人民战争,一定要首先改善人民生活,实行民主,做老百姓能吃饱肚子、能说话、能管理自己的事情,就是实行孙中山先生的民权主义、民生主义,否则老百姓依然挨饿,依然不得过活,被压在底下当牛、狗,怎么能团结起来同敌人进行英勇的斗争呢?

八路军是为国家为人民谋利益的,八路军看清楚了这一点,就坚决地做了:废除苛捐杂税,减轻人民负担,减租减息,发动大生产运动,人民生活真正地改善了;各级政权都是老百姓自己投票选举出来的,谁能替老百姓办事就选谁,谁不能替老百姓办事就罢免谁,人民真正享受了民主。冀西太行山里是最穷苦的地方,抗战以前,就是好年头也是糠菜半年粮,春天,杨树叶子是他们主要的饭食。不料抗战抗了八年,在日本强盗反复"扫荡"、大烧大杀的残酷情况下,由于八路军,由于民主政府的改善人民生活正确政策的彻底执行,老百姓谁也不吃糠、不吃杨树叶子了,使多少年来精疲力竭的老杨树得到了休息。河滩上,山沟里,一眼望去,绿油油的森林增加了不少的风景。一九三九年华北大水灾,阜平大沙河沿岸几百顷稻田被大水刮去了,变成一片荒沙,老百姓叫苦连天。晋察冀军区司令部马上把警卫团派来,帮助老百姓修整,几千人修了好几十天,没有吃老百姓一口饭,还从自己的口粮里节省出粮食来救灾,终于把一片荒沙又变成良田。老百姓端起饭碗来就想起警卫团,以后警卫团的同志打从大沙河边经过,老百姓死活要拖到家里去,做一餐大米饭,来酬谢自己的恩人。一九四一年、一九四三年的两次大选,无论哪个村子最少都保证了百分之八十以上的选民参加投票,有不少村子达到了百分之百。男女老少热烈地竞选,认真地投票,无论谁都把普选看成自己的一件大事情。阜平刁窝口村的五十多岁的老太婆张树凤站在台上宣布她的竞选纲领,因为她能替大家办事,大家选举了她当县议员。平山的大地主齐学昭,从前有些顽固,后来了解了民主政府的政策,回过头来变好了,执行法令,热心抗日,大家选了他一个边区参议员。

够了,已经够了,不需要再多举,这些例子是举也举不完的。以上的几个已经足够说明解放区的乡村为什么各阶层团结得那样紧,来和残暴的日本法西斯强盗进行英勇不屈的斗争了,为什么解放区各阶层的老百姓那样地热爱着八路军、热爱着民主政府了,为什么二虎那样视死如归,为什么二虎爹没有被悲哀所击倒,这么大的年纪,同比他年纪更大的羊倌老九代替儿子拿起枪了,为什么老大那么严格地批评了老二,把开小差回来的侄儿抓着归队了,因为八路军民主政府把他们从饥饿灾难地狱般的生活里提到自由幸福的天堂生活里,而日本法西斯强盗要把他们从自由幸福的天堂生活里打到更悲惨的十八层地狱里去。因此也就不难明了解放区为什么成为击败日本法西斯强盗的主要力量了。

然而中国的法西斯反动派不愿意看见这些,他们一看见这些就难过,他们害怕人民大众起来,因为人民大众一翻身就不好统治了,就不愿意再做牛、马,受奴役,这真是一件很头痛的事。因此八年来,法西斯反动派没有一天不在叫嚣着“奸区”“奸军”,把他们消灭掉心里才痛快,甚而至于派大批军队投降敌人,同日本强盗配合起来向解放区“扫荡”,最近更撕毁政协决议,发动大军,准备向解放区大举进攻了。但是,我总是替他们担心,强大的日本帝国主义费了八年的心血、九牛二虎之力,都没有摧毁这块土地,都没有屈服这块土地上的人民,结果落得个自己走进棺材,徒子徒孙的中国法西斯反动派能有这个力量吗?不怕碰坏吗?人民会像对付日本强盗一样,去对付毁坏他们自由幸福的生活,奴役他们的人们的!

以上是关里的情形,关外的情形呢?

自从十四年前法西斯反动派把广大的东北拱手让给日本强盗以后,谁也知道只有已死的杨靖宇将军、赵尚志将军和正在为东北人民的自由幸福继续斗争着的周保中将军等民族英雄所领导的抗日联军——就是《祖国的土地》里炮手韩燕、刘德安那些人,坚持了东北的抗战,最后打垮了日本法西斯强盗。当抗日联军在冰天雪地中啃树皮、嚼草根,冒着不可想象的艰苦同敌人苦斗的时候,法西斯反动派不是同敌人谈来谈去,打算公开奉上东北这块广大的土地,以及这块广大土地上的四千万人民,作为向日本法西斯强盗屈膝媾和的献礼吗? 现在他们却拿着美式的装备,来向东北人民收回主权了,嚷着东北没有人民自卫军(就是从前的抗日联军)只有"土匪"了,当他们被日本人打急了的时候,曾经迫不得已捧出来所谓"土匪"吓唬过日本人的——这是多么滑稽,多么好笑!

请问,中国法西斯反动派能达到目的吗? 我在这里引用新华社记者刘白羽先生的报道《英勇的四平街保卫战》里的两段文字给大家看:

> ……战士们在他们低矮的堡垒里坚决地执行任务。当他们第一次走进这些地堡,各连的连长、政治指导员和他们的排长,同大家宣誓:"我们誓死坚守这里,死了也要把尸体拦阻着敌人。"最严重紧张的一天打响以后,突然——由一个连扩大到一个营,扩大到一个团,这话成为大家的话,

他们在炽烈的炮火之下，缜密地把它记录下来，写成信，写给他们挚爱而信赖的指挥者……在一次激战中有一个班最后只剩下两个人——班长万金和战士夏景春，他们最后下了决心，班长说："只要咱们活着，就不能叫阵地丢了，我们把手榴弹准备好，上来就打他！"果然反动派一个连，在这阵地前冲了三次，都被打退了，他们坚持了一天，天明以后，新的部队来换他们下去休息，他们对他们亲爱的阵地，还是恋恋不舍……一天夕阳西沉的时候，对方火力沉寂了，忽然铁路东三个区的老百姓拥挤到政府来，跟区长说："前方同志为我们老百姓流血牺牲，我们准备些饼干鸡蛋慰劳同志们。"区长说"目标太大，怕受损失"，劝他们不要去，可是谁也不肯，后来想个办法，就是选举代表到火线上。战士从工事里伸出头说："为了东北的和平民主，这算不了什么！"——在艰难的日子里，由于血流在一起，部队和人民在四平街造成钢一样的结合。

我拉杂地说了这些，直接谈到戏的本身的却很少，我知道这不需要我来多嘴，大家不是被剧情深深地激动着，为舞台上表现的每一个真理在热烈地鼓掌吗？我只是在这里向大家聊一聊同这几个戏有着直接关系的中国这个大剧场里的实在情形，说出来，供大家作为看戏时的参考而已。

一九四六年五月十六日于大连

选自《新生时报》，1946 年 5 月 23 日

◇李 谕

十四年

大明表兄:

从一个朋友那里,得知你回东北的消息,我禁不住要告诉你这些年所受的迫害。

低了十四年的头,居然能够昂起来了,这心情是怪复杂的。今天,当我看到昨天踏在我们头上的强盗倒下去了,真想大声地喊:

"你们也有今天呵!"

你离开东北太久,不完全知道他们造下的罪恶——他们使无数的人失去家,失去父母,失去丈夫和儿女!

你大约没有忘记我的大哥吧? 他本是一个安分的小学教员,但却被鬼子以"通匪"的罪名杀害了。我母亲因此发了疯。她从炕上爬来爬去,喃喃地呼唤我哥哥的名字,夜间常从炕上起来,大叫:"静波回来了,我的好儿子回来了!"于是飞奔到外面去,我只好擦着泪将她死拉回来,她每次都是由咒骂而变成失望的呜咽。

那时,我虽十三岁,但已懂得一条简单的道理:"对野兽,要狠,

206

要毒！"

等母亲病好，我已辍学三年，这一年我到×市去进国高。

在那儿，我看见令人愤慨的事实更多了，和我一样大的青年都变成哑巴。有些人用"有什么办法呢！"来掩饰自己的怯懦。幸好不久我便找到同行者了——他们现在和我一起做群众工作，我们秘密地组织读书会，读鲁迅、巴金、屠格涅夫等人的著作。《前夜》里的英沙罗夫为祖国献出一切，给过我启示；《门槛》里的索菲亚虔诚的自我牺牲精神，使我感动。我更恨那一群魔鬼——宪兵、警察、特务。当我看到那些弯着的腰和受难的脸，我真希望有一颗炸弹……

"延安""抗大"在我们心目中是无比的辉煌和崇高。据说那里可以学到抗日的道理，所以我和我的伙伴们都决心奔向那里。

正在开始造假旅行证时，敌人便将我逮捕了。

这是去年春天的事情。我因母亲生病而住在家里。一天夜里，忽然涌来一群穿黄衣的狗，翻箱倒笼，什么也没有得到，但仍要将我押走。正在发高热的母亲用身子挡住我。他们用皮鞋踢她，母亲被踢倒好几次，仍挣扎着起来，抓住我。野兽们终于将我押上汽车。母亲追着汽车无力地喊："你们把我带走吧……"夜深了，寒风中还听到母亲凄厉的叫声，我仿佛又回到五年前的情境里。想到母亲第二次的癫狂，眼睛里不禁涌出泪水。

我下了汽车，被掩上眼，转弯抹角地走了很久，才被带到一间小屋里，那里坐着一个日本人和一个翻译官。他们说我"带色"，要我供出和我一起的"左倾分子"。我除回答"不知道"外，一直沉默着，我的傲慢引起日本人的咆哮："明天枪毙你！送你去喂狗，你这不安分的坏蛋！"

接着进来两个人，用皮鞭抽打得我周身灼痛。这时我忽然想起我"不安分"的伙伴，可是理智立刻禁止我去思想这个，我怕刽子手会从我的脸上看出他们的下落。其实他们也和我同时被捕了。

"在这里，顽强是傻子。只要你愿意改过就放你回去。放明白些，你是独生子啊！"辣椒水没有征服我，又用"软化"的圈套了。想到母亲，我痛苦地垂下头，可是立刻意识到这是羞耻。"爱母亲，必须和这些狗周旋到底！"

因为没有证据，枪毙不行了，只判了十年徒刑。我很高兴：再过十年，我才三十岁，只要我的血还没有冷，只要我的心还跳跃着，我还要和这些吸血鬼们拼命！国恨家仇，血账终须用血来还！

在狱中一年多，因我比别的"罪犯"还不驯良，苦头也比别人吃得多，至今身上还有数不清的伤痕。

"八一五"解放了。我和许多青年朋友都参加了建设新东北的工作，我们生活得很起劲，这一定是你高兴的。

祝你愉快！

表弟静海

一九四五年十二月十二日

选自《东北日报》，1946 年 3 月 15 日

◇杨重野

石老太太

—— 一个烧窑的女人,怎样当了参议员

到齐齐哈尔的头一天晚上,在省政府欢宴席上我们会到了石老
太太。她是个极平常的乡下女人,四十多岁,穿一件新做的还没有
下过水的蓝布大衫,左眼被一大块白色的云翳蒙住了,一点看不见,
右眼也患着眼病,眼角上堆着白色东西,口里几只黄牙不整齐地排
列着,说话带着浓重的山东腔,还有些嘶哑,在上海选娘姨都不够身
份,但是今天齐齐哈尔二十万人口都知道她,石老太太,"一个翻了
身的女人",她现在被聘为中共嫩江省参议会的参议员。

今天在中共区里常听到一句口号——翻身,翻身也是"清算"和
"斗争"的成果。在齐齐哈尔解放村里我们曾经访过翻身的王老四,
他新近娶了个媳妇;还有个绰号"小和尚"的,他翻身后买了一间房,
把老妈和弟妹安置在自己的房子里住下。石老太太她是怎样翻了
身的呢?

第二天我们到城外南窑石老太太的家去访问。这是一间窄小的

平房,朝东,有个很小的院落,房子被隔成三间,我们走进靠北的一间,屋里一面炕,对窗摆了一张桌子,墙上挂着一面穿衣镜,镜子的两旁,一边悬着市政府颁给兴学的奖状,一边悬着省政府的聘任书。一个年轻的女儿在招呼我们烟茶,随着石老太太也进来了,她还是那件蓝大布衫,对着我们这批客人,在辛苦的脸上堆起愉快的笑容。以下便开始了我们的访问。

石老太太一个大字不识的人,随着丈夫石万山给人烧砖,民国十八年关里闹饥馑,他俩挑着行李来到黑龙江绥化,还是给人烧砖,后来到泰来,曾寄居粥厂,最后又徒步到齐齐哈尔,白手成家,在南窑地方自己经营一个砖窑。

一九三六年,他俩在朱家坎给当地一个土豪王二虎包砖烧窑,石万山每天装窑烧砖,石老太太到处找工人上土和挖窑窖子。当时王二虎仗着日本经理部的关系开设一个聚丰公司,统制所有的烧窑业,石老太太烧了几个月,王二虎仅支给一部分工人的伙食费,她向王二虎算账,王二虎却变了脸说:"算账到分所去,你领工人罢工不好好做活,"并且恫吓他们说,"再不好,就往官家送。"

石万山是个说不出道不明的老实人,但对这种欺人太甚的事也忍耐不过了,他到分所去告状,不巧那天是星期日,到第二天石老太太就对她丈夫说:"掌柜的,俺回家吧,这官司没法打。"她告诉她丈夫,今天早上她看见王二虎的账房先生拿很多礼物送到分所去了,她含着眼泪重复地说:"你想,这官司俺能打赢吗?"

可是王二虎却不许他们这样就回家:第一把工人全数留下,第二所有东西(两个筐篓、一盏挂灯和破棉被)一件不许带,第三还得写个"退工"条,捺指作证。

他们答应了这个条件,石老太太卖了个大布衫,卖得一元二角

210

钱做盘费回到齐齐哈尔，又开始自己烧窑。可是不到廿天，朱家坎的工人又都纷纷跑了回来，这些工人都是石老太太山东的乡亲，他们说："石大嫂，那里不开工资，我们是从你去的呀，你得给工钱。"石老太太没办法，把自己养的小猪和破旧家具统统卖了，开支了一千七百多元的工钱，还拖了一些"饥荒"（欠债）。

石万山烧窑有特殊的经验，别人用两吨煤，他一吨就够了，这样日积月累，两年后债还清了，日子有了起色。王二虎又来了。

他对石万山说："关东军用的砖我都包下了，这里几十家都是我的窑，我看你还是给我做吧！要不你也卖不出去。我给你钱，给你吃的。"石万山只得答应"好吧！"他到王二虎家拿了十袋面和二百块钱，从此又给王二虎烧砖了。

烧砖用煤，王二虎把好煤分给自己的窑，坏煤分给石万山，可是对砖的检查又很严格，一遇到不好的"坯子"，就丢掉了或是用脚统统给踢坏了。

石家的事是石老太太主外，石万山主内，无论找工人、要账、还钱都由石老太太出门去办，可是唯独向东家要钱算账的时候，王二虎却不准她进门一步，理由是"不跟娘们办事"。可是石万山呢，去了先打立正，然后垂手听东家讲话，这是王二虎的规矩，这个老实人每次由东家算账回来总是唉声叹气地说："又扣去三万五千砖。"或是说："还得交四万砖，欠的钱明年再给。"王二虎用扣砖拖债的手腕，抓着石万山给他干第二年。

日子过得真快，一直到一九四一年年底，石万山已经负债三千多元，债主不离门了，他们决定和王二虎去算账。王二虎一听很不高兴说："算账可以，还缺五万块砖得赶快交够。"他们只得咬紧牙根承认再交五万砖。

五万砖还没有交够，石老太太发觉砖一天比一天少，她知道砖被人偷了，看砖的周把头对她说："大嫂你放心，真有贼我给你抓。"

七月十五一早太阳还没出来，王二虎家张老板子赶车拉砖来了，周把头在砖后偷偷地看着，张老板子装车后也不给"飞子"赶车就走，周把头追上去喊："往哪赶？"张老板子一吓扔下车头也不回地跑了。

石老太太报告给甲长，经甲长最后决定，把车子送到分所去，谁的车，一定有人找。

果然王二虎来了，他一见石老太太就说："你赶了我的车来了。"石老太太说："俺不知道是你家的车呀！他拉了我的砖，一发觉他就跑了，我们一共丢了两万四千砖你知道吗？"王二虎一瞪眼睛说："胡说八道，我们这样的人偷你的砖？"石老太太告诉他："车在分所，老板子吓跑了，不是偷干啥？"

王二虎恼羞成怒指着石老太太骂道："你个瞎鼻子乱眼的娘们，除了石万山没人要你，你把我家车好好送回，算拉倒，要不，你瞧！"石老太太也理直气壮地说："俺怕啥？俺没做亏心事，俺也没偷人家砖，凭你聚丰公司财东做这样事，我们穷人更没法活了。"王二虎冷笑一声露出两颗金牙："有法你施吧，我姓王的拔一根汗毛比你腰都粗，打官司你不行。"

她把这件事告到了分所，第二天分所一个警士来对石老太太说："我给你们折中一下，让他赔你一万八千砖，你看怎样！"石老太太说："不行，我丢多少他得赔多少，他是有钱人，俺是穷人。"

这个"不行"说坏了，石万山被传到分所去，同时不准石老太太跟去。石万山到分所就在腿上给压上了杠子，王二虎在旁说："石万山你穷昏了，我能偷你家砖吗？"又用怜悯的口吻逼他说认错了事，不然到警察厅是没有命的。

石万山嗫嚅地说："这事我全不知道,你问我家娘们吧!"分所长又命令把石老太太传了去。她一进分所门看见丈夫跪在凳子上就气红眼了,她质问分所长说："贼情盗案你不问,反叫俺掌柜的受刑罚,你吃多少私钱哪!"

事情闹得没有结果,街坊马大爷把她拉到家里说："别和王二虎斗气啦,他家里有日本律师,他兄弟王三虎在关东军经理部一手遮天,哪个敢惹他,还是拉倒吧,吃亏常常在,早晚有报应。"最后她和丈夫哭着离开了马家。

石老太太仍不甘心又去找律师,律师听说要告王二虎都摇头说："你让我多当两天律师吧!"没有人愿意帮她打这件官司,她又找到一个代书的写了一个状纸,等了大半天也没递上去,结果在这个时候王二虎带领车夫又拉走了她的一万两千砖。

就在这个没法活下去的日子,她又添了一个"小子",她想:"孩子见了面,不能上公堂。"告状的念头也就压了下来。

石万山在穷途末路给债主逼跑了,剩下她和五个孩子,有一个还有病。债主们仍不肯放松,又纷纷告到分所,告到警察厅。她不愿人家来要钱的,可是她还不起债,不得已她领着五个孩子到司法科大堂哭诉:"俺并不是不还账,俺掌柜的不在,家里东西都没了,就剩我领五个孩子……"司法科也没奈何,只有告诉债主等她丈夫回来再慢慢还吧!

在这上天无路入地无门的时候,她想到死。这是一个夜晚,她把麻绳拿在手里,心里在祷咒:"王二虎呵!阳世间告不了状,死了阴间也找你。"她把心一横,麻绳套上了,正在这个当儿她的病孩子叫:"妈,我要水。"她透了一口气又转了念头:死,自己了啦,孩子呢?债

主们的债呢？那些都是和她一样穷的人。她哭了,蒙着头一直哭到天亮。

日子还得挣扎着过,她领着五个孩子自己开窑烧砖。乡亲吕老四常常周济些柴米,这是遇贵人啦,凭着她吃苦的干劲和对外的本领,渐渐弄到孩子有裤子穿了,她也有被子盖了。可是王二虎对她并不能善罢甘休,他串通区上活阎王老高,把她窑上十八名窑工都给"抓劳工"抓走了。

十四年她和贫困斗争,她和恶霸斗争,她几次要站起来几次又惨痛地跌倒下去,她又能怎样呢？她是个烧窑的女人,她说:"一天烧三遍香,初一十五吃斋,早晚总有个露出青天的日子。"但她不敢相信,这个日子哪一天会来。她对她的小儿女们说:"你可记得那一天给娘报仇,申冤告状。"

光复了,东北人民露出青天的日子到了。中央政府派人到齐齐哈尔接收,她说:"人们是怎样盼中央呀,大家去欢迎,小红旗排了三四里地。"她想这是有冤报冤有仇报仇的时候了,可是她没敢,她想到过去牵马的、卖凉水的、穿破棉袄的、破鞋脚的、抽大烟还要娘们陪的,都做了什么光复军,大摇大摆地走在街上,又经过几度的动乱,最后她说:"政府联军来了,他叫俺们杀人的偿命,欠债的还钱。"

齐齐哈尔展开了清算和斗争。她亲眼看到了几个斗争的大会,以后才提起胆量在南区政府"斗争"王二虎的大会上"倾倒苦水",一阵阵的掌声使她停下来换口气,再用嘶哑的声音说下去。后来经过工联会的帮忙,十一万四千砖(连扣带偷的)、六十四人的工钱按物价比数一百二十倍核算,她自动地减下按一百倍核,王二虎一直在说好的,请求改照八十倍算,结果算出了十八万六千元。

王二虎给她十三万六千四百块钱的"票子"，另外给她"点砖"。当她接到票子，她有些颤抖了，她说："问俺得这个钱吗？俺一点不亏心。"但是她要把这个钱还给王二虎："今天这口冤气出了就行啦，俺要从此好过，人家会说俺是讹的。"工联会不答应这个意思，她就主张修老爷庙，剩下的钱"舍善"，自己一文也不要。

南区工联会建议给她修个小学，她也觉到修老爷庙是时代不兴了，就同意把这笔款修小学。她自己主办这个事，丈夫去拉砖，她去找工人。小学修成了，花去了她的全部捐款，政府帮助家具用品，校址就在南窑附近几个村落之间，学校定名为"万山小学"——六级完全小学，她当董事长，政府帮她请了八个教员，成立了五班。她对这个学校特别热心也特别感到兴趣，差不多每天要到学校里去看一次。八月十一日万山小学举行校舍落成典礼，参加典礼的有几百人，村里小孩子都穿着新衣服，会餐游艺，度过喜庆的一日，石老太太穿起她的蓝布长衫迎接祝贺的人，笑得合不上牙。

可是嫉恨她的人却对她说："不要看你能，中央军来了，要你的脑袋。"她的答复是："为国兴学啦，俺不怕。"

石老太太讲完了她的一串受屈和斗争的故事，让我们吃烟喝水。在她讲话的时候，她的两个儿子也下学回来，他们向我们每个人一鞠躬。石老太太是个满丑的长相，可是她的儿女们都特别地清秀，初看之下，你会怀疑不是她生养的。当石老太太讲到悲惨的时候，她对着我们流下酸心的眼泪，用她的大布衫来擦拭，她的孩子们也跟着她一起流泪。这时候石万山也回来了，他是个结结实实的老实人，很少说话，他曾被王二虎威胁诱逼要和石老太太离婚，石老太太对他说："这个倾俺们呐,傻掌柜的。"这样才给"说破"了。最近还有个笑话,石老太太当选作参议员后,曾经和别人在一起拍过照,为了这个他和她大吵了一架。他认为拍照得"全家福",她和别人去拍照简直是不规矩,后经别人解说才算了。

"你怎样当选参议员的呢? 你可以讲一讲呵!"记者向她发问。

她又开始叙述这一段故事的经过。她真算得是能说会道的,讲得头头是道,石家若是没有这样一个"外交"人才,在跌倒的时候是爬不起来的。

有一天,村里开大会,邻居一位大嫂喊她:"大婶开会去,他们说男的也行,女的也行。"

大会里选村长,选穷人心眼好的,有人提出了她,这时她急了,她说:"俺脸通红,俺又不识字又不会讲话,大伙就拍起巴掌来了,这可怎办,要俺的命。"她当选了,她到区长那里去辞,区长告诉她已经选上了,白纸上写黑字,抠也抠不下来。

她当村长有几项德政,她给人说和,出保条,只要是好人她都给作保,可是她说:"坏人,汉奸特务俺可不管。"打官司告状的每天有三四起,也有人给她钱要她帮忙,她拒绝了,她说:"俺不要你钱,俺有那十万八万坐着吃不好,俺是给政府联军办事的。"她把中共的地方政权和"民主联军"合一起称呼叫"政府联军"。

她倡导垫道修井、救济难民,她说:"穷人到俺家三十五十没空过。不瞒你们说,俺就这条裤子,这个大衫是新做的,俺不坐马车,也不下馆子。"三个屯子给她送个碑,刻着"义举可钦"四个字,她也放在万山小学校里。

今春嫩江缺雨,有些旱象,地种不下去,她先想起种大萝卜,也告诉别人,她收了一万两千个,现在是一笔财产。她又号召人打柴,组织打柴小组,每人打了十车,这样烧的问题也解决了一大半。她是个很平常的女人,可是她的号召今天在那一带却很有力量,大家说她心眼好,她有热心肠给大家办事。

还有一件影响到齐齐哈尔的事。一个姓孙的工人,有个妈妈和妹妹,为了抵债,妈妈把妹妹卖给了一家"窑子"。光复后这个女孩子从"窑子"跑了出来,在乡下和人结了婚,可是老板不答应,说是欠债没还清。这个女孩子找到了石老太太,给她跪下磕头,石老太太找到了那个老板说:"你再要钱,俺要开斗争大会,孙家欠你十万八万慢慢还吧!"老板只得答应下了。齐齐哈尔的妓院听到了这件事,吓得三十几家关了门。

以后市参议会成立,大家说:"叫村长当委员去吧!"又把她选上了。她说:"俺也不懂啥叫参议会,啥叫参政员,俺是穷人出身。"头一天她还有病,第二天迷迷瞪瞪地被周老三用小木头车推进城,到了参议会,她说:"俺还不知干啥的,又叫俺到省,到省里也没下来。"这样,石老太太做了省参议员。

在她当村长的时候,一天夜里来了好几个"胡子",把她绑起来了,石万山那天没在家,"胡子"左右开弓打了她几个嘴巴,两颗牙齿被打落了,还要给她灌凉水,胡子骂她:"我们知道你这个瞎鼻子烂眼的娘们,你斗争的钱在哪里?"她说修小学了,最后逼出了她墙缝里两千多块钱和地下埋的十几块现大洋。这样,她就发起组织自卫队,全村子二百多人,有几支破枪还有红缨枪。

她从心往外地感谢现在的"政府联军",她说:"民主政府扶了俺一把,俺这口冤气出了,腰杆也挺直了。""民主联军不能走,俺们抱住他们的腿。"

217

同样地,她也热切地希望和平,她说:"好好地讲和吧,早晚都烧香祷告。"

九月二日

◇ 连 烽

郑家屯的复兴与旧创

一

被蒋军侵占一年零一天（去年五月廿三日至今年五月廿四日）的郑家屯，在重获解放以后，好像从一场大病中逐渐好转起来，满街的残垣破瓦，十字路口和重要建筑物前的碎砖、碉堡工事，已被人民清除。街道上面复活起来，小孩子重新唱起明朗的歌曲，乡下人赶着大车来买东西。但这情景和一年以前比较起来，总使人难免有萧条之感。那时郑家屯拥有八万人口，商店千余家，街道上整日挤满了人。蒋军五月侵入，六七月开始了虎列拉，死亡人口近两万。由于国民党抓丁抓工，实行暴政的结果，人口由八万减至现有的四万多。高粱米最贵达到三千五百元一斗（现已跌到一千九百元），柴草每车最贵近万元（现已跌至三四千元），商店除纸张、化妆品外，十室九空，令人难以置信国民党统治区如此贫困。无论商人还是市民，都在控诉国民党的抓人和征收太厉害，他们说："假设民主联军再晚来半月，郑家屯人民将遭大饥饿。"这使人忆及"八一五"以后，东北人对八路军所谈的相同的事实。在了解"中央"统治实情之后，谁也不会感到这话有丝毫夸大之感。

二

环绕着郑家屯城市的防御沟，大约三千丈长，沟壕纵深五米，底宽四米，上宽七米。修这些沟壕使郑家屯居民消耗时间一个半月，共约三十五万个工。如以当时工价每个六百元计，折合工款约两万万元。

这就是蒋军×××师给郑家屯人民最主要的"德政"。在修筑这些工事时，蒋军正规军荷枪实弹在外线警戒，遇有企图逃跑者，立即射击，土著蒋伪在内线监工，遇有怠工者，即饱以木棒。无论风雨，每天皆被逼使完成指定数目，往往自朝至暮，任务不完成不能回家吃饭。如有妇女送饭，则亦必遭受蒋军尽情调戏，而饭食也落不到主人口里。

为了修筑这些工事，多少人家的房屋、麦田和菜园都被毁坏了，而被毁坏的也尽是穷人所赖以为生的田园，因为有钱人递了钱包，沟壕就可以绕道而行。凡是被圈在沟壕以外的人家，就丧失了行路的自由。有一户人家要求留一条路，被勒索十五万元。但最后这房子仍然被拆去，因为"紧急戒严"。

蒋军生财之道到处有，商务会长包仲声串通×长把应分给商号的修工数目的三分之一加到贫民份上，这中间赚的数目不得而知，但最后商号未完成之数，仍令全城总动员四天给补足，可见钱数不少。

这一切不能不激怒了贫苦的群众，在一个雨天的下午，群众已在雨天修筑了十几个钟头，监工仍不放回吃饭，饥饿的火燃起了复仇人的心，群众一呼百应，将平日最恨的刘大麻子（保安队大队长）打死在沟壕里，大家一哄而散。将军下令缉拿凶手，但是在雨天以后，民主联军逼近，这些祸害人民的魔鬼即狼狈而逃，丝毫不会利用三千丈的工事和城内的炮楼。

选自《爱和恨》，东北书店 1947 年 10 月

◇ 肖　岩

访问辽东随营学校同学

辽东军区随营学校的同学一行九十余人,已于前日自南满来哈。他们原来都是国民党×××师(青年军)工兵营的,都是十七岁至二十五岁的知识青年,半数以上是云南人,另外还有其他各省及东北的学生。他们多是在日寇追着国民党溃退大军,将要进抵贵阳,军事情势十分危急时,抱着一种爱国的热诚而从军的。可是抗日胜利之后,他们退伍的日子已到,蒋介石以"未完成教育计划"为名,命令再三延期,最后还是把他们骗到东北内战的前线。去年十月间的西丰战役,他们全部被民主联军解放,立即组成了随营学校给以学习的机会。在南满已经学习了两个多月,从革命道理的学习以及到解放区后的亲身体验中,他们开始觉醒了。

他们告诉记者,民主联军优待俘虏的宽大政策,最感动他们!谈到今天他们对国民党政府与民主政府的认识,一个为生活所迫在西丰参加青年军的师范卒业生张××,举出了他亲眼看到的两件事实。第一件是西丰被蒋军占领,派去了昌图籍县长王心波之后,县政府就变成了西丰县人人皆知的"昌图大院",从公安局长到科长、副科长就有二三十名,都是王县长的亲戚朋友。第二件是他被解放到解放区后,在南满红头崖认识了一位农会会长,他说:"那老汉山东人,已经五十多岁了,勤苦而正直。他过去也是个穷庄户人,可他既无人情也无手腕,却被选为农会会长。只见他一天忙着为大家办事,别家粮食收割完了,他自己的苞米还未收割——在国民党地区里是很难找到的!"最后他说:"今天我敢这样肯定了:就是有美国帮助,国民党想用武力消灭共产党也简直是做梦!"

另外一个昆明姓徐的青年,诉述他被骗到东北内战战场时说:"我们晓得要我们打内战时,有两种想法,一个是要求退伍,退伍不成,一定逼我们打,那就投降。我们天天在打听着投降过来怎么样的消息。我×××师有在四平作战被俘又被放回的战士,他们给我们扫除了怀疑,坚定了'放下武器'的意志——我们都不愿做无谓的牺牲。"

谈到他们这几个月的学习,他们认为满意,使他们有机会学到了真理。

今天已经有学生提出要参加革命工作了,他们表示愿意好好学习革命道理,去为人民服务。

据他们的负责人谈称:这是随营学校的第二期,第一期毕业生大部分都自愿参加了人民的队伍。一个学生自连队来信说:"民主联军的老战士对我们非常爱护,行军累了连长还替我背枪,太使我感动了。"另一个来信说他们"已经走了天堂路,真正得到了自由与幸福"!

"虽然他们脑中,今天依然难免存在着许多模糊观念和糊涂思想,但是他们已经开始走上了一条光明的大道!"

选自《东北日报》,1947 年 1 月 30 日

◇ 吴志成

新工人学新文字

　　我们工人做梦也没想到,我们今天还有学新文字的机会,我们广源油坊有六名工友到职工总会报了名学习新文字。每天午后四点半到职工总会去学习,学习到下午八点钟回来吃饭,吃完了饭大家又都在一起学习,老师教了我们一课,我们就一起温习这一课,大家互相来帮助,每天总要学习到晚上十二点钟才睡觉呢!咱们大家想一想,过去哪有这样的好事,别说学新文字,连汉字也不让咱们工人学习,咱们也知道这些好事都是从哪里来的,若是没有民主政府和工会的领导,咱们工人想学习那真比登天还难,咱们了解现在的民主政府和工会,是完全代表咱们利益的,我们永远跟着、拥护着民主政府和工会,我们便可永远过着幸福的日子。

　　　　　　　　　　选自《"工农园地"选集》,大连大众书店 1948 年 8 月

◇吴　晗

浙道难

一、蜀道难于上青天

复员了,离别家乡十三年,非得回家看看家人不可。

说是公教人员不如说是义民还乡,虽然义字有点不大敢当,还是说难民吧。除了向学校领得一人二十五万元的路费以外,交通工具学校不能管,政府不愿意管,走滇越路,此路虽无共产党,还是不通,走公路,虽然有的是逾龄的四肢不全心脏麻木的烂汽车,可是一来怕抢(虽然此路也无共产党),二来怕翻车,三来沿途食宿也开销不起。而且还有最严重的问题,受了战争之赐,病了八年拖得快死的老婆实在也经不起十几天的公路颠簸。条条路都不通,只有乘飞机。

飞机,难!难!难!凑巧在我结束了功课的时候,碰上好运道,难上加难!据说昆沪班因赶运军用物资停航,昆渝线呢,原先一星期四五班的也因军事关系减为两班,而这两班又是蒋军们有优先权,当然啰军事第一,军人第一,虽然对日战争已经结束了。

从四月十七日起,到处托人,天天跑中航公司。一跑跑了二十天。

说是军人第一也不尽然,每天上下午在航空公司所见的,有老太太、摩登少妇少女、一堆一堆的小孩子,还有神气飞扬的大腹贾。个个有办法,尤其是大肚子一类人,只要附耳喊喳一下,飞机票就到手了。还有,我所服务的学校,每天每班总有几个男女学生,有搭当班飞机的福气。每天每次欢送若干人飞行,每天每次在航空公司的一角落,坐冷板凳,尽管跑断了朋友们的腿,说烂了朋友们的嘴,还是得等待等待,等待到昆明不再有人到重庆的一天。

终于,由于一个朋友的到达,这朋友几年来听够了谎话,也学会了无伤大雅的一套。他替我写了一封信,编了一套让人笑断了气的幽默故事,当天见了什么处长,第二天,五月七日中午终于挨进一架运输机了。

说是每人只许带十八公斤行李,多一丝一毫也不许可的。奉公守法的小百姓,只好把被盖冬衣书籍一概割爱,决心到北平去挨冻了。可是,在上飞机以前,发现了一个奇迹,有一个认得的商人,带了一大堆杂物,大包小包总有五六十公斤吧,不过磅当然也不需要纳费,一样样有人替他从另一个门路送上飞机。

航空公司的职员口口声声这是重量飞机,过重了会出毛病,对乘客安全是会出问题的。

在重庆,当然也不会和昆明两样,而且,还加上一样,恭逢中国航空公司罢工之盛,同样工作,两样报酬,为的是不是高鼻子,蓝眼睛。政府学会了美国的一套,派空军接收。罢工人员一律免职。中国的航空人员除了在国营公司服务之外,是没有其他出路的,只好屈服了,还是同样的工作,两样报酬。

等了三十三天,终于挤上飞机了,六月九号到了上海。

滇道难,蜀道更难。

以为从此再无难路了,不料难的还在后面,浙道难而又难!

二、浙道苦于入地狱

六月二十五日由上海到诸暨,第二天中午到家,躺下了两天。

七月一号从家到杭州,第二天下午到上海,病了三天。

浙道难于入地狱,先要声明一句,至少在我一天半的旅程中,都是中央政府的直辖地区,并非解放区,更无共军。这笔账算不到共产党头上。

沪杭车是畅通的,一生没有坐过二等车,这回颇想开荤,第一天买了票,兴兴头头一清早,离开车还有半个钟头到了北平。

挤上二等车,满坑满谷,早已满座了。无法,昏头昏脑从每辆三等车窗望进去,连站的地方都难得找到。出了一身大汗,溜进头等车,也满了,只好在一个窄窄的走廊上,凭窗远眺,在思索、研究,这繁荣的所以。

想了又想,道理出来了。

原来经过这九年,整个社会阶层起了质变了。在我,初次买二等车票是开荤,想勉强挨进二等人物(以财富计算的)之林,在我以外的林林总总之俦,却早已升班了,十年前的小店主今天已是大老板,十年前的小瘪三,今天已是大亨,还有,胜利财、接收财的获得者,还有乡长保长之类,还有,伪官伪将军之类,金条尚且成箱成库,头二等票何足道哉! 何足道哉!

正在思索中,车上的侍役发现了我的窘况,问我有没有票,把对

面的小房门一开，很舒服的一间小房子，蓝丝绒的沙发，空得很，迟疑了一下，也走进去坐下来了。

因祸得福，居然坐了头等车，而且还是一间精致的小房子。到杭州，小妹妹在车站外等着，吃了一顿饭，就搭上到诸暨的火车。

这条路原来叫杭江路，后来拉长了，叫浙赣路。十三年前回家曾搭过一次，那时钱江大桥正动工，从杭州搭车先得坐渡船过江。在我的记忆中，这条路是中国的资本，中国的技术人员，从测量到通车，完全不假手外人所造的唯一的最成功的铁路。车厢整洁，有秩序，给我印象极好。

可是，十三年后，在敌人投降十一个月以后，我很惊诧，这是我生平所看到最坏的铁路，最坏的车厢，最龌龊不干净，最无秩序。时代在进步，这条路却退步到令人难以想象的地步了。

只卖三等票，卖票时摆成一字长蛇阵，而且一人只许买两张，我同行的有三个人，两个人回学校拿什物去了，只好临时拉一个初次见面的学生帮着买票。

拿了票进月台，一看四节三等车全挤满了，塞不进一条腿，退而求其次，并无四五等车，只有一种铁篷车，也挤满了人，挑了一节空一点的挤进去，把箱子放下当座位，仔细一端详，这车有许多特点，第一无窗户，只有两边两个大铁门，第二无座位，第三车顶和车壁一层层有许多大铁圈，第四满地牛马粪，臭气熏天。综合这些特征，恍然大悟，原来这车不是预备给人用的，本来的用处是运牛运马运猪羊鸡鸭之类的，简言之是畜生车。君不见那些圈子乎？正是用来拴牛拴马的。改而运人，人没有绳子拴着，因之，也就一路叮叮当当，显得英雄无用武之地了。

这条路我搞不清是国营商营的。不过，无论如何，拿畜生车运旅客,把人当畜生,不能不算是国家或商家优遇人民的恩意了。

一来一去,我被迫当了两次牛马,呜呼!

路基是不平的,颠颠倒倒,加上司机先生的手法,停车轰轰然,开车訇訇然,把人左摇右摆,倒得满地,加上臭气袭人,铁皮子加火热的太阳炙人,连熏带烤,终于到了诸暨。因为没有表,估计走了四个钟头。

在诸暨住了一晚。第二天一清早搭上一辆大卡车。

朋友说,来的是时候,早两天,闹大水,火车只通直埠,离诸暨还有好几十里。而且,搭卡车,够危险,一辆出了事,翻在一个小塘子里,车中人全遭灭顶,死了四个,行李全部损失,原因是路旁的木桩早已不见了,土松,车子一歪就下水了。另一辆也翻了一个大跟斗,死伤人数不详。

想了想,性命要紧,可是,十三年了,拼着命也得回去看看年老的母亲。

挤上卡车了,被挤在车尾巴。

车子当然是美制的,两旁有两溜高一点的算座位,中间堆行李,行李上还坐满了人。挤得不通风,同车的老旅客说,这还算是空的,天啊,我的脑子中简直无从想象不空时的情形。

车子呜呜开了,走一步跳一下,身子也跟着跳一下,走到坎坷的地方,一跳把人跳有几尺高,一直跳到目的地。我替这条路这个车发明了新名词,路叫跳舞路,车叫跳舞列车。

一手攀住车旁的铁栏杆,一手抱住小箱子,坐在挺硬的钢皮上,一会儿手麻、眼花、头晕、脚酸,一会儿全身疼痛,四肢百骸好像都给跳碎了。眼睛还得看住同行的两个小女孩子,不懂事的中学生。

一个中年人,估量是经过世面的,索性站在行李堆上,两手攀住

车顶钢条,像翻杠子似的,一路只见他在跳,一会儿脑袋跳到齐帐篷,一会儿又一顿顿在行李上。

女孩子男孩子们索性爬坐在车子边边,两手左右开弓,攀住栏杆,身子跟着车子跳,倒可以省得屁股颠痛。

颠、跳、摇、摆了四五个钟头,终于有这一时刻,下车了。沿途目送下车的旅客,肚子里在替他们祝福。好了,在下车的时候,情不自禁对尚在受苦难的难友们说,到西天了,苦难受够了。再见。

下车时深深吁了一口气。

和同车难友研究,沿途观察,明白了这条路的情形。

原来并没有公路,汽车而走非公路的路,奇迹一。

没有路面,只是沿着原来的铁路线,没有铁轨的铁路面,没有碎石子,有的只是宽一丈五六左右一条黄泥带子,有的地方连路旁的木桩也没有,左缺一口子,右缺一口子,不管路边有水洼子,是池塘。有的地方路面只剩六七尺,两个车子对面来了无法通过。有的地方根本路面陷下一大段,临时来一条支路。有的地方尽是大窟窿、小窟窿。总之,是没有一段,甚至一小段的平地。然而,车子还是开过来了,奇迹二。

翻了多少次车,死了多少人,损失了多少财物。车子照常开,旅客照常搭,生命和财物安全车主不管,旅客无法管,政府不愿意,懒得管。除了人人抱怨太苦以外,从没有人提抗议,奇迹三。

这条路为什么弄到这步田地呢?

已经说过了,并非公路而是铁路,而且是没有铁轨、没有路面的铁路线。

中国人的天才,对这废物加以利用。

路轨似乎是中国政府自己拆的,恕我不知其详。可是在日本人投降十一个月以后，还是没有铁轨，没有路面。交通是破坏了，的确是不通了，然而，这区域并无共产党，我不好意思算在他们账上，虽然我受了太多的罪。

不通的路而居然通，这是商车在通的。跟着公路总局也来通了。

然而谁也不愿意来修公路，甚至培养它一下，例如补打木桩，修平路面之类。

理由，第一，这条铁路迟早要通车的，尽管是多少年月后。既然如此，修公路不合算。

第二，公路局每天只开几辆车，犯不着来铺路、养路。商车呢，一个车行开一二辆车，当然，谁也不愿管，而且，也无力管。

第三，政府当局呢？忙着修和军运有关什么津浦陇海平汉之类的铁路。这边没有共产党，无从进攻，用不着替老百姓修公路或铁路。

谁都不管，于是这条孤儿式的路，在日本人投降十一个月以后的今天，依然没有路面，没有铁轨，依然左一口子，右一口子，依然大窟窿，小窟窿，依然是交通不通，不通火车通卡车，让它翻车吧，让它死人伤人吧，不死不伤有福度过八十一难的，练习了一次长途跳舞，收强筋健骨之效。

这是中国的交通，是中国人民所享受的民生主义中“以利民行”的实迹。

我在这次跳舞旅行以后，不能不感谢前交通部长俞飞鹏先生，现交通部长俞大维先生，前浙省主席黄绍雄先生，现浙省主席沈鸿烈先生，和其他负责交通和民生责任的领袖人物。因为他们的政绩，让我更明白更了解许许多多的事情。

我也准备在未来的历史上写上一笔，每一个在这条路开车的司

机都应该得英雄奖章，是他们的杰出技术，救活了每一个平安到达的旅人。

三、人民的战斗和苦难

杭诸车经过南星桥，经过闸口，这一条长街，过去相当繁盛的长街，在车中所见，两边厢都是断壁残垣和向荣的青草。我在思索，在怀念，这一带的居民，过去列肆的主人，善良的住户，今天流落在何方？生活在何处？他们曾否得到日寇的赔偿，曾否得到不遭误用的救济物资？

入了萧山诸暨义乌境内，两旁边所见也还是断壁残垣，也还是一片青草。

经过一个残毁的村庄，经过一个东倒西歪的村落，每一村一庄一房一舍的被焚毁，都包含有一段壮烈惨绝的故事。

我记不起这村庄的名字了。有一队日军来驻扎了，事先他们还以为是国军，直到看见他们的帽章，军官和当地人民要用笔谈话以后，方知道是敌人。

开头两三天还好，大家战战兢兢躲在家里。突然要给养了，要夫子了，要"花姑娘"了，要这个那个了。

一天，一个骑马的军官被锄头打死了。日军点名时发现缺了人，而且发现了血迹。

于是举行膺惩了，村四周架了机关枪，每座房子堆了草，浇上汽油，一个命令，全村起火，逃出来的全被机枪射死。

离我的家有五里路的一个小村，叫吴村。大概有二三十家住户吧。有三个日军来搜索物资，牵走牛羊，连鸡鸭也要。村民忍受不住了，在糖梗地里埋伏起来，日军牵着战利品悠然归去，村民突出，一锄头一个,锄死了两个,第三个受了伤,跑掉了。第二天日军又来膺惩,照样在村四周架了机关枪,放射了烧夷弹,立刻全村起火,老人、小孩、壮丁、女人纷纷冲出,一概射杀,直烧得片瓦不留,人烟尽绝。

故事的发展和结果是千篇一律的,杀敌,被抢光,杀光,烧光。

这区域每一个被烧毁被摧残村子的居民,会告诉你和上面类似的几百个几千个故事。每个故事是眼泪和血所组成。

在三光政策之下,人民武装了自己,成立了游击区。

有的游击区有好的领导人,有坚强的组织,不但打击了敌人,也保卫了自己。

有的游击队是游而不击的,更是不游不击的,也有和伪政府伪军合作的。

有好的游击队的区域,人民负担轻,除了出自卫谷和流亡政府一点谷米以外,没有别的负担。

游击区和沦陷区交界的地方叫阴阳界,这地带的人民要出四份,一份日军,一份伪政府,一份游击队,一份流亡政府。

纯沦陷区的出三份,一份日军,一份伪政府,还有一份,伪游击队。

这一带的人民就生活在这样几重负担之下。

游击区的人民,过去三年,生活得还不太坏,不只不太坏,有些村子还有若干家暴富的。其他的即使不发财,也还过得去,甚至比前还好一点。

情形是这样。

第一,没有了苛捐杂税,伪政府不敢来,流亡政府不能来,日寇要来,被打出去,消极的负担是减轻了。

第二，战争时间，过去一些浪费的现象也跟着政府走了，例如唱草台戏，公开地赌博（过去政府是要收戏捐和赌捐的），斗牛，庙会，以及宗祠祭谱盛会和鸦片红丸白面的不能入境。

第三，最重要的是洋货不能入境了，没有煤油，菜油和土蜡烛的销路控制了全区，没有洋白糖，红糖就涨价了。没有洋布，土布畅销，没有纸烟，土制卷烟业也起来了。一切的洋货都用土货代替，而且不但自给自足，还有销到旁的游击区去的。经营这些事业的人都起了家，我同村的一个小自耕农兼小店主不但买了许多田，还盖了新房子。

第四，没有抽壮丁，也没有征购征实。

当然，也有许多破了家的，被抢被烧的不必说，有的商人因战争突起，地方突然沦陷，货物全部损失而变为赤贫的例子，也有好一些。

不过，大体上说，都还过得去，过去家里很难有一元两元银洋的，在这段时间，三万五万不算什么一回事。

举一个最具体的例子，我的村子有一百家左右，过去读中学的只有一两家，而且在今天，有一二十家的孩子进了中学了。

战争，游击区的建立，使这地方的人民起了质变，社会阶层彻底改变了。

然而，在日寇投降以后，又来一个更大的变化，扼要地说，不是复员而是复原，一切都复原了。

第一，复的是政治的原，苛捐杂税又来了，而且比以前更多，更苛细，例如义乌县的监狱容不下新来的客人，就有监狱捐，要多盖监狱，美其名曰改良监狱捐。至于蠲免田赋，根本没有那回事。

第二，浪费现象又普遍化了，举着例说，这一些日子义乌南乡正

234

在举行斗牛大会,人没有饭吃,养的斗牛却每天吃八九个人的饭,还喝酒,吃人参汤,一头斗牛的市价要二百担以至更多的谷子,参加的斗牛有几百条。每一举行,附近几十里内差不多空村空巷,万头攒动,欣赏牛的技巧。

第三,洋货大批涌入了,煤油代替了菜油和土蜡烛,洋白糖代替了红糖,洋布驱逐了土布,外来纸烟使土纸烟绝迹。小手工业者关门,土布机劈了当柴烧。

第四,征购征实又开始了,诸暨的一个朋友告诉我,征购军米每一担的代价,只够这担米挑进城的挑费的四分之一。

普遍的穷困,彻底的穷困!

粮食大量地出去,洋货大量地进来。

穷困的实例有的是。这次在我家住了四天,要借回来的路费,全村子凑不出五万元法币。

再举一个实例吧,我的村子大小男女九百多人,可是全村所有的土地只有七百多亩,平均每人分配不到一亩。

还有,法币使人民吃够了苦头,一直到今天,还有不少家爱国爱得着迷的,天真农民,一沦陷就把法币紧紧藏好,一捆一扎埋在妥当的处所,始终不肯动用。即使敌人用重刑威吓,也还是紧紧收起。这些报效政府算是报效够了吧。而在今天,若干年前所拼着性命保存的法币,一捆一扎可以买一个烧饼或者一个鸡蛋。

而且,谷子一百斤的市价从几百元涨到两万,而且,天天在涨。

于是,在去年年底吧,一切工资、借贷,甚至买卖,都以谷物来计算了,木工一天五斤米,雇工一天三斤米。

还有,这地方人管过去的银洋叫白洋,假如估计一件货物的价值不以谷物计算的话,那就说是合白洋若干元。

没有人再保存法币。

这和几年前人民冒险保存法币的艰苦情况,恰是一个对照。

这个强烈的对照说明了人民是懂政治的,他们会受骗,可是只能骗一次。

选自《蒋管区真相(第三集)》,东北书店 1948 年 4 月

◇佚　名

从梦中醒来
——记解放军官教导团

　　哈尔滨近郊，一丛碧森森的榆树林中，有一幢幢乳黄色的楼房，这就是解放军官教导团，在这里，生活着学习着一千几百名放下武器的蒋军军官。他们是在东北我军爱国保田的自卫战争中，四千多放下武器排级以上蒋军军官的一部分。他们原来的番号，差不多包括了所有蒋杜军以及各地的保安部队。他们有的来了差不多一年，有的则是这次我军夏季攻势中才放下武器。从尉级排长到将级的师长，都是教导团的团员，按照兵种、程度、性质，编成队一起学习生活。

　　尽管在不久以前，他们还拿着美国武器指挥部队向人民射击，但当他们一走进教导团，过去的那些愚昧、盲从、怀疑，为蒋介石"效忠"的思想，就不得不逐渐逐渐地改变着、减弱着。像八十八师山炮营营长黄××说的一样："我过去是睡在梦中，现在刚刚醒来！"

　　人民真理，活的现实，新的事物，从放下武器那一天起解放区样样都吸引他们。八十九师二六五团一营营长金××在写信给他的家中说:"我这次一定要抓紧机会,看一看新生中国的面貌,好决定我个人今后几十年所应走的道路。"昌图战役中放下武器的九十一师副师长邹×不止一次地表示:"从放下武器起,我就有一个愿望:好好在解放区学习一下。"他的部下二七二团的中尉排长姚××说得更清楚:"我现在才明白,民主联军为什么能打胜仗。就是你们的战士个个都知道是为老百姓打仗,所以战场上人人争英雄。老百姓又了解军队是自己的,所以劳军、拥军、参军非常踊跃,咱们那边从来没见过这样的事,当官的当兵的都是糊里糊涂。'中央'军的兵,放下武器又马上拿起武器掉转枪口打'中央'军,而且作战很英勇。"

现在,你走进教导团,就像走进一所规模宏大紧张学习的学校。最近他们刚刚听完"东北一年与中国现势"以及中国革命运动史的报告,正以队为单位集体讨论,有什么讲什么,一点没有拘束。很多人用自己的切身经验,联系讨论问题。在讨论到"谁破坏和平?谁不要和平?"时,八十九师的少校营长金××说:"这事我清楚,去年一月十三日,我们的部队开到了彰武,那天正是蒋介石签了名发布了停战令。我们以为可以和平了。可是不到一星期,'扫荡'的命令又下来了,说是'与停战令无关',于是又发生了秀水河子战役,这一仗我们是打败了,但谁破坏和平谁不要和平不是很明显吗?"就是从这种学习中,不少人开始觉醒,拯救了他们自己。保安十九团一营营长王××在讨论会上愤激地说:"再不做蒋介石的看家狗屠杀人民,决心为人民服务!"

除了紧张的学习以外,文化娱乐在教导团中非常活跃。端午节就是在一片欢欣鼓舞的景象中度过。解放军官自己组织了俱乐部,推动各队的文娱工作。端午节第一期的"解放"壁报出版了,仅仅三天工夫，壁报收到了一百零二篇稿件，成了大家自由说话的园地。不少人在壁报上坦白地检讨了过去。营长金××在他文章的结尾这样写着："迷信、盲从、愚忠、愚孝，是如何可耻！在真理面前低头，是如何光荣！"××军卅师山炮营上尉连副李××热情地写道："旧的腐败的东西已到了死亡的日子，新的东西已在开花结果，真正中国人民的领袖毛泽东同志站在面前，让我们鼓掌欢迎他！"壁报前面人群拥挤，有的抽出本子用笔记，有的高声朗诵，很多人说："过去写文章都是搭官腔，哪像这样说老实话！"

端午节这天各队举行了篮排球比赛，很多都是蒋军中有名的球队选手。一件有趣的事，在蒋军七十一军中很出色的八十八师篮排球选手队，这次一名不漏地全部放下武器，被解放过来。比赛时，他们一律穿着该师发的运动衣。球场上八十八师少校山炮营长黄××的排球，九十一师中校附员谢××的篮球，均技术很高，引人注目。比赛结果，第一队获得排球冠军，第八队获得篮球冠军，两面黄色的优胜旗，高悬在两队的宿舍里。在榆树林里，八盘象棋比赛同时开始，经过一天苦斗，产生了三名优胜代表，每个参加比赛的均得一份奖品。

丰盛的端午会餐后，联欢大会开始了。礼堂正中两旁高悬"为人民服务是光荣的！""为真理奋斗是正义的！"两行红色大标语，横题是："坚决站在人民方向，跟着共产党走！"毛主席、朱总司令的相片，在灼亮的灯光下注视着每个人。教导团谢团长以及解放军官代表讲话后，第六队"没有共产党就没有中国"等四个合唱开始了，接着就是相声、丝竹合奏和《骂殿》等三个平剧，所有节目都是解放军官自己排演的。

这就是解放军官教导团一幅轮廓画，从他们身上，我们看到了蒋杜军的必然灭亡和民主联军的无比威力。假使谁还怀疑这一点，那么这一千多（在全东北有四千多）放下武器的蒋军军官的日益觉醒和变化，将是一个最好的答案。面临末路的蒋介石有很多"悲哀"，其中最大的悲哀之一，就是他丧失了成千成万经他"苦心培养"起来的军官。

选自《从诉苦到复仇》，东北书店 1948 年 5 月

当了十六年牛马

孔庆裕原是山东人，九岁起就在家乡给财东家放猪，十一岁放马，十四岁扛半拉活。天天鸡叫即起，掌灯还捞不上饭吃地干活，一年还糊不住自个儿的嘴，没法，就在民国二十年的正月，同父亲孔宪五，二哥孔庆银，五哥孔庆风，七弟孔庆发，一行五人来投奔关外松江省珠河县四哥孔庆知处，孔庆知有二马一驴一车，租侯东家的地种，于是哥儿五个和老爹就租了侯东家十五垧地种，并借了一千五百元买吃粮和籽种。问他多少利钱，他却说："咱一东一伙先用着吧，秋后再说。"

全家受"侯剥皮"剥削

侯东家有地一百五十垧，好几处窝棚，除了出租地外还倒腾粮食、柴草、猪、马，行市贱往里收，行市贵往外卖。同时又放大头利（即高利贷），珠河街里一带的老百姓称他为"侯剥皮"。

孔庆裕哥儿五个再加上老爹，租种十五垧地劳力有余富，向侯东家多租几坰种他不答应,他说:"若要多租我就不招。"向别人再租进几坰种他也不答应,于是,余下的劳力就给他干活。每天天不亮,就上山锯树木,拉回来劈成桦子,捆成捆,一挑一挑地给侯东家送去。春天卖零工,人家给四毛,他给三毛,铲地人家给八毛,他给六毛,割地人家给一元一,他给一元,若不给他干他就抽地。秋后扒炕、抹墙、扛场都是帮工,不给工钱,平日送信跑道、婚丧喜事搭忙也是帮工,过节过年还必须提着点心冰糖,或是板鸭大海米去瞧看东家。

马、驴、车,都给拉走了

哥儿五个和老爹,仍和在关里一样,天天鸡叫即起,掌灯还捞不上吃饭。拼命干也糊不住半个饱。到七月,地里庄稼一片绿,谷子齐眉,苞米粒已登登的了,一家六口盼着今年是个好年成,哪知白露的那天早晨,嗦嗦地下起大雹子来,整整地下了一头晌,黄豆谷子全被打得躺下了,老爹的眼泪雨点似的落下来,想要收拾地还没人手,——哥儿几个被侯东家叫去垒猪圈了。结果十五坰地统统打了十四担粮食。

九月十五打完场,十月初三侯东家就提斗要粮。一早起来,老爹就东头颠跶到西头,西头颠跶到东头,借来了几斤白面,一只小鸡。快晌午的时候,侯东家迈着四方步子来到孔庆裕家里,侯东家头戴貂皮子的三元大帽,身穿青大缎面的羊羔皮袄,脚踏高勒毛皮靴,里面还套着双毡袜。孔庆裕战战兢兢地朝炕上放饭桌,端上烧酒白面饼,小鸡熬粉条。吃饭的时候,老爹畏畏缩缩地说:"侯东家,庄稼叫雹子打了,地里打不出粮,租子交不上,除给官家拿花销外,余下的粮全给你老送去好了。"侯东家一边啃鸡翅膀,一边抢着说:"租子交不上可不行，雹子打你没打我。"于是他就算起账来：十五坰地二十担租子。春起借一千五百元，加六分利，共二千四百元。当时最高的利是四分五，侯东家说："钱是人家叫放的，人家要六分利咱也只能照六分利收。"孔庆裕还不起租子和钱，侯东家就把孔庆知的二马一驴一车一折合，还差两千四百元。孔庆裕的十三岁小兄弟看见马车被赶走，就抱着爹的腿放声哭起来，断断续续地说："爹，咱家啥也没有了。"之后，老爹整整哭了八天，四哥孔庆知七天没有吃饭。阴阴惨惨地饿过了冬天，侯东家把地抽回另租他人了。

白干了一年

第二年哥儿几个分头去给人家扛活。孔庆裕到珠河东灰菜顶子马叶河南，给郑学文吃劳金，郑学文有地五十五坰，一年一百五十元劳金钱，啥也不管。正月十五上工后就上山打柴火，拉柴火，劈柴上垛。化雪后倒粪，送粪，收拾地场子……无事不做。到七月二十五，孔庆裕得上了伤寒病，躺炕上啥也不能吃，浑身滚热，脑瓜痛得抬不起来。郑学文气汹汹地跑到下屋，对孔庆裕说："吃起来几大碗地往肚子里倒，干起活来就有病，看你这贱身子有多娇贵。眼下地里正忙着拿大草，你装病躺炕上不起是啥心眼。"孔庆裕用一条胳臂撑住炕沿，想挣扎起来，一阵剧烈的咳嗽又使他倒下去，一年的劳金钱都吃药花了。病好后又给郑学文补了十四个工。腊月下工时，身上还是一套破夹袄，连帽也没有，忙碌了一年啥也没捞着。

倒赔上个麻袋

来年正月，孔庆裕就投奔木兰李作舟家，在他家卖一年长工，吃二年劳金积下了几个钱，到一九四〇年的腊月，在宾县新店娶了个媳妇。老丈人因闺女岁数小,不愿意闺女远走,所以孔庆裕就留在新店老丈人家了。老丈人家里很贫寒也给别人扛活,孔庆裕本想也找个主扛活,但他又寻思:"扛活,吃劳金,租种地,打九岁起一直到如今,自己捞着个啥。当牛当马,累死累活地干活,还赔了本。"于是老丈人设法给他借了几个钱做小本,孔庆裕就挑个小挑,春天卖个青菜,夏天卖个鱼,秋天卖个土豆,从枷板站挑到新甸,来回三十六里地。过年媳妇添了个闺女,半饥半饱混了三年,挣来的钱养活不了三口人。到一九四四年二月间,柳其风把头来枷板站招工,给方正东的日本人修道挑土,柳把头说一工能挣三十元,孔庆裕就报上了名。到了方正东,情形和柳把头说的完全不一样,工钱一天一元四毛,除了扣去八毛钱的饭钱,还剩下六毛,干了六个月,没给一个钱,日本人和把头还天天拿着鞭子在屁股后面抽。没法,偷跑回来,连晚上睡觉盖的麻袋也没来得及拿上带回来。

屈坐了半年监狱

刚回到新甸,在街上就碰上了枷板站北的区长刘雪峰,刘有三十余垧地,全部出租,三个老婆。前两个月,刘区长的车马被胡子劫走。据说劫车的是个山东人,说起话来楂呀楂的。刘区长把新甸、枷板站两地的山东人都抓起来审问过,没审问出什么。这回刘区长碰上孔庆裕,刚好孔庆裕也是山东人,说起话来楂呀楂的,因此就说他的车马是孔庆裕劫的。孔庆裕连家都没赶上回,就被抓到枷板站警察所,戴上手铐,用宽皮条抽了三十几下,背上、胳膊上的皮都裂开了口。后又把辣椒水从鼻子嘴里灌进去,辣得呛不住,连头发根里都冒出了血,才押进笆篱子。押了一个多月,刘区长给孔庆裕家捎了个信,说孔庆裕偷了车马被押在笆篱子,叫他家拿钱来赎人,孔庆裕的老丈人拿不起钱,孔庆裕就被刘区长判了六个月罪,送到哈尔滨模范监狱。

孔庆裕的媳妇在家,把仅有的一件小棉袄、一条破夹裤卖了度生活,后来没东西卖了,母女两人就拉棍捧瓢地到各家去要饭,饿得面黄肌瘦,皮包骨头。

六个月期满,孔庆裕从模范监狱长了一身疥疮出来,回到家里,不几天,小闺女也传上了疥,全身烂得没一块好肉,连眼睛都封口了。烂了足足一个月,小闺女就烂死了。孔庆裕的媳妇哭得死去活来整三回,后来就得上了羊痫风,直到现在也没好。

孔庆裕一不赌钱、二不嫖女人、三不喝酒、四不抽大烟,从民国二十年起始租种地一年,后来就扛大活、卖工夫、挑小挑、开荒地,起早贪黑,当牛当马,干了十六年。

结果啥也没捞着,不但没捞着还赔了两匹马、一头驴、一台车、一个麻袋、一件小棉袄、一条破夹裤、一个小闺女。

选自《由奴隶到英雄》,东北书店 1949 年 6 月

245

抵　抗

下面是北平"四·三"事件中一位英勇拒捕的同志写来的信,他的理直气壮、威武不屈、英勇斗争的精神,很值得大家学习。因此,我愿意把它公开出来,让大家都看看:

××:

自从"四·三"事件发生后,你一定很挂念吧?我现在特地告诉你:我很平安,全体同志都平安。被捕的人全部出狱。出狱的热烈场面和入狱后的场面,已经有人写通讯报导了,我现在就告诉你我们同志的一些经过吧。我不想对你说得太多了,我只告诉你,我经过的几件事。

当那天深夜,军警来到报社,准备大捕我们同志的时候,钱社长便决心去警局交涉,临行时他发出命令,大意是说:"全体同志,无论哪一个都不准自由行动,你们听我的命令,没有我的命令,就不准外出!"钱社长这命令一下,我的脑子立刻由混乱中清醒过来,它给我一个很深的信念:抵抗! 当时我们有好几个同志在一个房子里,军

246

警首先把××同志胁迫而去,又把××同志连拖带打地捕去,然后他们便来捕我和其余二人,他们的办法是软硬兼施。一个特务拿手枪指着我的胸腔,七八个军警把我的臂膊抓住,他们决心把我抓走,因为我表示顽强,反抗,一个士兵打了我一枪托,这时候,我便大声咆哮:"你敢打人,你破坏蒋委员长的命令,你叫什么名字?"我一边大声指问,一边挣脱军警宪兵的手。我看一个抓住我的士兵的符号,上面写着他的名字"王林白",我便叫着他的名字大骂。

他们不敢再打我,只是把我从办公室拖到扶梯,我却从扶梯挣扎回来到办公室,这样往返三次,最后他们用枪指住我的胸腔,好像非把我捕走不可。我说:

"你们是军警,应该听长官的命令,但是现在你们听特务的命令,你们开枪,开枪,有种的开枪!"

我并且大声地向他们声明:"我只服从我们社长的命令,不服从特务逮捕的命令,你们想把我带到局里面去,只有一个办法,把我一枪打死,除此之外你们不能把我逮走!"

这样一来,军警都没有办法。去向特务请示,特务便转移目标去搞另一个同志。那一个同志也大闹起来,没有被他们捕走。而特务又卑鄙地要求分裂我们,说××是登记了户口的,没有他的事,我们没有登记户口的,所以一定要捕我们。我们理直气壮地说:"我们不仅是个□团,我们是中国共产党的报纸,我们遵守政治协商会议的法律,不遵守你们特务的法律。"

这时,特务大约连他们自己也感无理由,只是蛮横地说:"你们不要乱嚷,你们非走不成!"并且又拿出手枪来威胁我,但我还是很镇静地说:

"你们不用威胁我,老子抗战了八年,不怕日本人,怕你?"

后来因为××同志派人带信来叫我们出去,我们才大模大样地出去。

到了街上,我一边指着一个准备逃跑的特务大喊:

"拿特务! 拿特务! 大家看:这就是特务!"一边拼命地追赶。我在前边,背后是电台的同志和两个女同志。我距离特务只有二丈多远,看看快赶上,特务却跳上黄包车,我还不放松地追,快捉着车背子,黄包车却一转弯,向另一条小胡同溜跑了。我们还足足追了半里路光景,回来时我们沿途向老百姓控诉,他们没有一个不对我们同情。

这时,另外有一个特务知道其余的特务都逃走了,我们便盘问他是哪一部分的,他不回答。我再质问他:

"你怎么有权利指挥军警? 你着便衣能指挥,是根据哪一条军令政令?"

他说:"你管不到,我们奉令逮捕你们。"

我们人多,他很心虚,我便一把抓住他的大衣,拨开大衣领子一看,有领章,上面是"北平市政府",号码看不清。这时,他知道自己的来历更加暴露了,便把手一劈,拔出手枪。我们二十多个人一起大喊:

"打倒特务!"

"大家看特务呀!"

那特务满脸涨得通红,比做贼还尴尬地一溜烟地溜跑了。

这次,我们向特务斗争,同时还对警察说理和解释,军警对我们都表同情。我们看到后来军警都全部下了枪,连声向我们说:"对不起,对不起。"并且,在我们找他们讲道理的时候,我看到一个警察流泪了。

这便是这次我所要告诉你的。

你从这里也可以看到，我们这里工作，是有着不少困难的，和我们自己的解放区，真是不可同日而语，但是我们明白我们工作重要，而且，这里也将更好地锻炼我们，我们的心是坚定、愉快的。

愿你们工作顺利。

选自《蒋管区真相（第二集）》，东北书店 1947 年 10 月

孩子们的诉苦

一、小黄方的仇恨

一天晚上，大兴区铁岭王村，儿童团的五十多个赤身露体的孩子，团坐在农会的炕上，各自沉痛地诉说着他们的不幸。等到都诉完的时候，十五岁的黄方偷偷地擦着眼泪，不吭气地低着头，孩子们鼓励地对他唤道："黄方，诉吧！"黄方便擦了擦眼泪，诉说起他的痛苦来。

我十一岁那年，给康典仁，外号叫康大胖子的放猪，和九个扛大活的伙计住在一块，一人多高的小"哈达"房，顶上漏个大窟窿，四外呼呼地直往里钻风，求东家给补补，东家说："没工夫侍候那份，留着透亮，省得睡着了耽误了工！"半铺小炕，破席露着泥坯，连疙瘩被头也没有，凉冰冰的，浑身打浑身（合衣睡）睡到后半夜，又冷又饿，冻得我坐在炕头直哆嗦。给东家做活，顶星起，深更睡，煮好了几大锅猪食，又要挑水、扫院子、扒灰、抱柴火、洗碗、倒尿盆、哄孩子……零七八碎活都要我来做,剥麻秆,剥苞米,困得迷迷糊糊,累得腰酸腿又痛,哭自己命苦,怨咱爹爹没能耐。我爹给人家扛了一辈子大活,有一天挑了四十几担水,累伤力啦,吐口血就咽气了,扛活的伙计们给他盖块草垫子埋在大坑里。妈妈披散着头发,哭得死去活来,叫着:"孩子他爸!你好狠!丢下我们娘俩举目无亲……"爹爹拉下了饥荒,妈妈穿针拿线,日夜做活,欠的债利上加利,老也还不清。吃了五六年苦森森的猪毛菜、糠皮子,肠子肚子都辣得痛,拉屎撒尿都变成绿的了。

算不清的账,诉不尽的苦啊!大老财待人太恶狠了,有一回跑了个小猪羔,东家吹胡子瞪眼睛恶狠狠地用起了马鞭子,对准我劈头一鞭,还骂道:"他妈的,吃着我,嚼着我,小王八羔子,找不回猪,要你的命!"外面下着冒烟雪,嗖嗖地刮着西北风,我穿着半截破棉袄,露着肚脐,踩着炕沿深的雪,冻得心口好像猫咬一样的疼痛,鼻涕眼泪都结成了冰,好容易撵上小猪羔,扯着猪尾巴跌了好几大跟斗,回来躲在灶坑前边,冻得嘶嘶哈哈的伸不直腰。东家的小老婆"当"的一脚把我踢倒在灰堆里,说是把他们的猪给冻着了,又用铜子儿钳我的头发。那下晚,我含着眼泪跑回了家,妈抱着我痛哭了一宿,摸着我的头发说:"小方!你爸爸咽气的时候再三嘱咐我,要好好带大你,妈妈实在不忍心再送你去受苦,怎奈柴没一根,米没一粒,去吧!那儿总比饿死强!"咬着牙根,一狠心,妈就硬拉着我,跪倒在东家的大门口,哀告着:"东家呀!求你再把小黄方留下吧!……"我又在东家那里做下去。

晚上冻醒了,瞧着天上的星星在房顶窟窿里对我眨眼睛,那鬼火一样闪动的亮光,和大老财的眼睛一模一样,死死地盯住穷人,就像是在吓唬着谁:"穷根捏在我手里哪,活该你遭罪!"我擦干了眼泪狠狠地吐了口吐沫,自己嘟囔着说:"他妈的!驴巴蛋还有翻身的一天,走着瞧吧!"现在这一天才算来到了。

二、要饭的日子

洮安县三合区金家村初级小学校一年生张占守说:我爹是农人,我家在西锦州,受大老财的剥削困苦极啦,由民国三十二年搬来白城子。我爹给一家老财家耪青,做到秋收的时候,天气冷了,身上无衣,难以做活,就耽误二十多个工,到冬底东家一算账,将借的米和误工及其他种种合计一块,除东家扣留外,仅仅找出几斗粮。我们一家老老少少都没有衣服和冬粮,我母亲只得领着我们出去要饭。由旧历冬月就出去要,家里抛下吃奶的小妹妹,叫苦连天,一直要了两个多月的饭。到了腊月里,有杀猪的有杀羊的,家家都做饽饽,我家什么也没有。腊月三十这天,实在没法了,我拿着口袋到我表伯霍宝顺家厚着脸皮张了大嘴借点粮,人家说:"过年啦,粮食不出仓子!"后来好说好求,看亲戚面子,借给我们一斗苞米。到了三十下晚,大家小户都接财神,放鞭又放炮,热热闹闹地过新年,我家七口人在屋里摸着黑也算过年。我们对面屋吃饺子,我小妹子要饺子吃,我母亲掉泪了,我也哭了,我父亲气愤地说:"穷到咱们这样,再也没有穷的了,我不信永远就不能翻身!穷能扎根吗?"我做梦也未想到有了今天,以前我父亲说过的话,真应验了。共产党使我们见了青天,我们也有吃穿啦,又有书读了,再也不过要饭的日子了。

三、在苦难中长大

十四岁的勤务员小王讲:我十岁那年的春天,我爹给乱石山杨化春家扛活,我妈帮助人家做饭,我早晚给东家干零活。

四月间东家的羊死了一个，我爹给人家扒羊皮，手被划破以后，便受了毒，过了三天死了。我爹死后，东家也不吱声，叫打头的拿两捆秫秸一卷将我爹扔了出去。

我们东家一看我们没人给他干活了，便天天地骂，逼着我们"滚出去"。我妈一着急便病倒下，有病后连点吃的也没有。我妈想要喝点水，我去抱柴火烧水，被东家看见了，又大骂起来，还要我们搬出去。因此我妈没有水喝，更没有啥吃，又受气又受骂，过几天也就死了。我妈死后，也用两捆秫秸秆捆出去，埋在乱坟岗上。我们家剩点破乱东西，也全被东家给留下了。

我没有了父母，他们便逼着我给他放牛。那时我才十岁，哪能放得了牛呢？我不放，东家就不给饭吃，还撵我走，不走就打。以后我没有办法，只得给他们放牛。放了几个月，实在是放不了，东家便把我送到街上学剃头的。

学剃头还像在东家里差不多，每天总能挨上一顿打。十一岁那年的春天，我把爹妈剩下的一条被子拿到柜上盖，掌柜的说："把你被子拿来，我给你洗洗去！"我给了他，过了两天，东家把一条破麻袋做的被子给我。我便问掌柜的说："我那条好被子呢？"掌柜的说："你的被子吗？没有啦！"我非要不可，他真来火了，把我扯到后屋，两个人按着，将我暴打一顿，打得浑身没有好地方。我跑到警察署告他，谁知道署长是掌柜的的朋友，恶狠狠地说："你师父打你，没有乱子，我不管，快滚出去！"就把我赶出来了，真是挨了打，还没有地方去诉苦。

我认清了地主是吃人肉喝人血的东西，现在我要报仇。

四、无路可走

白城子二完小何广源讲：我家原先是在山海关，父亲卖牛肉，因

253

为赚不着钱,连吃糠饼都过不了,所以在三十二年的春天,咱们一家背了些糠饼子来到洮南城。我们都住在店里,我父亲就弄些本钱做卖烧饼生意。我因为家穷念不起书,跟父亲一起卖烧饼。

有一天我挑了两筐烧饼,被警察狗看见了,他问我从哪弄来的,我没敢说实话,就说从洮南市场买的,警察眼眉一横,把两筐烧饼给没收了,又到店里把东西也给没收了。这一下,做啥也不行,卖烧饼连本钱都没有了就天天地穷对付。

以后家也搬来,可是穷日子真不好过啊!我大哥跑到朱家坎,打算找些事做。过了很多天有人给带来一个纸条,说在朱家坎没事做又往远走了,从那时就没信了。以后据有人说,大概是挖煤窑当劳工去了,可是到现在生死都不明。唉!现在是穷人天下了,那时的穷人真是无路可走啊!

选自《由奴隶到英雄》,东北书店 1949 年 6 月

254

杭州五万群众"打米店"的风潮

五万群众"打米店"的风潮,震动了杭州。这是在国民党专政下,城市人民反抗吸血黑暗暴政第□次的大规模的行动。被群众的拳头击倒的囤米大奸商达二百家,占全市米店六分之五。

风潮是"逼成"的,几个月来,杭州物价,特别是米价不断地飞涨,就在蒋介石到杭州的时候,从二月廿日到廿四日,几天中间,米价涨了四倍,人们纷纷传说,米价要涨到一千万元一担了。囤米的大奸商,主要是大官僚、大财阀,一家被打的米商,向群众供出了许多"官员"及其太太乃是囤米的凶犯。"浙江粮食公司"一个仓库,囤米好几万石。米价正是在他们囤积操纵之下暴涨起来的。浙江田粮处在米价初涨时"抛售"粮食,竟然比市价还要高,某大银行老板的"抛售"价格,也比市面高出一万元,这样,就更加使米价疯狂地上涨了。为了抬高市价,宁愿他们的米在仓中霉烂着,而迫使人民被陷入饥饿死亡的深渊。

人民愤怒了,人民被迫着不能不起来抗争。终于在廿四日早晨九时,掀起了人民反抗的风潮,全城的大街以及一些小巷都在群众愤怒的狂涛中。群众高呼:"打杀奸商!""打杀米蛀虫!"米被一袋一袋地抛到天空,抛到满街,堆起一尺来厚。

反对人民、压榨人民的凶手们,对于人民在饥饿死亡线上的反抗行动,所采取的唯一的手段,便是武装镇压。开了大批军警,出动摩托车来对付人民,向人民开枪,向人民放水龙头。但是,人民给"镇压"者以有力的回答。

许多民众被警察局逮捕了。但有一个地方,警备车把人民逮捕上车时,立刻被群众包围,怒声地喊:"我们不是抢米,我们是打奸商!"当时,武装警察插上明晃晃的刺刀,把子弹上了膛。但是,在群众的力量威逼下,终于释放了被逮捕者,空着车子开走了。

在市中心复济米号前面,从摩托卡上载来督察处的鹰犬,车子向人民猛冲,并向人民开枪。两个民众受了重伤,一人头部中弹而死,另一人腹部洞穿,生命危殆。民众在枪击下涌出米店,又被警察痛殴。这时,有人大喊:"已经打死了!"立刻激起公愤,群众包围了警察,给警察们以回击,打毁了他们的摩托卡。

下午,风潮比上午更蔓延,更严重了。群众打了一家又一家。几家囤米的大奸商,楼上的衣服、首饰、物件都被掷到街心,一齐焚毁了。镇压者又开来救火车,以水龙头向人民射放。一个为某军官亲戚的大米店,用一卡车兵士来保护,也没有逃过群众的裁判。一个军官说:"里面是军米,不能动的!"人们喊道:"军米怎么放在米店里!""我们要看看!"无法阻拦住群众,老板急得大叫:"不要进去!明天一定弄二百苞米平卖!"可是没有用,群众还是进去了。

参加"打米店"的人,异常广泛,连一些同样被压榨的士兵也动起手来了。风潮一直继续到当晚八时。群众尺度是公平的,一些售价比较低的米店就没有被打。

国民党当局,事后开了紧急会议。参加会议的人,除"粮商"外,有市长、民政厅长、田粮处长、警察局长、中国银行的负责人。他们议决了要"平价",并议定全市二百卅家米店照常开业,由军警武装保护,这就算是"善后",而对于囤积粮食操纵市价残害人民的大奸商丝毫不加惩处,对于开枪屠杀人民的主使凶犯丝毫未加逼问。关于人民被枪杀的事情,《东南日报》竟然这样说:"不意有民众误触开枪警士之手臂,致误伤民众一人。"中央社杭州讯更说是"误伤"。大官僚财阀们以为人民就会在这样敷衍缓和与欺骗手段之下,照常地被他们压榨的。

但是人民在黑暗的压迫和榨取下已经不能再长期地忍受了,杭州的米风潮就是明证。

选自《蒋管区真相(第二集)》,东北书店 1947 年 10 月

呼兰担架队活跃前线

担架队在蒋区　爱百姓守纪律

军队走了不久,房东们都偷偷地溜走了,剩下年老妇女守家,担架员们根据这几夜的住房经验,明白了是房东们误听坏人谣言,于是很多人不约而同地问长问短,打开了话匣。老太太说:"我们怕降队,不是怕八路!"于是中队长对她们说:"我们不是降队,也是老百姓,来此地帮八路军打胜仗的。我们自带粮食弄饭吃,买菜烧柴每顿每人给现钱十五元,放心! 老太太,谁若偷东西,可大胆报告,按罪办他!"老太太仍是半信半疑的。

后来她见到队员们自己挑水淘米,买菜,买柴,她才信了说:"昨晚保长通告说:担架队是吃光队,不讲道理,我看你们顶好,我真糊涂。"恰在这时炕上锁着的大柜内有人闹着:"妈呀,我不怕了,开柜让我出来。"房子里一阵骚动,大家说着:"老太太,别怕! 别把柜里的人闷死!"老太太才开了柜,里面出来一对十一二岁的男女小孩。

她说："因没见过八路,人家传说八路专吃小孩子,你想不怕吗？刚才八路部队,来了又走,顶客气的,这些传说是坏蛋造谣。"说后她要帮大伙做饭,大家不让她做,并劝她把家人都找回来。

开饭后,掌柜的及几个青年男女陆续地一个个地回来了,妇女们也说："早知如此讲理,何必自己自作自受地冻了一天！"大伙儿让他们一家都吃饭。

一家十二口都说："下次不怕八路来了！"

这一夜,四道沟屯子里,被谣言恐吓而逃亡的老百姓,都回来了。

深入第一线　　裴永和壮烈牺牲

第二天战斗更激烈了,前翼部队的二七营已占了华家店,前锋有部分已突进了德惠城的东安区,在拂晓时战场上的数百个担架队员紧随着后卫部队在抢救伤员,十五副担架不够用,负伤的很多！担架组长裴永和向大家提出："先送到距火线三里路的×屯去,要大家往返快些抢运！"约莫二小时光景,东方才发出红光,部队同志说是敌人转守为攻了,担架队也随部队暂时后撤二百米远,我们的炮声和敌人的炮声,又经过一阵猛烈激战,敌人的火力又被压了下去,但是前沿的伤员急需要拉下去,于是军队同志担架队员又一同做着抢救伤员工作,在极冷的早晨,彼此在雪地上打滚,忘记了一切的疲乏。此时敌人飞机在投弹,但前面还有一个伤员,裴永和要去抬,但战士们说："那是危险地,我们自己拉去！""你们打仗为了我们老百姓,我们已得了土地房子,若让反动军来了,还翻什么身呢？"就抢着要去。战士们无法只好说："一块去吧！"说完大家才分散俯伏前进。

一会儿,敌人的炮火又密集了,飞机扫射的次数更增加了,这时候,前线观察员大声说："别拉了,我们拉下再给你们抬。"但英勇的

裴永和却说:"只差几百步,没关系……"他不顾敌人炮火,终于壮烈殉难。

一点钟后营部来了命令:"就是担架员自告奋勇,也不允许到前沿,该处伤员一律由部队自己救下来!"同志们传达给他们后,他们都愤愤不平说:"军队立功,老百姓跟你们学,回去时在屯里也好作个纪念!"

急行军二百五十里

因为情况关系,距前线较近的三家子屯一带伤员,需要分批运送后方,担架队员已有两天三夜和部队同样没有得到休息过,大部分的队员,昨晚在阵地上忙了一夜,现在又要出发了,然而,每个人的情绪仍是很高涨。

晌午时敌机不时扰乱,担架员有个别的被炸倒了,但,并没因此丢了伤员逃跑,经过黄昏,又经过一个黎明,稍事在小房身吃些饭,二十分钟后,又抬着伤员北运,过了松花江后,脚上都打起泡,有的鞋子被磨破了,但大家情绪一直高涨,一下急行军就走了二百五十里。几十个重伤员是被这热情所感动,伤员中×团政委特别买了四十个鸡蛋分给队员们充饥。

这样的长途急行军抬伤员,足有两天二夜,在担架队的经历上还是第一次。

（元唐）

选自《血肉相联》,东北书店 1947 年 8 月

260

解放战士李学民

歼灭蒋军——六师的战斗中，解放战士李学民同志立了功。

李学民是夏季攻势吉昌镇战役中从蒋匪六〇军暂二十一师解放过来的，那时他叫王友民。夏季攻势时，他行军老掉队，并且老是独自嘟哝着，因为口音听不清，大家也就没管。直到另一个解放战士告诉班长他是在说怪话时，才引起了同志们的注意。九月调到他三班诉苦，部队运动轰轰烈烈展开了，同志们一个接一个地在大会、小会上吐着苦水，追穷根，出乎大家意料，李学民也上去讲话了，虽然他那被眼泪鼻涕糊住了的云南口音更不易听懂，但终于晓得了他不叫王友民，他的真名原来是李学民。才解放时，他害怕"剥皮"，又想回家，所以伪造了名字。但他又害怕自己的云南口音被蒋匪发觉再抓回去，就这样把开小差的事拖延了下来，但他仍然不愿听革命道理，甚至当他同乡的解放战士向他解释问题帮助他进步时，他还骂对方"忘本"，现在他渐渐明白了，真正忘本的却是他自己。

与千千万万的穷人一样的李学民，也有一根又深又长的穷根。

他家几辈子没有一亩地,成年累月受着地主的剥削,年老的父亲把一切的希望都寄在他身上,可是希望老是落空。民国三十一年地主强迫李学民顶地主家名字去当兵,李学民是独子,但是在地主及蒋匪官府的逼迫下,没有办法,父亲只好让儿子离了家。李学民到了蒋匪六十军后就几次想跑,但逃出了步兵连却又让机枪连抓了去,就这样一直混到日本投降。以后他又被骗到了东北。

当了五年蒋家兵,的确模糊了李学民的阶级观念,他虽然常常坐卧不安地想家,但他只简单地把仇恨集中在那个逼他当兵的地主身上。经过吐苦水追穷根土改教育后,他才明白他那又深又长的穷根的对头是蒋介石,他才明白革命就是为了穷人翻身,明白自己犯了错误,"作了孽"。他哭诉了过去的痛苦,下决心要为人民立功。威远堡战斗开始,一排第一次就攻打天王山,但是三班却摊了个预备队,李学民大为不满,心想:"当预备还立啥功?"在炮火掩护下,一、二班开始冲锋,李学民耐不住了,叫了一声,跟着一二班往上就冲。班长一把没抓住,抬头一看,他已冲到鹿砦跟前。这时敌人用火力反击,但李学民却独自在鹿砦跟前坚持,一枪一枪地打敌人。敌人曾几次想去取留在鹿砦里的一箱手榴弹,都一一被他打死。这时二排又从前边攻了上来,敌人动摇了,他立即第一个向敌人冲过去。

战斗结束后,班上开记功会,李学民心跳得很厉害,几次想站起来承认自己犯了不听指挥的错误,可是老大哥杜振延抢先提议给李学民记一功,理由是他冲在前面,坚守阵地,大家都同意了。

选自《从诉苦到复仇》,东北书店 1948 年 5 月

李庆章诉苦摘录

　　我今年三十二岁,当过十一年木匠,给人家扛过一年多活,也放过猪,放过牛,拾过园子,做过零活。

　　小时候我祖父给人家扛活,穿的衣服前后露肉,上山打柴也赤着两脚。他老人家天天晚上掌灯后才回家,看见两个小孙子——我和我弟弟——两人盖一条又破又薄的小被,在炕上缩成一团,时常独自落泪。早晨天不亮就起来去给人家做活,临出去时常对我们说:"孩子! 好好睡吧! 爷爷去挣钱给你们买棉衣穿!"

　　爷爷虽是这么说,我们可从来没穿上过棉衣,吃过饱饭。人家财主的猪食都是把苞米用锅煮了,而我们家吃的是苞米面糊糊。我七岁那年过年时,人家都包饺子,我家只煮了一锅苞米粥。我和弟弟哭着闹着要饺子吃,家里没办法,只得弄了点荞麦面,包了几个菜饺子给我们。那时花铜子,十五个铜子就能买六个烧饼,可是我们吃不起,爷爷把土豆子烧焦了,用脚踏扁,说:"这是爷爷给你们做的烧饼,不好吃,好吃的咱买不起!"

我做学徒是偷着去的。学徒的生活不用说，很苦。我同一个叫王作汉的学徒盖一个被子。手艺什么也学不着，只是专门侍候师父。后来我祖父背着锅，拿着米，来把我找回去了。

十九岁那年，爷爷、父亲和我，三个人都到我姑家放□。我姑父是个大地主。我们爷三个每年只挣四十元钱，一共干了三年，一算账，除了伙食，还倒欠七十多元。姑父立刻逼着我们搬家，那时已经是腊月二十八，我父亲给他磕头，央告过了年再搬，他说："谁等你过年，我年底结账，你没钱快搬！"父亲赌气一跺脚说："好！咱们就走！在大街上住去也不受这个气！"东西什么也没拿，都顶了账，我们就空手走出来了。大年底下没处住，幸亏有一家老于家（也是给地主种地的）留我们在他家过了个年。可见只有穷人可怜穷人，有钱人家的亲戚也不如穷人的路人呵！

转过年正月十三，为了挣钱，我就跟着一个招工的到朝鲜金矿去了。在这里一干干了三年，三年不见太阳。在洞子里两块石头夹着肉，上边不住地往下滴水，身上老是湿淋淋的。冬天一出洞，衣服就都冻硬了。我走时我父亲不在家，他回家后问我弟弟我上哪儿去了，我弟弟说："送死去了。"不多日子，我父亲便跑到朝鲜来找我。我因为没有赚下钱，不回去。后来我父亲又来找我，这时我已经积下一千元钱，便跟他回家了。谁知道家里因为没法过，已经拉下五千元的饥荒了！

后来我到哈尔滨来，住在道外十六道街。先前编笊篱（皂力）卖，以后就到电务段来干活。我自己做的是电工，我们家可连电灯都没有。一九四一年我弟弟被电打死了，那一年我们最困难，家里四口人，只有一条被子，吃饭连筷子都没有，只使树枝子对付。

我爷爷活着的时候常说："驴粪蛋还有个发烧的日子，小子们好好干!"我们问他什么时候咱们才能翻身,他说:"我恐怕是赶不上了,你也许还能赶上,就是到那没有穷富的时候就都好了。"现在想起来,我爷爷这话算说对了。自从共产党来到之后,我便翻了身,我认识到共产党就是穷人的家,我以后一定有多大力气使多大力气,给受苦难的穷哥们服务!

选自《由奴隶到英雄》,东北书店 1949 年 6 月

"六二"惨案真相

　　青岛山东大学学生反饥饿反内战游行遭蒋党当局残酷镇压后，全体学生激愤之下特成立"六二惨案善后委员会"坚持斗争。于六月四日印发告全市同胞书，呼吁援助，沉痛叙述惨案发生的经过称：此次反内战反饥饿游行是大多数同学一致通过并决定人数在二分之一以上才开始行动，但在六月二日的清晨，二院附近都已布满了军警特务，电话早已断绝，无法联络，尤其二院附近遍布国华中学学生（流亡中学），他们受了指示准备二院同学一有行动，即命占校舍。当时一院学生齐集校门，静候二院消息，同时贴标语，散传单，并高唱反内战歌曲，由主席团石勃瑜等四人到鱼山路口与戒严军警交涉，竟遭无理逮捕。宣传组刘冠文等三人在校门附近摄影，亦遭逮捕，消息传来，群情激愤，一致要求向当局请愿，释放被捕同学，经赵校长力阻未能即时行动，后由生活指导组高主任往警备司令部交涉，至中午一无头绪，同学益形激愤，群集大礼堂商讨，一致通过向警备司令部请愿，抗议无理逮捕同学，教授劝同学们考虑，同学们高呼道："我们要一块去！"遂于下午一时整队出发，至鱼山路口由主席团交涉未获结果时，各路均被障碍物所阻塞，路外密布军警特务，不下数千人，摩拳擦掌，跃跃欲试。至下午四时，赵校长亲赴警备司令部交涉释放被捕同学问题，教授们插入同学行列，以便劝求，至此同学已对外面展开宣传讲话，说明此次游行纯出于爱国热情，毫无党派背景。然外面特务仍不改其狰狞面目，高呼："打倒共产党！""山大全是共党分子！"横加辱骂，同学愤不可抑，齐声痛哭，市民观状，莫不低首拭泪。旋警备司令部派员与同学讲话，口口声声戒严法下不让游行请愿，同学即以当日报纸质问，为何少数流亡中学及难民，能在军警保护下游行，贴标语散传单，而反对山大游行，该员一时不知所答。军警竟拨开障碍物，吹起冲锋号，汹汹而来，同学的手腕相携，静候暴力降临，果然皮带木棍一齐打来，同学多满面流血，跌倒在地上，同学头发亦被撕掉。尤令人气愤者，生活指导组高主任出来劝阻，亦被殴打，虽竭力说彼为学校教师，仍不免毒打，头部受伤，脸部红肿，至今视觉尚未复原。最后终将同学一百四十余人分装十二辆卡车，送第一绥靖区干训班。下车时在操场上当官长面前，又被脚踢殴打，多数同学匍匐地面，互相依枕，早已神志不清。重伤同学杨鄞元等四人，在侨务室又被用皮带抽打，其状之惨，令人发指。至深夜一时许经赵校长数度交涉，始大部被释放，但迫令同学签字承认"过失"，同学均书称"志愿参加游行"，以示反抗。又同学被捕后，大批特务冲入校内搜查，撕毁壁报，捣毁校具，逮捕黑名单上所列同学，并将留校十余同学驱集餐厅，倍加辱骂。当第一院同学被捕后被包围中的二三院同学焦急万分，几次派代表交涉，均遭无理拒绝。这是"六二惨案"的真相。该书表明坚决斗争决心谓："现在我们欲哭无泪，欲呼无声，二三院的同学，已经绝食把节余下来的钱给同学养伤,这充分表现我们的心已紧紧团结一起,青年人是打不散的,我们永远这样相信。"该书并向蒋党当局提出抗议谓:"现在尚有我们自治会理事长石勃瑜及杨鄞元同学,仍未被释放,警备司令部并强迫改组学生自治会,为什么一个军警机关竟公然干涉最高学府行政,我们要求宪法回答我们为什么用这样的残暴手段对付受难学生,难道希望停战、希望和平、希望不再拿老百姓当炮灰就是犯罪吗? 就是反对政府吗? 就是共产党吗? 我们要求政府查办残暴凶手,我们坚决抗议这次非法的暴行。"(新华社山东二十四日电)

选自《蒋管区真相(第三集)》,东北书店 1948 年 4 月

美货第二走私大本营——广州

除上海外，美货走私的另一个大本营，就是广州。大量的走私美货，以不设关的香港为转口，经由珠江水路、广九铁路及空中运到广州，并如狂潮一样泛滥于华南。

美舰蒋官公开走私

美国兵舰一进港口，提帆布袋子的失业军人、"黄鱼"和跑短水的汽车司机，成群地拥上去，向美水兵抢购私货，海关对于美舰无权检查。过去看惯了日本人走私的广州人，分不出美国与日本有什么区别。

拥有政治特权的中国官僚们，也大摇大摆地以军舰或飞机走私。军舰上早已公开实行收税制度。这种"官冕堂皇"的"官僚走私队"，"到处通行无阻"，税收机关即使发现了，也不敢放声。

武装保护下走私职业化

还有专门以走私做职业而与官僚有密切关系的特权分子，驾着

"舢板""雷艇",上面安放机关枪或其他武器,经常来往澳门、香港与广州之间。据《商务日报》载,武装走私规模浩大,敢保入口免税□的,竟大有人在。

活动在广九铁路上的,有著名的"广九洋烟走私大队",为一百名左右(数目还在继续增加)穿着军衣、挂着符号的现役或退伍的军人。他们背后都有靠山,而且具有着眼明手快的走私本领。他们从广州出发时是替布庄带布,回来便满装美国香烟。从日本投降广九铁路复车到现在,这条交通线上,每天都有他们的足迹。有些人索性脱离军籍,把走私职业化。

缉私队偶尔有所破获,但来头大的原货发还,来头小的,也是缉私者与走私者马虎了事。

广州十万地摊多是走私美货

私货不仅是美制玻璃物品、原子笔、罐头、香烟、化妆品、汽油、染料及布匹之类,甚至还有鸦片毒品。广州市商店、地摊几全被美货所吞噬。全市十万以上的地摊,几乎全是走私货,弄得各大商号老板整天愁眉双锁。

漏税数字倍于实税

走私的数字,仅从"广九洋烟走私大队"而论,每日运入美国香烟一项,即有三十箱,估计至少值一千一百万元,每月即在三万万元以上。广州四月间发现一只从香港偷运汽油到广州的武装船只,其总值即达三千余万元。据报载,截至六月份止,粤海关每月平均税收仅八万万元,但估计因走私而损失的关税,竟达十五万万元之多,依此比例计算,六月份粤海关进口货总值为一百八十万万元,该月份的走私货值,便是三百三十余万万元。

走私美货汹涌,民族工业灭顶

在廉价的走私美货的面前,华南的民族工业遭到了灭顶之灾。比如香烟,国产较美货价格贵两倍,牙刷广州最有名的梁新记出品,要卖两千元一把,而美货只需四分之一的价格(五百元)即可买到。这样,民族工业是没有办法在竞争中维持自己的生存的。广州工厂的烟筒已很少在冒烟了,广州、韶关香烟业百分之九十都垮了台,这是谁的过呢?

选自《蒋管区真相(第二集)》,东北书店 1947 年 10 月

破产的西南工业

　　（重庆通讯）"大后方工业界的胜利代价——停工，关门，工人的遣散费还要卖机器卖房产来付给。"这是工业家徐崇林氏所道出的目前国民党区西南几省的工业现状，棉纺业去年整年在棉荒当中，胜利后在物价剧烈波动下受了一个惨重的拳击，重庆的大纱厂濒于停工，如豫丰纱厂的原料在十二月已仅够支持三五天的工作。西渝市一千多家土布小织户更是纷纷破产失业，家人啼号寒饥。至于承织军布的小厂，渝区四百多家，由于军需署十二月二十八日通知从三十日起，停止收布，在这一最后一击之下，全体走上了关门破产之局，机子当作柴火烧掉，当作废铁卖光了。

　　这与大官僚、大财阀无关的，他们今天正组织了中国纺织建设公司，把接收敌伪的四百万锭子掌握在手中，向着这破产末路上的中小工业家，张开了独占家的贪婪而狞笑的大口，从而大后方棉纺织家们无数次地呼吁、抗议、请愿，没有得到任何实际的解救。

　　四川丝业遭着同样的命运，去年的棉丝量仅占二十八年的三分之一，制种数量也只占二十九年的三分之一，去冬乐山最大的华新丝厂的机器也只有三分之一开工，各厂一片的冷落荒芜气象。也正是在这种困境里，另一个官僚资本的垄断公司中国蚕丝公司出现了。

重庆的机器制钢业更是走上了凄惨的结局，弹石的二十八家小型工厂，关门和遣散工人的十之九，当人们问到他们是否还继续营业时，老板沉痛地摇着他们的头，说："今后人家都用美国货，谁个还买你的机器啊！"不景气下的较大规模的几个公司与中国兴业、中国制钢等公司也走进了坟墓。兴业公司，从前在大财阀掌中的一个大公司，为什么也倒下了呢？因为大财阀们忙着向外国订货去了！美棉、美麦、英国船……不是比破败的工业赚钱吗？因为，大财阀们忙着组织垄断公司去了，除了前述两个公司之外，还有面粉公司、糖业公司、油业公司、纸业公司等等，将要次第地以"国营"面目出现（徐崇林氏所述）。

危机普遍地笼罩着西南国民党区工业。资内的糖对于蔗农工业家变成了苦味，赔累一天比一天严重。嘉陵江、岷江等地的煤，个旧的锡，以至于碾米业、制药业、制革业……都在一种恐怖当中。"古巴皮鞋一百万双的订货若是给了制革业，后方的制革业就得苏生的可能了。"一位制革业中人专家发出了无限的感慨这样说："皮鞋我们自家能做，为什么要买外国的。"说到制药业，政府不再定购本国货了，药行也不敢进本国货了——"有的是美国药，你比得上别人！"因此，重庆一家在抗战中每月销到六七百万的制药厂，现在只销到一百五十万了。三十家制药厂濒于破产。

努力于民族工业二十余年的胡厥文氏痛切地说道：他的"每项研究都有切实的愿望，现在都走不通，不仅无助力，而且阻力重重。

确不能说我已意懒心灰,但事实上却是一筹莫展"。谁使民族工业家走到这局面呢？是大官僚、大买办们。重庆土布、军布、花布、制药、制革、造纸、煤油、机器、煤矿、酒精、被服、军毯、酿造等,多单位的中小工厂联合会曾向政治协商会议代表提出申诉书,要求召开全国经济会议,制定民主的经济政策,反对轻工业国营,立即撤销中纺中蚕公司及其类似组织,请求将接收工矿全部给民营与租购,要求免除苛杂,提高外货进口税率(特别是日用品等)而减轻机□进口税率,要求减低农民负担,促进农村繁荣等等。这个意见书指出:"托拉斯化"与"官僚独占"的中纺、中蚕公司"造成严重的经济内战形势"。而订货,"连皮鞋、棉花、纺织机械,也向古巴、美国去'买办',而使制革工厂、广大棉农、机器工厂倒闭失业",而对于大后方民族工业,政府却"公开叫我们中小落后的工厂应该早点关门,而不予丝毫救济","工业贷款,更因当局轻视中小工厂,抹杀其抗战成绩与现在需要,而不贷给",至于接收敌伪工厂,"竟有与'身份不明'之特殊人物勾结,至今仍不交给广大中小工厂接办"。指出"这种垄断的官僚买办性的经济政策,是要坚决反对的",它"不是树立中国自力更生的道路,而是断送民族工业的自杀行为"。民族工业家们,从亲身痛苦中日益深切地认识到了"民营工业的枷锁",如徐崇林氏所说的,"政治不民主,我们要工业化那未免缘木求鱼"。他大声地喊道:"这是我们老百姓说话的时候,是我们老百姓与闻政治的时候了!工业家们团结起来吧,一致呼吁……实行政治民主!"

选自《蒋管区真相(第二集)》,东北书店 1947 年 10 月

穷孩子是怎样长大的

"穷放猪，富读书"，这说明穷人家的孩子是放猪长大的，贫雇农家的孩子从八、九岁就被地主剥削、压迫、打骂，地主们说是把他们养大的，其实都是被打骂着长大的。

请看勃利地委警卫排几个战士的诉苦：

举手就打，张嘴就骂。诉苦会上白永贵说：我四岁上死了妈，八岁给人家（忘了谁家）放猪，猪一叫唤不是挨打就是挨骂，人家说没给放饱。因为咱小尿炕，经常挨打，后来不让在炕上睡，赶到外屋没人睡的小炕上；没有被子睡觉盖着草，无论冻个什么样，早晨也得去放猪。王全哭诉着说：八九岁赶着二十来个猪，顾不过来，猪羔子往回跑去，掌柜的藏起来，让你去找，找不到就是一顿打骂。下雨天嫌猪在家里埋汰，给个破麻袋片不让回家，淋得没法，冻得直哆嗦，也不敢回去怕挨打。不干啦回家吧，爹妈说：去吧！好孩子带出个嘴的，家里省下点粮。还得哭着回去挨着打骂地放猪。

放牛的孩子不如牛。薛才哭诉他放牛时的苦处：八、九岁放猪，大了点就放牛,给大地主老杜家放牛,秋后早起霜雪多厚,没有鞋穿冰得脚疼,骑着牛走时,被地主看见啦,就愣拉下来摔得昏迷不醒。起早放牛,近了放不饱,远了不行说耽误活,可难啦。有一年下大雹子,自己跑回家丢了牛,人家立逼着去找,蹚着二尺多深的雹子扎得骨头疼,不小心掉到坑子里,"没了顶",幸亏邻居穷人救上来,地主管也不管还说咱不长眼。有一回放牛、马,有匹快病死的老马被他家客人(警察)骑来的马踢死了,咱十一二岁的孩子管不过来,可是人家不说你小,就是个"打",我说赔他马,人家说磋了你的骨头也不值,打得我死去活来不懂人事。我大爷(父母已死)知道了去告状,被警察打了几个嘴巴子就回来了。

抱孩子烧火,端屎端尿。所有放过牛的都是这样地说:给人家放牛一点也闲不着,一有点空就叫你抱孩子烧火,孩子哭,怨咱不会哄,饭晚了怨咱不会烧火。白永贵说:我在本屯里(依兰董家屯)老郭家当半拉子时,他让我给他不能动的老妈端屎尿盆子,屙屎的时候还得接着,他背地里故意让你听着说:"这半拉子才好哪,花多少钱也雇不着。"这样地圈拢你,他妈的,谁愿意干哪! 有一回他骂,我不让他骂就吵起来了,他说不是白使是花钱雇的,我说你花钱雇的也没讲下端屎尿盆子,他要动手打我就跑啦。咱说一跑就得了吧,他又追啦,追得没办法我跑到水坑子里他没撵上,才算没挨打,为这事误了一天工,我全年才挣一百二十元,这一天他就扣了我二十元,真他妈邪乎!

干不了的事硬叫干。王全说:当半拉子铲地,下雨天别人回家,不让半拉子回去,在地里淋着拔草。地主们常说"刮风拉石头,下雨挖壕沟","下雨好,下雨好,一个担水,俩铡草"。秋后卸萝苣车,扛不动麻袋,人家动手就打,一脚把我踢到菜窖里去,恨不能把你摔死。"不干啦"一算账亏人家六十元,说穿的贵。讲条件不让打,人家说不干拉倒给退钱,没法还得干,冬天给做棉袄,袖子短得露着胳膊,打柴火把手冻坏了,回来用凉水泡,冻得那样也得去打水。高盛武说:给安乐屯(勃利)老庄家当半拉子时,因为不会拧烟绳,人家就骂就打,我拿着个镰刀就和他们干起来啦,人家哥仨都动手,一个按着两个打。邻居来了,拉开后,我带着满脸的血,跑到村公所去告状,村上的说,挣了人家的钱不好好干,打了拉倒吧。冬天想不干啦,他不给你算账,还不让走,最后在下大雪的夜间偷跑啦。自己从小也没家上哪里去呀,流浪到虎山还是给人家当半拉子,挨打受气。"八一五"后共产党来我就参加了。最后他说:这回我找到了穷人的活路,革命要革到底,彻底消灭大地主,穷人才能彻底翻身!

选自《由奴隶到英雄》,东北书店 1949 年 6 月

277

沈阳官场图

四月十四日天津《大公报》，登载一篇沈阳通讯，题目是《春雨·迷雾·东北·紊乱·瘫痪·贪污》。对蒋政府在东北统治之黑暗、腐败、无能，提供不少具体材料。

该通讯首先给蒋管沈阳上了个"机关最多的城市"的徽号，由各方面举例说明蒋政府的机关重叠，专门为安插私人，抽吸人民血汗，遇到事情，却又互相推诿，大家不管。该通讯说："胜利一年半了，可是在东北仍高叫着接收，现在尚有五省二市的官员逗留在沈阳，大家都苦闷非常。沈阳机关的多，即使研究行政学的专家，也分不清每个机关的职务。"随即举铁路为例，说：在全东北有一万多公里铁路，而被蒋政府控制的只有三千多公里，但机关除锦州铁路局、沈阳铁路局、齐齐哈尔铁路局（！）、吉林铁路局、中长铁路局外，尚有交通部特派员办公处、东北运输总局，经委会内又有交通处，行辕又设有车辆调配委员会，联勤总部也设有铁道军运指挥部。这么一大堆机关，所管辖行使的就是这三千多公里的铁路！至于办事成绩呢？通讯上说："拿成绩来看,听说中长路每运四吨货,就要用一吨煤。这种比例的数字,似乎创世界新纪录。现各地铁路桥梁,已有塌陷现象,非常危险,应立刻修建。可是当局说无钱、无人、无料,不能办事。现在东北(指蒋占区)之运输情形每况愈下。"于是该记者发问:"既然无事可办,为什么设立这么多机关? 倘裁并一下,或许能减少点互相牵制的作用。在责任不分明的情况下,谁又愿意多做事呢?"其实这记者想法未免还忠厚了些,因为蒋家官吏本来是为做官来的、发财来的,而不是做事来的。

其他部门也是一样。譬如"农众合作"(其实是剥削农村)的机关就有:"农务委员会,并附设各省市农村合作社清理处;又有农村合作事务管理局,各地亦设分局;经委会也有合作事业室,政委会有社会处,各省市也有社会处,管理合作金融的有中央合作金库、农民银行。"该记者感慨地说:"只合作一项事情,这么多机构,做了些什么事情,真是天晓得!"再看管"接收"的机关,这是发财的捷径,自然大家都要插一足。除蒋记东北行辕总管一切外,又"特设立政治委员会及经济委员会,辅助行辕办理接收"。另外"又设统一接收委员会,另又设立房地产管理局、生产管理局,而且各地都有分支机构,同时行政院各部会署都有办公处,迄今尚未撤销。每个机构的庞大,绝不是能想象得到的,那么用费浩繁,可想而知了。现政府(指蒋政府)在东北所能控制的城市占全部数目十分之五,土地只占十分之二强,人民怎么能负担得了这么多的机关的开支?"其实还不仅是人民负担多,那些敌产并没有"接收"来办什么建设,却都"劫收"到官员们的腰包里去了。这些蒋家"政绩"早已在各报揭载,喧腾众口,无人不知。该记者愤慨地说:"房子大家都会抢,除了抢,大家还会拆。工厂的烟囱是不冒烟的,都市里弄得紊乱不堪,沈阳最主要的街道和平街(从前叫国际马路的),现在已经变成垃圾储藏地了。从前日本人强占的土地,现在继续没收。"

沈阳的物价较京沪尤高。外来品价高不稀奇,奇怪的是本地出产的粮食和煤(过去这些都是向外出口的)也贵。通讯上写:"东北原有谷仓之称,但粮价高涨。东北有大量的煤,但人民冬天没有煤烧,鞍山铁厂因缺煤不能全部开工。办工业的骂办交通的,办交通的骂办财政的,办财政的认为生产不能复员,一切都谈不到。到底是谁的责任?"我们不要忘记,在沈阳蒋记政府是有个东北物资调节委员会的,这个机关的责任就是平抑物价。那么看看它的"成绩"如何呢?"物调会运用的款子已达六百亿流通券,可是去冬沈阳无煤,百姓冻死不少。为了燃料,房子毁的也太多了。物调会事先把人民买煤的钱收下,可是发不出煤来。物调会大叫煤的产量不够;煤矿也大叫煤在矿上堆积如山;同时沈阳黑市出现了好的块煤,当然价钱很高。在统运统销的原则下,怎么又出现了黑市呢?谁运来的呢?真使人莫名其妙!十足表现了这机构的寡效。"记者后面这几问是很傻的,因此判断物调会机构的寡效,更未免是冤哉枉也了。实际上,这正是物调会"效用卓著"的表现。把物资统制起来,垄断起来,然后向老百姓要大价钱,收了钱之后却又不付货,又把货拿到黑市上卖更大的价钱。你不在这里买么?那好,"煤的产量不够",你根本不用想在别处买到。如果情愿"冻死",当然坚决不买也由你。这就是"统运统销""调节"的妙用了。既然"效用卓著",自必想推而广之。于是"在沈市临参会高叫裁撤物调会的声浪中,物调会又扩大了。除了煤以外,对粮食、五金、纱布、木材、肉、蔬菜、杂货等,均成立委员会。在这几个月当中,高粱由十八元涨到七十八元一斤(注意,这还是四月初的价钱),这种上涨的比例,又创造了新纪录"。总之,蒋记物调会一管到什么物资,什么物资就要"创造上涨的新纪录",这已经是百试不爽的定律了。

另一方面,公然的贪污也层出不穷。"东北贪污案件之多,已达到不能使人相信的地步,而且每件贪污案,都有特殊背景。几个月来,如行总沈阳办事处长王树森贪污罪嫌案,吉林方面亦有控告分署署长刘广沛贪污罪嫌案,另有什么金佛案的传说,以及吉林粮政局案。其他辽阳、抚顺、鞍山、营口均发生贪污罪嫌案。这不过是略举大端,并为众所周知的。其他较小或尚未为人所知之贪污案,似乎也不在少。……而且每一件案子都牵扯一大批人,故大都不了了之,甚之主犯在拘留所中,也能逃得无影无踪。"

所有这一切,就构成了蒋管东北的"官场图"。当然这位记者所写的,还不过是千千万万分之一。蒋家官僚把所有这一切的责任,都推在共产党身上,这种荒谬可笑的"理由",使这位忠厚的记者也不能同意,而气愤地说:"沈阳早就没有八路了,为什么不拿出点成绩来?!"因而"希望沈阳的春天快点来到"。我们看到最近民主联军夏季攻势获得这样伟大的胜利,当可以告慰这位记者及东北蒋占区的人民说:真正的春天是就要来到了。

选自《爱和恨》,东北书店 1947 年 10 月

唐述勋的回忆

我在七岁的时候死去了母亲，跟着父亲耕田，我父亲不识字，给人家办事，他就提不起笔来，真很为难，所以他下了决心无论多么为难，也叫我念几年书。

我家种的是大地主的地，遇着风调雨顺时仅能糊口，遇着旱灾的年就得欠下租子，来年收获好再补上，所以每年的生活总是手足不顾，我父亲愁得每天长吁短叹。

一天的晚上，吃过了晚饭后，父亲和我坐在火油灯下，我的父亲对着我说："咱的家境太不幸，死了四口，尤其是你母亲的死给我们痛苦太大了，我去耕种，你去念书，家里便没有人做饭、看家，咱爷们的衣服鞋袜子破了也无人缝补。"爸爸愈说愈伤心就抱头大哭起来。

到我九岁的那年，我去上学了，上了一年，就上不起了，校长看我家里穷，就对我说可以免费，但是免费我也念不起。尽力争取下只能每年就念个春三月，冬三月；夏秋的时候，还是要跟爸爸耕田。如此共念了五年，就不能念了。当我十六岁那年，随着邻舍家到青岛,到小泡岛无棣路同义和洗衣铺干活,头一年的活便是终日用两只大桶去挑水,一百余斤担水,压得我两个膀子肿得似馒头样的,每天累得连床都上不去,在无人的地方常常流泪,在掌柜的面前毫不敢哭,早晚还得侍候老师,到第二年及第三年才学了点手艺。

在洗衣铺干了三年,有朋友介绍到东北舰队肇和军舰洗衣,曾随兵舰开往广东黄埔,住了五个月返回。在民国二十三年的冬天,因在青岛没事,便想到大连谋生活,来到大连举目无亲,仅听说寺儿沟工场有个红房子,哪知大连地区无保人是办不到的,自己无奈何投到红房子七号惠士升的窝铺干活,在干活的当中,受的种种苦痛是永远忘记不了的。

有一年冬天在码头干活,完工回家,经过卡子门时,都要经过一个像猴似的日本人检查,每个人要快快地解开腰带,解开衣扣还不算,还得把裤子解下来,翻完才放走。

一天翻到了我,在我的口袋有一支新铅笔,是早晨从商店买的,但这个猴形的日本人,他一定说是偷的,就拿起洋镐柄打了我二十多下,打得我浑身酸痛难受,又叫我跪了一个钟头,他又想出道眼来叫我给劈道木三根,才放我回去,我虽拿出了我平生之力去劈这道木,但因为我已跪了一个钟点,浑身冻得打战战,好容易才劈完。猴子说:“滚吧!”

七七后在抗战当中我们码头工友又加多了三倍,日本组织一个统治工人的机关,劳务协会,每个工人都照相发给劳动手账,若丢了得请客抽大烟或吃馆子才能再发给,不然就不能干活。在上码头进卡门时,若被翻出烟卷头洋火头,就送你到水上司法刑事灌凉水,他说你是八路军,来放火的。

我们吃的饭是又臭又坏的苞米面、豆饼粕面、橡子面合起来做

成的馍馍头,干活的每人分三个,休工的每人两个(按四两重计算),喝的是涮锅水,在宿舍里睡觉的时候,真不用提了,每人一个半砖头作枕头,破凉席子,破麻袋皮子作被褥,穿的衣服是补丁连补丁,冬天冻得睡不着,夏天臭虫虱子咬,在这几年受到的痛苦真是一言难尽。

后又带领妻子投奔金县三十里堡、北三道湾王老黑子的窝铺抬盐,这个生活比在大连强一点,我心内稍微安静些,哪知祸从天降,却害了一场伤寒病,四十天才好。"八一五"后,我就收拾行李带领妻子返回大连,参加港铁职工会。在去年民主政府让我们穷人搬进了洋房,在自由港领到食粮、煤,还给一丈四尺半白布,把我们种种困难解决了,生活渐渐也就改善了。今天回忆起来才知道民主政府真是为人民服务的,没有回忆时,偶然也会怨恨民主政府的照顾不周,回忆了则才更黑白分明了。

选自《"工农园地"选集》,大连大众书店 1948 年 8 月

特务捣毁《新华日报》营业部

二月二十二日国民党内法西斯派,煽动沙磁区学生进行反革命反苏反人民游行(另有报导)。当游行队伍经过重庆《新华日报》营业部二十分钟之后,预先伫立该处的特务暴徒百余立刻捣毁该门市部,并殴伤《新华日报》工作人员营业部主任杨黎原及徐君曼、管佑民等,造成了"一二·一""一·一○"两血案之后新的"二·二二"大血案。

据一位王一民先生事后投函《新华日报》揭露,法西斯反动派事先部署捣毁新华日报馆的阴谋极端毒辣。——还是某部一位科长亲口说出来的。他们打算埋伏在新华日报馆的周围,等候学生队伍经过,准备趁人多混杂的一刹那间,从新华日报馆的侧边向学生队伍开枪,然后准备诬陷《新华日报》向学生开枪,即由外边特务向新华日报馆掷手榴弹。又据那位被利用参加游行的学生李学明事后函《新华日报》称:学生们也预闻特务将乘机生事,学生为预防起见,组织了纠察队。因此特务们预先打算的阴谋未能实现。此外,重庆市警察局长唐毅,早一日即亲自通知《新华日报》,谓:"可能有人前来肇事,务请不要刺激。"凡此,都可证明法西斯派有计划地捣毁《新华日报》阴谋,实为国民党当局所预知,唯国民政府及警察局方面,竟未做有效防范。

当学生"游行"队伍经过《新华日报》门市部之前,即有百余特务打手布满周围。当时在场者听见暴徒们跃跃欲试地说:"妈的,这一次要把它打个精光。"学生经过时,一暴徒持一竹竿,上挂一纸制的红色的"心形"的东西,上写"良心"二字,站在《新华日报》门前,将此物摇动,企图煽惑群众,另一暴徒,身穿西装,头发飞机式,戴黑眼镜,胸佩中大校章的人物,冲向《新华日报》门口,纠察学生赶紧上前质问是何级何系,该暴徒瞠目结舌,过半天才支吾地说:"我前两年在中大。"纠察学生即将其赶跑。

学生队伍过后,上午十一时左右,人群中的特务暴徒,即蜂拥冲上《新华日报》门市部前,站在该处的四名徒手警察,是四分局应《新华日报》之请才派来的。特务叫嚣谩骂而进,破门碎窗而入,一场暴行,从此开始。

破门而入的暴徒,系由一站在该报对面小食店里、穿青色呢中山装、佩中央战干团九二号证章的人所指挥。目击者证明此一暴行指挥者,即二·二〇较场口惨案中夺取播音器自称"司仪"的暴徒,并为一月中旬以后历次捣乱政协会各界协进会的暴徒指挥者。在该特务头目大叫一声"打"之后,下面齐声附和,于是一个身着棉军服,佩着"卫特"字样和青天白日臂章的军人,同另一个穿长袍的人分从两边打烂玻璃窗跳入,踢开大门,指挥十余苦力模样的人冲进营业部。《新华日报》十余工作同志未予对抗。门市部的所有财物器具,尽被捣毁,书籍撕破,抛掷街头。

暴徒们于捣毁第一层后，又冲上二楼、三楼、四楼。暴徒们对于贵重轻便的东西则抢劫收藏，而把一捆捆的书籍、文具、桌椅、被褥、箱子、自行车等由楼窗抛下，物具摔得稀烂，书籍等则被在楼下的暴徒撕碎，堆在街上，高及一尺。每抛掷一次，下面的暴徒则叫嚣呼啸一次。最后一切资财器物全被捣毁净尽，连门窗招牌均无一幸免。初步统计，《新华日报》总损失不下一万万数千万元（正确数字正在统计中）。

《新华日报》营业部十余同志始终镇静沉着，节节退避，不予抵抗。由铺面逐渐退到四楼（顶层），至此，退无可退，营业部主任杨黎原同志，乃命一部分同志攀屋出走，仅留下图书课主任徐君曼同志，图书课职员管佑民、潘培新同志，洗衣女佣及杨黎原本人共五人，应付危局。暴徒们冲至顶楼，一面侮辱谩骂，一面拳打脚踢，并将他们押到二楼，遍身搜索，劫去现款数万元。直至此时，离暴徒动手时，已达二小时余，才来了十多名警士，将《新华日报》工作人员连暴徒一并捆绑，该报工作人员说明系《新华日报》职员后，警士们竟又连暴徒一并释绑了。此时另有十余名暴徒冲上楼来，即以杠子木板等猛击《新华日报》工作同志，一阵暴殴后，杨黎原同志头顶被击破，流血不止，重伤晕倒。徐君曼同志满脸流血，被拉到街上，又遭一阵毒打，后被警士逐往对面四分局，《新华日报》记者见其行过街心时，瘦削的脸上血流如注，虽身被捆绑，但徐君曼同志仍昂头挺胸而过。管佑民同志亦被打得遍体鳞伤，头破血流，由警察送至四分局。潘培新同志则因混杂在第一批暴徒中离去，未被重伤。一场暴行历时二小时余，暴徒却得以从容施虐，从容逸去。

暴行完毕后，晕倒的杨黎原同志在纸堆里被人翻出来，由警局抬送市民医院治疗。当《新华日报》记者去探视他的时候，杨同志已稍苏醒,满脸血污,手掩头顶,口里含糊地念着:"君曼呢? 小管小潘呢? 快去找呀!"徐君曼、管佑民两同志带着重伤,一直在警局耽搁了一点钟,直到《新华日报》派人去交涉后,才送市民医院治疗。三同志伤情,经医院检验结果:

杨黎原:长约十公分之头皮伤一处,患可疑似脑震荡。

徐君曼:头顶有长四公分及五公分之裂伤各一处,二肩胛骨处及左肩臂、肘部各有皮下淤血一处。

管佑民:前额有裂伤一处,长半公分,右眼眶部及右臂各有皮下血肿二块,大腿外侧有一点五×一公分之裂伤一处。此外尚有轻伤潘培新等六人。

这就是法西斯一手制造的"二·二二"大暴行、大血案的经过。

※　　　※　　　※

"你们不是孤独的,全国人民是你们的后台。"——法西斯暴徒捣毁《新华日报》营业部惨案发生后,重庆成千成万的群众慰问并援助《新华日报》。各界各民主党派人士前往市民医院慰问该报负伤的杨黎原、徐君曼、管佑民三同志者,每日从早至晚,络绎不绝。设函及捐款慰问《新华日报》者,自二月二十三日到二十六四天内,团体方面即有中国民主宪政促进会,民主文化教育事业协进会,上海、汉口、重庆、北平中外出版社全体同仁,新华论坛之友社,中华青年自由联盟,《科学时报》,《民主与科学杂志》,《抗战文艺》,《青年知识》,《文学新报》,《希望》,《中苏文化》,《现代妇女》,《文艺杂志》,《职业妇女》,《中原》,《文汇周报》,《文哨》,《民主星期刊》,《民主教育》,《作家半月刊》,《民主生活》,《美术家季刊》,《民宪》,《宪政》,《国讯》,《中华论坛》,《再生》,《中国学生报导》,《四川银行季刊》及《自由报导》等二十六种杂志。写慰问信的有各业工人、教师、学生、银行电务员、公务员、新闻工作者、漫画木刻家、文化工作者、市民、职业青年等各界群众五百人以上。

二十二日下午当受伤者杨、徐、管三同志被送至市民医院后，郭沫若、于立群、杜守素、冯云峰、吴藻溪、聂绀弩、骆宾基等先生即赶往慰问。二十三日中国民主同盟代表蒋匀田先生等二人、中共代表团四人，及阎宝航、田汉、阳翰笙、陈白尘、吕荧、文治出版社、作家书屋、妇女联谊社、工厂、教师、学生等各界人士及代表百余人前往慰问。慰问信及鲜花、水果等慰劳品亦不断送来，有一位先生特送了挂面、油盐面包、肉汤，甚至连碗碟汤匙都带来了，这种体贴入微的盛谊，使受伤者无限感奋。杨黎原同志对一位先生说："一点小伤，不算什么。"但慰问者们告诉他："被打的不是你个人，而是我们大家。"二十四日前往市民医院慰问者，有学生、公务员、工人、法国新闻处职员、教师等百余人。有的是从南岸、江北带了水果及鲜花来的。有一位青年送了一套旧的内衣给受伤者，在短裤腰上写了这样的字："我是一个失业工人，仅将我的衬衣一套，送给亲爱的兄弟。"二十五日的慰问情形更为亲切感人。一位老太太领了她的小孙子，带着豆腐乳和甜大蒜，送给受伤者。她说："本来要炖鸡带来的，可是因为知道他头打破吃鸡汤不好，而带了她家里的咸菜来给伤者吃稀饭。"好些机关里的职员，把做好了的东西带来。还要看受伤者吃完才走。有两个女职员看了《新华日报》受伤同志之后说："多少人想来看你们啊，你们不是为你们自己受伤，是为我们大家挨打的！"在较场口血案被殴重伤的施复亮先生和夫人钟复光女士也到市民医院来慰问了《新华日报》受伤同志。马寅初、曹靖华二先生及章伯钧先生亦于二十六日到医院慰问。陈铭枢先生、郭春涛先生、王葆真先生、朱蕴田先生、史良先生及陶行知先生（代表生活教育社和育才学校）等，则到中共代表团亲切表示慰问。

慰问函像雪片一样飞到《新华日报》。最为动人的是曾经被蒙蔽而自动参加了二月二十二日可耻游行的学生们的慰问信，他们经过这个恐怖的血案教训而觉悟起来了。一封四十六位大学生联名信中沉痛地说："我们这次参加游行的一群大学生，当我们在南区公园休息的时候，突然听到贵报馆为暴徒所捣毁的消息，令我们感到无限的气愤与痛心，我们这次是为了'爱国'（按：这次游行绝无丝毫革命的爱国气味），才对东北问题表示态度，却没想到这批无耻之徒，竟利用了我们游行后的街道混乱，使用了他们惯用的害国伎俩。各位受伤的先生们，你们的血决不会白流。你们的伤令我们懂得了很多，知道了很多。今后，我们誓不再被人利用，也决不饶恕这批特种人的卑污行径，我们要永远做你们忠实的后盾。"另一位参加游行的李学明写着："我是亲身参加游行的一分子，我相信我自己是纯洁的，热情的……我也相信大部分同学也是和我一样的。可是，昨天《新华日报》被捣毁的事情发生后，我想起许多事情，使我不能不相信，这次事件是一些反动派有组织有计划的大阴谋，他们想利用我们，嫁祸我们。""我领悟到对一件事情应该认识清楚的重要。不然等到明天才掉头，那已经迟了。比如东北问题我自己就很模糊的。……令人摸不着头脑，究竟是怎么样一回事呢？因此，我强调我们同学们要加强真相的了解，充分发挥知识分子的理性，……要求政府公布东北的一切情况，让我们来根据确切材料，来判断东北应该怎样办。我抗议暴徒捣毁《新华日报》的行为。"另一位重庆大学的学生的慰问信愤慨地说："我是二十二日参加游行的一个学生，我首先声明，我的参加游行是出于'爱国的热忱'，虽然我自己并不知道东北到底出了什么事情，但我觉得只要是对国家有'光荣'的事情,我都可以干的。虽然学校里有一部分人逼着大家非游行不可,不游行有种种危险,使得许多同学被威胁非参加游行不可,但是我自己却不是受了威胁才游行……千想不到万想不到有人竟会利用学生游行的机会来捣毁贵报和《民主报》。……同学们听到这个消息后,个个痛恨,明明是特务行凶,反过来要污蔑青年学生,这是对我们同学的侮辱。我们游行,是为了'爱国',是为了要使国家独立、自由、民主,我们不但要求国土完整,还要求取消国内的专制。就拿东北的问题来说,我们主张一切外国军队退出中国,但是我们也反对在东北实行一党专政,把一切民主党派民主人士都打尽杀绝,每一个有良心的中国人,都是这样的想法。不信问问沙磁区的同学们,哪一个是主张东北问题一党独霸的? 至于说到政治协商会议的决议案,我们是认为神圣不可侵犯。但是现在竟有人把我们的'爱国'游行当作武力独霸东北和撕毁政协决议的工具,这是把我们看作什么了? 现在一切都明白了……煽动我们游行的人,是为了要拿我们充当破坏国内团结的工具。我们受骗了。看了贵报被捣毁的情形,人重伤,物毁尽,凶暴残忍,稀见鲜闻,在我们纯洁的心灵上,刻下了不能忘记的创痛。我真不信这是中国人所能干出来的。先生们,不要灰心,我们已经明白了。"

真的,人民的眼睛是亮的。纵使能蒙蔽一部分人于一时,但是再久了是蒙蔽不了的。"全中国人都知道他们这卑污而无人性的举动底下的阴谋是什么,这些败类是想置中国国家于万劫不复之境,凡为人民说话的机构和人们,都遭到他们的仇视,袭击沧白堂、较场口,包围北平执行部,打《民主报》和贵报,就是一套有组织的破坏团结、反对民主、制造内战和国际战争的卑劣行动。"(中华青年自由联盟慰问信)这些暴行"是企图破坏政协决定,掀起第三次大战"(三十

六位同学慰问信),是"反动派企图使中国重陷灾难的黑暗的地狱"(十五位在业与失业青年慰问函),"这是对全国人民挑战的信号"(一群在职青年慰问函)。在人民看来,这次反动派的暴举,"罪行滔天,为纳粹党徒所不及"(十七位木刻漫画家慰问函)。然而,"真是卑污愚蠢,他们打了《新华日报》和《民主报》,难道就打倒了共产党和民主吗? 他们是自己暴露罪恶的黑心,自己向中国人民和世界人民宣布自己罪状"(一位公务员的慰问函)。"他们在罪行录上加上了一笔大账"(一群军火工人),"这笔血债已清清楚楚地记在人民心里"(十五位文化工作者慰问函),它"将更激起千万人的憎恨"(赵争慰问函)。正如邮工和一群华侨青年所说的,"你们的创伤,更坚定我们奋斗的信心","我们将誓为你们争取民主的后盾"。

广大人民爱护他们的喉舌——《新华日报》。在二十三日到二十六日四天之内,慰问者除送鲜花、水果、食物外,自动为受伤者捐助医药费即达三十一万六千三百六十元。(自二十六日起,《新华日报》已辞谢不受各界的捐款。)

事实证明了,为中国民族和人民的利益而奋斗的中国共产党和一切民主力量,不是孤立的,而有全国人民作为它们的后台,法西斯派的一切阴谋、鼓煽、行凶,都将无所施其计。

选自《蒋管区真相(第二集)》,东北书店 1947 年 10 月

永北前线担架队速写

一、队员们的心情和行列

民主自卫的炮声,在西南角上响开了,人们的心情,怀着各种不同的揣测和疑虑,绝大多数的人群,都在忧心着未来的命运,恐怕战争将使自己遭罪。"假如中央打来了,将给咱们带来了灾难!""民主联军如果后撤了,咱们的幸福将跟着逃走!""还有咱们的土地……""还有咱们的子孙……"

犹疑终不能战胜敌人,最后人们寻思了一下,自己的过去、现在、将来,大家心里有了一个底。

动员令传到堡子里的时候,老乡们都勇敢地站起来了,一天工夫,组织了一支浩荡的八百余人的担架大队,这队伍虽然由过惯了散漫生活的农民组织,但他们有自觉的纪律,不管是前进或后撤,打响了或者歇下了,一点也不混乱。

作为一个战地工作者,我很担心这支队伍对于战地的贡献,因此就走进了这个人群,和一些老乡谈话之后,觉得我那"杞人忧天"的担心,未免太小看了新起来的人民,相反地却增强了我对战斗的胜利信念。

二、民主联军存在,咱们才能活着

年约四十岁的队员老刘说:"民主联军待老百姓太好了,从来没见到这样的军队,中央军尽是一些坏小子,伪满的特务警察都过去了,怎能好?!"

"那能叫中央?! 就是'二满洲',头年咱在吉林过江,中央军向咱要钱,吉林街上美国大鼻子可狠啦,比小鼻子在'满洲国'还要狠。"小组长老徐这样说,周围的人凝神静听,呵着气,点着头,意思是说:"他说得对!"

"那还不算,国民党还抓壮丁哩,他养的中央胡子,什么坏事都干得出来,××堡子老朱头的闺女,不是给'中央军'强奸了吗?"老于急而又气地说。

大队长在旁边插问道:"你们这次出来抬担架,怕不怕?"

"不怕!"震耳地回答。

"为什么不怕?"

"不怕,这是为了自己。"肯定而有信心地齐声回答。

"怕有什么用? 蒋介石不讲民主打来了也是死,民主联军存在,咱们才能活着,咱们一定要打胜!"老吴接着说。

三、胜利是我们的,土地才是我们的

"在早,咱们过着遭罪的日子,共产党来了咱翻了身,出了气,报了仇,申了冤,又分了地,今天另外谁来咱们也不乐意。"一个叫张贵

的裂着嘴巴喊,他那短胡子的尖端凝着几粒亮晶的冰珠。

如果"中央军"打来了怎么办?

"不能,不能,他们来不了,真的来了,咱们就完了。分得的恶霸的土地房屋,都得倒出来。"小队长老徐非常肯定地说。

"对呀! 不能让中央胡子来,来了我们就要帮助军队打垮他。"

"只有民主联军打了胜仗,我们才能有土地。"

"胜利是我们的,土地才是我们的。"

"抬担架送伤兵是我们自己的事情。"

"拥护民主政府,拥护共产党。"

"赶走国民党反动派,保卫我们的土地和民主。"

"……"

"……"

口号响彻了飞雪的冷空,八百个热血跳动的心,为了服务自卫战场,每个人的心里,都在准备如何贡献自己的力量,这力量是无形的,它将捶碎美国装备的蒋家军。

四、人家解放区真好!

黑夜,大队随部队踏着起伏的雪浪前进,掉队的急急跟上去。

行进到一个有利地带,住下了。因为房子太少,大家不能够睡下,都集中在小房子里取暖,精神和平时一样,没有一句怨言。

铁军勇猛前进,反动派闻风而逃,部队开进了九台,九台的王姓老乡向担架队员说:"你们军队再不来,咱们都得饿死。"队员老刘接着把解放区人民生活和斗争恶霸分配土地统统说了,王老大娘带着羡慕的眼光向他儿子说:"人家解放区真好!"这样,担架队又可称为宣传队了。

五、徐凤楼和五十四位队员

战争开始了,我军挺进土门岭,战士们像顺风的浪向前推进,阵地上倒下了几位人民的捍卫者,这时候激动了一位普通农民但惊人勇敢的徐凤楼。他在人群中出现,高度的爱国热忱驾驭了他,他不愿让受伤的战士们在雪地上受冻,在敌人密射的火力下,他领了九副担架冲上去了,部队指挥员制止他们前进,恐怕他们受伤害,没有阻住,结果只得用加倍的火力压住了敌人。

最后,徐凤楼胜利了,他以九副担架,救下了十个伤员,其中的一个是他自己背下来的,以徐凤楼这种精神感动了伤员,王学奎说:"你们老乡太好了,和我们亲人一样,我希望伤口快好,再到前线继续战斗,直到打垮反动派为止。"

徐凤楼的英勇行动,同样地鼓励了正在作战的部队,×连刘同志说:"有这样的担架队,咱们还能打胜更多的敌人。"

土门岭的战斗胜利了,徐凤楼和他们五十四位队员,直把伤员们护送到后方医院,沿途他细心体贴地照料伤员,徐凤楼已经成为永北担架队员中的模范。

选自《血肉相联》,东北书店 1947 年 8 月

由奴隶到英雄

——记劳动英雄厉福合的诉苦

地主催租逼债，逃了父亲，卖了姐姐

我厉福合，八岁时就下地干着很苦的活，那时全家租种延吉老傅家的一垧半菜园子，还在壮年的父亲和我终日在菜园里忙碌，但是每年下来的新鲜蔬菜，都被地主原数拿走，什么代价也不给。虽然这样，每年的收入还不够地主的租子，祖母和母亲还得到街上去要饭吃。偏偏在那几年又闹天灾，一连旱了两年，刚出来还没长成的菜眼巴巴地晒成了黄色。狠心的地主全不管穷人的死活，在那样的饥荒年，还不断地来催租，地主的儿子在县署混事，时常带着警察来园里催租，用换地户相威胁。逼得父亲走投无路从家逃出，至今不知下落。姐姐被迫出卖给我亲姑家去当二房，卖了多少钱，我也记不得，那时交通不便，我姐姐骑人家的马走的，在明月沟过河时，跌下马来几乎摔死。就这样，地主仍不肯甘休，还是逼着我们本利

齐还,不然就不能再继续种地。没法子,只得将所有家底连那两间自己盖的小房一齐给了地主,算是抵债。临走时,只带了几个破碗和一口锅,就是这一点东西,还是不少人说情才带出来的,依着地主,我们就是光着屁股离开菜园子,还要欠人家的钱呢!

捡煤要饭,冻饿难挨,给人放羊,挨打挨骂

离了延吉,听说老头沟好混生活,我祖母、母亲、弟弟和我,老小一齐沿路要饭来到了老头沟煤窑。祖母和母亲整天在外要饭,我和弟弟每天到石头堆里去捡煤砟子。冬天里大雪盖满地,两只手冻得像紫红萝卜似的,也得捡煤砟子,一天捡不到几十斤,卖不到几个钱,哪里够维持生活?夜间全家老小围成一团,冻得发抖,饿得眼睛都发了花。后来找到了一家地主,给人家放羊。没有放过羊,不懂得怎样放法,春天里把羊领到阳坡上吃草,哪里知道"羊吃春天阳坡草"是会生病的,几十只羊一下病倒了过半。地主知道了,把我一场好打,打得五孔出血。回家见了娘,娘哭哭啼啼地说:"不要再给他们放羊啦!我就是饿死也不能让他们这样没死没活地打自己的亲骨肉。"话虽是这样说,但是肚子饿得难受,没有办法还得忍气吞声地去给人家放羊。地主的儿子吃、喝、嫖、赌什么坏道都干,有一天他从羊圈里拉走了两只羊,我以为人家是东家,就没敢干涉,他把羊拉出去就卖了。地主知道之后,硬赖我不是偷了羊,就是放丢了,把我大打一顿,还辞了我。从那时起我又开始捡煤砟子。

当了十四年亡国奴,受尽了日本鬼子的折磨

"九一八"之后,老头沟煤窑就渐渐地多了机械和摩托。记得我十六岁那年就入坑采炭了。年纪小干不了那么重的活,为了吃也得

硬干。日本人打人是家常便饭，岗祺（日本人）动不动就打人，最多时一天打我三次，说我干活不努力。其实我天天回家累得上炕就睡觉，母亲知道我受不了，背地里流眼泪。有一次掌子冒了顶，一块大石头把我背脊骨皮擦破了一大块，淌了许多血，幸好骨头没有伤。回家还不敢跟我妈说，怕她知道了伤心，不叫我去干活。一块干活的工人善意地对我母亲说："你儿命大，你积了德，福合才保了命。"母亲知道我遭了灾，发现我背上一大块血伤，就藏起了卡斯灯和工具，死活不让我去入坑了。可是为了生活没办法，找到灯和工具我又去干了。后来转到卡机道上去挂钩，没有多久，岗祺看到了又逼我去下坑。

坑内活整整干了一个"朝代"，一直到"八一五"大解放，伪满洲国完蛋。十四年来，一般矿工受的苦：吃橡子面、挨打受气、"经济犯"，我都受过了。

来了共产党，穷人抬了头

"八一五"后乱了一阵，"国民党"、"治安队"和维持会都只顾发财，不管人民。去年夏天来了工作队，宣传、发动工人申冤报仇和翻身。就在这时，有人捎来了口信，说我姐姐让我到敦化去清算我亲姑家，这是我从小就记在心头的恨事，我请黄同志（矿上负责人之一）写了介绍信，就到了敦化。姑表兄弟知道我来了对他不利，见了我双膝下跪。这叫我想起当年姐姐被迫出卖他家的情形：当时为了多卖几吊钱，我们一家跪在他们面前哭天唤地，请开恩典，可是冷心肠的财主，一个钱都不多拿。今天他见面就给我跪下这是穷人翻了天，时事大变了。姐姐分得了浮产和土地，打下了享福的根基。

那时候可是大变动，到处斗争清算，矿上的坏蛋、把头、狗腿子，

逃的逃,斗的斗,穷人们直腰抬了头。这真是穷人翻身的年代啊!我自动参加职工会和矿工自卫军,努力工作,积极生产。

中状元,戴了两朵大红花

去年新年全矿选英雄模范,说是穷人、苦难的人要当"状元",我们中央坑(现在改名胜利号)工人选我当英雄,矿工自卫军全体同志选我作荣范民兵。当时想:受苦难的人还有资格当英雄?头脑还不大清楚。到了年三十,前拥后挤地来到了会场,职工会主任报告了我的事迹,大家把我评成全矿特等劳动英雄和模范民兵,女同志给我一连戴了两朵大红花,矿长、监委陪着吃饭,奖品领了一大堆。

加紧生产,迈大步走自由幸福的路

今年我又被选来全矿竞选英雄,我是知道英雄的意思的。一辈子的苦难到了尽头,共产党帮我们翻了身,得到自由和幸福。我一辈子受苦受难没有穿一套新衣,而今年我穿上了里表三新的棉衣,这是一辈子的头一回!不挨打不受气,面前摆着一条自由幸福大道,我只有迈大步走这条路,努力工作,加紧生产,保卫我们已经到手的果实——自由幸福,使这果实永永远远属于我们劳苦工人。

选自《由奴隶到英雄》,东北书店 1949 年 6 月

再不能容忍了

——蒋区百姓的"不平鸣"

本文摘自一月二日蒋记沈阳《东北民报》,该文作者署名"老百姓",原题《一个东北老百姓的呼声》。

——编者

物价昂贵,到处人人叫苦,战争已成燎原,有血有肉有骨头有灵魂的中华国民,谁还能够再无动于衷? 现在逼得我老百姓不能再事容忍,故略陈所见:

助桀为虐 奖励贪污

在抗战期中,在胜利以后,政府要人、接收大员的贪污案件几乎天天报上都可以读到,可是很少读到某个贪污者被处死刑的,政府的这种作风,无异助桀为虐,奖励贪污! 清查团来沈后所公布的贪污案件现在到底怎么办的? 当局始终没向我们老百姓交代明白!

在美国银行存款至三万万美金的几位富翁（按：正是蒋宋孔陈四大家族也）政府始终没敢向老百姓公布他们的姓氏！假借官位搜刮物资，敲诈罪行，人人咒骂，但不见抓办一个重要负责人。长此下去，中国前途，实在令人悲观，我老百姓是主张贪污者死的，不问官职的大小，位置的高低，为士为农为工为商，以非法手段获利贪污到某种程度者，一律处死刑。人类中没有不怕死的，贪官污吏，尤其怕死。贪污案件较轻者，亦得用刀割去他一个耳朵，表示他与众不同！

打拳卖膏药管国事 我们东北子弟被排斥

中国亡，我们大家都是亡国奴，中国强，我们大家都是强国之民，我们应有选举权与被选举权，现在南京国民大会的代表们，不知道是用什么方法选举出来的。我老百姓，今年已七十有二岁了，没有被人选举过，亦没有选举过人，同时代的老朋友们亦都有此同感，并且这次代表一言不发，听说鸡鸣狗盗引车卖浆，打拳卖膏药的五行八桌，都甚齐备，不世之英，在抗战八年中，我们东北老百姓的子弟儿孙们在空军方面，在陆军方面，死于战场者为数在五十万以上，可是光复之后，接收东北的大员们之中，却很少是我们的子弟，难道东北人民只会对日作战，而不会做一点其他的事情么？这真令人不解，政府是大家的，政权应当平均分配在全国人民之手，不应当让一部分人包办。

教育一团糟 农村大破产

中国政府提倡国民教育已经有数十年的历史了，但目前文盲之多，依然不减于当年。我们老百姓始终是愿意送孩子们进学校读书的，但无校可进。东北沦亡十四年，光复后糊里糊涂的又一年，除长春与沈阳两个较大的城市有三五个中学、十几个小学开门之外,其余各县,仍乱糟糟的一团,学校是房屋有数间,窟窿漏着天,生员是睡着破席片,枕着半头砖,食不能解饥,"粮少而贵买不起",衣不能御寒,寥若晨星的几个教员,便被饥寒所迫奔入城市,现在整个的东北(按:东北蒋占区),农村经济完全破产,死亡之多,全国之冠。

"国军有枪杆" 叫我死就得死

国军(按:蒋军)在大城市强占民房或学校,有枪杆在手,把应归国家的东西私行霸占,抓火车,运财物,不纳税,开商店及其他不法行为。一个小小的保甲长,在民间即操生杀予夺之权,拉壮丁,强迫选举,强迫交纳非政府所规定的各种杂税。我有公理,人有武装,人叫我死,我就得死,否则必须绝断服从他人的命令。设或手中有了武器,他人欺辱我,我可以不被欺辱,他人杀我,我可以起来反抗,他人无故害我,我就得用全副精力自卫。

选自《爱和恨》,东北书店 1947 年 10 月

浙东农村水深火热

——《文汇报》浙东通讯

编者按：上海《文汇报》于八月廿七日发表一篇浙东通讯，首述鼠疫与虎疫在浙东农村中造成的严重情况，以及国民党当局只管借机发财，莫管民命的腐化现象，继述及所谓"清乡"加给人民的苦痛。按："清乡"原为八年抗战中日寇用于摧毁敌后八路军、新四军及解放区人民的一种罪行，以此杀害农村中抗日分子并劫夺人民财产，而今国民党又用之于浙东。今将该文后半部转载于后，可以看出国民党区农村水深火热的苦境。

"清乡"——这个在敌人占领期间听惯了的令人谈虎色变的名词，胜利后已给农民们饱尝滋味了。这次大规模的"清乡"，据说是省方命令全面发动。浙东除浙保×团×团等清剿军队外，各县均单独成立"清乡工作队"，前者为军事，后者为政治，军事政治双管齐下，声势不能不算煊赫，但是上面迫得紧，下面的士兵却充满了反内战的情绪，工作人员也多半敷衍塞责。

　　然而,这在党政军团,那是一件大事,各县县政府忙着筹上千百万的清乡经费,大部自然由乡公所派到农民头上来。而各乡中又单独要筹措招待费。官兵每到一村,村民们首先要拿出自己的食粮来供奉这些"清乡老爷"。他们说:"我们拿出钱来米来养这些人,而他们却来'清'我们!"

　　在"匪穴"的外路,军队驻扎着,俨如面临大敌,但是这些士兵们却很少去"搜山",因为他们并没有足够的勇气。驻某县的一支军队,拥有相当可观的武器,听说这些武器有一天晚上竟全部转移到他们的"敌人"手中去了。这个消息是公开的秘密,他们的长官在极力否认,因为这太丢脸了。

　　这类戏剧性的演出,据笔者一位在"剿匪"军队中的挚友叙述,该是十分容易发生的,然而这样的玩笑事实上并不多见。这是很明白的事,农民们所组成的,曾在抗战期中建立过伟大功绩的武力,是可以叫想消灭他们的人寒心的,这种武力至今依旧被珍重地保存着。

　　除了军事进攻外,政治上一方面挨户搜查人口,士兵们随时可翻箱倒箧,那种情景恐怕连独创中国式的"警管区制"的大人先生,也还没有想象得到。至如"合保联保","合甲联保联坐切结",农民们捺一捺手模,便是一张"卖身契"。

　　好在这些事情都已司空见惯,农民们比起都市里的文化人自然要"老练""沉着"得多,他们在表面上会很驯服地让"清乡老爷"做他们的例行公事,然而他们会以此来教育自己的孩子,如何跟命运搏斗。

　　农民们好端端坐在家里,像虎疫一样的不知自己能否避免遭劫的命运。士兵与工作人员随时可以闯入老百姓的屋子,要吃,要喝,要人。在"清乡"期中,政府可以莫须有地加一个罪名,不论是"匪"或"通匪嫌疑",甚至"私藏军火嫌疑",要不然就是据"报告"或"调查",随时随刻可以抓人,可以审问拷打,可以为所欲为,他们可以杀几个无辜的农民报功,罪名可以自己制造,要不然就用"脱逃格毙"。(即使被杀的身上还留着脚镣手铐,他们也可用这罪名,一报了事。自然,他们更无须担心上头会来查案子。)

凭空失去自由,眼睁睁看着人家抢去自己的财产,无辜杀害自己的父兄,他们只能暗中流泪。这一切奇迹,在浙东农村中,早已像吃杂粮一样地成为家常便饭了。

天灾人祸使农民们日趋贫困,盗贼如毛,白昼行劫,杀人越货,连永嘉城区,白天抢掠商店,也不算稀奇。至于瓯江口外海匪之猖獗,尤为数年来所未见。这类海匪如真的捉到了,大多是花掉几万块钱便无事大吉。

不久以前,丽水这山城,曾出过几件大劫案,弄得当局着急,人心惶惶,后来案子破了,原来是警察局与县府特务队干的勾当,七月底,永嘉破了一件私贩军火的巨案,主犯是前省主席黄绍雄氏的族弟。这两件事当地报纸均有刊载,从这里我们未始不可窥见一些真情。近来自卫队缩编,护航队解散,这批人们的出路怎样,也是叫人担心的。

浙东盗匪,确实相当猖狂,政府不但对之束手无策,而且直接间接地促使农民"铤而走险"。"清乡"后照理该对地方治安有很好的处理,但是他们所"清"的对象却不是盗匪,而是无辜的驯良农民。农民们说,政府的"清乡"跟日本鬼子的"清乡"完全一样。日本鬼子来了,我们还可以逃入深山,但是官兵来了,我们连逃也不能逃了!

在农民的心目中,官兵比任何坏人可怕得多。胜利以后,浙东某县的几个乡村,就是被"清乡"的队伍烧得精光的,但日本鬼子在浙的时候,还没有这种行为。

官兵跟农民毕竟是同胞,当他们闯入农家时,农民往往会以诚挚而刺探的口吻跟他们谈起话来,譬如说:

"你们何苦与我们做对头呢?我们活着又犯不了你们啊!"

"打仗打八年了,大家也该安心过日子了!"

当官兵流露着感动而痛苦的表情时,他们惯常的回答是:

"谁高兴找你们麻烦呢?这是上头的命令啊!"

八月十一日

选自《蒋管区真相(第二集)》,东北书店 1947 年 10 月

这是我们心里的话
——解放军官教导第一团总俱乐部座谈会摘录

东北民主联军解放军官教导第一团的总俱乐部,自成立以来,由于俱乐部全体委员们的努力,和全体解放军官的积极参加,使得俱乐部的工作有了很大的进展,各种文娱活动都建立起来了,不但活跃了生活,而且推动了学习和工作,总政联络部为了慰问积极参加俱乐部活动的朋友们并听取他们对建设该团的意见,特于"七八""七九"两日召集他们举行座谈会和聚餐。到会的有总俱乐部委员,戏剧演员,篮、排球选手,歌咏队员等,在茶会上大家都踊跃地发表了自己的意见:

××军卅师炮兵上尉副连长李××回忆似的说:"……我的思想转变,是经过了许多内心斗争的,刚被俘时我坚持着国民党的反动立场,恐惧,怀疑,对一切都不信任,但经过一长时间之后,我对国事的看法,又转成了中立者。当时我想:国民党共产党都是一样,让他们打吧!我坐山观虎斗……谁打败都是一样。可是渐渐地不断接触新的事物和读书，辩论，观察，而后不但使得我对过去认定的'党国''正统'在脑子里站不住脚，同时对所谓中立的立场也怀疑起来了，世界上只有'是'或'非'两种立场，是就是，非就非，这当中是没有中间的。我现在觉得，中国没有中国人民，就不成其为中国，没有历代的王公大臣和蒋介石，中国会照样地存在，这该是千真万确的。历代改朝换代，没有改掉了人民，改掉的是那些压迫人民、为人民唾弃的皇帝及其走狗，今天违犯人民利益的，就是人民的敌人，谁给人民办事谁就是'正统'。我们有血性的青年，就应当认清是非选择方向，'是'就'是'，'非'就'非'，绝不应当含糊从事，也不应脚站两只船……过去我们错了，我们掉队落伍了，现在我们应当赶上去……"

他笑着又说："我刚到解放区来的时候，工作人员给我报看，我就警惕着自己：'可不能让他们把我赤化了。'……但有时看一看，竟使我惊异起来，共产党说的件件都好，做的件件都对，有时一面看一面又警告自己'可不能赤化了'，但是现在还有什么理由去拒绝读那些书报呢……"

保七团上尉机枪连长李××揭穿蒋介石发动内战的罪行说："……八一五日寇投降，是我生平最愉快的事情，但是正当蒋介石高唱和平的时候，我们的军队中秘密地发下了一本《剿匪手册》，我当时纳闷坏了。"他以讽刺的口吻继续说："为什么我们的'蒋委员长'一面讲'和平'一面又发《剿匪手册》呢？以后我才知道，所谓'和平'全是阴谋。

"……在湖南我们的军队被缩编了，被编掉的人员多是非嫡系或没有特别关系的，编下来的人他们就不管了，并且下一道有条件的命令，限期到南昌长官部报到，报到的人必须：（一）有军校毕业证;(二)有长官部或军政部的介绍信。但是诸位,请设想一下,有几个人能获得这种证明文件,再说囊空如洗,负有妻子之累的人,怎样能从湖南到达遥远的南昌呢? 最后他们下一道命令说:'限你们廿天出境,否则就驱逐。'你看他们狠不狠呀! 但是以后在大后方传说一种谣言说:毛泽东先生派人去收容国民党退役军人,当时蒋介石害怕这批军人参加共产党,就马上下一道命令限期报到,否则逾期不到,就以共产党论罪⋯⋯"

李××是八九团准尉排副,他十分愤慨感伤地说:"国民党统治区的黑暗情形,是无边无际的,我的家也遭受着这种无边际的黑暗所带给他们的痛苦。省县乡保甲长敲诈勒索人民的方式是各式各样的,这批流氓、坏蛋,像做生意一样地拿钱买官做,他们公开地买卖壮丁,发放最高利润的高利贷,在征粮、征实、征修与各种苛捐杂税中更加倍地剥削人民,只要你有钱,他可以使不识字的人,报为中学生而免去壮丁,使有一群儿子的财主,报成只有一个独生子而得免去兵役,但同样他们也在征丁抓丁中,使得穷人妻离子散,有些农民为了免去自己儿子的兵役,弄得倾家荡产,变卖一空,但最后还是逃不掉兵役。这些家伙他们原来是流氓,但当上一年保长之后,就盖房子,买地,穿起漂亮的衣服,威风十足,甚至有的成了几百担田的富翁,我是有热情的青年,我当时恨他们入骨,甚至比恨日本人还厉害,那时我想,我要读书做官,然后去好好地整他们一下,但现在我才知道,这黑暗是由于蒋介石及其反革命制度所造成的,我们要消灭这无边的黑暗,就只有打倒国民党反动派⋯⋯

"⋯⋯那时我因为看不惯这些现象,就常常骂他们,有一次一个特务伪装好人对我说:'老乡,你们地方上怎样?'看起来他是十分关心人民痛苦的,我当时便满腔热忱很天真地与他们痛快地谈了一顿,但谁知不到几天,我的家在'共产党嫌疑'的罪名下,弄得鸡飞狗跳,我自己也被迫逃走,做了个流浪者……

"我为抗战负了七次伤……备尝了各种痛苦……但因我好批评上级,不会拍马屁,因此被撤差七回,关了十一次禁闭,几乎被枪毙……抗战七年结果弄得在军队名册上连个名字都没有……单从这一点上就可以看出国民党军队内部的黑暗了……

"今年春天我在报纸上看到北大女生被强奸时,北大教授胡适竟写了一篇文章,他不但不同情学生,反而说:'她们太注意贞操了。'我当时真是怒火直冒,在日记上狠狠地骂了他一顿。但结果我在挑拨中美关系的罪名下,又被关了一次禁闭……

"……到解放区后,我开始是不愿看这里的书籍,我认为像国民党一样是在卖狗皮膏药……但以后我偶然看到一本俄国十月革命的书,我惊奇,当时俄国革命的前夜和现在蒋介石所处的情况几乎完全一样……现在我自动地向图书馆借书看了……"

保十九团少尉排长张××说:"民国十九年,我就在昆明当了兵,国民党军队内部的黑暗我是一清二楚的,那边用人,全讲私人感情亲戚门子,不管你资格多老技术多好,如何会带兵……只要你没有门子,不会吹拍,你就永远被压在底下,不得抬头。开始到解放区来我不相信这边用人公正,但经过几月的观察,才知道解放区与国民党统治区绝然不同,这里用人是看他是否真心为人民服务……在那边当一辈子兵,也不知道国家大事为何物,国民党不让士兵知道更多的东西,如果你敢于批评他们,不管对不对,那你就倒霉,哪里像这边部队还学习什么识字和上政治课呢!国民党是不敢让士兵接近真理的……

"山东台儿庄会战,我负了伤,出院后,我们的军长,假慈悲地对

311

我说:'你们负伤是光荣的,现在我把你们送进军官教导总队,好好地学习一下。'我们当时都非常高兴,谁知从教导总队出来之后,他那里就闭门谢客,不予接收了,我们在枪林弹雨中为国家尽了一番力,结果竟弄得无业可就,流浪街头没有饭吃……当时我们气愤已极,集体要求回家,结果也只能领一张护照,发二百元钱。试问从湖南到自己辽远的家乡这一二百元钱何济于事?而且有些人的家乡已为日寇占领,弄得无家可归了。那时大后方土匪很多,诸位你想那些土匪是哪里来的?这就是那些负伤残废的抗日军人,他们为了回到遥远的故乡,为了一路的食宿,不得不三五成群,一面抢劫,一面行走,这就是抗日军人在蒋介石军队里的结果。至于这些军人的家属所受的折磨,那更不用说了……"

二〇七师第三团上士文书弓×说:"……八一五光复后,由于正统观念的作祟和国民党的特务活动,东北有很多青年不相信共产党,对国民党抱着无限的希望,甚至到北平请愿,要求中央军快来,当时我们十分热烈真诚地把一切希望寄之于所谓正统。但谁知道他们到来之后,便把东北弄得乌烟瘴气,'接收'就像抢劫,那些公共的高大楼房和私人住房,都在某种借口下,被私人占用了。结婚,接收日本女人,闹得一塌糊涂,有的甚至娶几个老婆,像汽水瓶子一样地今天娶来明天甩去,不大的一个官也有百来间房子。抓丁,征粮,伪满的一套不但原封未动,有的甚至变本加厉,他们发财发福,但却把东北人民,弄得更加贫困,这就是我们天天盼望的中央军'正统'!这就是他们给我们东北人民带来的'幸福'……

"……我们身受日本人十四年的压迫,哪一个不希望投到祖国的怀抱得一点温暖,但那些趾高气扬的南方同胞,他们给我们的是讽刺,谩骂,怒目横加,称之为'亡国奴',骂之为'奴化太深'……诸位,难道这奴化是从娘胎里就带下来的吗? 到底是哪个断送了东北呢?!"说着他愤慨极了,他的面孔严肃,眼睛也闪出异样的光来。停了一会他又回忆似的说:

"我有一个同学,他以满腔的热情去投考一个国民党的学校,在口试的时候,一位考试大员,一看到我的同学连姓名都没有问,首先问的是:

'你是哪里人?'

'是本地人。'我的同学很恭敬地回答。

诸位你想这位大员还要说些什么呢? 你们是再也猜不出,他竟毫不知耻地说:

'我听说你们这里将校呢很多,请你给我买一些。'然后又以极无耻的神气问:'你能买到吗?'我的同学愕然良久,而后回答他:'这种呢子现在不多了,但也可能买到,看看吧!'

'……'

停了许久,我的同学以为他还要问些什么,但那位大员却满足地坐在那里,再也不问什么,这一场滑稽考试就结束了,我的同学回来气得几乎哭出来,诸位,你看这是什么考试制度,如果将校呢买到了,那他没有问题会考上的……

"二〇七师招考学生的时候,国民党大事宣传了一顿,说什么二〇七师像学校一样讲的是数理化,生活怎样好,毕业后就是少尉阶级,愿入伍的就当官,不愿入伍的就退役,转其他大学也可以,并且也成了县里的三等参议员……当时我同许多青年都被迷惑了,我们去了,诸位知道,不用说那是一定考取的,入伍以后便被送到沈阳,从此便失去了自由,睡的是满布碎破玻璃的地板,吃的菜连油都没有,先来的学兵在入伍的欢迎会上,唱了一支《树上小鸟啼》的歌子给我们听,当时我的心就凉了半截,我想像这种场合,怎么会唱起《树上小鸟啼》来了呢?会后我们和先来的人交谈了一下,才知道我们受了骗,他们是骗我们来当兵的。当时大家相对无言,愤恨极了,当夜有三十三个人开了小差,以后我们集体质问他们,那个不要脸的中校,指着他那闪光的领章,对我们说:'我以中校阶级和人格向你们保证,你们听的全是造谣……'以后想来这样人还有什么人格呢?隔了两天,我们实在受不住了,便向团长提出,放我们出去,结果遭到拒绝,最后我们决定整队冲出去,冲到门岗时我们和卫兵打了起来,以后团长来了,他用手枪威胁我们,我当时气极了,向大家说:'同学们冲出去!看他的手枪敢打谁。'但结果,我们一个也没有逃出去,我和另外一个同学,被关了十天禁闭……从此我们就当了所谓'青年军'。到海龙我们发觉从家穿来的衣服,被连长偷卖了,气愤之下,大家选出五个同学,到团部报告,一见面我们的同学说:'报告团长!'但他竟把桌子一拍:'不许说话!''报告团长!''不许说话!'……这个连长现在已被民主联军俘虏来了,大家只管问他去吧……"

五十二军第二师五团连政指柳××说:"'八一五'日寇投降,我心想:抗战既已胜利,总可以复员,回到父母膝下,妻儿身边,谁知事与愿违,国民党不许我们复员,我几次请假均被拒绝。后来欺骗我们说到南京警卫首都,有些人就乐了,满以为到南京玩玩也不错,但到南京之后,又骗我们说:要调你们到上海去'接收'。既到上海,白崇禧马上在慰问我们的名义下,提出要我们去东北'接收'主权,真的!当时大家都慌了,当晚很多人开了小差。开始来到东北,大家以为是和平驻防,但隔了几天,就和番号不明的部队打了起来,当时大家估计这可能是少数拒绝投降的日军,后来长官对我们说:打的是土匪……于是我们就这样地被蒋介石投入了内战。去年我们天天要求复员,长官没有办法应付了,表面答应我们可以复员,但从部队内调到长官部后,赵××却对我们说:'本来是让你们退役的,但是现在交通不便……再说你们回家有什么出路……我现在决定你们将来可以转业,但现在还不能退役……'于是我们这批青年,哭笑不得地被送到五十二军,又回到了内战前线。

"……因为民主联军不断地胜利,我是常常预感有被俘可能的。当我们部队住通化附近的时候,我因为有点事,到一个老百姓家里去,那家正在吃饭,老太太对我说:'吃点苞米饭吧!你们是吃不下去的。'但她的姑娘马上接着说:'哼!吃不下去!看当了俘虏以后吃下去吃不下去!'我当时烦透了,从此之后这种预感,更加扰乱着我,真的不出几个月,我果真被俘了……

"……被俘之后,我一点也没有伤感,同志们对我们很好,不但没有活埋,也一点没有侮辱,现在我在真实的体验中,知道共产党是爱人民,我目前的生命是她赐予的,我将来能和父母见面,这也是她的恩惠……我现在要好好地学习,下定决心为人民服务……"

选自《从诉苦到复仇》,东北书店 1948 年 5 月

◇佟云岩

咱家乡在血和泪的日子里

儒姊：

我从家出来了，经过××到××的大森林，如今又到了自由民主的北满。路冰岩和你也在这儿，然而我还未见你！

儒姊！从国民党抢占了四（平）梅（河口）沿路，咱老乡的父老兄弟姊妹，都陷入血和泪的日子里，整天地受着所谓"国军""中央大员"的摧残，无数的青年被抓去，无数的姊妹被强奸。抢征军粮的惨剧，层出不穷，那肥沃的田园，因为壮丁被抓掉了，而开始变成荒芜的原野。

几月来，那幅自由的天地，又变成了比鬼子在时更残忍的监牢，自由的人们被"中央老爷"们给束缚起来了。

本想把咱家乡的一切灾难，一一地告诉你，然而太多了，真是几昼夜也讲不完，还是先让我告诉些东丰男女同学的遭遇吧！

"国军"在东丰假仁假义地说是"恢复教育"，把那些害"中央"迷的同学们写明进学校之后，老爷们的真面目就原形毕露了。

乍开始"中央"老爷们还装正经的,吹嘘"国军抗战历史",高谈"新生活运动"。等同学们不感兴趣,没心领教时,老爷们便说"思想不纯洁""奴化太深"。还有因辩驳几句而被拘禁的。

女中一开学,穿美国装的中央大官,来往不绝,专找女学生聊天,学校当局下令,叫学生安慰"有功"的"贵人",你知道,他们向来见男学生都不敢抬头,对那些口音不同、不会认识的"贵人"一定要羞答答的——何况她们真惧怕那些"贵人",中央大官硬说她们"奴化思想""不开化"。

"国军"在追逐女人上是非常有办法的。常从学校里深入到家庭。女同学上下学,总有几个尾巴。

"中央大官"为了弄到几个"接收太太",用尽各种手段,一般就是贿赂教师,引诱学生,威胁家长。

常和你在一起的刘(刘声?律师女儿),被一个师部的副官看中了,先用×万法币引诱,结果为刘父所唾弃,该副官一怒之下,便说刘"勾结八路"而硬把她抢了去。

东丰的基督教会变成高级军官的结婚礼堂,道德反而成为下级军官的成亲彩堂,你认识的潘家姊妹、赵桂芝、苏愿×就在这两个地方,被中央老爷们,强迫做了姨太太,而流下泪水。

还有几个女同学,在你们高作梅先生的玩使下被"关东军官"强奸了。

于是,我们的女同学,不忍受骗与被戕害,好多人离开学校,逃到乡村去了。

男子中学,开始学生不少,因为那些怕抽丁的少爷用钱贿赂当局,三十多岁的都插到学校混。国民党派人进行"党化教育"巧耍骗术迷惑学生。第一次用"尉官""美国军装"当招牌,集合百多人送往

磐石驻军××处（实际就是集中营），无论骗术耍得怎样鬼，渐渐地学生不受那个了，警觉到那是变形的抓兵。就有逃避的，当局就开始进行强迫，于是好多的同学被国民党送往前线去充正牌军的挡箭牌，有的已变为炮灰了。

咱们的男女同学，只有在高攀"党旗"欢迎"联军"满怀着欣喜而狂欢了一刹那，如今他们（和未伤逝良心的三青分子），看到了"杂牌"的"正统中央"的"复政"实施下，无数的人民饿死了，被抓走了，被杀掉了，甚而他们本身也要被抓去当炮灰，才对"中央"的堕落无耻大大地不满起来，过去对"中央"的盲目信仰和幻想，破灭了。

他们每个人都有要向残害人民的、剥夺人民自由的万恶自私的政府反抗心。

一切对"国民党"抱幻想的人都相继地觉醒了。人们回味着一度的自由民主生活，希冀着能再度享受，都盼望民主联军救他们出火坑。

儒姐！我们的路走对了，家乡的同学们早晚也会投进革命阵营里来，和我们并肩地为打倒一切反动派而战！咱们期待吧！

再谈！祝健康！

佟云岩于牡市

选自《牡丹江日报》，1947 年 3 月 7 日

◇余西兰

最初的祝福

受人祝福该是幸福的事,我们的书信写到末了常要说一句祝福的话作为收尾,有人出远门,有人就学,有人高升,有人疾病,总有人为他致着祝福,唯愿人人活得健好,其他如过年度节红白喜事也总有人说着适合祝福的话,使被祝福者得到一些欢喜或安慰。

自己祝福着人也被人祝福着,大凡母亲的祝福最深厚,朋友的祝福最挚情,爱人的祝福最亲切,而母亲的祝福大凡又是为自己的生活,朋友的祝福是为自己的事业,爱人的祝福是为自己的心。

不过对于祝福的意义一定要制出一个范围来是不很容易的,总都是为了自己好,虽然也有人愿意谁失意,愿意谁落选,愿意谁遭灾或者死亡,但那不是祝福,那只是恶人们的咒诅,事实上欢喜人家房子失火的,自己的房子常常会被烧掉。

祝福人必须说出人恳切适用的话,虚伪的饰语是不必要的,反之你的祝福便会被人认为是讽刺。祝福应该是发自衷心的话,一句中肯□人的祝福有时比什么物质的帮助都更好。一句祝福,也该是一句警语,一句箴言,一句隽永。亲挚意味深长的祝福,常常会被人谨念着,珍惜着,当作着人生的座右铭,指路碑。

一个祝福常常又可以给人添增事业的信心,一个祝福常常可以使要颓倒的人又振起精神来,人在贫苦中,困窘中,烦恼中,愁惨中,往往会因一句祝福的话,重燃起生命的火把,重获得为生的勇气。

所以,我们要怎样为人们赋予的祝福所期待的去努力,也应该如何慎重地为人们给予适切的有力祝福,使祝福不仅是一句悦耳好听的话,而更是一种力泉的灌输,一只强腕的援手。

我们中间,谁都是曾被人祝福过的,打从我们还被母亲孕着的时候说起,就有亲邻来,致着祝福,父母和家人致着祝福,希望自己生出后肥肥胖胖,易长易大,既生之后,又被祝福着身体健壮,性情温柔,成长求学时,被祝福着用功读书,学业猛进,就业社会时,又被祝福着升官纳福,前程无量。

自己也为自己祝福着。

但我们中间有许多走上了歧路,有许多自取着没落,有许多一反所曾受的祝福而更去危害被祝福着的别人祝福□的社会人群的话当作了耳边风,甚至以为那是幼稚可笑的话,而处处损人利己,做着窃取人类幸运的勾当。被祝福过前程远大的人,因为自己希图侥幸,不求长进,而沦为了时代的渣滓;被祝福过事业伟大的人,因为自己不知振作坐失机会,品格坠落而变作了无业的流氓宵小。

这是可悲的完全辜负了祝福者的好意,亲友的期望,并且□丧了自己的一生。

我们应该记起祝福,及时奔上前途。

父母在家门前的嘱咐,爱人在耳畔的叮咛都不可忘记,不但为此并且要竭力遵守,尤其是不要把祝福抛得远远的,而情愿让自己在那些没有人间爱的所在退转脚步麻醉自己投向绝望的深渊。

我们应该在人们的祝福下，在人们期望的眼光下，迈着自己坚实愉快的步子，走上自己事业理想的路，一直走完自己所必须走到的路程，直到呼吸停止，灵魂离开我们。

珍惜每个人对自己最初的祝福，便是珍惜自己的力量，应知失去的不再归来，我们必得抓住每一时一刻，不只为自己，而且更要为社会献出些什么⋯⋯

雨停之午

选自《东北民报》，1947 年 6 月 20 日

◇辛玉光

朱鸿祥小史

一、仇恨在心头,历历在眼前

朱鸿祥十八岁时(民国三十年)跟着他父亲在海州做个小买卖,日子过得很不错,谁知"祸从天降",因他年轻游兴高,被他姓孟的朋友骗到天津去,后又被骗到佳木斯,从此便被逼去做劳工,所受的苦难真是说不完。

在五月八日那天,有几个像他一样被骗来的青年,一同像解囚犯似的被解上了火车,带到一个深山野林里,开始修工事、挖壕沟的苦工。这里的大苦力头子姓孔,叫孔繁棋,东北人,是最忠实于敌人、对工人最残酷的坏家伙。这里和朱鸿祥同样命运的同伴们有好几千人。有几个监工的小苦力头,手持木棒像森罗殿里追死鬼似的走来走去,随意敲打着劳工们。

朱鸿祥头一次便看见一个三十多岁的劳工,在那略一停,被监工看见了冷不防照腿腕子就是一洋镐棒,打倒了还要赶紧地爬起来,否则,第二洋镐棒又要光顾。朱鸿祥一见胆战心惊,心想:"这真是'汤锅'(屠宰场)一样,这种苦,人还能受吗?"第二天便轮到自己身上了,也是为了一停,挨了两洋镐棒,自己冤得好哭一顿。可哭有什么用?"哑巴吃黄连,有苦无法说。"第三天早晨起来,看见从一个大窝棚里,拖出两个死尸来,将衣裳剥下后,四个人抬着送到东沟去扔了。朱鸿祥一见很惊讶地向同伴们问道:"死者是做什么的?"

"是和我们做一样活的!"同伴们这样回答。

"他们是怎样死的?"朱鸿祥又追问了一句。

"唉!这样事情多着哩!哪天都有,不稀奇,可能明天也轮上了我们,你以后便可知道了。"

"死后连件衣裳都捞不着吗?"朱鸿祥又探问了一句。

"想那些好事做什么!衣裳留给另一个劳工穿!"同伴们悲愤地回答。

朱鸿祥一听毛骨悚然,暗想:"我在这里只有死了,尤其我是南方人到这里还不服水土。"想到这里,不由得泪珠儿在前胸滴了下来。

从来没做过活的朱鸿祥,哪能吃这样的苦呢?平均每天能做十四个钟头的活,不干就得挨打。最可恨的是"小咬"也来欺侮他们,被小咬咬得头发都搔掉了。晚上睡在潮湿的乱草里,跳蚤咬,臭虫啃,遍身一连串的紫疙瘩。

有一天朱鸿祥被小咬咬得难受,趁着他们没看见偷着搔搔头。谁料在身后的一个小苦力头,扑哧一洋镐棒:"奶奶个×!停着干什么!这棒子一时不关照你们,你们就要熊!"接连的一阵棒子打上来,将腔、腿都打肿了,还要咬紧牙关,挣扎着一斜一歪地勉强起来继续干。其他人怎样呢?不用提,谁也免不了要受木棒的关照。

就这样在两个月的过程中，朱鸿祥轻打不算，重打也有五次，每次都是死去活来，水土又不服，再加吃不饱、穿不暖，朱鸿祥便病了！自然要被赶到病房子里，里面东倒西歪的呻吟叫嚣声，惨不入耳。朱鸿祥到了"鬼门关"似的病房子，他心想，准死无疑了！

"死就快死吧！这样的世面还有什么留恋吗？"

另一转念："我若死了，家里父母怎么办呢？何况我出来时他二老一字都不知。"想到这里不由得一阵心酸从头到脚再也支持不住了，昏倒在地。及至醒来时，阴风森森，勉强定了定神，才认清了自己。"我若死不了可能还可以回家的！姓孟的你害得我好苦啊！有朝一日回了家，那时我非找你算账不可，不和你拼上，誓不为人！"在病房子里虽然心里难受，但还要极力挣扎，勉强吃饭，总是盼望还能有一天挣断了这无情锁链的。有一天监工的小苦力头，到病房子去以严厉的态度说："你们还躺着吗？要死就赶快死，不死就出去干活，别无故糟踏公家的粮食。"病人都敢怒不敢言。这时朱鸿祥鼓了鼓勇气说："你们对待工人未免太残酷了，人家都病得这样，怎能干活？"那小苦力头猖獗地叫嚣着骂道："你娘拉个×！×你奶奶！你们有病！"紧接着就是两脚，"问你们吃饭不吃饭？既然吃饭就得干活，此处没有养活爹的！"接着又踢了十几脚，转身往外边走边骂："你们这些舅子×的真不识抬举，明天能吃饭的一概都要去干活，别装×巴蹬！"第二天朱鸿祥知道不出去还是要挨他们的踢打，同时在这样的房子里不但不能养好，相反能死得更快一点，有一点力到外面去运动着，也许病能好快些。过了几天果然应了他的想法，病渐渐好了。

现在时间是八月中旬，佳木斯活算完了，和朱鸿祥一起来的八个人现已死了四个。接着八月十八日又装上火车，从佳木斯往南，经过林口往东直开到靠苏联边境的虎林，修飞机场、马路。这里的苦力总头子姓崔，外号叫崔剥皮。关于他们对工人的一切待遇，这不用多说，是天下乌鸦一般黑，和佳木斯差不多。

人倒了霉不死也要去两层皮，一点不错。朱鸿祥这时身上旧有的皮全退去了。工人们还是同样要做木棒的主顾。不过这时比初来的时候见挨打好像已看熟了，不当着一种了不起的事情（他们打人本是家常便饭），虽然皮肉还同样地受苦，但是神经不像从前那样脆弱了。

天气渐渐冷了，尤其南方人到北方更觉得冷，手、脚肿得像小地瓜似的。但苦工活丝毫都不能松懈，一瘸一颠地走，走慢了就要挨揍，在这里重打也挨了十几次，详细情形不必多说，可说人间之痛苦，这算苦到了极点了。

十一月了，天下了大雪，地都冻封了，不能做土工，敌人无法只得将他们送回来，送到天津，这时和朱鸿祥一起来的九个人，死了七个，在回来路上病了一个，扔在火车站，现在生死不明。数着朱鸿祥命根子硬，好赖坚持到了天津。

二、敌人天下无路可走，到了大连贫病交加

到了天津后，便乘车到大连，到了大连也是人地两生，没有一个相识的人，也就找不着什么职业。他知道还要做遭罪的活，但是为了饭碗有什么办法？于是便有人把他介绍到寺儿沟红房子，在码头上做苦力（扛豆包、推石子、抬铁条）。十二月的天气很冷，身上衣服又单薄，冻得手脚失去了知觉，但若干得慢了就要挨揍，这样连打带饿又挨冻，寒火交加，就病了。不能干活被苦力头子赶出门外，苦苦哀求也是无效，无奈只得在门外睡了一宿几乎冻死。第二天经过很

多苦力的要求,还挨了五洋镐棒才算送上了医院。到医院时苦力头子将衣裳全给剥去,就给了一床小被,谁料送医院后又生了一身癞疮,所以看护们经常向他施威。身上生了癞疮,发痒就要抓,抓破了出了血水,抹在褥单子上,看护见了便骂他一顿,因此他便想自杀。但因医师护士去得频繁,再加没有力气不能动,环境不允许他死,再加经常注射服药、身上擦药膏,就这样在医院里住了五个多月,病渐渐好了。脚上的疮还没有完全好,医院便叫他出院。身上还没有衣裳,医师领他到苦力头处去要了一套,穿着回了苦力窝棚。他受够罪了,因此晚上趁撒尿的时间偷着跑了。这时是五月的中旬,跑到西岗区荣町,白天讨要,晚上就在桥洞子底下睡觉。这样维持了十几天,伪警不允许在桥洞底下睡觉,无奈又到了日新街世界电影院南面,自己到处找砖砌了一个小框框,又捡了一块小破席搭上,能容一个人的地方,便在这里面过宿。腹内的病虽然没有了,但脚上的疮又反了毒,越肿越大,要饭吃都发生了困难。到九月他又恢复了他的旧生业(当苦力),被姓苏的领着介绍到周水子郭家屯陆军部,去刷铁板。

这次来做苦工不挨冻了,大火炉、电吹子吹着呼呼的,铁板烧得红红的,工人们拿着铁刷子向上刷黑油,整天靠在火炉子上,脸烤得紫红,眼烤肿了,手烙上黄疙子,脚也被热油烫上了泡,身上烤得掉了皮,这种滋味简直比挨冻还难受。就这样干靠了两年的样子。

三、解放以后翻身见天,参加警察为民服务

终究这个日子是到来了,关东解放了,这可把朱鸿祥喜坏了。他从陆军部出来便到了西岗宏济街十九番地住着,和一个姓乐的合伙做个小买卖,倒也不错。但朱鸿祥是个工人,他毕竟是不同的,他是

民主政府解放出来的,总念念不忘想要报答民主政府,要为人民服务。所以过了不久,他便毅然地参警了,从此他是人民的警察,他对人民确是忠心耿耿,他所受的苦最深,他也最能了解老百姓的苦处。当他闲时,他甚至挨户地替老百姓一家家安上路灯。

他生产也最积极,因为他清楚这可减轻人民的负担,每次总是以身作则地带头生产,每天牺牲睡午觉的时间去浇水,累得满头大汗。

在小组里,他是学习组长,不但他自己学习积极,且能帮助别人,他非常有耐心地去教那些文化程度最低的同事们的生字。譬如,李海江本是个大文盲,在朱鸿祥的帮助下,不到一个月,现已学会了二十个生字了。这些,基本的原因就是他是从最受苦的群众中来的,他最有决心为人民服务。

选自《"工农园地"选集》,大连大众书店 1948 年 8 月

◇辛　毅

王明德的转变

　　王明德是车轮分厂的旋盘工,打伪满他就在这里干活,一晃十来年了。

　　在厂子里一提王明德没有不知道的,虽然没有公开叫响,可是一提"天字第一号的大懒蛋",大伙不约而同地都知道是说他。全分厂哪个工友也不愿和他一齐做活,他又懒又滑,还时常和别人打叽咕,闹得别人都嫌他,躲着他。沈阳解放后他还是那样磨洋工,不好好干活,这回工友们都提意见,反映说:"我们不愿和他在一块干活。"

　　提起这码事,王明德自己也承认,动不动胸一挺,一叉腰,说:"我就这样懒,要一天算一天,不要回家吃去!"

　　为什么这样懒呢?原因在哪儿?

　　昨天,在车轮分厂,在机器床子旁边,他一边照看着机器,一边对我说了:

　　"伪满不用提了,"他瞅了瞅机器上微旋转着的中心轴,接着就

328

唠起他在国民党统治的年代里的事情来，"国民党是不管你技术好坏，只要有门子，会溜须拍马就行。咱是大老粗，庄稼院孩子，从打十五岁学徒，哪会这一套，就知道老老实实地守住机器干活。这样一来工长瞅我不顺眼，组长也看不惯，成天跑到厂长跟前给我上'眼药'，厂长就信实了。说我懒，说我滑，我他妈的更生气。好，说我懒就懒，说我滑就滑，反正混一天算一天，不要拉倒。他们就开始计算我了，一天换三四个床子，头半晌在立刨床上，晌午就到大轮床上，下半晌就跑到小刨床上去了。手艺人没有一定的床子可困难了，干啥都得等人家使唤完，咱才能使用。同志，手艺人若这样一等床子，心里就疏忽，也没心思干，你想活哪能干好呢？反正我就混了，要一天算一天，不要回家吃去……"

那天他滔滔不绝地和我唠了两个多钟头，一直到下班铃当当响的时候。

王明德是盖平人，以前在兵工厂，从一九四一年来到这个厂子，他家就住在工厂附近的住宅里。我们熟悉后，他直劲拉我到他家去串门。可是我又抽不出时间去看他。

霹雳一声变了天，沈阳老百姓又重新见到了太阳。死了一年多的车轮分厂像春天的小草，又生长起来了。他也重新回到厂子里来，那时候他想："反正全是中国人，还不是一样，溜须拍马的打么呗！"劳动态度也和过去一样，一天晃晃荡荡。评工资一评评了个二十二级。技术工最低是二十四级，他是十多年的老手艺，自然心眼里不痛快，嫌评得太低，自己想提意见，可是又一想自己这个"天字第一号大懒蛋"的名声，提也是白提。从打那儿以后，他就想离开厂子到别处去，托人写了份履历书，交给朋友了。恰巧在这时候，工厂派到职工训练班受训的工友王明动、姜则贤他们回来了。

一天晚上，在王明德的家里谈起这件事。

"老王你放心，只要肯埋头苦干，活干得好，下次调整工资的时候，我一定替你提意见，保证使你满意！"他俩这样劝说着。

又问他："你家生活啥样？缺什么到我家去拿，没关系！"

这次谈话，对王明德起了很大的鼓励作用，这种工友间的互助友爱精神温暖了他孤苦的心，他开始觉得在世界上还有了解他、关心他、帮助他的人存在。

时光真快，一晃一个半月过去了，这中间，王明德的思想又起了新的变化。他觉得这些中国人（指后方来的干部）和国民党的"中国人"两样。这些人一天到晚东跑西奔的忙得要命，有啥事还开会和大伙商量，征求大家的意见，处处想到工人，办工人福利，组织职工会。他开始明白了每天上课都讲的，"共产党是咱工人阶级的政党"和"咱们是工厂的主人翁"的真实意义。"噢！天下变了！"他想。

王厂长亲自和他谈了几次话，他也向厂长要求："最好给我一部床子。"厂长当时答应调他到旋中心轴的机器上去。他高兴得了不得。

他一高兴，生产量登时提高了两倍。过去每天出一根中心轴，现在出三根，有时候出四根。

二月份的生产任务是八十根中心轴。他一个人提议："我自己包做了！"于是，他每天加班干，有时半夜才回家。

王厂长曾劝他："要注意身体啊。"他说："不要紧，现在脑筋开了，干活不觉累。"他更主动地提出意见说："三月份的生产任务保证二十天完成，那十天帮助刮轴头！"

王明德真转变了。大伙也都改换了对他的看法，有人说："共产党的力量真大，把'天字第一号大懒蛋'也给改造好了！"大家也愿和他在一组工作,和他挑战了。

近几天,王明德常对大家说:"国民党时代我会滑也会懒,现在解放了,咱也就会干了!"

选自《文学战线》,1949 年第 2 卷第 2 期

◇汪　琦

一片心意

——哈市各业工友"五一"大劳军特写

在民主联军总政治部门前,欢迎哈尔滨总工会劳军大队的会上,不管工人代表或者店员代表的讲话,都是寻求着一个问题的解答:为什么工人、店员能有今天? 在他们未说明以前,台下无数只手就举起来了,洪亮的口号声在回答:"没有民主联军,就没有工人、店员的翻身!"当总政治部副主任周桓同志走到台前,代表民主联军全体指战员,接受哈尔滨各行各业工友、店员的慰问并致谢意时,欢呼和口号声,笼罩着整个会场:"为了求得工人、店员彻底翻身,必须努力生产,支援前线!"不约而同地站在会场另一角的民主联军,也喊起口号来:"誓死保卫工人、店员的翻身果实!"

哈尔滨总工会的劳军大队经过大街,向总政治部进发时,无数的人被这种空前的盛况所牵引,走在劳军大队最前面的是步伐整齐的"工卫队",他们一个个都背着枪,戴着蓝色或黑色军帽,老巴夺工友都穿着黑色军服,后面是无数幅大小红旗和伟人像,紧跟着是各行各业的代表和模范会员,再后面就是一望无际的慰劳物品,把秧歌队丢在后面了。

一百六十五抬慰劳品上,都扎了彩。活猪和活羊睡在五色缤纷的纸条中,小鸡儿也戴上了大红花,有的两个人推,有的拉着。道外店员送的劳军物品装在大花篮里,两个人提着。印刷业制的光荣本和铅笔,整齐地堆成了一座小宝塔,顶上有一个红五角星,八个人抬着走。每一件慰劳品上,都贴了工人和店员写的红纸条:"请你们收下慰劳品,少尽我们拥军心!"

太平区三棵树的工友,头天进城开会,很晚才回去,第二天天还不大很亮,就抬着九口猪、十桶豆油、两箱火柴、三箱胰子,往总工会来,他们工会的一个负责人说:"交慰劳品单子,我们没有走在前头,今天可要早早地到。"抬面粉的行列最长,裕昌源面粉厂工友又送了八十袋头等面,面粉业送的面合在一起,一共是一百八十一袋。

孩子们平时最喜欢跟着秧歌队跑,可是今天像发现什么新奇的东西似的,老是指手画脚地说:"看!猪。""看!羊。"当慰劳大队走到中央大街时,一个拿手杖的老先生,凑到慰劳品的面前,仔细地读着红纸条上一个一个的字:"慰劳为我们穷老百姓解除痛苦的民主联军!"

当劳军大队走过被解放蒋军官兵住的北京饭店的门口,六层高楼的每个窗口和栏杆边,都挤满了人。被解放的蒋军官兵看见慰劳品,笑着,说着,鼓着掌,争着看,叫人担心他们会从上面挤掉下来。

这次工人、店员的大劳军,从开始一直到结束,使人只有一个感觉,就是大家都要争着做一件什么事似的。我每次到总工会常景林同志那里去,他的屋里总是塞满了人,你也争,我也嚷,反复叮咛着常景林同志,要常同志把他们的慰劳物品记上。烧锅业一个工友,他大约三十五六岁了,个子很大,我看见他到常景林同志屋里交慰劳品单子,第一次走出去了,第二次又折回来,第三次还是告诉了常景林同志一句话:"都要写上,东西虽少,要表示我们大伙儿的意思。"

我又想起了另一个场面,当总政治部门前的欢迎劳军大队的会结束之后,又起了一阵争执。总工会怕大家疲劳,告诉大家把秧歌队表演缩短一些,工人和店员们立刻起了反应,非得演完不可,顺从了他们的意思之后,这才乐意了,他们宁肯饿着肚子,把政治部送给他们做点心的面包和两大口袋糖果瓜子,带回家去吃。

马家沟工人子弟学校的一百零五个小朋友的秧歌队,头天跟着爸爸妈妈开了大会又游行,第二天也一定坚持还要跟着来劳军,他们还把节省下来的和向家里要的东西带来劳军。有二十三封亲笔慰劳信、二十三盒烟卷、一包牙粉、一瓶雪花膏、一盒洋火和三千零九十元,他们的慰劳信里都说:这是我们工人子弟的一点心意。

选自《血肉相联》,东北书店 1947 年 8 月

◇ *沈引之*

沈阳长春剪影
——读报拾零

　　春天来了,但春天给蒋管区人民带来的不是温暖而是新的灾难。

　　先从小事情说吧,三月的沈阳成了泥泞的世界,一冬来堆积的"垃圾秽水和冻结的冰堆化得四处流溢,满街都是肮脏的泥泞,交通成了严重的问题。电车汽车往往停开,即使有也挤得关不上门。唯一代步的马车也涨起价来,二三华里的路程至少也得一百元,一般公务员是坐不起的,只得践着水泥去上班。而一双胶皮靴卖价要超过万元,有几个人能买得起呢"? 在长春,"各僻街静巷不用说,就是修理得宽大的马路两旁,也有一堆堆的垃圾出现,几辆卫生局的垃圾车拉不胜拉,无济于事。据卫生当局估计,自去年十一月至今年三月二十一日止,长春市内垃圾数量,至少积有三十余万吨,如何除去垃圾,实是长市一大课题"。

　　内战加于蒋管区人民身上的痛苦已日益加深。"在乡村征兵多变成抓兵,大批的壮丁都设法投奔城里的亲戚朋友,或者纷纷进学

335

校念书,所以无形中沈阳的私立中学空前拥挤,甚至庄稼人(指地主阶级)也都来上学,造成畸形状态。乡下抓不到壮丁,就押家长,'以致有钱有势的维持维持就算完事,穷小子只得当兵'。"可是跑到城市也躲不过蒋介石抓人民当炮灰的魔爪,沈阳有适龄应征壮丁三万两千余人受入伍检查,"为了严防逃避,各车站对于及龄壮丁不卖给旅行车票",这一来,还有何处可走?

沈阳的学校和学生也构成蒋管区惨象的一面。从老远的西南复员归来的蒋记东大学生,跋涉万里,"本就已经满肚子委屈,到了沈阳以后,看见一切乱七八糟,失望与愤懑的心情就愈加严重……他们一直冻在没有玻璃的冷宫里,而且有时连伙食也开不出,只好自己用电炉烧饭吃。另一方面,学生中听说带手枪的就有六十多名,明争,暗斗,怪现象颇不少"。中正大学"学生出壁报非要训导长检查不可……同时中正也似嫌太贵族化了,去年四千元做的制服帽子,戴也未戴几次,今年学校当局又一定要做新的,不制新帽不许注册。曾有两个学生掏不起钱,在注册组外号啕大哭"。

"最惨的要算小学了……偌大个沈阳市,小学才有十几所,和平区只有南昌中心小学一处,这一个小学校,收容学生竟达三千多名,而且还有许多想念书的小学生不得其门而入。"因为市政府"穷",没有钱办,"其实,光没有钱还好办,只要有校舍,教职员总会找得到的,但校舍是很多,被学校用的则极少,大部分都被军队占住着"。就这十几所小学,"不用说图书仪器,连桌凳、黑板都不够用,现在很多小学是分上下午两班轮流上课,因为桌凳只够二分之一的小学生用。这还是好的,好多学校,小学生必须自带棉褥垫,因为教室空空如也,一定要坐在洋灰地上读书。如此再过五六年,小学生毕业后都会成了弯腰驼背了"。

336

"教职员的待遇不好……他们的生活不够维持,心眼活动就想外快了,有的贩点要人玉照和西湖风景向小学生兜售,不买的分数不及格,买了的是好学生,有的向小学生捐钱买报纸看,也有向小学生要高粱米的,种种色色,不一而足。"

还有一个使人啼笑皆非的故事,某校长因经费不足,自兼工友更夫,一夜"正在打更,巧遇偷儿偷窗户,一场恶斗,结果校长被打,腰腿皆折,挂冠而去了"。

沈阳"由于苛捐杂税的繁重,一般购买力普遍地减低,商业已走入凋敝状态了。据市商会调查,最近三个月(一月至三月)来倒闭的商号达五百二十家"。"比较繁荣的要算娱乐场所,但由于战局紧张,除了军人以外,一般人民都无心玩乐。"

蒋管区工业时遭停电,即以自行发电的官办抚顺煤矿来说,因"时时停电,事先亦不通知,各矿时生险象"。倒霉的自然是工人,他们的工资也少得可怜,每天不过百十元。

三月间,蒋记长春市临参会开会,突命令:"(一)加强会场防御力量;(二)拒绝任何人旁听。"闻者莫不惊奇,而怀疑该会内之幕。其实,看一看上述蒋政府"德政",不许人民与闻参议会讨论内容,自是"常理","家"之"丑""不可"向人民"外扬"。但是人民的眼睛是雪亮的,蒋管区人民切身的体验已经告诉他们反动统治集团是多么丑恶,临参会不许人民旁听,只是"掩耳盗铃""做贼心虚"而已。

选自《爱和恨》,东北书店 1947 年 10 月

盛夏杂写

一、离开你的时候

离开你的时候，我就感到生命脆弱仿佛漂浮在海洋里的孤舟，随时都有沉堕颠破的厄运！

清晨，当我从朦胧里揉开了睡眼，我赶紧地走上床来，掀起了白色的窗帷把视线急急地投射到那无边际的树海里去，为的是在清晨迎接你。在眼前展开的清朗深邃碧绿的一片树海中，仿佛你又以超凡的伟人姿态出现了，我感谢你赐给我的这些美好景色，我欣幸着我终于又复归到你的爱抚下。我已竟是习惯而虔诚地每天清晨起来，一定先要寻觅你接近你，因为你恒久不变地日日给我带来生命的喜悦。

离开你的时候，我就要失去了一天工作的热情和勇气，所以无论何时，我都尽量使自己与你同在，你是我熟稔的故人，你是敲开我心扉的救星，只有和你同在我才明白在生活的格斗里来献出己身的所有精力,来兑换一个现实的美丽。即使某一天我搜觅不到你的影子,但,铭刻在记忆中的却永远是你!

沉浸在清晨静穆的气氛里嗅着草树的芳香,听着从树海中传送出来的号角声以及那雄浑的歌语,我都在感谢你的伟大。这是因为有了你,在我的生活中才能点缀着这泼刺光明的事迹,把我的生活也陪衬得谐和而严肃起来。你引领我一步步接近真、善、美的生活境地,你叫我体验了"试探"的意义。

自从我发现了你这个奇迹,叫我把梦和现实连接起来了,我不再在梦里去等待明日,我要依靠着你给我的伟大启示来把那梦里的世界粉碎,克服了一切都是坦途,然而过往我迷惑着生命的真实意义,我故意来中伤自己,把自己埋葬在孤独、空漠和灭亡中。如今,我又被抚在你的光辉下,是许多磨炼给我的启示。我要捉紧你,时时把你关闭在我的心扉中,乞求你不离弃我,作为我灵的镇静剂。

我深切地知道,离开你的时候,就会是无边际的驱向死亡的岁月。

啊!我不能离开你!

二、薄暮

曾经给过我旖旎记忆的薄暮景色,如今动荡在我眼前了,阵阵嬉笑声旋绕作热□和兴奋,我也变得幸福了!忘却了许多人世间的烦恼和纠纷,陶醉在这些幼小者的幸福呼声里。

许多不幸的幼小者都被收容在一起,为了使我们民族走向更健全的道路,使我们民族在世界上放射出灿烂的光辉,对这些无所归依的第二代我们是不能任他流离失所的,把他们从不幸命道之中拯救出来这是我们的责任,施予他们一件幸福的衣裳,给他们以崇高的合理的灵魂洗礼,这便是我们的工作——每天展开在这静静的挚恋于幼小的心情更为浓厚了,在许多磨难中,自己在茫茫的前程里摸索出一点生命的线索,不提携起来我们的第二代共同去创建未来的生活,那种孤独的希望一定要化为失望的。在这血流漂杵的时代里,一面是光明的斗争,一面是没□的挣扎,倘不把斗争的热情和我们的第二代溶化在一起,那斗争的结果将是被时代的怒潮给冲击得零散而弛缓下去!

把眼睛能看见的爱,用工作来表现在这许多无所归依的幼小者身上吧!

选自《东北时报》,1946 年 8 月 8 日

◇张文华

从"一二·九"说起

我是一个东北青年,当"一二·九"伟大的日子到来的时候,回忆当年联想到现在,心中有些话想说说。

在一九三五年夏天,我为了不愿再受亡国的奴化教育,为逃脱奴隶生活,抱着热望到国中的故都念书。可是一到学校便感到失望,听到的是"中日经济提携"的"善邻邦交",看到的是武装走狗和日人横行无忌,在教育上提倡复古,下令读经,凡此等等与我所逃脱的"满洲国"颇为相像,我由怀疑渐渐地明白了,原来出卖东北的国民党当局,又正在干着出卖华北的勾当。在"宁赠友邦,不予家奴"的政策下,由何应钦签订了卖国的《何梅协定》,不久承认了汉奸殷汝耕的伪"冀东防共自治政府"而且日人正在酝酿着"华北自治"运动,整个华北要交给日本人了,当此时机,北平万余青年在十二月九号那一天,发出了爱国的呼吁,他们喊出了"反对内战""反对出卖华北"等口号,我也为不愿做亡国奴的心情参加了他们的行列。谁料游行的队伍遭到了打击,武装的军警向学生们战斗了,水龙向学生们头上浇去,马上周身结成冰块,皮鞭大刀向学生们砍打,鲜血伤痕呈现在爱国青年的周身,青年们的爱国行为遭到了摧残。可是青年们的爱国运动是由此而澎湃地发展了,我为此气愤,为此诧异。我曾一再地想,国民党反动派为何必完全出卖中国人民而后快?既已出卖东北为何又将华北送交敌人?事实一件件地告诉我:国民党反动派只知压迫中国人,而绝不会给人民干一件好事。

纪念今年的"一二·九",正当抗战胜利之际,我奔回了从十四年敌人奴役下解放了的故乡,看到了同胞们在努力建设民主的新东北,人民算是盼到了和平民主自由的生活,将要过点太平生活了。谁料蒋介石改编敌伪军在美国帝国主义分子帮助下,向东北人民进军了,刚由日本法西斯手里解放出的东北人民,再做第二次殖民地的亡国奴。

我回想到"一二·九"当时情形,我热望当今天内战当头的时候,我热血的东北青年,起来保卫东北,反对破坏和平的内战,反对破坏民主的内战,我们继承了"一二九"一代青年的精神,为保卫和平而战。

选自《东北日报》,1945 年 12 月 11 日

◇张正业

四个大钻头

大连机务段运转一等司机员王世昌工友，因最近乘务的机车落了火，由他负责修理。有一次他和场长鲁茂江在一起谈话，鲁场长忽然唉声叹气地说："唉！现在机车应旋的大活，不能旋啦，就得停摆啦！"王工友听了就急忙接着问道："怎么的？"

鲁场长说："缺少大钻头，仓库里又没有，上街买，也没有卖的，贵贱没有货，你说这不糟了么？"

王工友听了鲁场长这一番话，他很痛快地说："我家有四个大钻头，都是一寸粗，还是日本鬼子在这里的时候，我在场里拿的，明天我拿来给场里使用。"

第二天，王工友果然把四个大钻头拿来了，亲自交给鲁场长，鲁场长接过来一看，不由得一阵喜上眉梢，说："哎！这么大，正好！老王，你要多少钱哪！"老王一听说要钱的话，心里暗想这真不是话啦，一时脸上红得似红布般的，带着似怒非怒的样子把眼一瞪，说："我要什么钱哪！现在的工场就是我们自己的工场，我们是做主人了，

这是我们更应该担负的责任哪！要钱，不是小看我了吗?!"鲁场长
听了这话，很恳切地点了点头说："老王，幸亏你，否则这活耽误
老啦！"

选自《"工农园地"选集》，大连大众书店 1948 年 8 月

◇张香山

愤怒的浪潮

——记北平学生反对美军暴行的运动

　　当北平国民党高级官员们正忙于商议如何使得驻平美军称心满意度过圣诞节的时候,一幕极其丑恶的美军强奸暴行就在圣诞节的前夕发生了。被强奸的是北大先修班的一个十九岁的女学生沈×,她是一个名门闺秀,复员到平不及一月。

　　这一暴行激起了全市人民的愤怒,爱国的青年学生界完全沸腾了。翌日北大、燕京、清华、中法等各大学校的墙壁上立刻贴满了成千成百学生签名的抗议书,消息汇录和标语,"滚,滚,美军滚出中国去!"的呼声响彻了各个学校。北大各社团、各系级的代表,在廿六日晚集议,成立了"抗议美军暴行筹备会",当即决定卅日举行罢课示威游行,抗议此种兽行,要求撤退美军。燕大、清华廿九日晚上都由自治会召开同学大会,学生一致提出卅日停课进城游行示威的要求。在场的人都签上了自己的名字。同样地中法、辅仁、朝阳、交院同学们也都热烈地做了一致行动的决定。抗议的怒潮一分钟一分钟高涨起来了。

　　但与此相反,国民党当局对于美军此种兽行却百般辩饰,对于学生的正义行动无耻地加以破坏。当天晚上由警察局发出禁登此项新闻的命令,第二天发出此项新闻稿的亚光通讯社记者遭受秘密逮捕,发出此项消息的两家报纸——《新民报》《世界日报》编辑被警察局长潘永威叫去大加申斥,说:"陆战队叫我负责不发这个消息,你们为什么发了?"并污蔑沈×不是好女人。第二天还通过中央社和时闻社发出"沈女士似非良家女子""美兵是否与沈女士认识,须加以调查""沈系在影院和美兵搭讪上"等丧尽良心的谰言,而平市长何思源竟无耻地说:"沈女士经检查结果,处女膜未十分破,故美军强奸未遂。"最恶毒的,沈某被强奸后,警察局派人前往,不仅不予被辱者任何安慰,且施以毒打,以可耻的下流手段百般侮辱。沈某姐夫在北平某处任要职,怒不可遏,出面处理此事,但是警察的压迫来了,不许他声张,当风闻他要招待新闻记者时,警察局警告他:"假使这样做将会有不好的结果。"

　　当局知道了学生们要有大的行动,赶忙组织一批特务来破坏。廿九日北大"抗议美军暴行筹备会"开会时,三百多个头戴瓜皮帽、口衔香烟、腰挂手枪、胸佩北大校徽,自称是"中国大学、华北学院学生"的特务分子,进来捣乱,大声叫喊"被强奸之女生扰乱北平治安,应予严行惩罚""抗议美军暴行委员会的人是民族败类"等,北大校内特务分子贴出一张叫《情报网》的墙报说:"沈某是延安派来诱惑美军的。"这消息立即把全体同学激怒到极点,他们在那些《情报网》上批道:"美军是你爸爸吗? 假使你的姐姐,你的母亲被美军强奸,你也说她是延安派来诱惑美军的吗?"这些丑行也激怒了北大教授们,他们因此反而更加同情全体同学的正义行动,决定卅号自动不

346

上课,支援他们。

卅号的上午,警察局的水龙准备好了,特务满布各校,大街上增添了岗哨,美国兵营的墙上也新安置上机关枪。但这并没有吓退任何一个人,三万人的队伍浩浩荡荡地出发了。整个北平市为"抗议美军暴行""立即撤退驻华美军"的呼声所震撼。学生们高唱"打倒列强"曲子所谱的《撤退美军》歌,成千成万的围观群众报以热烈鼓掌,控诉美军暴行的传单迅速地传达在市民的手里,柏油路上写上斗大的"要求美军撤退"的标语,街道建筑物上、电车上、公共汽车上,甚至十一战区司令部一个中将坐的小汽车上,都被贴满了标语。游行队伍二时抵达执行部门口,国民党的宪兵慌忙闭上了大门,学生们在墙外大喊:"美军滚出中国去!"一个美兵从楼上窗户伸头看,一个学生用英语喊:"回家去,中国不要你!"接着几千学生齐呼。××将军的助手正被关在大门外,学生们齐手指着他:"请你也滚出中国去!"执行部门匾上写上了"我们不要美军"的标语,美记者斯缔威尔在忙着摄影,学生们要求他忠实报导。

队伍走到沈同学被强奸的东单广场,停留良久,经过国民党励志社时,励志社的国民党官员们正在颐和园大宴美军,以示"慰藉"。学生们有知道此事的,立即在励志社的招牌上写上"请美军滚蛋"的标语。这时突然发现在中国大学的行列里混入几个特务,叫喊一些反动口号,立即激怒了全体同学。"打倒反动口号""打倒特务""把特务查出来"的呼声飘扬起来,特务们吓坏了,一溜烟离开队伍逃跑了,群众随着发出"特务滚蛋""反对奴才外交"的轰鸣。

(新华社一月六日电)

选自《蒋管区真相(第二集)》,东北书店 1947 年 10 月

◇张莲华

我控诉

编者按四月十八日沪《大公报》载：中国国际人权保障会会员刘王立明、盛丕华、章乃器、许广平、沈体兰、吴耀宗、耿丽淑、鲍惠尔、文幼章、张曼筠、马叙伦、王绍鏊等理事、干事联合会中，决定接收曾经失踪之张莲华之吁请，将其《我控诉》一文交由各中文报及英文《密勒氏评论报》发表，以揭穿国民党法西斯非法逮捕无辜人民之真相。该控诉书文如下：

在全国同胞与全国正义人士面前，我要揭露与控诉一件罪行——迫害纯洁无辜青年"悔过自首"的罪行，我吁请国际人权保障会本着人类的正义，帮助我们把这件罪行公布出来。

这是一九四七年三月五日傍晚的事，我正在麦根路往青年会夜校教书之际，门房老头儿通报有客来访，走出课堂一看是一个素不相识的男子，一只手插在长衫袋里，显得有些仓促，另一只手指着我问："你是张小姐吗？"我说："是的。"他说："外面有人看你，请你出来。"

348

我走出去,谁知这个陌生的汉子,把我一拖一推,推进了一部祥生汽车里,直开往某处。

这样莫名其妙地,我便失去了十七天的自由。

"你叫什么?"一个男人问着——天哪!他连名字还未弄清楚,就胡乱捉人。

"我叫张莲华。"我激愤地回答。

"你是不是有个别名叫张莉?"

"我根本没有第二个名字。"

"你认得张莉吗?""不认得。"我有点冒火。

接着他问我在什么学校毕业,教的什么书,看的什么报纸,要我发表对国共问题与莫斯科外长会议的感想,我告诉他不喜欢时事,没有什么可发表。

于是他摆出了一副教训的声调:"这样是不行的,国家兴亡,匹夫有责,你对国家大事怎么这样不关心!"

他大概已知道捉错了人,但不肯放我出去。

他们送我到一间又霉又臭的灶门里,我不肯去,哭着闹着。

他们用力把我一推,门锁便被扣上了。

当天晚上还有两位小姐被关进来,很快地我知道他们叫杨瑶和陈惠和,都是莫名其妙地失去自由的。

我们这个"天涯沦落人"便盖在一个被窝里,下面是高低不平的水门汀,上面是一张霉旧的薄被,战战栗栗地度过一漫长的夜。

第二天晚上一时左右,门锁"呀呀"作响,走进了一个穿皮大衣的小姐,默默地在一只墙角边坐下,看样子又是一个无辜者,她自我介绍说她叫乔秀娟,在被窝里给警备司令部派出的武装便衣,连她的丈夫姚永祥一起押送到这里来的。

外面似乎有人在偷听，我们相视而相怜。

第三天可忙了，自下午八时至十时一连来了三位——陆瑛、吴秀珍、赵海珠。陆小姐是被打过的，一进来就昏倒地上哭，饭不想吃，其余二位也泣不成声。

十一时左右，命令来了，要我们一个一个提出二楼去询问，问我的是一个女的。一开口自称她以前是个共产党员，后来转变了，我起初不明白为什么她这样对我表示亲近，后来我明白了，原来她以为我是一个共产党员，因此以身作则地鼓励我跟她一样转变，转变后她愿意用法律来释放我。

"我告诉过你们，我不是张莉，我不是共产党，我没有什么转变。"我大声喊道，她连忙安慰我说，假如是真的抓错了人，一定会替我洗雪。这种鬼话我一连听了几天，到十一日晚上，又重复了一遍，一位叫黄名刚的男子，把我提到二楼用友谊的口吻审问我，问来问去结果还是不能把我变成张莉，变为共产党，他便叫我写自首书。

"写什么自首书？"我惊愕地问道。

"写你本来是共产党，现在深感共产党不合国情，早想退出，苦无机会，现在趁中共代表撤退之后，自行自首，痛改前非！"姓黄的这样叫着，并且说假如我肯写，五分钟内保送我回家。

自然我不肯写自首书。他又在总理逝世这一天深夜，把我和其余二十四位男女青年给戴上手铐，押送至苏州。

在苏州我们被关在一所三上三下的中式房子里，据说是特设的政治犯感化院，专用来招待共产党的。我们七个女的关在一间厢房里，其余十八个男的关在另一间大房间里，一直到了十八日押送回上海为止，都是在晚上二人合拴一个手铐地睡着。

男的一群里有一个叫庄枫，据说是个青年音乐家，他也是在五

350

日在哪被捉去的。他们第一句问他："你为什么要叫庄枫?"庄先生有点愕然,接着他们挥着拳头向他说道："你晓得枫代表红色,红色就是共产党。"说完迎头打了两个耳光,这样庄枫就变成了共产党,共产党一定就得悔过自新,所以他们迫着他写自首书,写悔过书,同样其他的人都要写,如果不招不写就得上电刑,灌开水,而且还要用毛巾包着头部两边用筷子绞。

男的里面有一位叫卢志英,听说是个医生,就给他们施以各种酷刑,恐难有生还希望。

在感化院三四天之后,大家都有这个感觉,再不放我们出去,我们真是要变成共产党了。

三月十八日有位叫李耿生的,逼我写一份详细自首书,并且告诉我家里的人到处找我,如果我想回家就得写一份自首书。

"我又不是一个张莉。""我们这里的规则是情愿错捉,不愿错放,你不写我们上面交不出账,不能放你出去。"

说时发出严厉的声气,一定要我写自首书和悔过书,他拿起笔已代我写了一张脱离中共书,然后在二十日下午坐了特快汽车把我单独放回上海来。

选自《蒋管区真相(第三集)》,东北书店 1948 年 4 月

存　目

邢路

长岭山之战

——本溪保卫战英雄事迹之一

吉戈

血肉相联

西虹

登峰攀树抢伤员

第一班力夺天险

反坦克英雄班

老爷岭围歼记

模范班

抢救英雄登科

则鸣

忆哈尔滨

伍延秀

南征北战的英雄

——司汉民同志

仲云

纪念沉痛的"九一八"

华山

长吉冰岛

周洁夫

大炮打开辽阳城

铁的连队

夏葵

伊通街的保卫战

　　　　——记吉林省参议员郑老先生的谈话

于凤平

殷参

争取胡子自新

　　　　——记一位同志的口述

郭水若

四平争夺战

唐克

爆炸勇士

黄慧珠

蒋管区的妇女生活

萧军

闲话"东北问题"

杂谈节录

再话"东北问题"

常工

城子街歼灭战

敬　告

　　《1945—1949 年东北解放区文学大系》为展现东北解放区文学的整体风貌而编辑出版。丛书选取此间最具代表性的作品，以纪录这段波澜壮阔的历史时期内东北解放区所发生的翻天覆地的变化。由于丛书所收录的作品众多，时代不一，加之编辑出版时间有限，至今尚有部分收录作品未能与原作者或继承人取得联系。为保护作者著作权益，我社真诚敬告：凡拥有丛书所选录作品著作权的，请与我们联系，我们将按照国家规定及时付酬。

　　感谢社会各界对我们的理解与支持。

黑龙江大学出版社